オリンピックの身代金　上

奥田英朗

角川文庫　17016

1

昭和39年8月22日　土曜日

代々木初台《よよぎはつだい》から山手通りを南下し、富ヶ谷《とみがや》の交差点を左折すると、下り坂の正面に緑のなだらかな丘が横たわっていた。稜線《りょうせん》の緩やかなカーブは、グラマラスな女がベッドで手招きしているかのようだ。

谷底の突き当たりを右折し、ハイウェーと見紛《みまが》うばかりの新しい舗装路を疾走する。左手に内幸町《うちさいわいちょう》から移転してきたばかりのＮＨＫの電波塔が見えた。建設中の新しい社屋は、緑に囲まれていかにも気持ちがよさそうだ。宇田川町《うだがわちょう》下の交差点を左折し、急な坂をフルアクセルで駆け上る。そろそろ高くなりかけた八月下旬の夏空をバックに、九割がた完成した代々木総合体育館の屋根が、恐竜の頭のような先端からずんずんとその威容を現した。見上げながら須賀忠《すがただし》は、「ひゅう」と畏敬《いけい》の念を込めた口笛を吹いた。日本人はこんなのまで造れるのか――。見るたびに口を半開きにしてしまう。

米軍の士官宿舎だったワシントンハイツが昨年日本に返還され、五輪選手村として使用するため、辺り一帯に舗装路が走るようになった。大会後は森林公園になり、山手通りから原宿《はらじゅく》まで突っ切る六車線の道路が通るらしい。樹木に囲まれた選手村と大小二つの体育館。渋谷《しぶや》公会堂とガラス張りの区役所も完成した。東京に初めてできた、緑と近代建築が居並ぶ風景だ。

この通りを自分の車で走るのが、忠の目下のお気に入りだった。とくに女の子を乗せているときは、遠回りしてでもコースに入れる。新しくなった東京を、みんなに見せてあげたい気分だ。

「ター坊、もっと飛ばしてよー」

幌《ほろ》を上げたホンダS600の助手席で、二十歳のミドリが蓮《はす》っ葉《ぱ》な声で焚《た》きつけた。ミドリはサングラスをかけ、頭にはスカーフを巻いている。クルーネックの半袖横縞《はんそでよこじま》シャツにGパンの裾《すそ》を折り上げた服装は、大人たちが顔をしかめる、〝銀座みゆき通りにたむろする奇抜な装いの若者〟そのものだ。

「無茶言うなよ。納車されたばかりのおニューだぜ」

忠は顔をしかめつつ、ギアを二速に落としてアクセルを踏み込む。ツインカムの〝ホンダ・ミュージック〟が青空に響き渡ると、それに合わせるかのように、ミドリが「きゃあ」と愛らしい声をあげた。

赤いボディのこの車が千駄《せんだ》ヶ谷《がや》の自宅に届いたとき、警察官僚の父親はしばし絶句し、「いよいよ我が息子はチンドン屋か」と嘆息《たんそく》した。本人を叱っても無駄と思ったのか、頭金を出した〝甘いおばあちゃん〟である母方の祖母に、「二度と忠に金を与えないでください」と、婿《むこ》養子らしからぬ強い口調で訴えていた。

一高、東大法科、内務省、警察庁と人生の駒を進めた父の修二郎《しゅうじろう》は、次男坊である忠のやることすべてが気に入らない様子だった。麻布《あざぶ》の中高を経て東大の経済学部に進むまではよかったが、忠はそこでジャズに夢中になり、あげくの果てに開局間もない民放テレビ局に就職した。そのとき父は、「帝大を出て芸者仕事か」と烈火《れっか》のごとく怒り、母に当たり散らしたものだ。旧華族の母は、外国の映画やミュージカルが大好きな元モダンガールだった。忠は母親の影響を受けたと、父は決めつけたのだ。兄は大蔵省の役人で、姉は日本赤十字社に勤務後、見合いで外交官と結婚していた。父方の祖父は元軍人で、去年死んだ母方の〝やさしいおじいちゃん〟は衆議院議員だった。確かに、ファミリーの中では末っ子の忠だけがくだけている。

忠が生まれた千駄ヶ谷の家は、二千坪の敷地に建つクラシックな日本家屋だった。洋館は昭和二十年五月の空襲で焼けたが、何の拍子か木造の母屋《おもや》は奇跡的に戦火を免れた。部屋数は三十を数え、一年に一度も足を踏み入れない部屋があるほどの武家屋敷だ。運転手や女中だけで五人、東大生の書生が何人も住み込んでいて、毎日が旅館のような賑《にぎ》わいだった。最年少の忠は、みんなから可愛がられた。とりわけ母と祖父母は、世継ぎではない気安さから、忠をペットのように寵愛《ちょうあい》した。当主となる四つ上の兄は、剣道と馬術を習わされたが、忠はピアノとテニスだった。兄は漢文の家庭教師をつけられたが、忠は英会話だった。ステレオもカメラも早々に買い与えられ、背広は十二歳から毎年しつらえていた。

おかげで、テレビ局で忠は制作部に配属され、舶来《はくらい》文化に詳しい若手局員として重宝がられている。

原宿駅を過ぎ、ケヤキ並木の表参道《おもてさんどう》に入り、忠のS600はさらに加速した。前方を走る鈍重《どんじゅう》そうなビュイックを一気に抜き去る。セントラルアパートの路地から呑気《のんき》に出てきた大八車《だいはちぐるま》を引く自転車には、速度を落とし、注意のクラクションを鳴らした。

「おじさん、もうすぐオリンピック」忠が首を伸ばし、薄汚れたランニングシャツ姿で自転車を漕《こ》ぐ中年男をからかう。男は意味がわからないらしく、怪訝《けげん》そうにいまどきのアベックを見やっていた。

東京オリンピックまであと二ヵ月を切り、道端の物乞《ものご》いたちは疎開を余儀なくされた。ネズミがいると恥ずかしいからと、都からはドイツ製の殺鼠剤《さっそざい》が配られた。街中での立ち小便は厳しく取り締まられるようになった。海外からのゲストに、「美しい東京」を見てもらうためだ。

「そうだ。ター坊、知ってる？」ミドリが向きを変え、愉快そうに言った。「銀座《ぎんざ》から赤坂《あかさか》にかけて遊んでるチンピラ連中、そろそろ街を追い出されるんだって」

「へえー、なんでだい？」

「理由はオリンピック。東声会《とうせいかい》の町井《まちい》会長が、開催期間中は海か山で肉体と精神の鍛錬をするように命令を出したんだって。店の姉さんたちが噂してた」

「あはは。そりゃあいいや」忠はハンドルをたたいて笑った。町井会長とは、東京の裏世界では有名な大親分のことだ。目つきのよくない子分たちを東京から遠ざけたいのだろう。侠客渡世《きょうかくとせい》も進んで協力するのが東京オリンピックだった。成功を望まない国民は一人としていない。

「うちも最近はお客さんが妙に行儀がいいのよ」とミドリ。

「力道山《りきどうざん》もいねえしな」忠が風を浴びて言う。

ミドリは、赤坂のナイトクラブ「ニューラテンクォーター」の新米ホステスだった。去年、プロレスの力道山が刺されたことでも知られる東京随一の高級クラブだ。値段が高くて二十四歳の忠には到底出入りできない。女優の卵でもあるミドリとは番組制作で知り合った。

ミドリは日活《にっかつ》のニューフェイスだったが、二年ほどで辞め、小さな芸能プロダクションに鞍替《くらが》えしていた。「映画なんか時代遅れ」と強がりを言うが、実際は一歳下の女優に白旗を揚げたのだろうと忠は思っている。吉永小百合《よしながさゆり》と比較されたら、誰だって分が悪い。

表参道交差点を、タイヤを鳴らしながら、灯籠《とうろう》を巻くようにして左折した。目の前に両側八車線の大通りが広がる。拡幅《かくふく》工事の終わった青山通りはまるで滑走路のようで、四丁目まで障害物なしで見渡せた。残っていた渋谷・北青山一丁目間の都電も一年前に撤去され、でこぼこの石畳はなくなった。道の左右には、一階に店舗が入った〝下駄履きアパート〟が並び始めている。

歩道で遊んでいた小学生たちが、忠の赤いスポーツカーを見つけるなり、弾《はじ》かれたように動きを止めた。「すげー」という声が聞こえる。忠は得意な気分になり、レーサー気取りで車線変更を繰り返した。周りの車も忠の新しい車に見とれている。

近頃は街中で国産の乗用車を多く見かけるようになった。家の車はトヨペット・クラウンだ。長年フォードだったが、最近乗り替えた。父が仕事で乗る警視庁の公用車もクラウンだ。どうやら「国産育成」のためらしい。

全国のマイカーが百万台に達したと、ニュースが言っていた。有楽町《ゆうらくちょう》辺りでは朝夕に渋滞も起きている。モータリゼーションというやつが、日本にもやってきたのだ。

道路拡幅のため少し敷地を削られた青山御所を左手に眺め、赤坂見附《あかさかみつけ》へと進んだ。この風景も忠のお気に入りだ。三宅坂《みやけざか》に向かって立体交差が完成し、さらにその上を首都高速四号線が、天の川のように悠々と跨《また》いでいく。それぞれの道路がカーブを描いているのがなんとも美しかった。お堀端には、開業間近のホテルニューオータニがそびえていた。今のところ日本一の高層ビルだ。最上階の円盤のような部分はレストランで、どうやら回転するらしい。まるで未来都市だと思った。コンクリートはなんでも可能にしてくれる。

「わたし、喉《のど》渇いちゃった」ミドリが言った。

「もうすぐだから待ってよ。プールサイドでクリームソーダでもコカコーラでも、なんでも飲ませてあげるから」忠がご機嫌を取る。

陸橋に上がると、これから行く赤坂プリンスホテルのプールが車からのぞけた。人がたくさんいてハワイアンの音楽が流されていた。

「ねえ、混んでるんじゃないの」

「今日は土曜で半ドンだし、学生さんの夏休みも終盤だし、少しは混んでるのかな」

「子供がうるさかったら、わたし行かないからね」

「大丈夫。遊園地のプールじゃないんだし。それに、ボーイに頼んでベッド式のチェアを空けてもらってるから」

忠が猫なで声で言い、車を駆る。隣を中年紳士が運転するベンツが走っていたが、まるで気後れすることはなかった。こっちは車もドライバーも助手席の女も若いのだ。今の東京に似合うのは新しいものだ。それはつまり自分たちだ。

眼前に首都高速のレーンを臨むホテルのプールで、ミドリは注目の的だった。ボーイに案内され、白いビキニ・スタイルで歩くだけで、居並ぶ客たちがドミノ倒しのように次々と視線を移動させた。白人のませた子供が口笛を吹き、母親に叱られていた。隣を歩く忠は、自分の器量《きりょう》まで上がった気がした。

「水ってあるところにはあるんだ」ミドリがデッキチェアに寝転がり、伸びをして言った。

「神宮プールは閉鎖中だろう。ホテルだけじゃないの。外人客が多いから、これもオリンピック態勢なのかね」忠は洋モクをふかしながら答えた。

この夏、東京は未曾有《みぞう》の水不足に見舞われていた。七月に入ってから給水制限が始まり、八月になると都内十七区で昼間七時間の断水が行われた。五輪用の突貫工事で常に町は埃《ほこり》っぽく、いつしか新聞では「東京砂漠」という言葉が使われるようになっていた。蕎麦屋《そばや》が休業するほどなのだ。

ボーイを呼んで飲み物を注文する。コーラで喉を潤していると、顔見知りの芸能プロ社長が声をかけてきた。

「よお、ター坊。いい身分だな」頬の傷を揺らし、からから調子で言った。外見は完全なやくざだ。

「どうも、お疲れ様です」忠は立ち上がって会釈をした。可愛がってもらえるのは、忠がテレビ局員なのと、父親が警察幹部だからだ。

「ミドリちゃん。いいねえ、その水着姿。今度内緒で『コパカバナ』のショーにも出てよ」

社長がサングラスを額に乗せ、にやついている。

「だめよ社長。もしばれたら、わたし、お店をクビになっちゃう」

「そんときゃあ、うちが面倒見るからさ」

「だめ、だめ。わたしはね、テレビでスターになるの」

ミドリが自信たっぷりに言った。向島《むこうじま》育ちの下町娘が、今では誰にも物怖《ものお》じしない貴婦人気取りだ。ニューラテンクォーターで、金持ちや有名人の相手をしているせいだ。

「ところでター坊。開会式の入場券、なんとか都合つかねえか。欲しがってるお客さんがたくさんいてな、回してくれるとおいらも顔が立つんだが」

社長が言った。十月十日、国立競技場で行われるオリンピック開会式は、忠の父が最高警備本部の幕僚長《ばくりょうちょう》を務めることになっていた。つまり五輪警備の実質的な責任者である。それが忠の周囲にも知れ渡り、いいコネだと当てにされるようになった。

「すいません。みなさんにもお断りしてるんですけど、どうにもならないんですよ。だいたい家族だって手に入らないんですから」

忠は深々と頭を下げてあやまった。ここで融通《ゆうずう》を利かせた日には、次から次へと依頼者が現れてしまう。

「なんだ。桜田門《さくらだもん》もみみっちいもんだな」

「まったくですよ。おまけにうちの親父ときたら、袖《そで》の下が一切利かない岩盤並みの堅物ですから」眉《まゆ》を下げてみせた。

「中央テレビのほうはどうなんだ」

「ぼくみたいなヒラに回ってくるわけがないじゃないですか」

「じゃあ、しょうがねえ。ダフ屋を当たってみるか」社長は渋い顔で胸毛をかいていた。

開会式と閉会式の入場券は、一月のうちに葉書による抽選が終わっていた。ダフ屋の世界では軽く十倍の値がついているようだ。

「ところで、今夜は二人で花火大会か？」と社長。

「ええ、そうです」忠がうなずく。

「わたし、お店は休み。テレビの仕事だってうそついちゃった」ミドリが悪戯《いたずら》っぽく舌を出す。

「どうせホステス連中はこぞって花火見物さ。案外、マネージャーともばったり会ったりしてな」

社長が鼻で笑い、踵《きびす》をかえした。戻った先には、派手な顔立ちの若い女がいた。

この夜は神宮外苑《じんぐうがいえん》で花火大会が予定されていた。一般には明らかにされていないが、五輪警備のリハーサルを兼ねてのものらしい。おとうさんが警備を指揮するのよ、と忠は母から聞かされた。

「ねえ、ター坊。開会式の入場券、本当に手に入らないの？」ミドリが聞いた。

「どうかね」忠が肩をすくめた。「うちの親父は馬鹿みたいに潔癖だからね」

「なによ。つまんない」

「親父、顔が広いからいろんな連中からせがまれててな。機嫌が悪いでやんの。この前なんか、死んだ祖父《じい》ちゃんが可愛がってた政治家から『十枚なんとかしてくれ』って頼まれて、『この田舎代議士が』って怒りまくってた」

「そりゃあ日本人なら誰だって見たいわよ。一生に一度だもん」

「まあね。おれだって見たいさ」忠は太陽を浴びて大きく伸びをした。

今年になってから世間はオリンピック一色だった。敗戦で打ちのめされた日本が、ようやく世界に認められ、一等国の仲間入りを果たそうとしているのだ。忠のような気楽な若者でも、国を誇りに思い、高揚感を抑えられない。

昭和十五年生まれの忠には、敗戦の記憶がかすかにあった。疎開先の鵠沼《くげぬま》で、親戚《しんせき》の叔父《おじ》さんが唇を噛《か》み締めて玉音《ぎょくおん》放送を聞いていた光景を憶《おぼ》えている。外では蟬《せみ》が狂ったように鳴き、それ以外の音はまるでないかのようだった。母と祖母は台所で手を取り合っていた。「これで勝《まさる》と忠を兵隊に取られないで済む」と安堵《あんど》し、幼い兄弟を抱きしめたのだ。

東京に戻ると、千駄ヶ谷界隈《かいわい》ではアメリカ兵の姿を見るのが日常になった。それまで代々木練兵場だった原っぱに、米軍将校の家族向け住宅が建ったからだ。数日のうちに金網が張り巡らされ、ロールの芝が、絨毯《じゅうたん》でも広げるように易々《やすやす》と敷き詰められた。白い家に赤い屋根というのが驚きだった。忠は幼心にもアメリカの豊かさに圧倒された。兄がフェンスに手を置きながら、「最初から勝てっこなかったんだよ」と大人びた口調で言ったのを憶えている。

あれから十九年、首都東京は完全に再生した。古臭い路面電車は多くが姿を消し、地下深くにメトロが開通した。夜の銀座・赤坂はネオンに彩られ、東京タワーはパリのエッフェル塔よりも高い。人口は世界で最初に一千万人を突破した。東京は世界に冠たる大都市だ。

「ゆうべさあ、お店に石原《いしはら》兄弟が来てたのよ」ミドリが噂話を始めた。「ヘルプで席に呼ばれないかって期待してたけど、声もかからなかった」

「ふうん」生返事してデッキチェアで目を閉じる。

「慎太郎《しんたろう》さんがかっこいいの。ペンギンのマークのポロシャツを着ててね……」

「ああ、マンシングウェアね」

「裕《ゆう》ちゃんはアロハシャツ。大人のやんちゃ坊主って感じだった」

「ふうん」

プールのスピーカーからは、ビートルズの『プリーズ・プリーズ・ミー』が流れていた。英米で評判の新人バンドだ。それを聴きながら、パラソルの陰で、忠はウトウトと午睡《ごすい》のゆりかごに揺られる。極楽極楽、と年寄りのようなことを思った。この先はもっといいことがありそうな気がする。自分は二十四歳で、戦後日本は二十歳にも達していない。身の回りのすべてが青春なのだ。

日が暮れかかった頃、忠はミドリを連れて神宮外苑へと車を走らせた。花火大会は午後七時からだが、青山通りは早くも人でごった返している。正面の並木道を入ろうとしたら、警官に止められた。「通行止め」の立て看板があり、その向こうには鉄パイプ柵《さく》が設けられている。

忠は舌打ちした。絵画館前のロータリーに路肩駐車して、幌《ほろ》を上げたスポーツカーに乗ったまま、周囲の羨望《せんぼう》の視線を浴びつつ、花火見物をしようと企んでいた。

「ねえ、お巡りさん。おれっち、警視庁の須賀修二郎の息子なんだけどね」ドアに肘《ひじ》を載せて言うと、「通行証は？　ないの？　じゃあだめだ」とまるで相手にされなかった。

「ちぇっ。兵隊も兵隊じゃあ、親父の名前も通用しねえか」

仕方なくバックして、東京ボウリングセンターの通りに迂回《うかい》した。するとそこは屋台が路肩を占拠して、車を停めるどころではなかった。おまけに道路まで人がはみ出て、縁日《えんにち》の様相を呈している。

「はい、そこ、止まらないで」交通整理の警官に強く笛を吹かれた。

「よお、屋台はいいのかよ。オリンピックでテキ屋は東京を追い出されるって、週刊誌に書いてあったぞ」忠は年配の警官に文句を言った。

「うるさい。さっさと進め」スポーツカーに乗った女連れの若造が気に入らないのか、警官が怖い顔で蛍光棒を振り回す。

「馬鹿野郎、下っ端が」忠は口の中で毒づくと、クラクションを鳴らし、歩行者を蹴散《けち》らすようにして車を走らせた。

いったいどれほどの人出なのか、群衆が途切れることはなかった。日本青年館の前まで来ると、今度は千駄ヶ谷駅からの見物客が押し寄せてきて、歩道はラッシュ時の山手線のような混みようだ。警官たちは上からきびしく指示が出ているのか、市民に甘い顔を見せなかった。道端にしゃがみ込む子供や老人にまで、早く進めと立ち止まることを許さない。五輪警備のリハーサルというのはどうやら本当らしい。

外苑界隈ではもはや車を停めることができそうもないので、忠は自宅に一度戻ることにした。大切な新車を道端に停めておくのも落ち着かない。それに自宅と外苑は目と鼻の先だ。祖母と母は家の二階から花火見物をすると言っていた。

路地に車を乗り入れ、八幡《はちまん》神社方面へと走らせた。一本通りを隔てただけで、千駄ヶ谷の屋敷町は鈴虫の鳴き声が聞こえるほど静まり返っている。この辺りは初めてというミドリが、周囲の屋敷にため息を漏らした。「ター坊、本当にお金持ちの家の子なんだね」と、見直すのと、からかうのとが半々の口調で言った。

そのとき、道の前方から一人の男が歩いてきた。白い半袖《はんそで》シャツと黒ズボンという学生風の出で立《い》ちだ。ハイキングに使うようなリュックサックを背中に背負っている。すたすたと早足で坂を降りてきた。擦れ違うとき何気なく目をやると、知った顔だった。

「おい、島崎《しまざき》」忠は思わず車を急停車させ、声をかけた。男が弾《はじ》かれたように立ち止まる。

「島崎だよな。駒場《こまば》で同じクラスだった。おれだよ、おれ。須賀忠。一度パー券買ってもらったことあったよな」

男は振り返り、忠を見つめると、「ああ、ジャズをやってた須賀君か」と乾いた声を発した。間違いではなかった。目の前にいるのは、東大で同学年だった島崎国男《くにお》だ。

「偶然だな。こんなところで何してる」忠が聞く。島崎は助手席のミドリを一瞥《いちべつ》したのち、

「これから花火に行くんだ。代々木駅で降りたら少し道に迷ってね」と答え、額にかかる前髪を片手でかき上げた。

「そうか。花火か。で、島崎は今何をやってるの？」

「ぼく？　ぼくは大学院生。浜野《はまの》先生の研究室に通ってる」

「浜野先生の研究室？　マルクスなんかやってんだ。へえー。知らなかった。こっちは大学なんか卒業しっ放しで、世話になった教授に挨拶《あいさつ》に行ったこともないからなあ」

「みんなそうさ」島崎が微苦笑している。「須賀君は中央テレビだったよね。卒業パーティーで『これからはテレビよ』って言ってたのを憶えてる」

「からかうなよ。C《シー》調過ぎて親から勘当《かんどう》されそうだよ」おどけて肩をすくめる。

「立派な仕事じゃないか。これからは新聞よりテレビの時代さ」

島崎は静かに笑っていた。薄闇の中のせいか、以前とは感じがちがって見えた。元々は痩身《そうしん》で色白で歌舞伎《かぶき》役者を想わせる風貌《ふうぼう》だったが、久しぶりに見たその顔や腕はすっかり日焼けしている。もっともさして親交があったわけではなく、優男《やさおとこ》という印象は思い込みなのかもしれないが。ただ、端整な顔立ちは変わっていない。島崎は目立つ性格ではないものの、一部の女子学生からは熱い視線を浴びていた男だ。

背中からドーンという轟音《ごうおん》が聞こえた。花火大会が始まったのだ。見上げると、大きな光の輪が黒い空に浮き上がっていた。

「おっと、こうしちゃいられねえ。急がなくっちゃ」忠は車のギアを入れた。「じゃあな。暇があったら局にでも遊びに来てくれ」

「うん、そうだね」島崎は軽く手を挙げると、髪をふわりと浮かし、向きを変えた。背筋をすいと伸ばし、大股《おおまた》で坂を下りていく。

「ねえねえ、今の人、誰？」ミドリが忠の腕をゆすって言った。

「島崎国男っていって、大学時代の同級生だけど」

「イカスわあ。今度紹介してよ」ミドリの瞳《ひとみ》が潤んでいる。忠には見せたことがない顔だ。

「なんでえ、あんなやつ。哲学なんか齧《かじ》ってる変人で、東北出身の陰気臭い野郎だぜ」

忠は言いながら思い出した。確かに島崎は変わり者だった。図書館で本ばかりむさぼり読み、大学ではいつも一人でいた。

「ナイーブな感じがいいじゃない。若い頃の木村功《いさお》みたい。わたしが映画監督だったらスカウトしちゃうかも」

「ナイーブなんて言葉、どこで覚えたんだよ。それに映画は時代遅れじゃなかったのかよ」

忠は口をとがらせた。女はこれだからゲンキンだ。ちょっといい男を前にすると途端に態度を変える。面白くないので蹴飛ばすようにしてアクセルを吹かした。

自宅に着くと、大きな門をくぐり、庭に車を停めた。「すっごい家」ミドリが目を丸くしている。敷地内にテニスコートがあるのが信じられないらしい。庭を横切ろうとすると、上から声が降りかかった。「忠、お客さん?」見ると、二階の窓に浴衣《ゆかた》姿の母と祖母がいた。電線の雀のように、姉とその子供たちも手摺《てす》りに並んでいる。

「お友だちを連れてきたの? よかったら二階で一緒に見ない? お寿司《すし》をとってあるのよ」母が明るい声で誘った。

「いらない。絵画館あたりで見るからいい」

「あらあら、ターちゃん。車だからってステテコなんか穿《は》いて」祖母がのんびりとした口調で言った。

「これはバミューダっていうの」

「まあ、最近の若い人は――」

相手をするのが面倒なので、会釈するミドリを引っ張ってそそくさと外に出た。ここでつかまると、ミドリのことを根掘り葉掘り聞かれてしまう。下町娘には居心地が悪いだろうし、母たちだって女優の卵と知ったら色眼鏡で見るに決まっている。家族が認める息子の結婚相手は、家柄がいちばんなのだ。

二人で会場へと急いだ。その間にも、花火は次々と打ち上がった。東京の夜空に見事な光の花を咲かせている。都心の真上なので物凄《ものすご》い迫力だった。年寄りたちが空襲を思い出さないかと、いらぬ心配までしてしまう。

「わたし、ター坊の家から見てもよかった」

道すがら、ミドリが低い声で言った。なにやら拗《す》ねている様子だ。

「飯なら奢《おご》ってやるって。終わったら渋谷《ブーヤ》にでも行くか。渋谷で寿司《シースー》」

「そんなんじゃない」

「じゃあ何よ」

「ター坊、わたしのことを家の人に紹介するの、いやなんでしょう」ミドリが見透かしたように目を細くする。

「そんなことないさ」図星なので、忠はあわてて否定した。

「ホステスなんか家に連れて行くと、由緒《ゆいしょ》ある須賀家には大問題なんだ」

「そんなわけないじゃん。家族と一緒だと窮屈《きゅうくつ》だから、ミドリもいやだろうと思って——。

何言ってるのさ」歩きながら、身振りを交えて言い訳した。

「どうせわたしは下町の子です。隅田川の向こうの煙突だらけの町で育ちました」

ミドリが口をとがらせ、ずんずんと先を歩いていく。

「おい、待てよ」

「わたし、スターになって見返してやる。それでプール付きの豪邸に住んでやる」前を見たままで言った。

「僻《ひが》んだこと言うなよ。だいいち、うちなんか今年限りなんだから」

「どういうことよ」

「去年、祖父《じい》ちゃんが死んで、相続税が払えねえんだよ。それで土地を半分に割って物納さ。秋にはテニスコートもなくなるし、そろそろ使用人も雇えなくなるし、須賀家は没落《ぼつらく》の一途《いっと》よ」

「そうなんだ」

「そうさ。千駄ヶ谷なんて、あと数年でアパートだらけさ」

ミドリが立ち止まる。「ふうん。民主主義っていいものなのね」澄まし顔で微笑んだ。

「ちぇっ」忠は鼻に皺《しわ》を寄せた。

敗戦後、須賀家は鵠沼の別荘と御殿山《ごてんやま》の別宅を失った。財産は半減し、父の給料ではどうにもならない状況に陥っている。GHQの施した財閥解体と農地改革もあって、日本からは金持ちが消えようとしていた。仕方がないと忠は思っていた。地主というだけでいい暮らしが約束されるのなら、国の発展はない。

日本青年館まで戻り、隣接する公園の屋台でラムネとホットドッグを買い求めた。魚肉ソーセージのくせに五十円もした。食べながらその場で花火見物をした。この先は人が多過ぎて、進む気が失《う》せたのだ。公園にはゴザを敷いて座り込む家族連れが大勢いた。

「なんかいいね、こういうの」ミドリがぽつりと言った。「早くもオリンピック気分」

「ああ、そうだな」忠はミドリの横顔に見とれていた。青や赤の光を浴びて、とてもきれいだったのだ。ドーン、ドーン。神宮の夜空に花火の音が鳴り響いている。

そのとき、後方から甲高い音が聞こえた。すぐに花火の分厚い低音にかき消されたが、タイヤがパンクしたような破裂音だ。

何だろうと振り返る。坂の上の八幡神社の方角から白い煙が立ち上っていた。

すぐには事態が呑《の》み込めなかった。何だ？　忠が目を凝らす。周囲より頭ひとつ大きいもみの木の影で煙の位置がわかった。我が家の庭の木だ。煙が上っているのは自分の家だ。

続いて赤い炎が上がった。火の粉が夜空に舞っている。手に持っていたラムネを地面に落とした。「おいおいおい」忠は声を上げていた。

「ター坊。どうしたの？」とミドリ。

「おれン家《ち》が燃えている」

「うそ」

「ほんとだって」思わず声が裏返る。

忠は呆然《ぼうぜん》と立ち尽くした。目の前の光景が信じられない。

煙はすぐに黒くなり、勢いよく天へと駆け上がっていった。時折炎が立ち上がる様は、高台の頂《いただき》が火元なのでまるで火山の噴火のようだ。

背筋が凍りついた。足が震えた。大変だ。家が燃えている。おふくろ、お祖母《ばあ》ちゃん、お姉ちゃん――。車だって――。

「火事だ、火事だ」見物客の何人かが気づき、騒ぎ始めた。

忠はあわてて駆け出した。人ごみを掻《か》き分け、我が家を目指した。

心臓が躍り、喉《のど》がからからに渇いた。冗談じゃねえぞ。うそだろう？

遠くでサイレンが唸《うな》った。カンカンカンと火の見やぐらの鐘が鳴った。

背中では花火が次々と打ち上げられていた。

2

昭和39年8月29日　土曜日

壁にかかったセイコーの真新しい電池式時計に目をやると、長針があと五分で正午になることを知らせていた。開け放った窓の外では雨がしとしと降っている。太陽が隠れてくれたおかげで、昨日までフル稼働だった職場の扇風機も今日はお休みだ。書類が飛ばされなくていい。東京の水不足もこれで少しは解消されそうだ。小林良子《こばやしよしこ》はそっと帳面を閉じると、書類立てに差し込み、算盤《そろばん》をケースにしまった。そして事務机のいちばん下の引き出しを開け、今年の夏、丸井《まるい》百貨店の月賦《げっぷ》で買ったハンドバッグを取り出し、中の財布を確認した。給料を貰《もら》って最初の土曜日なので、今日は昼から友人と銀座で買い物をする予定だった。

「小林。もう帰り支度か。まだ十二時にはなってないぞ」

斜め横から課長の声が飛ぶ。首をすくめると、課長は笑いながら、「何だ、ボーイフレンドとデートか」とからかった。

「いいえ。女の子同士、銀座で買い物です」良子は顔を赤くして否定した。

「いいねえ、銀ブラか。みゆき通りでハントされないようにな」にやにやと笑っている。

四十半ばの課長は、職場でいちばん若い良子が可愛いのか、いつもちょっかいをかけてきた。おまけに子供扱いする。お遣いをすると、「はいお駄賃《だちん》」とドロップ飴《あめ》をよこそうとするのだ。

「買い物って何だ。洋服か」

「ちがいます。山野《やまの》楽器でレコードを買うんです」

「ふうん。レコードねえ。三波春夫《みなみはるお》の『東京五輪音頭』なんかいいんじゃないの。オリンピックの顔と顔、ソレ、トトント、トトント……」節をつけて唄《うた》っている。

「課長。いまどきの若者がそんなの買うわけないじゃないですか」横から別の男子社員が口をはさんだ。「小林君が好きなのは、ビートルズっていうロカビリー・コーラスですよ」

「なんだ、ロカビリーか」

良子は黙って苦笑する。説明が面倒なので否定しなかった。ロカビリーなんて時代遅れもいいところだ。ビートルズは新しいポップスだ。

この夏、築地《つきじ》の松竹《しょうちく》セントラルで『ビートルズがやって来る　ヤア！ヤア！ヤア！』を友人と観て、全身に電気が走るようなショックを受けた。前奏のエレキギターの出だしの一音でノックアウトされた。心から何かに痺《しび》れたのは初めての経験だった。給料が出たら絶対にレコードを買おうと決めていた。

工場のサイレンが鳴った。これで土曜日の業務は終了だ。「あーあ。誰か、昼飯でも食いに行かんか」課長が椅子を軋《きし》ませ伸びをして、部下を誘っている。良子はハンドバッグを手に席を立つと、ドアの横のタイムカードを押し、「お先に失礼します」と頭を下げて退室した。鏡もない女子更衣室で、事務服から私服に着替える。花柄のスカートに白い半袖《はんそで》ブラウスが今日の装いだ。コンパクトをのぞき、口紅を引き直した。もう少し鼻が高ければなあ、といつも思う。顔も真ん丸すぎる。でも大きな目と二重まぶたは子供の頃から気に入っている。

階段を下りて事務棟から出ると、隣の工場からは、仕事を終えた作業服姿の従業員が次々と吐き出されてきた。汗まみれの男たちが、遠慮なく良子に好奇の視線を向けてくる。目を合わさず会釈をし、傘で顔を隠すようにして門へと急いだ。

先週十九歳になったばかりの良子が勤める会社は、社員二百人ほどの製麺《せいめん》工場だ。商業高校で簿記《ぼき》を習った良子は、ここで事務員として雇われていた。志望は丸《まる》ノ内《うち》の銀行か商社のBG《ビジネスガール》だったが、一流会社の女子採用はすべて縁故と聞かされてあきらめた。良子の家は本郷《ほんごう》の古本屋だった。偏屈な父は本の虫で、やさしい母は平凡な主婦で、二つ下の背ばかり高い弟は、早稲田《わせだ》実業高校で野球に狂っていた。小林家は、上流の暮らしとはまるで縁がなかった。

自宅から通うのに便利という理由で、神田鍛冶町《かんだかじちょう》にある「神田製麺」に就職した。面接だけで簡単に入れた。社長は、これからはラーメンと焼そばの時代だと言っていたが、そうかと思うだけでとくに感想はなかった。女子事務員は全部で五人いて、良子は最年少だ。月給は一万二千円で、友人と比べてもそう悪くはない。そのうちの三千円を毎月家に入れていて、三千円を積み立て貯金している。夢はしあわせな結婚だ。もうひとつ叶《かな》うなら、フルーツと洋菓子の店を開きたい。

今川橋《いまがわばし》から乗車賃十五円を払って都電に乗り、銀座を目指した。オリンピック開催に合わせた道路工事はいよいよ佳境に入り、いたるところで地面が掘り起こされていた。ニュースでは地下鉄日比谷線《ひびや》が今日、全線開通すると言っていた。東京はめまぐるしく変わっている。きっとこの乗り慣れた都電も、あと数年でなくなるのだろう。父は「築地川《つきじがわ》まで埋めやがるとは」と怒っているが、良子は新しい東京に賛成だった。臭い川は蓋《ふた》をされ、デコボコ道はきれいに舗装され、戦火を免れた古いビルはエレベーター付きの高い建物に生まれ変わった。新しいものを嫌うのは年寄りたちの我儘《わがまま》だ。

三越《みつこし》を過ぎて日本橋《にほんばし》に差し掛かった。以前とちがって今は「くぐる」感覚だ。橋の上を首都高速が跨《また》いでいるからだ。先日、初めて良子は首都高速走行を体験した。家に自家用車はないが、親戚《しんせき》の叔父《おじ》さんがスバル360という車を持っていて、従兄弟《いとこ》や弟と乗せてもらったのだ。短い区間だったが、地下にもぐったり、お堀をまたいだりするハイウェー・ドライブは夢見心地だった。日本人は凄《すご》いとうれしくなった。父だって内心は、甦《よみがえ》った首都東京を誇りに思っているはずだ。

良子は終戦の年の八月二十日に生まれた。就職したときは、職場のおじさんたちから「戦後生まれか」とため息をつかれた。なんだか祝福されている気がした。これからは自分たちの時代だという確信がある。

京橋《きようばし》を過ぎると人通りが一気に増えた。雨は小降りになっていて、色とりどりの傘の花が歩道に咲いている。みんなおしゃれを楽しんでいた。バミューダパンツの若い男がやたらと目につくのがおかしかった。女の子たちはロングスカートにぺたんこの靴が主流だ。

銀座四丁目で下車する。信号が青だったので、傘も差さずに銀座三越の前まで走った。

ライオン像の前に、高校時代の同級生、圭子《けいこ》が立っているのが見えたからだ。

「待った？」良子が息を弾ませ声をかける。

「ううん。今来たところー」圭子が語尾を伸ばして答えた。互いに手を取り合う。この親友とは毎週のように会っていた。ビートルズの映画を観に行ったのも彼女とだ。

「おなか空《す》いたね。何食べようか」

「なんでもいいけど」

「不二家《ふじや》？　資生堂《しせいどう》パーラー？」

「えー、お金がもったいない」

「じゃあここの食堂でカレー」良子が三越のビルを顎《あご》でしゃくる。

「うん。賛成」

　駆け足で店内に入った。デパートの大食堂は、子供の頃から馴染《なじ》んでいる。エレベーターで最上階に上がり、カレーライスの食券を買ってテーブルについた。「ねえねえ、どうしてた？」競うようにして互いの近況を聞き合う。圭子の家は四谷《よつや》の大京町《だいきょうちょう》にあり、サラリーマン家庭なので自宅に電話がなかった。だからしゃべることは一週間分あった。

「この前ね、書類を届けにホテルニュージャパンに行ったの。そしたらロビーにザ・ピーナッツがいた」圭子が身を乗り出して言う。

「うそ、ほんと？　すごいじゃない」

「ちっちゃいからびっくりした。モスラの映画そのもの」

「あはは」

圭子は赤坂にある小さな広告会社で事務をしていた。人遣いが荒いとぼやいているが、華やかな雰囲気は良子にとって羨《うらや》むばかりだ。

「いいなあ、おケイは。うちなんかお遣いっていったら、銀行か問屋さんばかり」

「いいじゃない。その代わりヨッコは余った麺がもらえるんだから」

「そんなのうれしくない」

カレーが出てきたのでウスターソースをかけて食べた。家で母が作るのとちがって、デパートのカレーはあまり黄色くないので、本当はソースを必要としないのかもしれないが、圭子がかけるので良子もそうしていた。

「ねえ、ビートルズのレコード、何買うか決めた？」スプーンで口に運びながら、良子が聞く。

「ヨッコは決めてるの？」

「わたしは、やっぱり『抱きしめたい』かなあ」

今年の春、最初に日本で発売されたビートルズのドーナツ盤だ。

「じゃあ、わたしは『シー・ラヴズ・ユー』にする。交換して聴けばいいし」

「うん。そうだね」

ＬＰ盤は最初から候補になかった。千八百円もするから、良子たちには到底《とうてい》手が出せない。

「『ヤア！ヤア！ヤア！』、よかったね」と圭子。

「うん。もう一回観たいくらい」良子がため息をつく。

「大阪の文通相手に教えたら羨ましがってた。あっちではまだやってないんだって」

「ふうん、そうなんだ。ビートルズって、まだ情報が少ないよね」

自分たちビートルズ・ファンが日本ではまだ少数派らしいことは、周囲の無理解から感じていた。ブラザーズ・フォーみたいなの？　と聞かれると心底がっかりする。本国イギリスはもちろん、アメリカでも大人気なのに。

ちなみに圭子はポールのファンで、良子はジョンだ。本当は良子もポールに一目惚《ひとめぼ》れしたのだが、先に宣言したのが圭子だったので譲る形となった。でも毎晩ブロマイドを見ているうちにジョンが好きになった。少し不良っぽいところが乙女心を締めつけた。

カレーライスを食べ終え、斜め向かいの山野楽器へ行った。店内には坂本九《さかもときゅう》の『幸せなら手をたたこう』が流れている。なんてのんびりした曲なのかと、良子は軽んじるようなことを思った。ビートルズを知った今となっては、日本の歌謡曲はかけ蕎麦《そば》のようにみすぼらしい。海外ポップスのコーナーでビートルズのレコードを探した。すると新しいシングルが出ているのを発見した。『ビートルズがやって来る　ヤア！ヤア！ヤア！』の主題曲だ。

「きゃあー」見つけるなり圭子が声を上げた。何事かと周囲の客が振り向く。「どうしよう。どうしよう。これって映画で最初にかかった曲だよ」

「うん。きっとそう。英語でア・ハード・デイズ・ナイトって書いてある」

良子も興奮してしまった。四人のステージ写真が表紙になっていて、それは初めて見るスナップだった。二人で食い入るようにのぞき込む。そこへ人のよさそうな男の店員がやってきた。「よかったら、かけましょうか？」笑顔で言っている。

「お願いします！」良子と圭子は揃《そろ》って頭を下げた。しばらく間があって、天井のスピーカーから「ジャーン」というエレキギターの一閃《いっせん》が響く。「きゃあ、きゃあ」良子と圭子は黄色い声を発し、その場で飛び跳ねた。店内の客が苦笑いしている。中には不快そうに顔をしかめる中年もいた。

「これ、欲しいなあ」良子が紅潮《こうちょう》した顔で言った。

「買っちゃえば？『抱きしめたい』と二枚一緒に」圭子が焚《た》きつける。

「そんなあ、二枚だと六百六十円だよ。おケイが買ってよ。わたし、丸井の月賦だってあるんだもん」

「わたしだってあります。水玉のワンピース。買いに行くの付き合ってくれたじゃない」

「じゃあ、おケイも二枚」

「無理よ」

「わたしも無理」

ビートルズのドーナツ盤を何度も見比べ、結局、当初の予定通り一枚ずつ買うことにした。映画とちがって期限はないから、来月の給料で買えばいい。

「あーあ、お金が欲しいなあ。百万円ぐらい」

店を出たところで、圭子が伸びをして言った。

「百万円あったら、何に使う？」

「ステレオ買って、カラーテレビ買って……」指折り数えている。「それから飛行機に乗ってみたい」

「外国に行くの？」

「そう。兼高《かねたか》かおるみたいに」

「いいなあ」

良子は頭の中で思い描いた。今年の四月から海外旅行が自由にできるようになった。いつか自分にも外国へ行く日は訪れるのだろうか。

四丁目の角には米軍の水兵たちがたむろしていた。化粧の派手な女の子を選んでは声をかけている。良子と圭子は目を合わせないようにして数寄屋橋《すきやばし》方面へと進んだ。ショーウインドウを見ながらぶらぶらと歩く。雨が上がったので、人通りが増えていた。流行の服を着た若者たちも、歩道を闊歩《かっぽ》し始めた。

日劇に差し掛かったところで、高架橋を走る新幹線を目撃した。ビルの陰からすうっと出てきたのだ。「あ、新幹線だ！」「ひかり号だ！」通りは居合わせた子供たちで騒然となった。すべての通行人が動きを止め、象牙《ぞうげ》色の列車に見とれていた。「試験走行だろう」

と誰かが言い、良子たちまでうなずいた。開業は十月一日の予定だ。最高時速は二百キロを超え、ゆくゆくは東京・大阪間を三時間で結ぶらしい。

有楽町駅に行くと、駅前のバラックが壊され、大きなビルが完成しかかっていた。「これっていつからだっけ？」二人で口を開けて見上げた。闇市の匂いを残していた飲食店が一掃され、十階を超えるビルがそびえ立っている。東京生まれの良子ですら、街の急激な変化にはついていけなかった。東京オリンピックが近づくにつれて、役人も都民も一体となって「外人に見られて恥ずかしいもの」を隠そうとした。不衛生な屋台街など、真っ先に消える運命にあったのだろう。

良子と圭子は国電に乗った。中野《なかの》へ洋裁を習いに行くためだ。母の友人の戦争未亡人が、中野で洋裁教室を開いて細々と生計を立てていた。「お願い、そこで習って」と母から頼まれ、圭子と二人で土曜日だけ通うことになった。月謝は自分持ちというのが納得できないのだが。

ついでに丸井の本店で月賦の支払いをする。欲しい物も物色する。若い良子たちに十回もの割賦販売してくれる店は、丸井しかない。

中野駅に到着すると、駅前は道路工事の音が渦巻き、土埃《つちぼこり》が立っていた。掘削ドリルが機関銃のように耳をつんざく。会話も困難なほどだった。

「ここも工事なんだあ」良子が口に手をあて、埃を払う。

「中野ってオリンピックと関係あった？」と圭子。小馬鹿にした口調だ。

「それを言うなら、本郷だって大京町だって関係ないでしょう」

「うちはマラソンコースです。一緒にしないで」

「明治通りで曲がっちゃうじゃない」

「でも近所」

圭子は、マラソンが家の近くを通ることが自慢で仕方がない。文通相手に大袈裟《おおげさ》に伝えたら、「上京するので、ぜひ圭子さんの家の二階からマラソン見物をさせて欲しい」と申し込まれて焦っていた。圭子の部屋から見えるのは銭湯の煙突だけだ。

一旦《いったん》北口に出て、アーケード街の入り口で今川焼きを買って食べた。中野に来るときのいつものコースだ。ベンチに腰掛けてお茶を飲んでいると、短髪の、やけに体格のいい若者グループが隣にいて、ちらちらと良子たちに視線を送ってきた。近くの警察学校の生徒たちだ。圭子が愛想を返したら、うれしそうに仲間同士つつき合っている。でも声はかけてこなかった。きっと規則がうるさいのだ。

そして丸井に行こうと立ち上がったとき、駅の反対側から見たことのある若い男が歩いてきた。その姿を見とめ、良子は一瞬にして顔が熱くなった。家の古本屋にいつも来る東大の学生だった。高校時代から名前を知っていた。経済学部の島崎国男だ。

「島崎さん」良子は思わず声をかけた。島崎が立ち止まる。「やあ、良子ちゃん。奇遇《きぐう》だね」日焼けした顔から白い歯がこぼれ、表情がやさしくくずれた。

島崎は、白いワイシャツに黒ズボンという地味な出で立ちだった。足元はズック靴だ。小さなリュックサックを背負っている。

「どうしたの？　こんなところで」と島崎。

「ちょっと、この近くの洋裁教室に通ってて……。島崎さんこそ、どうして中野に？」

「うん。この先に『クラシック』っていう音楽喫茶があってね」アーケードの奥を指差した。「そこでレコードを聴きながら本を読んでた」

「そうなんですか」

「ほら、下宿にステレオなんてものはないから、たまにはちゃんとした装置で音楽を聴きたいじゃない」

そう言って前髪をかき上げる。その仕草に良子はどきりとした。初めて気づいたが、島崎はジョン・レノンに似ている。

「あ、あの」不意に口をついて出た。「島崎さん、ビートルズって知ってますか？」

「ビートルズ？　いいや、知らないけど」

「そうですか。だったらいいです」

「外国のバンド？」

「そうです」

「マンボとか、ドドンパとか、そういうやつ？」

「ちがいます」おかしくて吹き出してしまった。会社のおじさんたちと大差がない。

「ねえ、ねえ」圭子が腕をつついてきた。「わたしにも紹介して」

「あ、ごめん」良子は間に立って互いを紹介した。「はじめまして」圭子がよそいきの声で挨拶《あいさつ》をする。「よろしく」島崎は紳士的に会釈をした。

「島崎さん、海水浴にでも行ったんですか？　すっごく日焼けしてる」

良子が聞いた。島崎は、いつもは色白で女性的な印象があった。それが今は、運動部の学生みたいに精悍《せいかん》だ。

「ううん。アルバイト。たまには肉体労働をしてプロレタリアートの証明をしないとね」

「ふうん」よくわからないので曖昧《あいまい》にうなずいた。

「ああ、そうだ」島崎が良子に向かって片手で拝《おが》んだ。「ゲーテ全集のお金、もう少し待ってくださいって、良子ちゃんのおとうさんに伝えてくれる？　ここのところ物入りでね。バイトの金も飛んじゃったんだよ」

「きっと大丈夫。うちのおとうさん、学生さんには甘いから」

「申し訳ない。いつも感謝してる」

島崎は涼しい目で笑うと、「じゃあ」と片手を挙げて駅へと歩いていった。悠々と、そよ風に吹かれるような歩調だった。しばらくうしろ姿に見とれていた。

「島崎さん、ポールに似てる」圭子が胸の前で手を組んで言った。

「うそでしょう？　似てるのはジョンのほうじゃない」良子が気色《けしき》ばんで言い返す。

「そう？　目なんかぱっちりしてポールみたいじゃない」

「島崎さんの目は切れ長でしょう？　どこを見てるのよ」

つい強い口調になった。列に横入りされたようで不愉快だったのだ。

「ヨッコ。気があるんだ、あの東大生に」と圭子。

「おケイには関係ないでしょ」そっぽを向いて答えた。

店を出て歩きながら、言い合いのようなものが続いた。圭子がしつこく島崎のことを知りたがり、良子が「そんなに気になるのなら追いかけてデートでも申し込めばいいじゃない」と言ったら、「無理しちゃって」と鼻で笑ったので、かっと頭に血が昇ったのだ。

「ヨッコ、怒らないでよ」

「怒ってません」

「怒ってるじゃない」

口をとがらせてずんずんと前に進んだ。アーケードの外に出て、ロータリーを横切り、高架下へと向かう。丁度中央線の電車が走ってきて、ゴトゴトという線路の音と道路工事の機械音が入り混じり、鼓膜《こまく》が騒音に占拠されていた。余計に不快な気分になる。

圭子にうしろから肩をつつかれた。うるさいなあ。そう思って小さく振り返ると、視界の端に一筋の煙が上がるのが見えた。圭子はその方角を凝視《ぎょうし》している。同じように向き直った。百メートルほど離れた場所で、曇り空をバックに、灰色の煙が立ち上っている。

何が起きたのか、にわかには理解できなかった。一見したところ、視界に工場の煙突《えんとつ》はない。

「ねえ、ヨッコ。わたし見ちゃった」圭子が青い顔で口を開いた。

「何を？　何を見たの？」

「爆発した瞬間。瓦《かわら》が飛び散ったの。バーンって」

「あそこって、何があるの？」

「中野駅の北側っていったら警察学校じゃないの。ほかに知らないよ」

「あ、燃えてる」炎が上がるのを見て、良子が現実感のないまま言った。目の前の光景が、どこか映画のスクリーンのように思えたのだ。

電車が通り過ぎ、音が止んでもその場にいた。周囲にも気づいた人が現れ、徐々にざわついていった。道路工事が中断された。

中野通りを、若者の一団が血相《けっそう》を変えて横切っていく。さっき今川焼きの店にいた警察学校の生徒たちだ。

良子は不安になって圭子の手を握った。圭子も強く握り返す。しばらくして消防車のサイレンが聞こえた。

ぱらぱらと、また雨が降り出した。


その夜、良子はテレビの前を離れなかった。昼間の爆発事故はニュースで報じられるにちがいないと、すべての報道番組をハシゴしたのだ。

しかし、中野で見たことは一切触れられることはなかった。NHK七時の「きょうのニュース」でも、九時半からの「ローカル・ニュース」でも流れなかった。民放の短いニュースともなれば、やりそうな気配すらなかった。

翌朝の朝刊も同様だった。社会面にも地方面にも、中野の一件は載っていなかった。

良子は狐にでもつままれたような気分だった。あんなに派手に煙が上がり、消防車が出動したというのに。しかも場所は警察学校だ——。

弟の憲夫《のりお》から、「ねえちゃん、寝ぼけてたんだろう」と文句を言われた。良子は自宅に帰るなり、息せき切って家族に話していた。耳の遠い祖母までつかまえて聞かせていた。中でも弟は興味津々で、「草加次郎《そうかじろう》がまた動き出したんだよ」と目を輝かせたのだ。「草加次郎」とは、一昨年から昨年にかけて東京を震撼《しんかん》させた爆弾魔のことである。未解決のまま一年が過ぎ、そろそろ忘れられようとしていた。

父は冷静だった。「そんなもの、ガスに引火した小火《ぼや》とか、そういうのだろう」と、娘の言うことなど話半分と思っている口ぶりだった。

なんだか自分でも見たことに自信がなくなった。

3

昭和39年8月30日　日曜日

オート三輪で団地の入り口まで乗り付けると、そこには子供を抱いた妻と義理の両親が出迎えに立っていた。白いコンクリートの壁をバックに笑顔が並んでいる。落合昌夫《おちあいまさお》は運転席から飛び降りると、首にかけたタオルで顔の汗を拭《ぬぐ》い、義父と義母に向かって挨拶をした。

「今日はよかったのに。落ち着いたらあらためて招待しますよ」

「いい天気だし、待ちきれないから来たの」義母が目尻《めじり》を下げて答えた。「昌夫さん、邪魔しないから見せて。四階建ての団地なんて、わたしたち初めてなの」

八月最後の日曜日は、雲ひとつない晴天だった。義母は日傘を差していて、その陰は孫のために向けられている。

「まったく女は人の家をのぞくのが大好きだからな」義父が呆《あき》れた口調で言い、眉《まゆ》を寄せた。「すまんね、昌夫君。掃除ぐらいさせるから」

義父の胸には真新しいカメラがぶら下がっていた。

「じゃあ、おとうさんだけ家にいてもよかったのに」妻の晴美《はるみ》がからかい、それぞれが表情をくずす。晴美の腕の中で、もうすぐ二歳になる息子の浩志《ひろし》が居眠りをしていた。晴美のおなかは大きく、妊娠八ヵ月の身重《みおも》だ。

金曜日の午後に急遽《きゆうきよ》決まった引っ越しだった。仕事が一段落したので、この機会を逃すまいとあわててトラックと手伝いの手配をした。昌夫の職業は刑事だ。

邪魔になるので、晴美には子供を連れて小岩《こいわ》の実家に帰るよう言ってあった。どうやら両親が見に行きたいと言い出し、電車とバスを乗り継いでやってきたらしい。

トラックから職場の後輩が降りてきて、「ちわッス」と腰を折った。警視庁刑事部捜査一課の同僚、岩村《いわむら》だ。岩村は大学の後輩だった。大卒の警官は十人に一人という割合でしかないので、自然と関係が深くなる。

「すいません。お休みの日なのに」晴美が深々と頭を下げ、両親もそれに続いた。

「とんでもないです。先輩にはいつもお世話になってますから、これくらい当然です」岩村が恐縮する。親族の前で持ち上げられ、昌夫は満更《まんざら》でもなかった。

「冷えた麦茶、持ってきたから」と義母が手提げ袋から魔法瓶を取り出して言った。「ここらあたり、断水してない？」

「水は出てます。千葉だと、貯水池がちがうみたいですね」昌夫が答える。

この夏の東京は、深刻な水不足に見舞われていた。給水制限は警視庁も例外ではなく、水筒を持参する捜査員の姿が一般的となった。取調べには茶碗《ちゃわん》一杯の水も出さない。

力仕事を前に早速一杯ずつ飲んだ。冷えた麦茶が喉《のど》を心地よく潤《うるお》す。

「いいわねえ、新築の団地って」義母が鉄筋コンクリートの建物を見上げて、ため息をついた。「日当たりもいいし、いちばん上の階だから、きっと眺めも最高ね」

「晴美もいよいよ団地族か。いい時代になったもんだ」義父が孫を抱く娘にカメラを向ける。

「よし。じゃあ始めるか」昌夫がタオルを頭に巻いた。

「一気にやりましょう」と岩村。ボート部出身のこの男の手は分厚く、グラブなしで野球ができるほどだ。

二人で、冷蔵庫を担いだ。共済会《きょうさいかい》から借りたオート三輪の荷台には、ダイニングテーブルや応接セットといった真新しい家具が積まれている。

三十歳の昌夫が、千葉県松戸《まつど》市にある「常盤平団地《ときわだいら》」の新規分の入居募集に当選したのは、結婚四年目のことだった。二人目の妊娠がわかったところで、夫婦で話し合い、郊外の公団住宅に申し込むことにした。昌夫や晴美が生まれ育った東京の東部は、工場の煙突が建ち並び、川と空気がすっかり汚れていた。日本中で公害が深刻化していて、子供は緑の中で育てたいと思った。昌夫は次男なので、親との同居の問題はない。

五度目の応募で、できたばかりの常盤平団地の新棟に運よく当選することができた。松戸に馴染《なじ》みはなかったが、見学に来たときすでに気に入っていた。周囲は田園地帯で、下町育ちの昌夫たちには風が薫るのが新鮮だった。小川は底が透けて見え、魚が泳いでいた。なにより五十万坪の新都市に圧倒された。団地内は道路が舗装《ほそう》され、街路樹が植えられ、上下水道と都市ガスが完備していた。東京の下町を素通りして、郊外が発展し始めたのだ。

ただひとつ問題があり、それは昌夫が警視庁の刑事ということだった。刑事は管内に住むのが不文律で、自宅に加入電話でもない限り、最寄りの交番から呼び出されるのが緊急連絡方法となっていた。常盤平団地の交番は千葉県警の管轄だ。

「頼んでみろよ」と焚《た》きつけたのは捜査一課長の玉利《たまり》だった。中大法学部出身の玉利は刑事部きっての理論派で、古い慣習と理屈に合わないことを嫌った。「そろそろ変えようぜ」が口癖で、内務省出身の古参幹部とも平気で遣《や》り合った。

そこで恐る恐る千葉県警の総務部に問い合わせたら、「前例はないが断る理由もない」という答えが返ってきた。昌夫は一躍、警視庁内でヒーローとなった。今では千葉や埼玉の団地の抽選に応募する若い刑事が続出している。

常盤平団地は2DKの間取りで、風呂《ふろ》とベランダがついていた。「DK」とはダイニングキッチンを意味し、ダイニングルームとキッチンを合わせた和製英語らしい。水洗トイレは洋式。うれしいやら照れ臭いやら、昌夫は不思議な感想を抱いた。家賃は五千七百五十円。これまでの風呂なしアパートとさして変わらない。入居に際しては家賃の五倍の月収が必要資格とされたが、「公安職4等級18号給＝三万二千九百円」の昌夫は難なくパスすることができた。

予定ではオリンピック開会式の日に二人目の子供が生まれ、団地での新生活が本格化する。いよいよ自分も一人前か、という実感が昌夫の心の中にはあった。そして街の変わりようも、昌夫たち若い世代を後押ししてくれている気がした。この団地はまさにその象徴だ。憧《あこが》れだった文化生活が、とうとう若い夫婦のところまで降りてきたのだ。

階段を使い家具を運んだ。四階までとなるとさすがに道のりは厳しく、たちまち玉の汗が滴《したた》り落ちた。日曜日ということもあって、入居は昌夫たちだけではない。すぐ下の階でも引っ越しが始まり、さして広くない階段は人と荷物の往来《おうらい》で満員電車のようになった。同じ団地住民となるので、昌夫は自己紹介と挨拶《あいさつ》をした。向こうも丁寧に応じてくる。少し立ち話をすると、同年代で家族構成も同じことがわかり、妻同士がたちまち打ち解けた。早いうちがいいと思い、昌夫が自分の職業を告げる。向こうは驚いた様子だったが、すぐに表情を和らげ、「刑事さんが近所とは心強い」と白い歯を見せてくれた。

岩村の手伝いのおかげで、家財道具の運び入れは三十分ほどで完了した。家具の配置は、せっかく妻がいるので指示を仰ぐことにした。

「じゃあね、鏡台はそっちで、本棚はそこで……」晴美はやけにうれしそうだ。

嫁入り道具だった箪笥《たんす》やミシンは四畳半に押し込め、六畳の和室には絨毯《じゅうたん》を敷いて応接セットを並べることとなった。丸井百貨店の月賦で買った、白いチェアと木製テーブルだ。赤い笠《かさ》の電気スタンドもある。

孫を外で遊ばせていた義父母が戻り、モダンなインテリアに目を丸くした。

「まあ外国の家みたい。お風呂もあるし、ベランダもあるし。よかったねえ、晴美」義母が大袈裟《おおげさ》に涙ぐむ。

「昌夫君も晴美も、いい時代に生まれたな」義父は嘆息し、しみじみとした口調で言った。明治生まれの義父は、幾多の戦争で親兄弟を数人亡くしていた。

「浩ちゃんの時代はもっとよくなるね」義母が孫を抱き上げて、頬にキスをする。息子の浩志が成人するのは一九八二年だ。昭和は続いているのだろうか。科学はどこまで進歩しているのか。宇宙旅行くらいは実現しているかもしれない。

引っ越しが完了し、夕暮れまではまだ早いが食事をしに行くことになった。松戸駅前で朝鮮焼肉の店を見かけたのを思い出し、昌夫が提案すると、岩村が一も二もなく賛成した。

「じゃあ、ぼくがご馳走《ちそう》しよう。岩村さん、好きなだけ食べてくれ」と上機嫌の義父。

「お義父《とう》さん。こいつ、皿まで食べますよ」昌夫が言い、全員で笑う。残暑厳しい日中だというのに、気の早いトンボたちが団地の上空を飛び交っていた。


朝鮮焼肉の店で昌夫たちは奥の座敷《ざしき》に案内された。卓には二つの七輪《しちりん》が用意され、仲居《なかい》が窓を開けた。

「ちぇっ。クーラーなしか」岩村が小声で言い、鼻に皺《しわ》を寄せる。

「贅沢《ぜいたく》言うな。銀座のレストランじゃないぞ」昌夫がたしなめた。見上げると、蠅取《はえと》り紙がぶら下げてあった。

男衆だけビールを飲んだ。「おれは一杯だけだ。トラックを返しにいかないとな」昌夫が言うと、岩村が「平気ッスよ。誰が落合さんを検問にかけるっていうんですか」と笑い、ビールを注ごうとした。

「おい。ここは千葉県警だ。おれらはヨソ者だ」コップをてのひらでふさいだ。

「そっか。落合さん、千葉県民なんだ。ちなみに、桜田門まではどれくらいかかるんですか?」

「北千住《きたせんじゅ》から日比谷線で霞ヶ関《かすみがせき》まで一本だから、約一時間ってところかな」

「ああ、そういえば日比谷線は昨日、全線開通しましたね。じゃあ便利だ」

「おまえ、松戸を田舎だと思ってるんだろう。保谷《ほうや》市の公団に申し込むくらいなら、松戸のほうが断然近いぞ」

捜査一課の全員に言ってやりたい台詞《せりふ》だった。職場内には、千葉に引っ越す同僚に対して、「仕事をする気がねえんだろう」と陰口をたたく者までいるのだ。

ロースとホルモンを注文し、熱くなった網に敷き詰めた。ジュッという肉の焼ける音が弾《はじ》け、たちまち煙が立ち昇る。昌夫と岩村は競うように食べ始めた。御飯をとり、タレをたっぷりつけた肉を白飯の上に載せ、道路工事のように豪快に口の中にかき込む。「さすが若いね」義父母が目を細めた。

「これ、何の漬物ですか?」岩村が箸《はし》で差して聞いた。

「キムチだよ。知らないのか」と昌夫。

「初めて見ました」

辛い辛いと言いながら、うれしそうに食べている。二人揃《そろ》って御飯の大盛りをお代わりした。

「ところで、昌夫君。今度のオリンピック、警視庁からは誰か出るのかい?」義父が聞いた。

「柔道の重量級に教養課の猪熊功君《いのくまいさお》が出ます」

「彼は間違いなく金メダルでしょう。負けたら引責退職するんじゃないですか」岩村が口一杯に肉を頰張って言う。

「気の毒にな。余計な期待をかけられて」昌夫が同情した。

「剣道が五輪競技になってればなあ。先輩、間違いなく日本代表ですよ。なんたって警視庁のナンバーワンですから」

「おだてるな。日本は広いんだぞ。各都道府県警に猛者《もさ》はいるんだ。だいいち、世界に普及してないんだからしょうがないだろう」

「フェンシングと他流試合っていうのはどうですか？　メダリストを武道館に呼び出してやっつけちゃいましょうよ」

くだらない冗談にみんなで笑う。

「ねえ、あなた。日本武道館ってもう完成したの？」晴美が聞いた。

「いいや、まだだ。代々木総合体育館も駒沢《こまざわ》競技場も、現在工事中」

「十月十日に間に合うわけ？」

「おれに聞いたって知らないさ。池田《いけだ》首相か東《あずま》都知事にでも聞いてくれよ」

「なんとかなるわよ、あと一月と少しあるから」義母が、膝《ひざ》の上で孫に御飯を食べさせながら、のんびりした調子で言った。「日本人は、最後の追い込みに強いのよ」

なんとなく説得力があったので、それぞれがうなずいた。

　ここ一年、国民全員が日本人であることを強く意識していた。町内会では、町をきれいに見せるために洗濯物を軒下に干さないよう話し合われ、傷痍《しょうい》軍人の物乞《ものご》いたちも、外人に恥ずかしいからと自発的に擦り切れた軍服を脱ぎ捨てた。自衛隊も、近頃はもっぱら掃除部隊だ。世界に誇れるオリンピック東京大会にしようと、誰もが責任の一端を担おうとしていた。もしも新幹線の開通が遅れるとしたら、国民は率先してツルハシを片手に工事現場に向かうだろう。そんな勢いが日本中にあった。

「おい、まだ食えるか？」肉をあらかた食べ終えた岩村に聞いた。すぐに返事をしないので、昌夫は苦笑して安いホルモンを追加してやった。

　網を換えてもらい、肉を載せる。脂が滴って炎が派手に上がった。

「おっと。火事だ、火事だ。肉を脇にどけてくれ」

「あ、そうだ」岩村が箸を使いながら、思い出したように言った。「火事といえば、昨日、警察学校で小火《ぼや》騒ぎがあったみたいですね」

「中野で？　小火？」昌夫が聞いた。

「ええ。昨日、報告書を作るため夕方に登庁したんですが、そんな一報が入ってました」

「今朝の新聞には出てなかったな」

「小さいからでしょう。それに恰好《かっこう》悪いし」

「ふうん。今度、教養部の知り合いに聞いてみるか」

「それからね……」岩村が顔を曇らせ身を乗り出した。声を低くして言う。「小火で思い出しましたが、その前の土曜日、千駄ヶ谷の警務部長のお屋敷が小火だったんですよ。独身寮の近くなんで、ちょっとした騒ぎになりました」

「警務部長って、須賀《すが》警視監のことか」

「そうです。オリンピック最高警備本部の幕僚長です」

「それも初耳だな。ブン屋には隠したとしても、どうして内輪《うちわ》の耳に入ってこない」

「ぼくも不思議なんですよ。原宿署とは目と鼻の先で、何人かが駆けつけてるはずなんですが、何か都合の悪いことでもあったのか、その晩のうちに箝口令《かんこうれい》です」

「箝口令？」

「ええ。情報一切を保秘《ほひ》とし他言無用。おまけにその屋敷は二十四時間の警備対象になりました」

「どういうことだ。ただの小火なら警備など不要だろう」

「そこが謎なんです。さっき小火って言いましたが、実際は炎が上がって、半焼ぐらいしているらしいんですよ。それも伏せられてます」

「わからんな。事件なのか」

「さあ。まったくわかりません。とにかく所轄の刑事課は蚊帳《かや》の外らしいです」岩村は口をすぼめ、かぶりを振っていた。

しばらく黙って肉を食べる。

「すいません。先輩、今話したこと、内緒にしてください」

後輩の言葉に、昌夫は真顔でうなずいた。

「ねえ、昌夫さん。お仕事の話？」横から義母が聞いた。

「いえ。たいした話じゃありません」

「せっかくだから、みんなで記念撮影しない？」

「いいですねえ。ぼくが撮りましょう」気の利く岩村が腰を浮かせる。

「いいの、いいの。お店の人に頼んだから」

いつの間にか話がついていて、店の主人が笑顔で出てきた。床の間をバックに家族全員と後輩が並ぶ。「おお、これ新品ね」主人がカメラを手にためつすがめつしている。

カメラはアサヒペンタックスの一眼レフだった。義父が孫を撮るために買ったものだ。定価四万二千円と聞いたときは、義母と晴美が呆《あき》れ果てていた。

「はい、チージュ」主人が朝鮮訛《なま》りで言った。みなで微笑む。

一瞬ののち、岩村が吹き出した。たちまち伝染し、全員で笑いこけてしまう。

シャッター音がタイミングよく鳴り響いた。


翌日、昌夫は朝六時に起床した。計算では七時少し前で大丈夫なはずだが、新居からの初通勤なので念のために早起きした。

朝食はトーストだった。新品のダイニングテーブルの上に、目玉焼きとコンソメスープと紅茶が並んでいる。結婚して初めての西洋式朝食だ。何か言うべきなのだろうが、言葉が見つからなかった。焼きたてのトーストにバターを塗《ぬ》ってかじる。バリッと乾いたいい音がして、香《こう》ばしい匂いが鼻をくすぐった。

「もう一枚、焼く?」晴美が聞いてきた。

「うん、焼いて」簡潔に答え、またたく間に一枚を食べ終えてしまう。晴美がほっとしているのが背中でわかった。

食後、ダイニングの隅に設置された「洗面コーナー」で歯を磨いた。すぐ前に鏡がある。子供の頃から台所で顔を洗ってきたので不思議な感じがした。

トイレを済ませ、身支度《みじたく》をしていると、息子の浩志が起きてきた。「おとうさんがお出かけですよー」晴美に抱かれて目をこすっている。

見送りは玄関でいいというのに、息子と二人で一階まで降りてきた。すると団地内のそこかしこで同じ光景が繰り広げられていた。若い夫婦と小さな子供。「いってらっしゃい」「いってきます」明るい声が飛び交う。手を振りながら歩き出すと、昌夫は自分が刑事であることを忘れそうになった。

団地前のバス停では、見知らぬ者同士が挨拶《あいさつ》を交わした。昌夫も愛想よく「おはようございます」とお辞儀《じぎ》をした。案外自分は民間会社でも通用するのではないかと思い、心の中で苦笑した。

新しい町を自分たちで築いていくのだという気構えが、それぞれの住人にあった。バスを待つサラリーマンたちの顔は、人生の本番を迎えた男の顔だった。自分もその一人であることを昌夫はうれしく思った。

空ではスズメが鳴いている。朝の澄んだ空気が胸に心地よかった。

桜田門《さくらだもん》の警視庁には午前八時五分前に着いた。明日からはあと三十分、起床を遅らせてもいいことになる。顔見知りの立番《りつばん》に敬礼をすると、「お帰りなさい。お疲れ様です」という労《ねぎら》いの言葉が返ってきた。昌夫は先週まで、目黒署に捜査本部を置く強盗殺人事件の捜査に当たっていた。本庁に戻るのは約十日振りだ。

「落合さん、早いですね。ホシを挙げたんだから、もっとゆっくりでもいいのに」

「昨日、引っ越したんだよ、松戸の団地に。通勤時間が読めなくてな」

「へえー、そうだったんですか。落合さん、団地族なんだ」

「団地族で悪いか」冗談でにらみつけてやる。

「からまないでくださいよ。うらやましいんだから」

「子供ができてみろ。おまえだって汚れた川と煙突だらけの町から出たいと思うさ」

昌夫は五階建ての庁舎を見上げて言葉を吐き、大股《おおまた》で玄関をくぐった。

V字形に分かれた庁舎の一方の一階廊下を進む。人通りの多さから、通称「銀座通り」と呼ばれる警視庁の名物廊下だ。口の悪い者は「地獄通り」とも呼ぶ。任務が激しく、鬼の形相で歩く刑事が多いからだ。

警視庁刑事部捜査一課は、捜査一課長を長とし、第一から第三まで強行犯捜査課に分かれ、それぞれ課長代理が置かれていた。廊下には五つの部屋が並び、一号室から五号室に七つの通常捜査係と三つの初動捜査係、さらに三つの特殊捜査係が割り当てられている。昌夫は通常捜査で二号室五係に所属していた。事件は順番で担当する。

事件が回ってくれば「事件番」となり、所轄の捜査本部に出かける。事件待機は「在庁番」と言い、ひたすら部屋で出動指令を待つ。その次は「裏番」と言い、居場所だけ明らかにしておけばどこにいてもいい。ホシを挙げたばかりの五係は、次の事件が起きるまで「裏番」だった。だから気がらくだ。午前中だけ部屋にいて、午後はネタ拾いに繁華街を歩こうと昌夫は思っていた。

一階の刑事部屋に入り、「おはようございます」とお義理程度の声を上げた。裏番なので人影はまばらだ。ただ、部屋の空気に違和感を覚えた。妙な硬さがある。

一瞬、殉職《じゅんしょく》があったのかと血の気がひきかけたが、刑事たちの顔を見渡し、すぐに早とちりだと悟った。悲しみの色はどこにもない。どちらかというと不機嫌そうだ。

何かあったのか？　同僚を探そうとしたが、五係の刑事たちは誰も出てきておらず、最年少の岩村の姿もなかった。窓際のテーブルに知った顔はいるものの、声をかけづらい雰囲気がある。刑事部屋は一朝有事《いっちょうゆうじ》以外、他人行儀な関係にあった。ほかの係の刑事と口を利くことは滅多になく、親しくすると情報漏れを疑われた。麻雀《マージャン》をするのも、将棋《しょうぎ》を指すのも、同じ係の刑事同士だけだ。

自分でお茶をいれ、安い番茶で喉《のど》を湿らせた。窓の外には街路樹の緑が生い茂り、八月は今日で終わりだというのに、朝っぱらから蟬《せみ》がうるさく鳴いている。残暑厳しい一日になりそうだ。

昌夫は、ふと思い出して電話機を手にした。ダイヤルを回し、警察学校第一教養部の知り合いにかけた。中野の小火騒ぎのことを知りたかったのだ。

電話に出た剣道五段の薩摩《さつま》隼人《はやと》は快活《かいかつ》だった。「なんだ、落合四段。昇段試験の相談か。高段者稽古《げいこ》にも出てこないやつに昇段を認めるわけにはいかんぞ」野太い声で笑っている。

「そのうち行きます。たまには、元日本選手権覇者である大先輩のご指導を仰ぎたいと思っております」

「〝元〟だけ余分だ。いつでも来い。返り討ちにしてやる」

「それより、ちょっと聞きたいことがあってですね……」昌夫は声をひそめた。「おととい の土曜日、そちらで火事があったというのは本当ですか？」

薩摩隼人が返答に詰まった。電話の向こうでなにやら気分を害している様子が伝わる。

「こっちにも一報はあったらしいのですが、それ以降はなしのつぶてです。ただの事故なら無関係ですが、そういうわけでもないんでしょう？」刑事の習性で、無意識にカマをかけていた。「ずいぶん被害があったそうじゃないですか」

「貴様、誰から聞いた」薩摩隼人がドスを利かせて言った。

「真昼の炎上で口封じはできませんよ。道場は無事だったんですか」

数秒の沈黙ののち、薩摩隼人がささやいた。

「道場は無事だ。やられたのは寮だ。それも大学校の寮をな」

やられた――？　昌夫が眉《まゆ》をひそめる。ということは事件なのか……。

「放火ですか。爆発物ですか。怪我《けが》人は出たんですか」

「知るもんか。ここから先はおまえのところの四階に聞いてくれ。こっちには事情説明もありゃしねえ。本部が来て、ロープ張って、警察学校は蚊帳《かや》の外だ」

警視庁の〝四階〟とは公安部のことだ。

「わかりました。余計なことを聞いて申し訳ありませんでした」

「毎度気に食わねえな。秘密主義はわかるが、てめえだけが偉いって顔してやがる」

「ええ、わたしも同感です。今度、警務部を抱き込んで、公安部の若手に武道研修を組みましょう。先輩には出張指導をお願いします」

「おお、頼むぞ。教練の精鋭を引き連れて、全員、一から叩《たた》き直してやる」受話器の向こうでガハハと笑い、薩摩隼人は機嫌を直した。「ああ、そうだ。あくまでも中野での噂だが……」今度は向こうが声をひそめる。「草加次郎の名前が挙がってるみたいだぞ」

　草加次郎――？　昌夫は絶句した。草加次郎とは、一昨年から昨年にかけて東京中を震《しん》撼《かん》させた連続爆弾魔の名前だった。有名女性歌手に爆薬入り小包が届けられ、爆発したのを皮切りに、映画館や地下鉄が標的となり、多くの負傷者を出して世間は騒然となった。悪戯《いたずら》の模倣犯も多数出現し、捜査は大混乱をきたした。捜査本部は現在も上野《うえの》署に置かれているが、今年の二月をもって縮小され、解散は目前となっていた。つまり「迷宮入り」

間近の事件だ。

「貴様、捜査一課なら無関係では済まなかったろう」

「はい。今年の春まで地取《じど》りをやってました」受話器を手にうなずく。胸騒ぎがした。草加次郎の名が挙がるということは、火災は爆発だったのだろうか。

「オリンピックを目前に控えてとんだ客だ」

「まったくです。事実なら上級職は青くなってるでしょう」

礼を言って電話を切る。椅子の背もたれに体を預け、目を閉じた。蝉の鳴き声が鼓膜を震わせる。オリンピック、上級職、という言葉に連鎖して、昨日、岩村が言っていたことが芋づるのように脳から引っ張り出された。

千駄ヶ谷の警察幹部の屋敷で火災があった。オリンピック最高警備本部の幕僚長、須賀警視監の自宅だ。この一件は記者発表されず、なぜか二十四時間警備の対象となった。

黒い影が瞼《まぶた》にかかる。目を開けると、登庁した岩村が昌夫の顔をのぞき込んでいた。

「おはようございます。お休みでしたか」

「いいや。おはよう。昨日はありがとう。女房も感謝してた」

「どういたしまして。それより、せっかくの事件明けですから、午後は有楽町で一丁囲みませんか？」

岩村が口の端を持ち上げ、麻雀牌《パイ》をつまむ手つきをする。

「おう、いいな。ただし夕方には帰るぞ。まだ家が片付いてねえんだ」

そこへ五係の係長、宮下大吉《みやしただいきち》警部が現れた。既製服が合わないいかり肩の持ち主で、のしのしと歩くさまはゴリラを連想させる。丁度いい具合に、奥目でもある。

「おうす」宮下は唸《うな》るように言い、椅子にどっかと腰を下ろした。岩村がお茶をいれに給湯室へと駆けていく。ひとつしわぶいた宮下が、昌夫に視線を向けてきた。

「おい、オチ。上の階で何かあったのか」小声で言う。

「知りません。なんで上の階なんですか?」

「さっき上の階から、課長と課長代理が顔を真っ赤にして降りてきた」

「玉利課長と田中《たなか》課長代理が?」

「ああ。声をかけられる雰囲気じゃなかったな。そのまま部長室へ消えていったぞ」

「そうですか……」昌夫は一呼吸置いて、横目で周囲を見た。「それはそうと、この部屋も様子が変ですよね」

「おまえも思ったか。月曜の朝から不穏なこった」鼻に皺《しわ》を寄せている。

「よお、ミヤ」廊下を通った年配の刑事が、扉から顔だけのぞかせて言った。「おまえさんたち、裏番か。だったらすぐにも応援に駆り出されると思うが、捜査一課のメンツのためにも、おとなしく駒《こま》になるんじゃないぞ」

「応援? いったい何の話で?」宮下が聞く。

年配刑事が口を開きかけたところへ、田中課長代理が扇子を片手に姿を現した。憤怒《ふんぬ》の表情を冷ますようにパタパタと扇《あお》いでいる。こちらは関取に似た体型なので、朝稽古を終えた力士のようだ。

「五係、全員揃《そろ》ってるか」突き刺すような口調で言った。

「いいえ。事件明けなんで、まだちょっと……」と宮下。

「揃い次第、半蔵門《はんぞうもん》会館の二階会議室に行け。詳しくは向こうで話す」

それだけ言うと踵《きびす》をかえし、大股で去っていく。行く手にバケツでもあれば思い切り蹴《け》飛《と》ばしそうな勢いだった。

宮下と顔を合わせた。麴町《こうじまち》の半蔵門会館といえば、警察の共済組合がある施設だ。一階の食堂にはよく機動隊員が溜《た》まっている。

窓の外の蟬が、まるで誰かに一喝されたかのように、ぴたりと鳴くのをやめた。湿気を含んだ空気が部屋の中まで漂ってきた。


宮下を係長とする捜査一課五係は、午前九時に半蔵門会館へ到着した。桜田門から三つ目の停車場だ。呼ばれた理由がわからず全員が黙りこくっている。

玄関を入ると、一階正面の宴会場入り口には「全国都道府県交通部長会議」の表書きがあった。聖火リレーの交通規制についてでも話し合っているのだろうか。そのほかにも、各種警察会議が会館内で開かれている。

「お偉方は会議が好きだな。朝も早くからご苦労なこった」

捜査一課で十年目のベテラン刑事、森拓朗《もりたくろう》警部補が皮肉めかして言った。宮下とは対照的なギョロ目で、兵隊漫画の主人公 "タンクロー" の渾名を持つ元海軍曹長だ。武道場に黒光りした「伝海軍精神注入棒」を私費で備え、反抗的なチンピラを引っ張り込んでは肉体的教訓を与えている。

「こんなところで会議だなんて、いい話ではなさそうですね」

昌夫より三つ年上の沢野《さわの》久雄《ひさお》巡査部長がそう言い、憂鬱《ゆううつ》そうに鼻をすすった。沢野は生命保険会社から転職してきた変わり種で、風貌《ふうぼう》はいまだ営業職そのままだ。任官五年で巡査部長の昇任試験に合格し、知能犯捜査の二課を希望したが、警務部人事第二課長の書類ミスで一課に回された。警察は、内部においても一旦《いったん》決まったことを押し通す組織だった。

「おい、ニール。館内でくわえたばこはやめろ」

宮下に注意され、〝ニール〟こと仁井《にい》薫《かおる》警部補が、くわえていたたばこを廊下の灰皿に放り込んだ。開襟シャツに麻の背広を着こなす仁井は長身痩躯《そうく》のダンディで、離婚経験がある三十六歳の独身刑事だ。丹頂《たんちょう》のポマードを机の引き出しに常備し、いつもきつい匂いを振り撒《ま》いている。夜の赤坂ではちょっとした顔らしく、ニューラテンクォーターにも顔パスで入れるとの噂だ。

「あーあ。しばらくは雪駄《せった》で過ごせると思ったのにねえ」

いちばんうしろを歩く倉橋《くらはし》哲夫《てつお》巡査部長がため息をつき、床に革靴のつま先をぶつけていた。倉橋は水虫の保有者で、夏の地取り捜査を心から憎んでいる。歳はまだ四十だが、髪は見事な若白髪で、重たげな瞼《まぶた》を持ち、常に気だるい雰囲気を醸し出している。宮下係長と並んでも、たいてい上司と間違えられた。

以上が五係の七人で、別名「ローマの休日班」と呼ばれている。もちろんロマンチックな意味はなく、ろくな休みが取れないという皮肉だ。

ぞろぞろと階段を上がり、指定された会議室で待っていると、十分ほど遅れて田中が入ってきた。そのうしろには玉利課長がいる。昌夫たちは思わず起立した。

「おはよう。着席しろ。らくにしていい」玉利が長テーブルの上座に座った。「これから諸君に話すことは、すべて最高機密に属する事案である。ここに来てもらったのも、新聞記者に漏れると困るからである。したがって一切は保秘《ほひ》、保秘、保秘とする」

五係の刑事たちが、玉利のただならぬ様子に身を硬くする。

「八月二十九日、中野の警察学校で爆破事件があった。これを小耳にはさんだ者はいるか。正直に申し出て欲しい」

その問いかけに、昌夫は顔を熱くした。教養部の薩摩隼人の顔が浮かんだが、瞬時の判断で挙手しないほうを選んだ。隣にいた岩村は、初めからとぼけるつもりなのか、眉《まゆ》ひとつ動かさない。

「正直に言ってくれ。とくに処罰はない」

重ねての呼びかけに、昌夫は反応しなかった。警察で正直者が得をすることは滅多にない。

「よし、わかった。口止めされているとしたら、諸君の口の堅さを評価する。この先はうっかりも許されない。情報漏洩《ろうえい》が疑われた段階で、対象者には停職以上の重い処分を課す。諸君はその覚悟で臨んでくれ。では、あらましだけを順序立てて話す。八月二十日、中央郵便局の消印で警視総監宛《あて》に封書が届いた。担当秘書が開封し、最高警備本部に報告。内容を精査し、悪戯の可能性が高いことから、当面は様子を見ることとなった。手紙の内容は以下のものである」

玉利がひとつしわぶいて読み上げた。

「小生　東京オリンピックのカイサイをボウガイします　近日中にそれが可能なことをシヨウメイします　ヨウキュウは後日追って連絡します　草加次郎」

会議室がどよめいた。宮下や森も驚きの表情をしている。草加次郎の名に昌夫は背筋に冷たいものを覚えた。

「その結果、手紙到着の翌々日、八月二十二日土曜日十九時五分、渋谷区千駄ヶ谷二丁目三四八番地の須賀警務部長私邸において、時限発火装置によるダイナマイトが爆発。離れの茶室と書庫、およそ百五十平米を全焼。さいわい離れに人はおらず、怪我人も出なかったものの、御母堂《ごぼどう》が消火に駆けつけようと水の入った桶《おけ》を持ち上げ、腰椎捻挫《ようついねんざ》、つまりぎっくり腰で緊急入院する事態になった。知っての通り、須賀警務部長はオリンピック最高警備本部の幕僚長である」

また刑事たちがざわついた。警察幹部の私邸が狙われた——。岩村から噂は聞いていたが、実際に課長から知らされると衝撃は大きかった。

仁井がたばこを取り出し、マッチで火をつけた。それが合図であるかのように、全員がたばこを吸い始める。玉利の話は続いた。

「本件はただちに警察庁長官、首相官邸に報告され、庁内に特別捜査本部が設置された。ただし、すべては極秘で報道各社に発表されることはない。理由はひとつ、東京オリンピック開催にいささかたりとも不安を抱かせるような事案が起きることは、国際社会における我が国の信用に係わる重大事である。万が一不祥事があるなら、国家の名誉と日本警察の威信《いしん》は地に堕《お》ちるものと考えるべきである」

玉利が赤い顔で語気を強くした。隣の田中は毘沙門《びしゃもん》様のように目を吊《つ》り上げている。

「そして八月二十六日、同じく中央郵便局の消印で二通目の脅迫状が警視庁に届く。内容は以下の通り。《当局のケンメイな判断を評価します　もう一度ハナビを上げます　ヨウキュウはまたあとで　東京オリンピックはいらない　草加次郎》——。賢明な判断とは、警察が事件を公表しなかったことを差すものと思われる。そして一昨日、八月二十九日十五時丁度、中野の警察学校南宿舎、配膳《はいぜん》室にて爆発。千駄ヶ谷同様、時限発火装置付きのダイナマイトで、屋根が吹き飛ぶなど、木造宿舎の約二百平米が燃える被害が出ている。さいわい土曜日の午後だったため、賄い婦は帰宅しており、直接の怪我人は出ていない。ただし、消火に駆けつけた教務課職員が階段から転げ落ち、腰の打撲で治療を受けている。なお、これについて犯人から三通目の声明文は届いていない。また千駄ヶ谷同様、公にはされていない。以上が大雑把《おおざっぱ》なあらましである」

玉利が五係全員を見渡した。テーブルに手をついて立ち上がる。昌夫たちはあわててたばこを消した。

「本件は、国家に対する許されざる宣戦布告であると我々は考えている。東京オリンピックが危険にさらされていることが内外に漏れれば、約四十日後に迫った五輪開催が危ぶまれる事態にもなりかねない。アジアで初めて開催される東京オリンピックを、我々はなんとしても成功させなくてはならない。これは日本の名誉に係わることであり、ひいては東アジア全体の信用問題である。現時点で、本件が組織的犯行であるのか個人の仕業によるものか、断定はできていない。また、思想犯なのか愉快犯なのかも見極められてはいない。しかし、犯人がどういう人物であろうと我々には関係ない。我々に課せられた使命は、速やかに犯人を特定し、その身柄を確保し、オリンピックを誰にも邪魔させないことである。今日から、五係の諸君七人に捜査に加わってもらう。明日からも随時《ずいじ》、捜査員を増強する。本部では新聞記者の目があるため、会議はすべて半蔵門会館で行う。寝泊まりは麹町寮に部屋を確保したのでそこを使ってくれ。諸君は、本件が国家の一大事であるという認識を持ち、決死の覚悟で職務に当たってもらいたい。わたしからは以上。本部で会議があるので、ここで失礼する」

玉利が大きく息を吐き、踵《きびす》を返した。扇風機の音がガーガーと響いている。昌夫は心に震えを感じた。捜査一課に配属されて二年目、初めて経験する大事件だ。

田中が話を引き継いだ。

「事件明けのところすまない。おまえたち五係が刑事部としては最初の捜査本部投入となる。ほかの係も手が空き次第、加える予定だ。さっき課長が、特別捜査本部の設置場所を『庁内』とだけ言ってはぐらかしたが、具体的に示せば、四階だ」

田中が険しい顔で言った。つまりそこは公安部だ。昌夫たちも事情を察し、表情を曇らせた。

「要するに、本事案の捜査指揮は公安部が執《と》るということである。当然、玉利課長と部長が異議申し立てをしたが、須賀幕僚長に退けられた。刑事部は常にブン屋のマークを受けるため、密行捜査は公安部のほうがふさわしいとの理由による。今日現在、特別捜査本部がどのような陣容で、どれだけのネタをつかんでいるか、我々には把握できていない。そして、すべてにおいて協力せよとの指令により、一課は草加次郎事件の継続捜査における全資料を公安部に提供することとなった」

田中はここで言葉を区切り、太い首を左右に曲げて骨を鳴らした。

「くだけたことを言ってしまえば、現時点で、一階は四階の下請けをやらされているわけだ。……もっとも公安部も不満はあるらしく、自分たちだけでやりたいところを幕僚長に説得され、刑事部を受け入れることになったらしい……」

会議室に沈黙が流れた。そういえば、出がけに一課の古参刑事が「メンツのためにも」と言っていた。どうやら指揮権の綱引き段階で、刑事部は大きく後れを取ってしまったらしい。

「まずはそれを念頭に入れておいてくれ。ホシは必ずおれたちの手で挙げる。いいな。草加次郎だろうが、アカだろうが、異常者だろうが、だ」

田中がシャツを腕まくりした。頭髪は淋《さび》しいが、二の腕は毛むくじゃらだった。

「では、これまでの捜査状況を、目撃情報、鑑識結果、遺留品鑑定の順で説明する。まずは不審者の目撃情報から――」

一斉にメモを取る音が響いた。昌夫は鉛筆を持つ手に力を込めた。

4

昭和39年7月13日　月曜日

地球が回るのをやめたかのように、風はそよりとも吹かなかった。七月の太陽は容赦なく真上から照りつけてくる。地面に沈殿《ちんでん》した熱気はどこにも逃げ場はなく、ただ空気を焦がすばかりだった。

先週末、気象庁は東京の梅雨《つゆ》明け宣言をしていた。いまさらという感があった。今年は例年にない空梅雨だった。五月の降水量が半分以下だったこともあり、このまま行けば東京は深刻な水不足になるだろうと、テレビのニュースが予測していた。いくつかの貯水池では、ダムでとっくに沈んだはずの廃村が姿を現している。よろこんでいるのは、ビール会社だけだ。

島崎国男《しまざきくにお》は、顔中に噴き出る汗をハンカチで拭《ぬぐ》い、大田区は大森《おおもり》の町を歩いていた。そのハンカチはたちまち雫《しずく》が滴るほどに濡《ぬ》れそぼり、手拭いにするべきだったな、と後悔の念を強くした。革靴の中も、汗ですっかり蒸れている。いつもは下駄だが、今日はそういうわけにもいかない。兄の遺体と対面しなければならないからだ。

右や左から、旋盤《せんばん》の音が響いてきた。初めて訪れた町だが、どうやら工場地帯らしい。そういえば、東京オリンピック開催による湾岸整備で、この地域の漁業組合が漁業権を放棄したといつか新聞が伝えていた。海苔《のり》の干し場が工場に変わったのだ。

しばらく歩くと、真新しい舗装路が目の前に開け、すぐ上を爆音と共に巨大な飛行機が横切った。圧倒されて立ち尽くす。視線の先にはコンクリートの長い架け橋もあった。これがモノレールか、と国男はしばし見とれた。羽田空港はすぐ近くなのだ——。秋田生まれで本郷西片《にしかた》に暮らす国男は、銀座より南にとんと縁がない。

番地を頼りに歩き続け、「糀谷東斎場《こうじや》」を探し当てた。看板がなければ工場かと見紛う、素っ気ないブロック塀に囲まれた古びた火葬場だった。見上げると、コンクリートが剝《は》げて鉄筋が所々むき出しになった煙突が、青い空に向かって大儀そうに立っていた。

国男は道端の木陰で風呂敷《ふろしき》を解き、中から黒いネクタイを取り出した。首の汗を拭いながら、ワイシャツの襟に通す。礼服は持っていなかった。学生服にしようかとも思ったが、この暑さの中で詰め襟はなかろうと考え直し、白いシャツに黒いネクタイだけで済ませることにした。数珠《じゅず》は下宿先の大家から借りた。

腕時計を見やる。約束の午後二時まであと十五分ほどあったが、時間を潰《つぶ》す場所もないので中に入ることにした。玄関には誰もいない。奥に向かって「ごめんください」と声を上げると、薄暗い建物の中から、浅黒い顔の見るからに田舎者という感じの垢抜《あかぬ》けない中年男が、とってつけたような背広姿で現れた。「あんだ、島崎さん？」国男に向かって目を凝らす。聞き慣れた秋田弁のイントネーションだった。

「そうです。秋田の家が立て込んでいて、わたくしが代理で来ました」

「代理ったって実の弟さんだべ？　島崎初男《はつお》さんの」

「はい。そうです」

「おにいさん、飯場《はんば》でいつも自慢してただよ。おらの弟は東大の学生だって。ほんとだったんだねえ。みんな、実際は信じていながった」男が、灰色が交じった五分刈り頭をかいて明るく言った。「ああ、わたしは山田《やまだ》っちゅうもんで、山新《やましん》興業の社長をやってます。出身は秋田の男鹿《おが》半島で、あんだらとは同郷になるだよ」

差し出された名刺を見る。会社の住所は秋田市内と東京都大田区の両方にあった。出稼ぎの元締めだと国男は推察した。秋田からの出稼ぎ労働者の多くは、業者の斡旋《あっせん》により他県へと働きに出る。早い話が建設現場に売られて行くのである。

「あらためて、お悔やみ申し上げます」

山田という男が急に真顔になり、深々と頭を下げる。国男も「どうもご丁寧に」と腰を折った。

「お寺さんがまだでね、ちょっと待合室さ行ごか」促《うなが》されてあとに続く。通気のための武者窓があるだけの薄暗い内部だった。土間《どま》に並べられた木製のベンチに、二人横に並んで腰掛ける。

「すまねえなあ。おにいさんを火葬にさせてもらって」山田が低姿勢で言った。「熊沢村《くまざわ》の役場に電話でお伺いさ立でたら、最初は出稼ぎ課の課長が『こっちは土葬』って怒り出してな。だども、さすがに死体を秋田まで移送はできねえし、『ほだら引き取りに来てくれ』って言ったら、途端に態度さ変えで『今回は火葬でもいいことにする』って。まったくいい加減な役人だども」

「ええ。火葬で結構です。実家とも相談しましたが、火葬でいいとのことです」国男は静かに答えた。

壁に備え付けの扇風機が辺りはばかることなく、ガーガーと音を立てて回っていた。

昨日の夕方、実家から東京の下宿に電報が届いた。文面は《アニ　シス　シキュウヤクバニレンラクコウ》というものだった。公衆電話から故郷である熊沢村の役場に連絡を入れると、母が待機していて、「初男が東京で死んだらしい」と、さして逼迫《ひっぱく》した様子もなく言った。きっと現実感がないのだと推測した。おまけに母は不幸に慣れきっている。

第一報は村役場に入り、その後実家に電報が届いた。死因は心臓麻痺《まひ》とのことで、現場の事故ではないらしい。東京に住む国男が後処理をすることになった。母や義姉が駆けつけるにも旅費はなく、すでに死んでいるのなら意味もない。「お義姉《ねえ》さんは？」国男が母に聞くと、「清子《きよこ》さんは子供の世話」と見当外れの答えが返ってきた。取り乱していないのか、と聞いたつもりだった。

もっとも、国男自身も大きなショックを受けたわけではない。十五歳年上の長兄は、国男が小さい頃から一年の半分は他県に出稼ぎに出ていて、どこか客人のように感じるところがあった。父が長患《ながわずら》いの末に死んでからは、家族全員から稼ぎ手として気遣われ、自然と尊大《そんだい》に振る舞うようになった。国男の東大進学に関しても、母校の教師たちの尽力があったにもかかわらず、「おらが行がせてやった」と周囲に吹聴《ふいちょう》していた。

さらには、長兄と国男は〝種ちがい〟の兄弟という気持ちの隔たりもあった。父が北海道の炭鉱に出稼ぎに出ていたとき、母が巡業の映写技師と懇《ねんご》ろになり、できたのが国男だった。熊沢村には、その技師が父親と思われる子供が三人はいた。よほど口達者で色男だったのだろう。問題にならなかったのは、〝村の恥〟だと長老が口外を禁じたからだ。父がどう納得したかは、最後までわからず仕舞いだったが、国男はこの出生の秘密を、十三歳のとき、嫁いでいく七つ上の姉から聞かされた。「あんたの出来がいいのはねえ、おどの子じゃねえがらよ」――。それはまるで「うらやましい」と言わんばかりの口調だった。

兄妹は全部で七人だったが、次兄が戦死し、長女が就職先の工場で空襲に遭って死んでいた。残りの家族が一堂に会することは滅多にない。毎年正月には帰省するが、男衆は出稼ぎ中で戻らず、女衆は嫁ぎ先で忙しくしている。今回の葬儀で、懐かしい顔と会うことになりそうだった。


「一応、これが診断書だべ」山田がそう言って書類を見せた。国男がのぞき込む。ぺらぺらの書類はどこかの病院で作成されたもので、死亡日時と場所のほか、備考欄に〝心不全により死亡〟と殴り書きのような字で書かれてあった。

「あどで遺体さ確認してもらうけど、あんたのおにいさん、外傷とかそういうのは一切ないがらね」

「いえ、結構です。病院の診断書に心不全と書いてありますから」

「ああ、そうね。そうだと話が早いがらこっちも助かるだよ」山田が手拭いで顔の汗を拭《ふ》く。「いや、こういうことがあっと、中には現場での事故じゃねえがって疑う遺族もいでな。そうなると、労働基準監督署とかへの届け出も大変になるし。第一おらたちの出稼ぎは職安を通してねえがら、話はもっとややごしくなるし……」

　国男は黙って聞いていた。労働条件や規約がいい加減であろうことは、なんとなく想像がついていた。村役場に「出稼ぎ課」はあるが、実態調査をするだけで村民を守ってはくれない。業者から接待を受けているという噂を聞いたこともある。

「お兄さんは、前から心臓さ弱かっただか？」

「いえ、そういうことはないと思います」

「そう。でも、こういう仕事さしてるうちに、だんだん体が弱ってくるってこともあるだろうし。ここのところ〝通し〟をよくしでだから、無理が祟《たた》ったのかねえ……」

「通し？」

「ああ、〝通し〟っていうのは、二つの番を続けて働ぐことでな。ここのところ、オリンピックに間に合わせるため、ずっと三交代制だったがら、一番八時間でそれを二番、つまり続けて十六時間を働ぐこどだっぺ」

「十六時間労働、ですか？」

国男が言葉を呑《の》み込むと、山田はあわてて「言っとくけんど、強制じゃねえがらね。金さ稼ぎたい人夫がケッパッてやるべえさ」と弁明した。

「兄はどういう仕事をしていたんですか？」

「いろいろだべ。うちらは孫請けだがらねえ。この近くの飯場から、毎朝バスに乗って現場に行って、ひとつの現場が終わると、翌日からは別の現場に行って……。ここんところは首都高速道路の橋脚《きょうきゃく》さ造ってるべ」

「首都高速ですか。知りませんでした」

「いやあ、そのう、造ってるって言っても、あくまでもこっちは孫請けの人足だがら。やってる仕事は穴掘りとか、土運びとか、そういうのだべ」

山田は頭をぼりぼりとかき、立ち上がって扇風機の前まで行った。

「それはそうと、あんた、おにいさんとはあんまし似でねえだな。おにいさんは酔うと

『おらも中学さ行がせでもらえたらどこかの帝大に入れた』なんて言ってたけどねえ」

「そうですか」返事に困り苦笑する。

「でも、今日見たら、頭のいい人はちがうと思った。あんた肌は白いし、手はオナゴみたいにきれえだし、顔もめんこいし」

「そんな……」

「いいや。生まれた星の下《もと》がちがうってことだっぺ。ツルハシさ振るうしかないおらたちとは人種がちがうべよ」

山田は目を閉じ、扇風機の風を浴びている。国男はうつむいて、足元を行く蟻《あり》を眺めていた。

「あんたとおらは他人だども、なんか、同じ秋田の人間が東京大学に通ってるっていうだけで、誇りに思えてくるから不思議だべ」

そのとき、門のほうから車の音がした。ドアが開き、玉砂利《たまじゃり》を踏みしめる足音が鳴る。

「ああ、お寺さんだ。そっだら島崎さん、これ、あんたから坊さんに渡してけれ」

山田が封筒を差し出した。表に「お車代」と書いてある。

「中に二千円入ってる。山新興業からの気持ちだべ」

戸惑いながらも受け取った。背中を押され、迎えに出る。玄関には法衣《ほうい》をまとった初老の僧侶《そうりょ》と、菊の花を携えた会社員風の中年がいた。

山田が双方を紹介する。中年の男はオリエント土木という会社の専務だった。国男を見て、神妙《しんみよう》な面持ちで、「お悔やみ申し上げます」と型通りの挨拶《あいさつ》をした。どうやらこの男が僧侶を手配したらしい。

僧侶を含めて四名で、薄暗い霊安室へ行く。中は線香が焚《た》かれていて、土壁のすえたような臭いと混ざり合い、人の嗅覚《きゆうかく》を怪しくした。部屋の正面に祭壇のようなものはない。白い布が被《かぶ》せられた台に棺《ひつぎ》が載せられている。待ち構えていた斎場の係員が一同を見渡すと、棺の蓋《ふた》を取り、「じゃあお願いします」とうなずくように頭を下げた。

国男が歩み出て、兄の死に顔をのぞき込む。全体がむくんで紫がかっていて、人相がまるで変わっていた。言われなければ兄とはわからないだろう。ただ、低くて横幅のある鼻を見て、「ああ兄だ」と心の中でつぶやいた。ずっと昔、お面なしでナマハゲができると村の若い衆にからかわれ、怒った兄が鎌《かま》を手に追いかけ回したことがあった。

僧侶がひとつ咳払《せきばら》いをして、読経《どきよう》を始めた。その声に誘われるように蠅が集まってきた。数匹が兄の死体にたかっている。係員が扇風機を運んできて、棺に向けて回した。蠅は退散しなかったが、飛び回る回数だけは減った。白装束《しろしようぞく》が、波のように揺れている。国男は数珠《じゆず》を手に握り、目を閉じ、こうべを垂れた。

兄のことを思い出そうとした。兄は大正十四年の生まれで、「あと一年遅けりゃあ昭和生まれだ」と、損をしたようなことをよく言っていた。戦争に召集されたが、南方の任地でマラリヤに感染して早々に送還され、「あれがなけりゃあ特攻隊に志願した」と威勢のいいことを言っていた。小学校を出て、百姓を継ぎ、冬場は県外に働きに出るようになった。二十三で隣村の女と見合いで結婚し、中学生の子供が二人いる。家族を大事にしていたかどうか、よくは知らない。国男が十五で家を出て、高校に通うため秋田市内で下宿生活を始めたからだ。兄と一緒に遊んだ記憶はない。物心《ものごころ》ついたときから、兄はいつも働いていた。旅行に出かけた兄を知らない。いい服を着た兄の姿を知らない。寿司《すし》を食べたことはあるのだろうか。ビフテキを食べたことはあるのか。酒を飲むのは知っている。正月に、うまそうにドブロクを飲んでいた。兄の夢はなんだったのだろう。どんな人生を望んだのだろうか。国男はまるで知らない。男同士のちゃんとした会話は、合わせても三十分とない。

これで兄弟か——。国男は鼻から強く息を吐き、奥歯を嚙《か》み締めた。

読経は五分程度で終わった。僧侶がさっさと帰り支度を始めたので、国男は先ほど山田から渡された封筒を差し出した。「ありがとうございました」丁寧に腰を折った。僧侶は封筒裏に書かれた金額を確かめると、一瞬眉《まゆ》を寄せ、無言のまま懐《ふところ》にしまった。

僧侶と土木会社の専務が踵《きびす》を返す。専務は出口で山田を呼び寄せ、「じゃあ、あとは頼むよ」と小声で言い、菊の花束を託していった。

「それでは最期のお別れをお願いします」係員が言った。

「ほれ、島崎さん」山田に促され、国男は菊の花を棺の中に並べた。

あらためて兄の顔を見る。死に化粧をしていたが、無精髭《ぶしょうひげ》が伸びたままだった。半開きの口から欠けた前歯がこぼれている。これで永遠にお別れかと思ったら、急に怖くなった。

家族を亡くすことに慣れた母はともかく、義姉と子供たちは本当に会わなくていいのだろうか。遺灰だけで納得できるのだろうか。きっと上京を言い出せず、母に従ったにちがいない。

ふと、遺体を秋田まで運ぶことを考える。いや、無理だ。トラック以外に方法はなく、それも二日はかかるだろう。自分に運転免許はなく、運送屋に頼む金もない。

まごついているうちに蓋が閉じられた。仕方がないと自分に言い聞かせる。釘《くぎ》と石を手渡され、国男が打つ。「あ、形だけでいいですから」係員に耳打ちされた。一本の釘を先だけ打ち込むと、あとは係員が代わってくれた。手際よく、金槌《かなづち》でトントンと釘を打つ。たちどころに棺が密閉された。

係員がもう一人現れ、棺台のシーツをめくって脚の車輪止めを外した。「出棺です」係員が言う。二人で前後の取っ手をつかみ、棺を載せたまま、薄暗い通路をさらに奥へと運んでいった。突き当たりの部屋に火葬炉があった。

炉はレンガ造りのもので鉄製の扉がついていた。「石炭で燃やすんですか？」火葬の経験がない国男が聞くと、「ガス」と山田が簡潔に答えた。

男四人で棺を持ち上げ、炉の中に滑り込ませた。中の遺体に思いが及ぶ。あんちゃん――。声に出して言いそうになった。

「それでは火葬の間、一時間ほど待合室で待機していてください」

扉が閉じられた。これで本当のお別れだ。

山田と二人で再び待合室へと戻った。ベンチに少し間を空けて座ると、「じゃあ、この間に話があんべ」山田が向き直り、鞄《かばん》から封筒を三通取り出した。

「こっちがオリエント土木からの香典《こうでん》で、こっちがうちがらの香典。もうひとつあって、これが松山建設がらの香典。これはさっきの専務さんがもらってきてくれたものだがら、ありがたく頂戴《ちょうだい》するといいべ」

「松山建設というのは……」国男が聞く。

「オリエントのひとつ上。首都高速道路工事の発注者は公団で、元請けは、石川島播磨《いしかわじまはりま》重工とかいって、おらたちには想像もつかねえ大企業で、そこからいろんな下請けに工事が振り分けられて、松山は二次下請けぐらいだべ」山田が鼻をひとつすすって話を続けた。

「現場は複雑でおらにもわがらね。松山の人夫は全員が社員らしいが、オリエントは半分が出稼ぎで、うちの山新興業は全員が出稼ぎだべ。弁当もちがえば休憩所もちがう。普段は互いに口もきがねえから、身分もわがらね」

「はあ、そうですか」

「本当なら、あんたのおにいさんの病死は、オリエントも松山も関係なくて、香典は出ねえだが、飯場で死んだがら少しは情けをかけてくれっておらが頼んで……」

山田が恩に着せるようなことを言うので、「すいません」と仕方なく頭を下げる。

「それでな、香典の代わりでもねえげど、ひとつ頼みがあってな。ああ、そうだ。あんた、判子《はんこ》は持ってきてくれたよね」

電話連絡したとき、判子を持参するよう言われていた。

「ええ、持ってきました」

「これに署名と判が欲しいんだども」山田が別の封筒を取り出し、中の書類を広げた。見ると、毛筆で《誓約書》と書いてあった。

文面に目を走らせる。あらかじめ雛形《ひながた》でもあるのか、型通りの文章だった。

《謹啓　盛夏の候貴社様におかれましては益々《ますます》ご健勝のこととお慶《よろこ》び申し上げます。つきましては当家島崎初男の病死において色々とご配慮を賜り、そのうえ今般はご多忙の折わざわざ葬儀のお手配まで賜り、厚く御礼申し上げます》

国男の胸の中で灰色の空気がふくらんでいった。要するに、責任逃れの念書《ねんしょ》だ。

《さらには弔慰金を仏前に供し戴《いただ》き、故人もさぞ御社のお心遣いをうれしく存じたことでしょう。なお、本件は総《すべ》て島崎初男の病死によるもので、当家は死亡診断書を尊重し、今後一切の賠償その他を請求しないことをここにお約束申し上げます》

どんどん暗い気持ちになった。補償問題が身内に降りかかるのは初めての経験だ。

「判子、もらえるよねえ。病死なのは確かだし」山田が卑屈に顔をのぞき込む。

「すいません。わたくしの一存では決めかねますので、この書類は秋田に帰って母か義姉《あね》に渡します」静かに言った。

「そんなあ。これ、言っておぐけど、疚《やま》しいところなんかひとつもねえだよ」

「とにかく、わたしは弟に過ぎませんので」

「弟さんなら充分だべ」

「ところで山田さん、これは誰に提出するものなんですか」

国男が聞くと、山田は返事に詰まった。

「山新興業さんじゃあないですよね。となるとオリエント土木か、松山建設か……」

「オリエントだべ……」山田が吐息混じりに言った。「飯場の所有者がオリエントだから、念のために……。なあ、頼むべ。おら、これに判子もらえねえと、うちは飯場も使えねえようになってしまうべ」

国男は漠然と現場の関係を理解した。山新興業は単なる労働力の派遣業者に過ぎない。飯場の所有者はオリエント土木で、流れ者の人夫も含めて、直接雇用関係のない労働者をたくさん置いている。場所の提供者に過ぎないので、事件事故が起きても責任は負いたくない。

何度も懇願されたが、国男は折れなかった。ごねる気はないが、義姉を差し置いて判を押すことはできない。

「そしだら、秋田に帰ったとき、判子もらってきてけれ」最後は山田もあきらめた。

その先は事務的な話になった。残りの兄の給料の支払い方と、飯場に残された私物の郵送先を確認し、国男が承諾した。斎場の使用料も郵送賃も給料から引かれてあった。当然かもしれないが、冷たい現実の一端を垣間見《かいまみ》た気がした。兄の日当は手取りで七百円だった。そこから飯場の寮費と食費が引かれて、五百円台に下がる。兄が秋田に毎月いくら仕送りしていたのか、国男は知らない。〝通し〟という連続労働をしなければ、家族を養うことはできなかっただろう。

一時間と十分ほど待たされて、国男が一人で骨揚げをした。壺《つぼ》に骨を入れるのは初めての経験だ。「桐《きり》の箱はご入用ですか」と言われ、聞くとびっくりするほどの値段だった。国男は持参した風呂敷《ふろしき》に包んで持ち帰ることにした。

「あんた、今夜の汽車で帰るんか？」と山田。

「ええ、母たちが待ってますから」国男が荷物を手に立ち上がる。

「《第2おが》か？　二十二時十五分発の」

「はい、そうです」

「二等？」

「ええ。もちろん」

歩き出すと、山田がポケットからしわくちゃの百円札を取り出し、三枚を国男のワイシャツのポケットにねじ込んだ。

「若ぐても秋田まで二等はきつい。寝台で行ぐべ。少しは足しにしてけれ」

「……すいません」

国男は素直に受け取ることにした。上野から秋田の手前の大曲《おおまがり》まで、約十一時間かかる。二等の対面座席で満員だと、身を縮めたまま寝なければならない。

「新幹線ちゅうのが北にも延びるとええだな。東京・大阪間が四時間なんて、夢みてえな話だべ」

　山田が並んでひょこひょことついてくる。初めて気づいたが、この男は軽く足を引きずっていた。きっとかつては自身も出稼ぎ人夫だったのだろう。怪我はしたが、少しだけ要領がよくて、上前を撥《は》ねる側に回ったのだ。

「じゃあ判子、お願いね」

「わかりました」

　斎場の外で左右に別れた。風が吹きそうな気配は一向になく、七月の太陽が電熱線のように地上に降り注いでいる。たちまち汗が噴き出てきた。

　国男はネクタイを緩め、ワイシャツのボタンを二つ外した。駅に着いたらまずはラムネを飲もうと思った。

　ダンプカーが横を通り、土埃《つちぼこり》が派手に舞った。道路工事の音が周囲で渦巻いていた。

5

昭和39年7月14日　火曜日

　翌日、島崎国男は午前七時に車内放送でたたき起こされた。二等寝台車料金六百円のベッドは、上下三段が並ぶうちのいちばん上だった。そのぶん天井のスピーカーに近いせいで、車掌のアナウンスがまるで雷《かみなり》のように国男の鼓膜を震わせた。

昨夜は考え事をして二時過ぎまで眠れなかった。だからもう少し横になっていたいのだが、国鉄寝台車は、朝の七時にはベッドをたたんで座席に戻す規則になっているので、仕方なく寝台から降りた。同じ六人掛けの対面座席を使う他の乗客と挨拶《あいさつ》を交わす。一声聞いただけで全員が秋田の人間だとわかった。上野を発《た》ったのが午後十時過ぎで、すぐに就寝となったため彼らの顔を見るのは初めてだ。

「あんたも秋田だったの。垢抜《あかぬ》けでるがら東京の人かと思ってた」

夏なのにツイードのハンチングを被《かぶ》った男に言われた。自分は行商《ぎょうしょう》の者だという、顔が皺《しわ》くちゃの初老の小男だ。仕事を聞かれ、「学生です」と答えると、大学名まで知りたがるので、国男は簿記学校とうそをついた。東大と言えば騒ぎになるに決まっている。帰省列車内で、同郷の他人から東京の住所を聞かれたことが何度もあった。勝手に「郷土の誇り」として祭り上げられてしまうのだ。

国男はステテコにランニングシャツ姿のまま、用便を済ませ、顔を洗った。窓の外には懐かしい田園風景が広がっていた。五月の田植えから稲穂が育つ八月までが、羽後《うご》のもっとも美しい時期だ。長兄も五月には一旦《いったん》秋田に戻り、田植えをしてから東京へととんぼ返りしていた。たんぼが小作で四反歩、自作で一反歩ほどしかないからできる芸当なのだが。

通路の窓を開けて外の空気を吸った。東京の埃っぽいそれに慣れているので、虚《きょ》を衝《つ》かれる新鮮さだった。やはり秋田は遠いと、国男はおよそ六百キロの距離を実感した。鉄道の運賃は特急の二等寝台を利用すると、大曲まで片道で二千五百円を超える。一月の生活費が一家で一万円程度の義姉たちに、東京へ駆けつける余裕はなさそうだ。

座席に戻り、服を着た。荷物をまとめ、棚に戻す。ボストンバッグの中には骨壺《こつつぼ》と本郷の貸衣装屋で借りた黒の礼服が詰めてある。

「これ、食うだか」行商の男に干し餅《もち》を勧められた。食欲はなかったが、好意を無にするのも悪いと思い、ひとつ手に取った。秋田の昔からの保存食で、懐かしい味が口の中に広がる。

「行商さ出るときはいつも持って行ぐだよ。食費の節約になるしね」男がネズミのような前歯でぽりぽりと食べた。「東京は行ぐたんびにちがうね。大きなビルは建つし、高速道路はできるし、地下鉄まで通るし」

国男は返事をせず、窓の外の景色を眺めていた。

「夜は賑《にぎ》やかだし、オナゴもきれいだし、若い者はみんな憧《あこが》れるさあ。おめさ、学校出ても秋田には帰らんべ」

男の言葉に首をすくめ、微苦笑した。

「んだば秋田なんかにいだら、嫁探しにも困るだよ。みいんな集団就職で出てしまって、残るのは百姓の総領《そうりよう》だげだ。おらも若けりゃあ、東京で一旗揚げることを考えたと思うよ」

男は一人で勝手にしゃべり、干し餅を食べ終わると、両切りピースをうまそうに吸った。

湯沢《ゆざわ》駅で何人かが降りた。観光客は皆無で、ほぼ全員が行商用の大きな荷物を背負っていた。肌は浅黒く、背丈は低い。そんなはずはないのに老人ばかりに見えた。国男が実家に帰るのは一年半振りだった。見慣れた東京の人々に比べて、あまりに外見が貧相だった。

「東京と秋田が同じ国とは思えねえべ。片やオリンピックを控えて祭りの準備に大忙しで、片やおどが出稼ぎしてやっどのこどで生計を立てで……。神様はこういうの、どう考えているのがねえ」

男が窓の縁に顎《あご》を載せて言う。国男はそっと吐息を漏らした。まったくその通りだ。

十八歳で国男が上京して最初に感じたのは、東京の豊かさというより、自分たちは如何《いか》に貧しかったのかということだった。それは劣等感でも義憤でもなく、純粋な驚きだった。社会の格差の現実に呆《あき》れ、嗤《わら》うしかなかったのだ。

国男の生まれ育った熊沢村では、電気が通ったのすら戦後しばらくしてのことだった。小さい頃は、米軍の捨てていった麻袋にタールを塗り、頭から被って防寒着としていた。長男以外は白米を食べさせてもらえず、家を出るまで当然のように麦飯を食べていた。村の若い衆は全員中卒で、長男以外は口減らしのために都会に集団就職するのが普通とされていた。陰では少し前まで〝人買い〟も存在した。娘で器量がよければ芸者として売られ、悪ければ炭焼き場の飯炊き女として売られていった。なぜ産むのかと言いたくなる、粗末な扱われ方だった。中学と高校の担任教師が「国男君は優秀なので上の学校に行かせてあげてください」と母親に言い、奨学金の手続きをしてくれなければ、おそらく中卒で肉体労働をしていただろう。集落全体に夢がなかったのだ。

午前八時五十分、間もなく大曲に到着するという車内放送があった。急行にしてよかったと思った。いつもの各駅停車なら、今頃はまだ山形市の手前だ。

「あんた、大曲で降りるの？　村はどご？」降りる支度をしていると、男が聞いた。

「バスで小一時間ほど田沢湖のほうに向かった熊沢村です」

「クマザワ？　聞いだごどね」

「小さな村ですから」

「んだか。元気でやってけれ」

国男は微笑んで手を挙げた。「おい、返してやれ」そのとき、横に座っていた四十がらみの角刈りの男が声を上げた。何事かと国男が動きを止める。

「朝方、鞄《かばん》から抜き取ったもん、あんちゃんに返してやれ」顔を赤くして行商の男をにらみつけた。

「なんのごと言ってるだよ」男が動揺した。角刈りは体格がよくて見るからに強そうだ。

「見ただよ。一部始終を。おめの腹巻《はらまき》の中、見せてみろ。おらは軍隊にも炭鉱にもいだから、力ずくでも返させるっぺ」

国男は呆気《あっけ》にとられ、成り行きを見守った。どうやら自分は行商の男に何かを取られたらしい。

「ああ、ごれが」男が態度を豹変《ひょうへん》させた。せわしない手つきで着ているシャツを捲《まく》り上げると、腹巻の中から香典袋を取り出した。「ああ、忘れでだ。寝台列車はスリが多いがら、おらが預かってた。ほら、返す。あはは」笑顔を強引に作り、国男に差し出した。三つの業者から預かった三万円の香典だった。知らずに降りたときのことを思い、途端に背筋が寒くなった。

「ふざけるな。おめがスリだ。大方、夜行列車専門のスリだろう。人様の香典なんかに手えつけて、恥ずかしいと思わねえだか」角刈りが立ち上がり、男の胸倉《むなぐら》をつかんだ。「終戦間際ならまだしも、おめ、食うに困ってるわけではなかろうが」

「いや、タンマ。乱暴はやめてけれ」男は見る見る青ざめた。

「警察に突き出してやる。おーい、車掌はいるが」大声を上げる。

何事かと人が集まってきた。そうこうしているうちに列車が速度を落とした。「あの、すいません。ぼく、次で降りないと」国男は荷物を手にし、角刈りに向かって言った。

「ああ、気いづけでな。こっちはいまだに戦後の買い出し列車のままだ。盗みが当たり前だ」

「ありがとうございました。ご主人の勇気と正義感に感謝します」深々とお辞儀をした。

「言うなあ、学生さんは。そげな言葉、おらたちには出てこん」

「なあ、あんた。助けてけれ」男が手を合わせて懇願する。

「でけん」角刈りに頭をひっぱたかれた。

車掌がやってきたので、手短に事情を説明する。男は大曲駅で下車させることになった。

国男も被害者としてこのまま立ち去るわけにはいかなそうだ。

列車は五分ほど駅に停車し、大曲駅員に引き渡され、国男とスリは駅員室で警察の到着を待つことになった。初老の貧相なスリということで、駅員に緊張感はない。

「なあ、あんた。堪忍してはもらえんか」男が小声で言った。「つい出来心でやってしまった。おら、家に帰ると寝たきりのカカアがいるだよ」

面倒なので離れて座った。すると男も移動し、泣きそうな顔ですがってきた。

奥にいる駅長から声がかかった。「島崎さんって、熊沢村の？」なにやら愛想がいい。国男がうなずくと、「東大の学生さんだってねえ。ここいらではみんな知ってるだよ」と相好をくずした。スリの男が隣で目を丸くする。駅長は勝手に自己紹介をして、「駐在が留守でな。署を呼んだからもう少し待ってけれ」と言い、事務の仕事に戻った。

「おめ、東大の学生さんだったの？　簿記学校っちゅうのはうそ？」

国男は仏頂面でうなずいた。

「でける人は謙遜《けんそん》するものなんだねえ。おらなら聞かれる前に自慢するだよ。そう、東大なの。なあ、だったらなおさら見逃してはもらえねえか。おめ、この先は東京でバラ色の人生さ送るんだろう。おらなんか懲《こ》らしめたって、一文の得にもならねえべ。軍の将校は二等兵なんか相手にしねえもんだ。な、おめ、見逃してけれ」

袖《そで》を引っ張るので、肘《ひじ》で振り払った。実のところ、国男はどうでもよかった。この場にいるのは、角刈りの正義を無駄にしては悪いという気持ちだけだ。国男の隙《すき》を察知したのか、男が懸命にすがってきた。

「お願えだ。もう二度としません。後生《ごしょう》です」腕をつかんで揺すられた。

「ちょっと、やめてください」払おうとすると、手を握られた。

「おら、そこの裏口から逃げる。おめはここにいでぐれ。荷物は置いでぐ。どうせ着替えだけだがら、損にもならん。おら、スリでもやらねえと生きていげねえ小物だ。おめはちがう。東大さ出たら役人になるか、大きな会社に就職して、成功する人間だ。これくらいのお目こぼしはするべきだろう。でねえと、世の中不公平だろう」

国男は困惑した。男は必死の形相だ。

「んだば、おらは行ぐ」男は駅員が観ていないのを確認すると、椅子から床に降り、中腰の姿勢のまま、流れるような動作でするすると開いている裏口から出て行った。

国男は呆気にとられ、座ったまま、窓からうしろ姿を見送った。男は外にある便所の陰に一旦《いったん》隠れ、周囲を見渡し、一目散に道を駆けていった。ハンチングを手につかみ、子犬のように。年寄りだと思っていたが、案外あれで五十代半ばなのかもしれない。駅員に知らせるのはやめた。どうして見逃すのか、自分でも説明がつかなかった。

椅子の背もたれに体を預け、ため息をつく。世の中不公平か――。国男は男の言った言葉を反芻《はんすう》した。

秋田も今年は空梅雨らしく、青空に包まれている。草むらの緑がきらきらと輝き、目にまぶしかった。

熊沢村に到着したときは、すでに正午を回っていた。駅で警察の事情聴取を受けているうちに、二時間に一本しかないバスを見送ったせいだ。警察が到着したのは二十分もあとで、東京では考えられない呑気《のんき》さだった。ちなみに、スリは村田留吉《むらたとめきち》という前科八犯の男だった。人相風体《ふうてい》を伝えただけで、私服刑事が「ああ、村田か」と顔をしかめたのだ。東北・奥羽《おうう》本線では名を知られた常習犯らしい。逃走の件については、国男が「便所かと思った」と言ったらそれで通った。

バス停は役場前なので、まずは出稼ぎ課に報告することにした。課長が出てきて、労《ねぎら》いと慰めの言葉を発する。横柄な男との評判だったが、国男にはなにかと親切だった。

「国男さん、大変だったねえ。山新の社長と電話で話したげど、おにいさん、心臓麻痺《まひ》だってねえ。一家の働き手さ失《な》ぐして、心からお悔やみ申し上げます」

「ありがとうございます」

国男は死亡診断書を見せて、戸籍課で抹消の手続きを済ませた。義姉の負担を少しでも軽くしてやりたい。

課長が役場の車で送ってくれるというので、言葉に甘えることにした。その前に、並びの万屋《よろずや》でアンパンと牛乳を買い、その場で胃袋に流し込んだ。

「口さがねえ連中がいろいろ噂をしてるけど、国男さん、相手にするでねえよ」車に乗り込むなり、課長が言った。

「どういう噂ですか？」

「夏場も村さ空けると、東京に別の家庭さあったんでねえかとか、そういうことを言う馬鹿が現れる」

「オリンピック特需で、東京の建設現場は人手不足なんですよ」

「わがってる。わがってるけど、村の娯楽は人の噂だっぺ」

国男は黙って足を踏ん張った。でこぼこ道で車が難破船のように揺れるからだ。熊沢村に舗装路はない。雨が降ればたちまちぬかるみ、土砂崩れが懸念《けねん》された。橋は木造で、堤防は村民の手造りだ。鉄とコンクリートはどこにもない。

山沿いの道を十分ほど進み、やっとのことで実家にたどり着いた。バス停から歩けばゆうに三十分はかかる絵に描いたような僻地《へきち》だ。たんぼの中の一軒家で、樹木に囲まれている。東京の本郷なら庭のある邸宅ということになろうが、ここでは緑など木炭より価値がない。だいいち母屋《おもや》はつっかえ棒で支えられていた。明治時代に建てられたもので、すでに半世紀以上が過ぎている。子供の頃から、雪が積もるたびにミシミシと家全体が軋《きし》んだ。

敷地に入ると、すでに親戚《しんせき》が集まっていた。「久し振りだべえ」年寄りたちに次々と顔を触られる。母が奥から出てきて、「おめ、瘦《や》せたが」と場違いなことを言った。帰省は一年半振りなので、まず息子と会えたことに気が奪われているようだ。

「腹減ってねえだか」

「バス停でアンパン食った」

「そうか。鍋《なべ》に芋《いも》が煮であるがら、よがったら食え」

「うん、わかった」

国男は座敷にあがると、奥の部屋に設けられた祭壇の前に座り、ボストンバッグから骨《こつ》壺《つぼ》を取り出し、遺影の前に置いた。すでに通夜と葬儀の準備はできているようだ。

「お義姉《ねえ》さんは？」

「清子さんは台所におる」

「和夫《かずお》君と明子《あきこ》ちゃんは？」甥《おい》と姪《めい》の名を言った。

「学校さ行ってる」

恒常的に家を留守にするとは、きっとこういうことだ。親の死にも実感が湧かないのだ。

義姉が割烹《かっぽう》着《ぎ》姿でやってきた。「国男さん、面倒をかけてどうもすんません」暗い顔で恐縮している。

「火葬ということで、ぼくが立ち会いました。安らかな寝顔でした」

「そう。ありがとね」義姉は骨壺に手を伸ばすと、何も言わずしばらく撫《な》でた。その手には深い皺《しわ》が刻まれていた。

義姉はまだ三十四歳のはずだ。東京へ行けば、その年代の女はまだ色香を漂わせている。さすがに独身は少ないが、男を誘惑する団地妻の話はよく聞く。ところが目の前にいる義姉は、老婆《ろうば》と変わりがないほど女を感じなかった。女にとって屋外での肉体労働は、容赦なく若さを奪っていくものなのだろうか。

「あのう、忘れないうちに……」国男は預かっていた香典を手渡した。続けて署名捺印《なついん》を求められていた誓約書の件も話した。

「こういうの、どうすればいいべ」義姉が文面を読んで困惑している。

「無視しても何の問題もないとは思うけど」

「いやあ、それはまずいだよ」役場の課長が横から口をはさんだ。「このオリエント土木というのは、山新興業を通じて、前から熊沢の出稼ぎ者を引き受けてくれてでな。でけることなら波風は立てたぐね。まあ、こういうのを求められると、本当は事故だったんじゃねえがって勘ぐりたぐなる気持ちもわがるけど、国男さんが遺体さ確認してるし、病院の診断書もあるごとだし、奥さん、ひどづ頼んます」

課長に言われ、義姉はあっさりと従った。茶簞笥《ちゃだんす》から印鑑を取り出し、書類を畳の上に広げ、虫のように丸くなり、ハーハーと息を吐きかけゆっくりと捺《お》した。

「不払い業者もいるごどを考えれば、毎月給料さ払うオリエント土木と山新はまだ信用でける。今年の春は、この村だけで八件の賃金不払い被害に遭っただよ。一冬丸々働いて踏み倒されるんだから、東京には鬼がいる」

課長が言い訳がましく言葉を連ねた。賃金の不払いは、出稼ぎ労働者にとって恐怖だった。今年はあそこがやられたと、国男は子供の頃から聞かされていた。

それにつけても、この先実家はどうなるのか。長兄と次兄が死に、男はすぐ上の三男と国男だけになった。その三男は半分やくざ者で、実家には滅多に近寄らない。といって国男に帰郷の意思はない。希望は社会経済学者になることだと、母には大学院に進むときに伝えてある。

国男は責任を感じた。肉親として、実家の経済的困窮を見過ごすわけにはいかない。役場の課長は、しきりに出稼ぎ雇用業者を庇《かば》い、兄の病死を強調した。そして役場からのだと言って香典を置いて帰っていった。

親戚の叔父《おじ》が、「あいつか、業者から袖の下さもらってるとかいう小役人は」と吐き捨てた。みなが押し黙り、重い空気が漂った。叔父が香典の中身を見ると、五百円札が一枚きりだった。見ていた全員が鼻で笑い、母までつられて笑っていた。

甥と姪は午後四時過ぎに学校から帰ってきた。田舎の子供らしく、東京から帰った叔父である国男にしばらく人見知りし、それが落ち着いた頃、幼子のように体を寄せてきた。甘える相手が欲しかったのだろうか。甥と姪に明るさはなかった。父親が死んだことに実感が湧かず、空を飛ぶ鳥がどこにも着地できずにいる感じだった。

通夜は日が暮れてから始まった。兄はすでに骨になっているが、慣習を優先させた。村の主婦が集まり、大釜《おおがま》で煮物を大量に作った。この地方の庄屋《しょうや》にあたる戦前の肝煎《きもいり》家からは酒の差し入れがあり、祭壇に供えられた。挨拶《あいさつ》もなく、食事が始まる。座敷で飲み食いをするのは男衆だけで、女衆は台所だ。未亡人である義姉だけが顔に白粉《おしろい》を塗って酌をさせられていた。それがこの村の慣《なら》わしらしい。

「ところで島崎の墓さ誰が護《まも》ることになる。国男か、和夫か」

隣村で養豚業をしている遠縁の小父が言った。

「国男さんは東大だべ。まさかこっちには帰《けえ》ってこん」

村の男の一人が、国男を見て微笑んで言った。

「おめには聞いてねえ」

「誰が答えても一緒だべ。東大出た秀才が、何が悲しぐで熊沢村なんかに帰ってくる」

国男は目を伏せて表情を隠した。自分から発言する気はなかった。

「じゃあ和夫か。おい和夫。おめさこの家継ぐか？」

和夫は末席にいて、顔をこわばらせていた。

「和夫は高校にやります」

そのとき、義姉が口をはさんだ。怒気を含んだ、強い口調だった。

「高校にやりますちゅうて、家はどうするんかい」

「とにかく、進学させます」

いつもはおとなしい義姉が、一歩も引かなかった。

この村で高校に進学するということは、すなわち村を出ることを意味していた。農家を継ぐなら勉学は必要がないと、誰もが思っている。人並みの田畑があるならともかく、小さな土地の小作農で家もクソもあるか——。義姉の無言の抗議が聞こえてきそうだった。

義姉は熊沢よりさらに山奥の貧しい村から、十八歳のとき半ば労働力として島崎家に嫁いできた。国男の知る限り、旅行をしたこともなければ寿司屋《すしや》の付け台に腰を下ろしたこともない。訪問着は、嫁入りで持参した着物が一着きりだ。いつか、国男が帰省した際に上野駅で買ったサンドウィッチを土産にしたことがあった。子供たちより義姉が目を輝かせた。マヨネーズの味をそれまで知らなかったのだ。

「国男君、東京の生活はどうだべ？　楽しいだか？」村の百姓に聞かれた。

「ええ、まあ」国男が言葉を濁《にご》す。

「この前、秋田の映画館で『銀座の若大将』さ観てね。豊かだねえ、やっぱ東京は。おらも死ぬまでに一度は銀座を歩いてみだいものだべさ」

「おらは首都高速っちゅうハイウェーを走ってみたいだよ」

「それより東京タワーじゃ」

「いいや、皇居だ」

東京に行ったことのない百姓たちが、都《みやこ》の話で盛り上がっている。

「んだば出稼ぎで行ぐとええ。北海道の炭鉱ばかりじゃのうて、東京の建設現場に行ぐとええ」一人の老人が皮肉めかして言った。百姓たちがしばし黙る。

「んだども、東京は怖いところだし……」

「んだ。爆弾事件があったり誘拐事件があったりするし、騙《だま》す人もいるし」

「力道山だって刺されて死んでしまうだよ」

勢いをなくし、口々に言い訳を述べ立てた。国男自身も上京するまでは、東京は怖いところだと信じていた。街で声をかけてくる人間は、全員、田舎者を騙そうとしている詐欺師だと思い込んでいた。東北人の東京に対する畏《おそ》れは、刷り込みのようなものだ。

「ほれ、東大の学生さん。おらの酌《しゃく》で酒さ飲んでけれ」

村の衆から酒を注がれる。国男は舐《な》めるだけでごまかした。もとより飲める口ではない。新入生だった頃、下宿の上級生から毎晩飲酒を強要されるので、部屋の電気を消して隠れていたことがある。

「国男君は熊沢村の誇りだべ。いつか村長になってけれ」

「村長なんて、小さい、小さい。国会議員になって、村にも鉄道をひいてけれ」

男たちが国男を肴《さかな》に酒を飲むので、だんだん居心地が悪くなってきた。

「夏なのに肌なんか真っ白だべ。やっぱり種がちがうだよ」

「おい、松さん。何を言い出す」

母がさっと顔色を変え、台所へと消えていった。

国男は料理に箸《はし》をつけた。煮物ほとんどが根菜類で、肉はかしわが少し混ざっているだけだ。懐かしい味付けだが、東京の食事に慣れた目にはお世辞にもご馳走《ちそう》とは映らなかった。全体に彩りがなく、醤油《しょうゆ》の匂いしかしない。この村にいた頃、国男はトンカツも餃子《ギョーザ》も食べたことがなかった。考えてみれば、この村には食事を楽しむ余裕がないのだ。

しばらく弔問《ちょうもん》客の相手をしていたら、背中を女につつかれた。「国男さん、ちょっとすいません」布巾《ふきん》を頭に巻いた近所の主婦だった。暗い表情で手招きする。席を外し、勝手口までついていった。

「国男さん、ひとつお願げえさあるだども」女が、小便でも堪《こら》えるかのように身をよじって言った。「うちのオドが出稼ぎから帰ってこなぐでな。田植えにもこながったし、恥ずかしい話だども、仕送りも止まってしまった。飯場宛《あて》に手紙書いても、返事がこねえし……」

国男は神妙な面持ちでうなずいた。この女の夫は、確か兄と同じく東京に出稼ぎに出ていたはずだ。島崎家同様、小作農家で、まだ小さい子供が三人いる。

「図々《ずうずう》しいお願いっちゅうことは百も承知だども、国男さん、飯場さ行って、いっぺん帰ってぐるように言ってはもらえねえだか」

女は泣きそうな顔をした。渡されたメモを見ると、飯場は兄がいた羽田界隈《かいわい》だった。

「ほかに相談でける人がいねえだよ。山新興業に言えば、たちまち役場さ知れるし。そうなったら、あっという間に村中に知れ渡るし」

「わかりました。捜して会ってきます」

国男は即座に返事をした。間が空けば女を傷つけると思った。女は意を決して相談しているのだ。

「ありがとうございます」女が下女《げじょ》のように卑屈に頭を下げる。この女もまだ三十そこそこのはずだった。それなのに性的な匂いはどこにもない。

酒が回って男たちの声が大きくなった。女衆も板の間でちびりちびりと飲み始めている。

泣く者は誰もいなかった。中には幼馴染《おさななじみ》もいるはずなのに。

兄の遺影は村祭りのときに撮ったものだった。法被《はっぴ》姿の兄が、鼻の穴を広げ、不器用に笑っていた。

そのとき、天井の蛍光灯が消えた。停電だった。村では日常茶飯事で、大雪の中、一週間停電が続いたこともある。母と義姉が慣れた手つきで蠟燭《ろうそく》を立てた。隙間風で炎がゆらゆらと揺れ、遺影の表情が動いているかのように見えた。


翌日は快晴の下、葬儀は執り行われた。僧侶《そうりよ》がお経を上げる中、集落の全員が参列し、農協の幹部と村長も顔を見せた。式は簡素の一語で、弔辞《ちようじ》も遺族の挨拶もなかった。三途《さんず》の川を渡る死者を呼び止めないようにというしきたりらしい。妙な慣習だと、国男は東京人の目線で眺めていた。

神輿《みこし》のような台に骨壺《こつつぼ》を入れた棺を載せ、男衆が四人で担いだ。たんぼ道をみんなでぞろぞろと歩き、山の麓《ふもと》にある墓地へと行く。数日前に降ったらしい雨のために道がぬかるんでいて、人々の靴や草履《ぞうり》はたちまち泥だらけになった。

棚田の並ぶ坂道を上りながら、国男は村を見下ろした。舗装路は一本もない。瓦《かわら》屋根の家がここでは珍しい。火の見やぐらは木造だ。堤防は土を盛り上げただけのもので、毎年洪水がある。病院も診療所もない。水道もなく、井戸水は女たちが汲《く》み上げなくてはならない。電気は通っているが始終停電する。テレビのない家がたくさんある。電話は村長の家にしかない。自家用車は一台もない。平均世帯収入はおそらく年間十万円程度だろう。米どころと言っても平地が少ないので、大半が一反歩以下の超零細農家である。食べるにやっとの毎日だ。若者はいない。農閑期は女と老人ばかりになる。晴れていればいい景色だが、天気が悪いと墨汁《ぼくじゅう》を垂らしたような陰々滅々とした風景となる。夜は真っ暗だ。自殺者が多い。

この村の貧しさと夢のなさはどういうことなのか。経済白書がうたった「もはや戦後ではない」とは東京だけの話なのか。この村は戦前から一貫して生活苦にあえいでいる。生活が苦しいと、なんのために生まれてきたのかわからない。まるで動物のようだ。

寺の裏手の墓地の、薄暗く湿った場所に穴は掘ってあった。ゆっくりと棺を下ろし、スコップで土をかけていった。

「ほれ、おめたちもやるだ」男衆に言われ、子供たちも土をかけた。

「あの世でらくしてけれ」村の老婆が言った。

次の瞬間、母が突然おろおろと泣き出した。大粒の涙を雨のように地面に落とし、顔をくしゃくしゃにしている。その涙は、息子の死に対してというより、無常な運命への抗議のように思えた。

祖母が泣くのを見て、今度は子供たちがサイレンのように泣き始めた。

「泣け、泣け。みんな流すとええだよ」老婆が歯の抜けた口で言う。

義姉は、精気のない表情で墓の隣に立ち尽くしていた。生活に疲れ、子供二人を抱えたこれからの日々に途方に暮れ、もはや泣く力もないといった風情《ふぜい》に見えた。

国男も最後まで泣かなかった。泣くと、兄とこの村が余計に惨めになるような気がしたからだ。

6

昭和39年9月5日　土曜日

九月になって少しだけ暑さがやわらいだ。連日の最高気温二十七、八度は立派な残暑だが、八月が砂漠のような天候だったため、体に感じる負担が軽くなったのだ。昨日はにわか雨も降った。大地から昇り立つような熱気はもうない。

落合昌夫は月曜日以来という我が家での朝食を食べていた。常盤平の団地に引っ越した翌日、登庁するなり連続爆破事件の特別捜査本部に召集され、地取り捜査の任に就いていた。独身警官ばかりの男臭い麴町寮に四泊したところで、宮下係長より「今日は貴様が帰れ」と命じられた。妻子持ちはなるべく帰らせるというのも、玉利課長の方針だ。

トーストをかじりながら朝刊を読んだ。昨日、代々木のオリンピックプールで日本代表選手の初泳ぎが行われたと、写真入りで報じられていた。天井の曲線がいかにも未来的で、体育施設というより宮殿に見えた。代々木総合体育館は、これまで誰も見たことがない形の建造物だ。

「すごいね。一度見に行きたいね」

妻の晴美が新聞をのぞき込み、嘆息交じりに言った。

「よし。今の事件が一段落したら見に行こう。妊婦に電車は大儀《たいぎ》だろうから自動車で行くか。捜査車輌《しゃりょう》を借用してな。日産の新型セドリックだ」

「冗談ばっかり」晴美が白い歯を見せ、皿にポタージュスープを注ぎ足した。

代々木総合体育館の完工式は今日行われる予定だった。警視庁はこの式典のために五百人の警備体制を敷くことになっていた。草加次郎を名乗る犯人が起こした爆破事件は、一回目が先々週の土曜日で、二回目が先週の土曜日だった。そして今日がまた土曜日だ。聞けば誰だっていやな予感はする。

「今週は病院、行った？」

「うん、行った。すべて順調だって。きっと予定日に産まれるよ」

そろそろ臨月に差しかかる晴美の出産予定日は十月十日だった。つまり、東京オリンピック開会式の日だ。

「すまんな。大事なときに家にも帰れないで」しおらしく鼻をひとつすすり、スープに口をつける。

「はい、罰金百円」晴美が愉快そうに右手を差し出した。

「……そうか、そうだった」昌夫は目を伏せ、肩を揺すった。

仕事で家に帰れないことをいちいち謝らないで欲しい、と妻から言われていた。今度言ったら罰金百円を徴収するとも。同僚に自慢したくなるほどの、できた刑事の妻である。

晴美は夫の仕事に関して一切質問をしなかった。昌夫から愚痴《ぐち》でもこぼさない限り、話題にすることもない。「今夜から帰れない」と一報入れれば、万事を察し、家庭を護《まも》ってくれた。「どんな事件なの」と聞かれたことは結婚して一度もない。昌夫にはそれが泣けた。

息子の浩志が起きてきた。昌夫は食事を中断して、トイレで小便をさせてやった。出かけるまでのたとえ五分でも子供の相手をしたい。小便のあとは食堂で「高い高い」をしてやった。腋《わき》の下に汗疹《あせも》が出来ていたので、棚から天花粉《てんかふん》を取り出し、息子に万歳をさせて塗布した。くすぐったいのか声を上げてよろこぶ。

「ほらほら、パパ。早く食べて出勤しないと」晴美がせかした。

「ああ、そうだな」立ったまま、食べかけのトーストを口の中に押し込んだ。「おい、晴美。着替えのワイシャツ、用意しといてくれ」

「用意してある。そこの風呂敷《ふろしき》の中。靴下もパンツも入ってる」

「サンキュー。いい女房をもっておれはしあわせだよ」コップを手にし、牛乳を飲み干す。

「あ、そういうの、ちゃんと目を見て言って」晴美が浮かれた様子で言った。

「また今度」

昌夫はポケットから財布を取り出し、百円札を一枚、晴美に手渡した。家族サービスができないことの罪滅ぼしと思えば、払うことがうれしかった。

玄関で見送られ、家を出る。バス停までの道すがら、下の階の住人と一緒になり、「引っ越し早々大変ですね」と声をかけられた。昌夫が返事に詰まっていると、「うちの女房が毎日お邪魔してて……」と説明し、妻同士が互いの家を行き来しているらしいことがわかった。

「いやあ、刑事の宿命ですよ」昌夫は苦笑して頭をかいた。

なにやら安堵《あんど》した。我が妻は、早くも団地生活に馴染《なじ》んでいるようだ。

澄んだ空気の下、電線でスズメがにぎやかに鳴いていた。朝だけならもう秋だ。


半蔵門会館に到着すると、早速二階会議室で毎朝の捜査会議が開かれた。八月三十一日の初召集以来、投入される刑事の数は日毎増えていて、いつの間にか五十人を超えていた。刑事部捜査一課約二百人の中の、実に四分の一だ。所轄署で事件を解決した係から順に呼ばれ、事案を知らされて驚いたり憤ったりしていた。事件に驚愕《きょうがく》し、公安部が指揮することに憤慨しているのだ。

朝の会議は田中課長代理から担当の振り分けがあるだけだが、今日は久し振りに課長の玉利が顔を見せ、檄《げき》を飛ばした。

「土日は在宅者も多いので、聞き込みは念入りに行ってもらいたい。些細《ささい》な情報も自分で切り捨てず、上の判断を仰いでくれ。知っての通り、東京では七日よりＩＭＦの総会が開かれる予定で、その警備にも警察は手を割かなくてはならない。もはや東京は国際都市である。要人の来日は日常茶飯事となった。先進同盟国の一員として、世界に対して、首都の治安にいささかの不安も抱かせてはならない。諸君も心して捜査に当たってくれ。我々は今、国家の敵と対峙《たいじ》しているのだ」

強い口調で言うものの、玉利の顔には疲労の色が見て取れた。噂では公安部との合同捜査は大混乱を引き起こし、その調整に寝る間もないらしい。おまけに毎晩何食わぬ顔をして公舎に戻り、夜回り記者たちと言葉を交わさなければならない。その任務は昌夫が想像できる範囲だけでも過酷だ。

「おい、オチ。アイエムエフてえのはなんだい」

会議が終わると、森拓朗が首を伸ばして聞いてきた。

「ええと、国際通貨ナントカです。経済関係です」

「ふうん。おれの東京もえらくなったもんだ」腕を組み、うなずいている。

「タンクローさん、えらくなったのは上野より西ですよ。浅草じゃあ香具師《やし》の集会があるくらいでしょう」仁井薫が、櫛《くし》で髪を整えながら言った。

「やい、ニール。いつから山の手気取りだ。おまえが生まれた世田谷《せたがや》なんざ、ちょっと前までは筍狩《たけのこが》りに行ってたもんだぞ」

「それは戦前でしょう。今はなんたって駒沢競技場がありますからね。オリンピック会場。商店街でくじを引いたら入場券が当たりましたよ。よかったら先輩方にも分けてあげましょうか」

「おい、くだらねえおしゃべりしてるんじゃねえ」宮下が大きな顔を突っ込んだ。「そのオリンピックが危機なんだ。万が一妨害でもされたら、入場券もくそもないぞ」そう言い、顎《あご》をしゃくるので、五係の全員でぞろぞろとついていった。

一階の食堂でアイスコーヒーを七人分注文する。席についたところで、すかさず岩村が扇風機を確保し、近くに置いて首振り運転させた。ガーガーとうるさい音が響く。

「おまえら、少しはおれに報告する材料を寄こせ。毎度会議じゃ鋭意《えいい》捜査中だ。昨日なんか課長代理に『玉利課長の顔を潰《つぶ》す気か』って苦情を言われちまったぞ」

宮下が鼻に皺《しわ》を寄せ、低く声を発した。

「係長。しかしそれを言うならですね、特別捜査本部は今どちらの方向に向かっているのか、それくらいの情報はあってもいいんじゃないですか。暗中模索も三日を過ぎると迷路に入り込みます」

分厚い眼鏡の沢野久雄が理論家らしい発言をした。

「そうそう。俄《にわか》仕立ての捜査本部はとかく烏合《うごう》の衆になるって言うでしょう。せめて自分たちがどこにいるぐらいのことは教えてもらわないと」

倉橋哲夫が眠たげな目で言う。顎の無精髭《ぶしょうひげ》が、髪の毛同様白く光っていた。

「だから何度も言ってるだろう。本件はこれまでの捜査とはやり方がちがう。指示を出すのは公安の幹部だ。もっと上じゃ一部の代議士までが口出ししてるそうだ。まったく、やつらは指揮系統ってものがわかってやがらん」

食堂のあちこちで、同じように捜査一課の刑事たちがとぐろを巻いていた。テーブルに足を載せ、不貞腐《ふてくさ》れた態度の者もいる。

現時点で昌夫たちが知らされた捜査情報は、以下のものだった。

爆弾は二件とも黒色火薬のダイナマイトで、工事現場で使用される一般的なものである。それに関しては検証が不要となった。関東一円の火薬保管施設を一斉に取り調べ、帳簿と在庫数の合わない火薬庫をつきとめたからだ。それは大田区六郷土手《ろくごうどて》にある火薬業者で、建設業界の下部に位置するいわゆる「発破屋《はっぱや》」だった。四本をテープで束ねた三束分、計十二本が紛失していて、事件と同型のダイナマイトとすぐに判明した。業者はそれを届け出ていなかった。「気づかなかった」ととぼけたらしいが、そんな言い訳が通るわけはなく、厳しく追及されることとなった。

取調べでは、宿直がいないお盆休み中の八月十三日から十六日の間に、何者かが事務所に侵入し、鍵《かぎ》を持ち出し、雑木林の地下に掘られた火薬庫からダイナマイトを盗んだものと見られている。侵入経路は不明だが、鑑識が窓を揺すったら、あっけなく外れたという話だった。事務所内に物色の跡がなかったため、当初侵入には誰も気づかなかった。元々金目のものなど置いてないので、戸締まりにも無頓着《むとんちゃく》だったようだ。末端の零細下請けの現状は案外そんなものだろう。安全管理に気を遣うほど、会社の体《てい》をなしていない。

日にちが経ったため、指紋と足跡の採取は不可能だった。周辺の聞き込みも行われたが、居住者が少ない工場地帯であるため、有力な目撃情報は得られていない。

千駄ヶ谷の須賀宅爆破事件ではそのうちの一本が使用され、中野の警察学校爆破事件では二本が使用されたものと推定される。犯人は威力を試したものと思われる。

時限発火装置は電気回路式で、単三乾電池二本と結びついた電気回路の中間に、目覚まし時計を利用したタイムスイッチとヒーターを仕込み、一定の時間が経過すると電流が流れ、ヒーターが過熱して爆発する仕組みだった。これは「草加次郎」を名乗る犯人が、昨年九月五日に地下鉄銀座線京橋《きょうばし》駅に停車中の電車で起こした爆発事件とほぼ同様の手口である。入手経路は別班が捜査中だが、現在のところ特定はされていない。

二通の犯行予告文は、活字の切り貼りとボールペンによる肉筆で楷書《かいしょ》体が混ざったものであった。肉筆は一字一字を意識して書いたもので、以前草加次郎から届いた声明文の特徴的な丸っこい筆跡とは似ても似つかなかった。文字の大きさや傾向が一定しないことから、利き腕ではないほうの手で書かれた可能性が高い。切り貼りされた活字は、鑑識が三日がかりで調べた結果、ラジオの技術雑誌『無線と科学』六三年七月号から採取したものと判明した。『無線と科学』は発行部数二万部で、首都圏でその半数が売れているという。去年発売の号であることから、都内すべての古書店に捜査がかけられたが、有力情報は挙がってきていない。活字の元を割った鑑識課には、幕僚長より酒が届けられた。

声明文についてはいくつかの見解が挙がっている。一、犯人はまったくの別人。二、草加次郎が捜査の攪乱《かくらん》を狙ってわざと切り貼りと楷書体に変えた。三、共犯者が書いた。

　草加次郎の声明文は新聞等で写真が公開されていて、別人の場合、真似ようと思えば真似ることもできた。そうしなかったのは犯人の聡明《そうめい》さの表れと言えた。真似た文字は、たとえどれほど巧妙であろうと、警察の筆跡鑑定をくぐれるものではない。まったく別種の文字であるため、捜査本部は三つの可能性を捨てられず、人員を割かなければならない。

　指紋については、便箋《びんせん》には皆無で、封筒に数種の指紋が残されていたが、同一のものはなく、郵便局員のものと判断するのが妥当とされた。そのため、手袋をして投函《とうかん》した可能性が高く、過去二度の消印が捺《お》された中央郵便局管内の全郵便ポストの張り込みが敢行されたが、三通目は未《いま》だ届かず、徒労に終わっている。

　切手の裏側についた唾液《だえき》からは、A型の血液型が検出されている。草加次郎事件で検出された唾液もA型だった。

　不審人物に関しては、千駄ヶ谷事件について、爆破の少し前の時刻に、白いワイシャツと黒ズボン姿の学生風の男が目撃されている。閑静な高級住宅街であるため、通行人はいやでも目立ち、御用聞きその他複数の目撃情報が得られた。「どこかのお屋敷の書生《しょせい》さんかと思った」とみなが口を揃えたらしい。現実には、戦後の千駄ヶ谷で書生を置くほどの邸宅は数軒しかないのだが、戦前のイメージが強いのだろう。かつては士族と華族の屋敷町だったのだ。

　中野事件については、人の出入りがあり過ぎて、有力な情報を得るには至っていない。

当の警察学校は、土曜の午後という解放感からか、裏門までも開放中というオープンさで、責任のなすり合いが今でも行われているらしい。「爆発の瞬間、近所の子供がウチのグラウンドで遊んでたってよ」と、教養課の薩摩隼人が自嘲《じちょう》しながら教えてくれた。単独犯かグループか、思想的背景があるのか否か、この二点は一切断定を行っていない。以上が、これまでの捜査会議で知らされたことである。

宮下がアイスコーヒーを飲み干し、氷を口に頬張った。

「ところでニール。おまえさんのネオン街情報はどうなってんだ。夜は自由にさせてるんだから、つかんだネタ、少しは吐き出せよ」

バリバリと噛《か》み砕き、小さな奥目をぎょろつかせる。

「そんな、お役に立つようなことはなにも……」

「なんか言われねえと夜も地取りに回す」

「ひでえ話だ」仁井は顔をしかめ、両切りピースの頭を腕時計の文字盤にトントンとぶつけ、葉を詰めた。それをくわえ、マッチで火をつける。日活のスターさながら気障《きざ》にたばこを吹かした。

「須賀幕僚長のご子息が、中央テレビの局員で芸能番組担当らしいんですが、最近勘当されて千駄ヶ谷の自宅を追い出されたようです」

「なんだそりゃあ」と宮下。

「なんか言えっていうから言っただけですよ」

「続きはあるのか」

仁井が肩をすくめた。「その息子の転がり込んだ先てえのは、ニューラテンクォーターのホステスのアパートで、つまり、まあ、放蕩《ほうとう》息子というわけですね」

「それで？」

「息子は自宅の爆発事件をガス漏れによる引火事故だと思っているようです。周囲にはそう触れ回ってますから」

「どういうことだ」

「『おれン家《ち》、火事で大変だったんだよ』って——。親父の命令で事件を隠しているのか、親父が息子の口から漏れるの恐れて、うそを教えて家に近づかせないようにしたか。……なにしろテレビ局勤務ですからねえ。芸能畑でも先輩同僚には記者がいる」

「ふうん」

「その息子、事件当日はホステスのコレとデートで」仁井が小指を立てて話を続けた。「神宮外苑の花火見物と洒落《しゃれ》ていたそうです。一旦《いったん》家に車を置きに帰り、会場に出かけた矢先に火事になったって遊び仲間には言ってます。『おれもあぶねえところだった』って」

宮下が椅子に深くもたれ、腕組みした。凝りをほぐすように首を曲げる。

「息子の名前、なんてえんだ」

「須賀忠。二十四歳。次男坊。兄貴は大蔵省の上級職。義兄は外交官。まあ厭味《いやみ》な一家だこと」

みなが苦笑した。「口を慎《つつし》め」形だけの言葉で宮下が諫《いさ》める。

「なあ、ニール。そのテレビ局の次男坊は、要するに官《かん》で固めた須賀家のみそっかすだ。てえことは、本当のことを教えていない可能性の方が高くないか」

「そうでしょうね」

「そいでもって、事件当日、現場近くにいた。不審者を目撃してないか、おまえ、ちょっと次男坊に聞いてこい」

「本気ですか？」

「冗談で言うか」

「どうやって聞くんですか。幕僚長の息子に」

「知恵を絞れ」

「係長。ちなみに、千駄ヶ谷の聞き込みはどうやって地域住民に爆発を隠したんですかね」岩村がひょいと手を挙げて質問した。

「そこまでは知らん。放火の可能性も捨てきれないから念のために聞いてます、とか、そういうのじゃねえのか」

「とりあえず、幕僚長の次男坊の件、課長か代理の耳に入れておくのはどうですか」

昌夫が提案した。事案が事案だけに、五係だけで抱えるのは得策ではない気がした。

「ああ、そうだな。そうしとくか……」扇風機にあたり過ぎたせいか、宮下が大きなくしゃみをした。「じゃあ、今日の地取りの区割りを確認する」

沢野が指示を受け、地図を広げた。

「オチと岩村が本郷五丁目と六丁目。ニールと沢野が一丁目から三丁目……」

赤鉛筆で線と名前を描き込んでいった。昌夫たちの任は、町に不審者が住んでいないかどうかというローラー作戦だ。千代田、中央、港といった重要区は公安部が仕切っており、刑事部は人海戦術の駒にさせられている感があった。

「いいか。少しのネタも蔑《ないがし》ろにするな。犯人は必ずおれたち刑事部が挙げる。東京オリンピックも刑事部が護《まも》る。そういう強い意志を持って臨め」

宮下の訓示に昌夫は気を引き締めた。二人目の子の誕生を、自分は明け番で迎えたい。開会式の日に、この事案が未解決であることは許されない。

都電に揺られて本郷三丁目まで行った。まずは所轄の本富士《もとふじ》署に出向き、ひとこと挨拶《あいさつ》を入れた。警察内に敵を作らないための、一種のしきたりだ。続いて岩村と連れ立って通りを歩いた。このあたりは空襲を免れたせいで、戦前からの古い木造家屋がすし詰めになっている。細い路地は迷路のようだ。ところどころに屋敷もあり、大きな樹木がきのこのように塀から首を出していた。東大が目の前ということもあり、下宿屋も多かった。

「夏休みも終わって、そろそろ学生が戻ってくる頃ですね」岩村が路地の家々を見上げて言った。

「左翼学生のセンは、ありだと思うか」と昌夫。

「そりゃあ大ありでしょう。現に公安部は、今回の爆破事件が草加次郎の犯行だとは少しも思ってないんじゃないですか。時限発火装置は草加次郎と手口が似てますが、ちょっと機械に強ければ専門書片手に作れるものだし。犯行声明文の文章を読むだけでも、異常者の印象は薄いですよ」

岩村はネクタイを緩め、扇子で扇《あお》ぎながらしゃべった。昌夫も同感だった。

昨年世間を騒がせた、草加次郎を名乗る爆弾魔の一連の犯行は、明らかに偏執狂の臭いがあり、専門家の間では、幼い自己顕示欲と支配欲の持ち主とする声が多かった。犯行にも一貫性はなく、美人歌手や銀幕のスターを狙ったかと思えば無差別殺人も企《くわだ》てるという乱暴さで、分裂症の性向も指摘されていた。

それに対して今回の事件は、どこか威嚇《いかく》の印象があった。二件の爆破事件は、いずれも人気のない場所を選んでおり、被害者が出るのを好んでいないように思える。犯人の反社会性は否定しようもないが、凶暴性はないのではないか。そして案外インテリなのではないかというのが、昌夫の勘だ。

「しかし、公安部長が口にしたM計画っていうのは頭に来ましたね」

岩村が忌々《いまいま》しそうに言った。「ああ、まったくだ」昌夫がうなずく。

刑事部に洩《も》れ伝わってきたのが、公安部長のM計画発言だった。「M計画」とは、かつてアメリカが原子力爆弾を製造した際の「マンハッタン計画」の略だ。いくつもの作業班に並行して開発をさせ、いちばんすぐれたデータを順次採用して完成にこぎつけた作戦である。大半の労力は水泡《すいほう》に帰すが、トップにはもっとも効率的な戦術だ。昌夫たち刑事には、命名の不謹慎さと同じくらい、一介の駒として扱われている不快感があった。国家警察を自任する公安部はいざしらず、市民警察たる刑事部は心意気で動いている。

番地表示を確認しながら、一軒一軒聞き込みをした。警察手帳を示し、「オリンピック警備のための訪問です」と言えば、ほとんどの住民が愛想よく迎え入れてくれ、家族構成から職業まで明かしてくれた。オリンピックの名を出せば、押入れの中まで見せてくれそうな協力ぶりである。

ご近所に不審な人物はいませんか。こんなぶしつけな質問も、本郷が昔からの住宅街だから口にできた。町内は全員が顔見知りに思われた。最近引っ越してきた人、仕事を辞めた人、見かけなくなった人、電気に詳しい人、工作が得意な人、『無線と科学』を購読している人――。怪訝《けげん》そうな顔をされても、意に介せず質問した。

下宿屋では大家から話を聞いた。「みんないい子たちですよ」と口を揃えて言うので、盆に帰省しなかった学生を聞き出すことにした。ダイナマイトが盗難に遭ったのは盆休みだ。

「それなら別の刑事さんにもう聞かれましたけどねえ」

一軒目の下宿屋で早くもこう言われた。学生下宿は公安部が別働隊で回っているらしい。考えてみれば、連中が真っ先にやりそうなことだ。

「念のために、もう一度教えてください」

頼み込み、自分たちも情報を得る。汽車賃がもったいないとはいえ、さすがに盆は帰省する学生が多く、一下宿に一人といった割合だった。

部屋にいた学生には直接話を聞いた。東大の学生ばかりなので、昌夫たちもここだけはてこずることを覚悟したが、案の定、歓迎はされなかった。

「アパートローラー作戦ってやつですか。安保闘争以来ですね」

ふけ顔の、何年生かわからない学生に硬い顔で入室を拒絶される。

「ぼくらは公安じゃなくて刑事だから」

昌夫は苦笑し、首を伸ばして本棚に目を走らせた。『無線と科学』もしくは左翼関連本はないかを見るためだ。

「大学生の立場で東京オリンピックはどう思いますか？　無駄ですか？　それとも成功させたいですか？」

「そりゃあ成功させたいでしょう。ぼくだって日本人ですから」

学生とそんな雑談だけは交わした。表情に注意を払いながら、岩村と交互に話しかけた。

何軒目かの下宿屋で、気になる情報を得た。盆に帰省しなかった学生で、夏休み中は飯場《はんば》で肉体労働をしていて、九月になっても下宿に戻ってこないというのである。

「その学生さんね、いつもは色白で、歌舞伎《かぶき》役者みたいな男の子なの。だから人夫仕事なんて余計にびっくりしちゃった。住み込みのアルバイトをするのでしばらく食事はいりませんって言って、七月の下旬にここを出て行って、その間、何度か帰ってはいるんだけど、一泊するだけでまた仕事に戻っていって……」

下宿屋の家主である初老の女が、のんびりした口調で言った。

「どんなアルバイトですか？」

「さあ、よくは知らないけど、どこかの工事現場じゃないのかねえ。その学生さんね、お兄さんが秋田からの出稼ぎ人夫で、そのお兄さんが事故だか病気だかで亡くなったの。七月の半ば。数珠《じゅず》を貸してあげたから憶《おぼ》えてる。それでお骨を持って秋田に帰って、戻ってきたのが三日後ぐらいで。そうそう、干し餅《もち》を土産にもらったの。正直言って、あたしは硬過ぎて食べられないんですけどね」

「あのう、工事現場というのは……」

「あたしがね、どうして東大の学生さんが人夫仕事なんかするのよって聞いたら、兄の代わりに東京オリンピックの手伝いをするんです、なんて笑ってたの。だから、きっとそう。お兄さんの苦労を自分も味わおうとしたのよ」

いつの間にか縁側《えんがわ》にお茶を供され、饅頭《まんじゅう》まで勧められた。床の間を見ると詰襟を着た若者の遺影が額に飾られていた。この夫人は息子を戦争で失ったのだろうか。昌夫はふとそんな想像をした。

「いい人なのよ。やさしくて、礼儀正しくて、阪東妻三郎《バンツマ》に似てて」口に手をあて、娘めかして笑う。

「その学生さんの名前を教えていただけますか?」

「島崎国男君。経済学部の大学院生」

「最後に見たのはいつですか?」

「そうねえ……」夫人が考え込む。「そうだ。この前の土曜日。夕方、ふらりと帰ってきて、自分の部屋にいて、日曜日には出て行ったわ。ああ、そうそう」思い出したように手をたたいた。「その前に帰ってきたのも土曜日だった。夜もふけてた頃。それで日曜日にまた出かけて行ったのよ」

　メモを取りながら、昌夫はかすかな引っ掛かりを感じた。その二つの土曜日は、爆発事件があった日だ。

「ねえねえ、刑事さん。そういえば、今日は土曜日よね」

「はい、そうです」

「じゃあまた帰ってくるのかしら」夫人が、息子の帰省を待つ田舎の母親のように目を輝かせた。「電話くらいくれてもいいのにねえ。島崎君はいつも突然だし……」

「すいません。その学生さんの部屋を拝見できませんかねえ」岩村が腰を低くして言った。

「それはだめ。本人がいないと」夫人は毅然《きぜん》と拒否した。「この前の安保のとき、警察の人に勝手に部屋を見せて、下宿生全員から叱られちゃったの。おかあさん、司直《しちょく》の言いなりにならないでくださいって」

昌夫は岩村と顔を見合わせ、苦笑した。とりあえず名前と所属はわかった。大学に問い合わせれば身分照会はわけない。

「もし今夜帰ってきたら、話はしておきますけど」と夫人。

「いいえ、それには及びません」お茶と饅頭の礼を言って辞去《じきょ》した。

通りに出て離れの下宿荘を見上げる。明治時代から建っていそうな古い木造の二階建てだった。窓には洗濯物もあった。学生たちの生活の匂いがある。

風鈴《ふうりん》がちりんと鳴った。路地を風が吹き抜けていく。


地取りを進め、午後には古本屋が並ぶ通りにさしかかった。神田神保町《かんだじんぼうちょう》ほど軒数は多くはないが、東大のお膝元《ひざもと》だけに、アカデミックな佇《たたず》まいの古書店が軒を連ねている。古書店の聞き込みはほかの捜査班がやっているはずだが、素通りも出来ないので訪問することにした。

「来たよ。来た、来た」

頑固そうな店主たちは、刑事ならもう来たとけんもほろろだった。

『無線と科学』とかいう実用雑誌でしょう。そういうの、たいがい一山《ひとやま》いくらだからね。いちいち憶《おぼ》えちゃあいないよ。工学部の学生が売りに来て、工学部の学生が買っていく。そんなものさ」

店主たちはみな、思想や文芸以外の雑誌を一段低く見ている様子だった。

そうではなく、町内に不審者がいないかどうか、オリンピック警備のために回っているのだと昌夫が説明する。

「それも前に聞かれた。不審者ったって、学生の町だからねえ。全学連のことならおたくらの方が詳しいんじゃないの」

全体的に気難しそうな親父たちだった。

途中、たまたまついていた店のテレビで、短いニュースを見た。代々木総合体育館の完成式典が、秩父宮《ちちぶのみや》妃殿下、池田首相、河野《こうの》オリンピック担当大臣その他要人出席の下、華やかに執り行われたとアナウンサーが伝えていた。

警備は成功だ。丹下《たんげ》健三《けんぞう》のユニークな建物は犯人のターゲットにはならずに済んだようだ。昌夫はほっと胸を撫《な》で下ろした。

何軒目かに訪ねた小林書店という古本屋では、耳の遠い老婆《ろうば》が店番をしていた。

「せがれが蕎麦《そば》をたぐりに行ってね。嫁は買い物。探し物があったらあと十五分ばかり待っておくれ」

こちらは一転して愛想がいい。店のラジオを大音量にして、民謡に聴き入っている。何気なく本棚を見回していたら、足元の台に『無線と科学』のバックナンバーが積み上げてあった。岩村に目配せし、うなずき合う。もちろん別働隊が確認済みだろうが、腰をかがめて背表紙を確認すると、切り貼りの活字が使われた六三年七月号はなかった。売れたのか、最初からなかったのか。習性で白手袋をはめ、何冊かページをめくった。

しばらくして、若い娘が入ってきた。半ドンで勤めから帰ってきた様子だ。昌夫たちに笑顔で会釈すると、奥に向かって「ただいまー」と明るい声をあげた。

「ああ、おかえり。良子ちゃん。今ね、おとうさんはお昼、おかあさんは買い物」老婆が大きな声で答える。

「ねえ、おばあちゃん。お願いラジオ貸して。二階で聴きたいの」娘が老婆の耳元で言い、手を合わせた。

「うん。そりゃあいいけどさあ。いったい何を聴くの」

「ビートルズ。ニッポン放送で特集番組があるの」

「ビ、ビ、ビー？」

「ビー、ト、ル、ズ。おばあちゃんも一緒に聴く？　あ、そうだ、おばあちゃん。好きになったらレコード買って。LPレコード。曲がいっぱい入っているやつ」

愛らしい笑顔で老婆の腕を揺すっている。娘十八、番茶も出花《でばな》ってやつか。昌夫は心の中でそうつぶやき、微苦笑した。目の前の娘は、まぶしいほどの青春真っ盛りだ。

そこへ母親が帰ってきた。「あら、良子。今日は洋裁教室、どうしたの？」

娘はしまったという様子で顔をしかめ、「今日は休みにした」と奥の間に逃げようとした。

「どうしてよ。具合でも悪いの？」

「そうじゃないけど」

「じゃあ何よ」

「いいじゃない。一日ぐらい。どうしても聴きたいラジオ番組があったの」

娘が振り返り、不満げに頬をふくらませた。

「わかった。またビートルズでしょう。おかあさんは反対ですからね。あんな不潔なグループ」

「不潔じゃありません。ひどい。どうしてそんな言い方するの」

娘は、たちまち血相《けっそう》を変えて反論した。

「男の長髪なんて」「そんなの自由」「シラミがわく」「毎日シャンプーしてます」

しばし母と娘の言い合いが続く。昌夫と岩村は完全に無視されていた。

「おい、何を騒いでんだ。店で親子喧嘩《げんか》するやつがあるか。赤門《あかもん》まで聞こえてたぞ」今度は亭主らしき中年男が帰ってきた。

そして反対側の通路にいた昌夫たちを見つけ、ばつが悪そうに頭を下げ、再び女たちを叱った。「おい、お客さんの前で言い合いしてたのか、おまえたちは」

「いいえ、客じゃないんです。警察の者です」昌夫が穏やかに言い、手を左右に振った。

「ちょっと聞き込みに回ってまして」

家族全員が黙り、こちらを見た。

「……あ、そう。この前も刑事さんが来たよ。『無線と科学』だっけ。そのとき話はしといたけどね」

ぼさぼさ頭をかいて亭主が言った。眼鏡の奥から、こちらを値踏みするような視線を向ける。

「すいません。しつこく確認を取るのが警察なものですから」横から岩村が言い訳をした。

「だからさ、普段なら気にも留めない雑誌だけど、常連の経済学部の学生さんが技術系の雑誌を買ってくから、意外に思って憶えてただけですよ」

亭主の言葉に思わず身を硬くした。手がかりはここにあったか。地取りはするものだ。

「お盆を過ぎた二十日ぐらいかな。いつもの学生さんが店に来て、いろいろ本を物色したかと思ったら、その雑誌を一冊手に取って……」

家族に聞かせたくないのか、亭主は「おい、奥に行ってろ」と妻と娘を追い払った。

「普段はあまりお客さんに声はかけないんだけどね、そのときは真っ黒に日焼けしてたから、『おや、海水浴にでも行ったの？』って聞いたわけ。だから余計に憶えてた」

「日焼けですか」

「そう。いつもは色白な優男《やさおとこ》なの」

昌夫は岩村と顔を見合わせた。午前中、下宿屋でも似た話を聞いていた。

「言っておくけどね、その学生さん、腰が低くて秀才ぶらなくて、とってもいい人なんだよ。だから刑事さんに話すのだって、何を調べてるのか知らないけど、あの学生さんなら無関係だよって、そういう前提でこっちは言ってんだから」

「ええ、それで結構です」

「安保反対とかいうデモだって、学生さんは正義感でやってるんだと思うよ。警察は神経を尖《とが》らせ過ぎさ」

「ええ、そうかもしれません。で、その学生の名前は」

「二度も言うのはなんだかいやだねえ」亭主はホンコンシャツの袖《そで》に手を突っ込み、二の腕をポリポリと掻《か》いた。「経済学部の院生で島崎国男君だよ」ぶっきら棒に言った。

「秋田出身の学生ですね」とっさに下宿屋で得た情報を口にした。

「なんだ、知ってるんじゃないの。刑事さんは人が悪いね」

「ご協力ありがとうございます」

昌夫は手帳にメモを取りながら、はやる気持ちを抑えた。『無線と科学』のセンで棚からぼた餅《もち》のネタが得られた。地取りの区割りに感謝しなくてはならない。連日手ぶらの帰庁だったので、どんな手がかりでもうれしい。

その後、くだんの学生について思想的背景など探りを入れたが、亭主は「知らない」を繰り返すばかりだった。過去に購入した本についても「勉強の本さ」とはぐらかされた。彼に不利になりそうなことは言いたくないといった様子だった。東大生島崎国男は、近所でなかなか好かれているようだ。

奥から外国の音楽が流れてきた。「良子ちゃん、音が大きい」母親が階段から二階に向かって注意をした。「ちょっと黙っててよ」娘がやり返す。

これが噂のビートルズか。初めて聴いた。手まりがバウンドするような音楽だなと昌夫は感想を抱いた。うるさいが、不快ではない。若い女が好きになるはずだ。

亭主に礼を言って店を出た。

「島崎っていう学生の部屋、なんとか入れませんかね」岩村が歩きながら、興奮した面持ちで言った。「どうせ出入り自由の下宿でしょう。学生のふりして入り込んで……」

「そこまでせくな。状況証拠すらない段階だぞ」

「しかし、お盆に帰省してなくて、東大生が飯場で人夫仕事をしていて、経済学部のくせに『無線と科学』のバックナンバーを買っていて……。怪しいことだらけでしょう。おまけにダイナマイトが盗難に遭った発破屋は土建屋の下請けで、建設現場ともつながる」

「そうかもしれんが侵入はできん。とりあえず、日が暮れてから下宿を張り込もう。今夜は帰れないから覚悟してくれ」

「了解」

岩村が唸《うな》るように答えた。

地取りを一休みして、本郷三丁目の交番へ行った。田中課長代理への定時連絡を入れるためだ。地取り班は一日三回、電話連絡を義務付けられている。

手帳を見せて、本部の捜査一課だが電話を借りたいと言うと、ニキビ面の若い巡査が直立不動で敬礼をした。ここ数年、オリンピック開催のために、警視庁は警官を大増員していた。この若者もその一人らしい。

ダイヤルを回すと、田中が直接出た。「オチか。いいタイミングでかけてきた」暗く沈んだ声だった。ただならぬ雰囲気に昌夫は体を硬くした。

「代々木は無事だったが、天王洲《てんのうず》の倉庫街でやっかいなことが起きた。つい三十分前だ。モノレールの橋脚が一部爆破された。被害状況その他詳しい情報はまだわかっていない」

「モノレールと来ましたか」

「ああ、こうなると新幹線も首都ハイウェーもあぶないな」

モノレールは羽田空港からの客を都心に運ぶための新しい交通機関で、オリンピック開催に合わせて造られていた。開通するのは確か今月中旬のはずだ。

「すぐに現場に行ってくれ。今さっきミヤも向かわせた。公安に後れを取るな」

「わかりました」

「標的がいよいよ警察の外に出た。ブン屋をどうするか、上も頭を抱えてる。記者に会っても口は利くな」

「もちろんです。ああ、代理。それからですね、張り込みたい学生が一人いるので、あとで車輛《しゃりょう》を一台お願いします」

「なんだ。いいネタか」

「まだわかりません」

「そう言うな。藁《わら》にもすがりたいんだ」

田中がやけ気味のだみ声を発した。

「じゃあ有力情報ということで。もっとも、公安がとっくにマークして身元を割ってると思いますがね」

「じゃあ、余計に負けられねえ」

電話を切った。隣で聞き耳を立てていた岩村に事件発生を告げる。岩村はこめかみを赤くすると、「くそったれが。モノレールやるなら上野公園のやつにしろよな」と、しゃれにならないことを言った。建設中の東京モノレールは、遊園地以外で初めて敷かれる公共交通機関だ。

新米とおぼしき巡査が奥から麦茶を運んできた。昌夫と岩村はコップを手にすると一息で飲み干し、礼も言わずに駆け出した。

7

昭和39年9月6日　日曜日

たまの日曜日ぐらいゆっくりと寝ていたいのに、ミドリが朝からあてつけのように掃除を始めるので、須賀忠は渋々ベッド代わりにしていたソファから降り、這《は》ってバルコニーに避難した。

まだ目が覚めきらない状態でたばこに火をつけ、息をつくのと一緒に煙を吐き出す。空は雲ひとつない晴天で、目と鼻の先に、東京タワーが絶対君主のように聳《そび》え立っていた。

ビルの八階からの東京の眺めは、ちょっとした御大尽《おだいじん》気分だ。二十歳の女がこんなに豪華な外人用アパートを借りられるのだから、戦後民主主義は正しいのやら、たがが外れているのやら。ニューラテンクォーターのホステスであるミドリは、向島の建具屋の娘だが、器量ひとつで一流企業の部長クラスの給料を取っている。

「ミドリ。新聞」忠が首を伸ばして言った。

「とってない。何度も言わせないで」ミドリが掃除機をかけながらぞんざいに返事した。

「ホステスなら新聞くらい読んだほうがいいぞ。政財界のお偉方だって店には来るんだろう。会話についていけないぞ」

「読みたきゃ駅のスタンドで買ってくる」

　機嫌が悪そうなので、忠は自分で買いに行くことにした。父親から突然勘当を言い渡され、身ひとつでミドリのアパートに転がり込んで、早二週間が過ぎた。そろそろ住む所を探さないと、縁を切られてしまいそうだ。初めはベッドで一緒に寝かせてくれたのに、近頃はソファなのだ。

　広いリヴィングを横切り、玄関を開け、廊下に出た。すると隣のドアの横の新聞立てに新聞が数日分差し込んであった。今日の朝刊もある。それを拝借することにした。

　ひょいと取り上げ、部屋に戻った。「買いに行くのやめたの?」怪訝《けげん》そうなミドリに、「隣のを借りた」と告げると、目を吊《つ》り上げて怒り出した。

「早く返してきてよ。それって泥棒でしょう」

「平気、平気。隣、パンナムのスチュワーデスでしょ。溜《た》まってたから、どうせフライトだって」

「信じられない」腰に手をあて、にらんでいた。

冷蔵庫からミルクを取り出し、テーブルに新聞を広げ、飲みながら目を通した。一応テレビマンなので、ニュースだけは知っておかないとまずい。

社会面を読むと、新幹線のレールに置石をしたという五十二歳の土木手伝いが逮捕されていた。動機は停めて近くで見たかったという理由らしい。馬鹿がいるなと忠は肩を揺すって笑った。新幹線は試験運行を続けていて十月一日に開通することになっている。事件の場所は静岡だった。警邏《けいら》中のパトカーが発見して現行犯逮捕したようだ。間の悪い犯人である。

忠は少し考え、眉《まゆ》をひそめた。もしかして、東海道新幹線全域が警察によって警備されていたのだろうか。そうでなければ、線路への侵入者などそう簡単に見つかるものではない。

日本の警察もご苦労なことだと、父親の顔を思い浮かべた。オリンピック警備の事実上の責任者である父は、家にも帰れないほどの忙しさのはずだ。

それにしても、どうしていきなり勘当なのか。忠は心の中で自問してみた。ガス漏れによる自宅の火災があった夜、父は家に駆けつけるなり、忠に向かって「しばらく家から出て行け」と告げた。どうしてかと訊《たず》ねると、苦悩に満ちた表情で「じゃあ勘当だ」と静かに言い放った。庇《かば》ってくれるはずの祖母も黙ったままだった。テレビ局に就職してスポーツカーを乗り回すことが、そんなに気に食わないのだろうか。憤りより困惑のほうが大きかった。

再び紙面に目を落とす。都内版ページでは、試運転中のモノレールの写真が大きく載っていた。こちらはすべてが順調らしい。総工費百九十六億円と書いてあった。月給二万五千円の忠には想像もつかない金額だ。浜松町《はままつちょう》と羽田空港を十五分で結び、いずれは横浜まで延長する計画らしい。

「よお、ミドリ。羽田空港までドライブに行こうか。首都高速道路を走ればモノレールが見られるぜ、きっと」

「だめです。わたしは午後からオーディションがあるんです」

ミドリはいつの間にか鏡台に向かって髪をといていた。

「何のオーディションよ」

「渡辺プロ」

「またわざわざ難関を」

「わたし、『シャボン玉ホリデー』に出たいの」

忠は黙って肩をすくめた。ミドリが「シャボン玉ホリデー」に出たら、実家の近所は大騒ぎになることだろう。

「あ、そうだ。言うの忘れてたけど、ゆうべ、お店に刑事さんが来たのよ。十時過ぎに」

ミドリがカールを巻きながら言った。「でね、わたしを指名するの」

「刑事がミドリを指名？　なんでよ」

「それが不思議なのよ。『どうして指名してくれたんですか』って聞いても、『素直で可愛いって評判だから』って——。そんなのうそばっかり。だってテーブルについてみたら、あとは聞き込みなんだもん」

「聞き込み？」

「そう。二週間前、神宮の花火大会、見に行ったじゃない。その夜のこと」

「ああ。おれの家が火事になって、ついでに勘当された夜ね」新聞をたたみ、あくびをかみ殺した。「で、その夜がどうかしたのかよ」

「千駄ヶ谷の恋人の家に行ったそうだけど、そのときのことを聞かせて欲しいって……。わたし言ったの。その人、恋人じゃありませんって」

「あ、そう」忠は苦笑し、肩を落とした。「それより話の続き」

「だからね、何の聞き込みですかって聞いても、それには答えず、『いいから、いいから』って。なんか、最初はわたしも警戒したけど、結構ハンサムな刑事さんで、話が面白いの。あとで先輩ホステスに聞いたら、ニールって渾名《あだな》の有名な夜遊び刑事なんだって。惚《ほ》れちゃったホステスも何人かいたみたい。普通、警察の給料じゃうちの店なんか入れるわけないでしょ。でも誰かの手引きで入っちゃうの。そういうお客さん、何人かいるのよね」

忠は鼻から息を吐いた。話の長い人はテレビに向かないぜ、そう茶々《ちゃちゃ》を入れたくなる。

「でね、そのニールってイカした刑事さんがわたしに聞くの。千駄ヶ谷のお屋敷町で見かけたことを全部教えてくれって」

「ちょっと待った。その刑事ってのは、おれっちの親父が警視庁の須賀修二郎だってことは知ってんだろうな」

「うん、知ってた。次男坊が勘当されてることも」ミドリがからかうように言った。

「けったくそ悪い刑事だぜ」

「だからさ、順番に話したのよ。そしたら、坂道でター坊が東大時代の同級生にばったり出くわしたところで異様に興味を示して……」

「ああ、島崎な」鼻毛を抜いて答えた。

「わたし、名前までは憶えてなかったから、日焼けしてて長髪で木村功に似た二枚目だって言ったら、その刑事、『もしかして島崎国男って名前じゃないか』って……」

「なんだそりゃあ。島崎のやつ、警察にマークでもされてるのかよ。聞いたことないぞ。おれがいた頃はノンポリのうらなりだったぞ」

「とにかく、それでわたしが、『あ、そう。島崎さん。思い出した』って答えたら、見る見る興奮して、どんな様子だったかとか、何か持っていたかとか、何を着ていたかとか、いろいろ聞いて、一通り話したら、大慌てで店から出てったの。十一時からのショーも見ないで」

「ふうん。なんだろうな」

「あの東大生、案外、アカだったりするんじゃないの」ミドリが鏡に向かって、真っ赤な口紅を引いている。

「だからそれはちがうって……」

忠は窓の外に目をやり、考えを巡らせた。刑事が調べていたのは忠の家が火事にあった夜の出来事だ。ガス漏れによる引火事故だと、親からは聞かされていた。父が警視庁の幹部ということから、当初は原宿署から警官が多数駆けつけたが、事故だとわかってすぐに引き上げていった。

事故なら、刑事が嗅《か》ぎまわる必要はない。ひょっとして、自分は事実を知らされていないのだろうか。だいたい現場も見させてもらえなかった。本当にあれは事故なのか。

あの夜見た島崎国男を、記憶の中から引っ張り出した。色白の優男が真っ黒に日焼けしていた。人気のない屋敷町を、早足で歩いていた。彼は花火に行くと言っていた。それも一人で。

「ねえター坊、オーディションの会場まで車で送って」

「ああ、いいよ。どこ?」

「番町《ばんちょう》の中央テレビ」

「うちの会社かよ」忠は鼻に皺《しわ》を寄せた。「まあ、ナベプロなら社長室だって貸しちゃうだろうけど」

立ち上がり、着替えをした。白いポロシャツにマドラスチェックのバミューダパンツだ。家に帰ってないから、ずっと真夏の装いのままである。

部屋を出てエレベーターに乗った。ここ最近、都心にエレベーター付きの高層アパートが建つようになった。ホテルのようなフロントがあり、廊下には絨毯《じゅうたん》が敷いてある。団地の豪華版だ。東京では、一軒家の時代が終わろうとしているのかもしれない。

一階に降りて玄関ホールを歩くと、ソファに男が二人座っていた。日曜日なのに背広姿なので、自然と目についた。男たちが振り返り、忠を見た。なぜかうなずき合っている。立ち上がり、近づいてきた。会社員には見えない。やくざか刑事に見える。身なりはよくても発する気配がちがう。だいたい体格がいい。

「須賀忠さんですね」男の一人が声をかけてきた。

「いえ、ちがいますよ」忠はとぼけた。

「ご冗談を。須賀警務部長のご子息とうかがっております」男が慇懃《いんぎん》に微笑む。

「はあ？　ということは警察の人？」

「そうです。警視庁から参りました」二人で行く手を塞《ふさ》ぎ、内ポケットから手帳をのぞかせた。「須賀さんのご自宅が火事にあった晩のことを、少しお聞きしたいと思いまして」

「それならゆうべ、この子が聞かれたよ。ニューラテンで」

忠は顎《あご》でミドリを差した。捜査員たちは知らないことらしく、顔を見合わせている。

「あのさあ、横の連絡ぐらいつけたら？　二度手間は税金の無駄遣いでしょう。親父に言いつけるぜ」

父の部下かと思うと腹が立ってきた。どうせ直接口も利けない下っ端なのだ。

「ねえ、わたし急いでる」ミドリが膝《ひざ》を揺すって言った。

「ゆうべ聞き込みに来た刑事というのは誰ですか？」

「そんなのそっちで調べればいいじゃん。仲間なんでしょ」と忠。

「警視庁は三万人以上なんですよ」

「ねえ、遅れちゃう」ミドリが頬《ほお》をふくらませる。

捜査員が「お急ぎですか」と訊《たず》ねるので、面倒ながら事情を説明すると、彼らは「タクシー代を出します」と言い出し、勝手にフロントでタクシーを手配した。

「あのさあ、うちの親父は知ってるわけ？　せがれがポリちゃんに取り調べられてることは」

忠が斜《はす》に構えて抗議した。

「取調べだなんて。ただの聞き込みですよ」

「とにかく言いつけるね。名刺くれよ」手を差し出す。

「まあまあ、わたしら名刺は持たないんですよ」

「そんな無茶があるか。名乗りもしない人間に――」

捜査員たちが小さくため息をつき、頭を左右に振った。

「わかりました。じゃあわたしだけ。警視庁公安部公安第一課、矢野《やの》です」一人が静かに言う。それを聞き、忠は目をむいた。

「コウアン？　へえ。てえことは、やっぱり島崎のやつ、学生運動でもやってんのかね」

「島崎？　今、島崎って言ったね」捜査員が表情を変えた。

「ああ、言ったよ」

「それは、東大生の島崎国男のことだね」

「ああ、そうだよ。だいいちそっちはとっくに知ってんじゃないの？　ゆうべ、ニューラテンでミドリが刑事に話しただろう」

「こっちにも詳しく話してよ」

両方から腕をとられ、ソファへと引っ張って行かれた。

「ちょっと何よ。強引じゃねえか」

「島崎国男がどうしたって？」

「だからうちの近くで見かけたってことよ」

「見かけた？　あの夜に？」

「そうだよ」

「ねえ。タクシー、まだ来ないんだけど」ミドリがとがった声を発した。すっかりおかんむりだ。

「お嬢ちゃん。桜田通りまで出ればすぐにつかまるよ。若いうちから横着しなさんな」

捜査員の片割れが低い声で言った。もはや低姿勢ではなくなった。なにやら一刻を争っているといった様子だ。

「ちょっと、ター坊。なんとか言ってよ」

「ああ、そうだ。ゆうべお嬢ちゃんの店に来た刑事ってどういう人？　捜査一課？」

「そんなことまで知らない。刑事は刑事でしょ」

気の強いミドリはそっぽを向くと、ハンドバッグを肩にかけ、大股《おおまた》でマンションを出て行った。

「須賀さん。じゃあそのときのことを」捜査員が左右から身を乗り出す。

「親父に言いつけるからな」忠は鼻息荒く言った。

「ああ、言いつければいい。それより島崎国男だ」

矢野という男の顔つきが変わった。細面の鷲鼻《わしばな》で、どこか日本人離れした顔立ちだ。殺気のようなものを感じ、忠は口をつぐんだ。

「ほら、早く。一から話して」

まるで職員室に呼ばれた中学生だった。忠は気圧《けお》されるまま、二人の公安捜査員に、あの夜見たことを話し始めた。

8

昭和39年7月18日　土曜日

早朝から降り出した雨は、東京の水源を潤すこともなく、全体を軽く湿らせただけで、昼前にはすっかり上がっていた。都心では来週にでも給水制限が始まりそうだと、感度の悪いラジオが伝えていた。

島崎国男は、さっき自分で作って食べた稲庭《いなにわ》うどんのことを思い、あれは水不足の折《おり》にふさわしい食べ物ではなかったなと、都民の一人として反省した。茹《ゆ》でた麵《めん》を大量の水で洗い、大家からもらった氷をボウルに浮かべ、二階の物干し台に上り、風鈴の音を聞きながら、近所の猫と一緒にランチと洒落《しゃれ》込んだ。大半の学生が帰省中なので、本郷西片はやけに静かである。曇り空の下、久し振りに味わった涼《りょう》と贅沢《ぜいたく》だった。

昨日、秋田から東京に戻ってきた。母からゆっくりしていけと言われたが、実家にいてもすることがなく、どちらかといえば居心地が悪く、家庭教師のバイトがあると言い訳をして、逃げるようにして故郷の村をあとにした。母はバス停まで見送りに来て、「こっちのごどは心配しなぐでいいから」と、健気《けなげ》に手を振っていた。国男はその悲しい笑い顔を見て、たまらない疚《やま》しさを覚えた。それは、学業に長《た》けているおかげで、自分だけが郷里の貧しさから逃れられるという現実の残酷さと、それを受け容《い》れることへの罪悪感だった。

自分は熊沢村に帰る気がない。おおよそ役に立ちそうもない学問の世界に生きようとしている。バスが出発すると、いつまでも手を振る母の姿に胸が締め付けられた。自分は薄情なのではないかと自責の念にかられた。その苦しさは上野駅に着くまでやむことはなかった。

上野駅のホームに降りると、それまで車内で聞こえていた東北弁がきれいに消えた。改札を抜け、人ごみに紛れると、何かから解放された気がした。

東京の風景は、雑踏の景色だ。目に映るすべてに人がいる。それが国男にはありがたかった。分母が大きいと、一個人は関心も持たれない。

午後からは大田区の外れまで出かけた。郷里で同じ村の主婦から頼まれた人捜しのためだ。出稼ぎに出た夫が帰ってこないと、苦しげに訴えられた。飯場の住所を書いたメモを渡され、会ってきて欲しいと言われていた。今日は土曜日で半ドンなので、うまくいけば飯場で会えるかもしれない。

国男に、他人の家庭に立ち入る気はなかった。年上の出稼ぎ人夫を諭《さと》す気もない。会って、奥さんが連絡を欲しがっていますよ、と伝えるだけのつもりだった。自分はただのメッセンジャーだ。

蒲田《かまた》駅で下車し、バスターミナルで係員に住所を示し、乗るべき路線を教えてもらった。埃《ほこり》が舞う工場街で降り、資材が積み上げてある通りを歩く。電柱の住所表示板を頼りに探していると、目指す番地はすぐに見つかった。ただしそこは空き地だった。大きな土管《どかん》がいくつも積まれている。

ハンカチで額の汗を拭《ぬぐ》い、国男は肩を落とした。そう簡単にはいかないか。ひとつの工事が終われば、飯場は解体されると兄から聞いたことがある。

隣に水銀工場があったので、薄暗い作業場で仕事をしている老人に聞いてみた。「さあ、知らないねえ」東京の言葉で返ってきた。それであてがなくなり、敷地の周囲を一周した。夏本番を迎えて蟬が狂ったように鳴いている。ダンプが通ると、舗装されていない道路に土埃が立った。

前方から郵便配達の自転車が来た。ふと思い立ち、手を振って止めた。

「すいません。ここにあった飯場、どこに移ったか知りませんか」国男が聞く。秋田の家族からの手紙が送り返されていないということは、どこかに転送されているはずだ。すると、「ああ、東日本土木の飯場ね、すぐ先の空き地に引っ越した。二百メートルぐらい先かな」と、体をひねり、指を差して教えてくれた。

国男は安堵《あんど》した。なんとか役目を果たせそうだ。

教えられたとおりの場所に行くと、そこには二階建てプレハブ宿舎が二つ並んで建っていた。どうやらこれが飯場らしい。窓に干された洗濯物の地下足袋《じかたび》でわかった。てっきりバラックのようなものを想像していたので、案外近代的なんだなと国男は少しほっとした。兄もこういう場所に暮らしていたのだろう。

敷地に足を踏み入れた。そこには「東日本土木」の看板が立てられていて、数人の男たちが足洗い場で体の汗を流しているところだった。全裸の者もいるのでぎょっとする。人目をはばかることなく、頭からつま先まで、石鹸《せっけん》の泡を立て洗っていた。

「おめ、何見てるだ」

唖然《あぜん》として立ち尽くす国男に、向こうから声がかかった。全員、東北の人間らしい。

「男の裸さ、珍しいべか？」

一人の男が言った。国男が色白の優男であるせいか、自分の股間《こかん》をさすり、卑猥《ひわい》な笑みを浮かべた。

「すいません。小倉貞夫《おぐらさだお》さんはこちらにいらっしゃいますか」

国男が訊《たず》ねた。小倉貞夫というのが、捜している人物だ。

人夫たちは国男の姿をねめ回すと、なにやら目に警戒心を浮かべ、「小倉はここにはいね。おめさ、何の用だ」と低い声で言った。

「もうここでは働いていないということでしょうか」

人夫たちは黙っていて答えない。すると、うしろにいた頭領《とうりよう》風のごま塩頭が前に出てきて、「おめ、何者だ」と聞いてきた。

「小倉さんと同じ村の者です」

「同じ村？」

「そうです。秋田は仙北《せんぼく》郡熊沢村の島崎といいます」

同郷と聞いて、人夫たちの表情が和《やわ》らいだ。「なんだ、役所でも来たかと思っちまったべ」そんな声も漏れる。

「じゃあ、おめさ、わざわざ秋田から来たべか」

「いいえ、自分は東京に住んでます。今日は、小倉さんのご家族から頼まれて……」

国男の言葉に、人夫たちがにやにやし始めた。

「家族から何さ頼まれた」ごま塩頭が聞いた。

「奥さんから、連絡を欲しいとのことです」

「奥さんかあ、そりゃあ、気の毒だ」

一人の人夫が囃《はや》すように言う。

「黙ってろ」ごま塩頭の男が制すると、「こっちさ来い」と顎《あご》をしゃくり、国男をプレハブ宿舎の裏へと連れて行った。

「小倉の家族は心配さしでおったのか」

「ええ。それは、連絡が途絶えたわけですから」

「仕送りはしてるのか、小倉は」

「詳しくはわかりませんが、最近途絶えたそうです」

「そうか。仕送りはしでねえか」男はそう言うと、首を左右に曲げ、「困ったことだが、おらたちにはどうすることもできね」とため息をついた。

「どうかしたんでしょうか」

「ええか、若いの。小倉はここで働いでいるが、住んでいるのは別だ。蒲田の駅の裏にアパートさ借りて住んでる。どういうこどかと言えば、こっちに家族がでけたってこどだ」

「こっちに家族……」

「ああ、そうだ」男は強い視線を向け、抗議するように言葉を連ねた。「だども、おめさ、非難するでねえど。こっちの生活さ慣れたら、秋田に帰る気にはなれん。おらもそうだ。三十年間出稼ぎやって、もうええだろうと、おふくろとおっかあに許しを請うて、縁を切ってもらった。小倉も十五のときから、夏も冬もずっと働き詰めだ。許してやれ」

「いや、許すも何も、ぼくは……」

男がつばきを飛ばすので、思わず上体をそらした。

「小倉はこっちで女さでけた。離婚歴があるホステスで連れ子もいる。淋《さび》しい者同士、どうしたってくっついでしまう。東京は景気がいいといっでも、末端で生きているおらたちは、毎日の生活がやっとだ。余裕さないと、今夜の楽しいことを求める。許してやれ。三十五になって初めての色恋沙汰《ざた》だ。許してやれ」

迫力に気圧《けお》され、国男は反射的にうなずいた。

男が大きく息を吐く。「そうか、小倉のところも来たか。でも、おっかあが乗り込んでくるよりはましだ。あいつ、春から毎日びくびくしてたべさ」ひとりごとのように言い、かぶりを振った。

「教えねえわけにはいがねえから教えるが、あんた、小倉を責めたりしねえでけれ」

「そんな……ぼくは、ただ実家が連絡を欲しがっていると伝えるだけです」

「ああ、わがった。今頃はうちで休んでるはずだ」

ごま塩頭の男は、チラシの裏側に地図を書くと、「ほれ、ここだ」と目の前に突き出した。

「飯場で聞いたって言ってもかまわね」

「わかりました。ありがとうございます」

国男は丁寧に頭を下げると、ハンカチで首の汗を拭《ふ》き、その場をあとにした。

「あんちゃん、学生さんか」男の声が背中に降りかかる。

「はい、そうです」立ち止まり、答えた。

「ハンカチ使う男なんか久し振りに見た。すっかり東京者《もん》だべ」白い歯を見せて、からかう調子で笑っている。「そうか、そうか。熊沢村にも、あんちゃんみたいな垢抜《あかぬ》けだ若い衆が出るようになっだが」

国男は答えに窮《きゅう》し、曖昧《あいまい》に微笑んだ。

足洗い場では人夫たちがまだ水を浴びていた。夏はこれが風呂《ふろ》代わりらしい。銭湯代の節約にはなる。兄もこうしていたのかと思ったら、もっと長く手を合わせておくべきだったと、悔いる気持ちが湧き起こった。

バスで蒲田駅まで戻り西口に回ると、駅前全体が工事中だった。看板には東急線の高架工事と書いてある。路上には、ゴザを広げただけの露店がいくつも並び、やけに賑《にぎ》やかだ。その中の一人の老婆が、道行く人に東京都の悪口をまくしたてていた。

「わたしら、無理矢理立ち退《の》かされた。都《と》は店を返せ。駅前整備反対。オリンピックが始まっても、外人は蒲田なんか来るものか。掘っ立て小屋でどこが悪い。そんなにわたしらが恥ずかしいか」

周囲はまたかという感じで苦笑いしている。

「何を言うか。立ち退き料、いくらもらった」衣類を売っている若い男の、威勢のいい声が飛ぶ。あちこちで失笑が湧き起こり、老婆はますます顔を赤くして怒っていた。

土曜の午後ということもあり、駅周辺は人で溢《あふ》れかえっていた。映画館前には人だかりが出来、そこかしこでアベックが腕を組んで歩いている。スピーカーからは東京五輪音頭が流れていた。東京は広いものだと国男はひとりごちた。秋田なら、これだけでいちばんの歓楽街だ。

線路沿いに歩き、住宅街に入ると、下町の匂いが漂ってきた。洗濯物が軒下に並び、路地では主婦が七輪で煮物を作っていた。

目指すアパートはすぐに見つかった。外階段がある二階建てで、戦後間もなく建てられたものと思われた。ほとんどの部屋が玄関を開け放ち、風を通している。一階のいちばん端の部屋に「小倉」の表札がかかっていた。ドアは全開で、レースの暖簾《のれん》がひらひらと微風に揺れていた。外から様子をうかがう。人のいる気配があった。

国男はひとつ咳払《せきばら》いをし、訪問を告げた。

「ごめんください」

すぐに「はーい」というハスキーな女の声があり、一緒に小さな子供の声も聞こえた。

「はい、なんでしょう」女が玄関まで出てきた。膝上丈《ひざうえたけ》の袖《そで》なしワンピースから、白い肌があらわになっている。パーマのかかった髪をてっぺんで束ね、すっぴんの顔には眉《まゆ》がなく、いかにも水商売然とした三十半ばの女だった。何より声が酒焼けしている。

レースの暖簾を手で分ける。中は台所と六畳一間だった。その奥の部屋に、女児をあやす男の背中が見えた。

「すいません。わたくし、秋田の熊沢村の島崎といいます」

一瞬にして女の顔色が変わった。男が弾《はじ》かれたように振り向く。中が薄暗くて顔までは確認できなかった。もっとも小倉貞夫のことは、中学の頃に見たきりなのだが。

「あんた……」女は怯《おび》えた様子で男に訴えかけた。

「小倉さんですか？」国男が聞いた。

「あんた、島崎って言ったね」男が立ち上がり、近づいてきた。ステテコにランニングシャツ姿だ。「もしかして、国男君かい？」東京弁で言った。

「はい。島崎国男です」

「そう」男が真っ黒に焼けた顔をほころばせた。「いったい何年ぶりだ。十年くらいは経ってるね」

「それじゃあ、小倉さんですね」

「うん、うん」

　小倉はゆっくりうなずくと、国男の顔を正面から見つめた。懐かしそうに目を細めている。ただ、表情は丸々明るいというわけではない。目の下の皮膚がひくひくと引きつっている。

「ああ、そうだ。おにいさんは災難だったねえ」

「知ってらっしゃるんですね」

「飯場さちがうが、目と鼻の先だ。同郷だがら、すぐに知らせは入ってぐる」ここから秋田弁になった。「ちょっと、外で話すべ」小倉は草履《ぞうり》をつっかけると、ステテコのままでアパートの外に出た。

「おっと、たばこさ忘れた」もう一度引き返す。

「おとうさん、どこ行くの?」女児の無邪気な声が部屋の中から聞こえる。「ちょっと、お友達が来たの」小倉が答える。女の言葉はなかった。

　小倉が先に歩き、国男はそのあとをついていった。豆腐売りのラッパが路地に響いている。大きな通りを横切り、脇道に入ると、目の前を長いフェンスが立ちふさがった。その向こうは広大な操車場だった。ああ、蒲田の操車場といえば、松本清張《まつもとせいちょう》が『砂の器』の事件現場に描いて有名になった場所だな、と国男はどうでもいいことを思った。

「なんか、恥ずかしいとごろを見せてしまったべ」フェンスの金網に両手をかけ、ごとごととレールを走る車輛《しゃりょう》を眺めながら、小倉がぽつりと言った。「いつかは誰かが捜しに来ると思っていだが、まさかそれが国男君だとは……」

「兄の葬式で熊沢村に帰りまして、そのとき、奥さんに……」

「んだか。女房は何て言ってた？」

「連絡が欲しいそうです」

小倉はそれには答えず、両切りのピースを取り出し、親指の爪にとんとんと当てて葉を詰め、マッチで火をつけた。深く吸い込み、曇り空に向けて煙を吐き出す。

「そういえば、国男君、大学院に進んだそうでないかい。おにいさん、自慢すてたべ。やっぱり頭さええだねえ。東大の大学院なんて、おらたちは想像もつがねえ」

「いえ、そんな、たいしたことでは……」

「謙遜《けんそん》、謙遜。末は博士か大臣か。ええだねえ、将来のある人は」

小倉は遠い目で言うと、ため息をつき、金網を背にしゃがみ込んだ。小石を拾って小さく投げる。しばらくそれを繰り返していた。

「国男君、見逃すてはくれねえが」ぽつりと言った。「捜しだけど見つからなかったごとにしてくれねえが」

「いや、でも……」

国男は困惑した。頼まれて来ただけで、関わる気はなかった。女がいるかもしれないという予測はあったが、その先のことなど考えてもいなかった。

「さっきの女、貴子《たかこ》っていって、駅前の小さなトリスバーの女給でな。それで、おらたち、給料さ出るとめかし込んで飲みに行って、そこで知り合った。最初は客と女給の関係だったけど、そのうち身の上話さするようになって、聞いだら、向こうは離婚して小さな子供さいで、夜はバーの二階で寝がしでるっていうから、なんか同情すてな。静岡の出身で東京には身よりもないって言うし、前の亭主は暴力を振るうから逃げてきだって言うし、自分は部落出身で差別されるって言うし。……いつの間にか、おらが夜はアパートで留守番すてやって、気がついだら一緒に暮らすようになってだ」

国男は、立って見下ろすのは悪いと思い、横に並んでしゃがみ込んだ。近くの高架橋工事現場では、地面を削るドリルの音が鳴り始めた。

「熊沢村の家にはほんと申し訳ねえと思う。だども、おら、あの親子を置いて故郷《くに》さ帰ることはでけん。熊沢の家は親戚《しんせき》があるがらなんとかなるけど、あの親子はどうにもならねえ。それに、おら、貴子に惚《ほ》れてるだよ」

小倉が真面目な顔で言う。国男は、飯場で頭領風の男が発した言葉を思い出した。三十五になって初めての色恋沙汰《ざた》だ、許してやれ――。

「国男君にはわがらねえだろうな。東大さ出れば、この国では怖いものなしだ。金は入るし、外国にだって行けるだろうし、とにかく全部手に入る。オナゴだって選《よ》り取り見取りだ。でもな、おらは、何も手に入らねえ。畑仕事は十からやらされて、十五になっだら、待ってましたとばかりに出稼ぎさ出されて、北海道の炭鉱で真冬に穴掘りだべさ。遊びたい盛りに、足はしもやけ、手はあかぎれで血が滲《にじ》んで、いいごとなんかひとつもながった。息抜きは酒と遊郭《ゆうかく》だけだ――」

いきなりの打ち明け話に国男は困惑した。同郷ではあるが、一回りほど歳はちがい、村で親しく口を利いたことはなかった。

「二十五になって、そろそろ嫁さもらえと言われて、隣村の二十歳の娘と見合いをして結婚した。それが故郷の女房だべさ。好きも嫌いもねえ。田舎の結婚は馬の種付けと変わらん。嫁は跡継ぎさ産むのが仕事だ。誰も疑問には思わん。すごろくで言えば、それが〝上がり〟だ。夫婦共々、その先はなにもねえ。肝煎《きもい》りか村長の家ならなんかあっても、小作人にはなにもねえ。死ぬまで、ただ働ぐだけだ。そうこうしているうちに、三十過ぎて、初めて東京さ出稼ぎに来た。怖いところかと思っていだら、これが楽しかった。恐る恐る食堂さ入って、ケチャップライスを食べたら、うまくてたまげた。オナゴはきれいで、これが同じ人間かと思った。頭領に連れられてトリスバーさ行ったら、女給はいい匂いがした。手がきれいなのが信じられんかった。熊沢に生まれたオナゴは可哀想だべさ。指が太くて短いのは畑仕事のせいだ。三十で皺《しわ》くちゃになる。こんな不公平はねえ。なあ、国男君」

小倉が二本目のたばこに火をつける。勧められ、国男は手を振って辞退した。「吸わないの。そういうところもインテリだねえ」と妙な感心をされた。小倉の話が続く。

「東京で暮らすと、みんな遅くまで働ぐ理由がよぐわがった。お金があれば、何でも手に入るからだべさ。おらも通しで働いた。故郷に一万二千円送って、残業した分は自分で使った。あるとき、背広が欲しぐなった。丁度、貴子と知り会った頃で、それを着て二人で銀座とか新宿さ歩いてみたぐなった。魔が差した。仕送りする金に手え付けてしまった。だども、背広さ着て、差し向かいですき焼き食べたら、どうでもよぐなった。真面目に働いてもええごとはねえ。仕送りだけの人生なら、生きでる意味はねえ。米の味さ覚えた子供に麦を食えと言ってもそれは無理だ。おらはもう故郷さ帰りたぐねえ」

最後の言葉は、まるで教会の懺悔《ざんげ》室で神父に訴えかけるような口調だった。

「故郷の家族にほんとすまねえと思ってる。いちばん下の子はこの春、小学校さ上がったばかりだべ。入学式にも出なぐで、もう父親とは言えねえ。死んだと思ってあきらめで欲しい。国男君のおにいさんが亡くなっだように、この世から消えたと思って欲しいべさ」

小倉は立ち上がり、尻《しり》の土を払った。国男も立ち上がる。頭上をジェット旅客機が横切っていった。エンジン音が、掘削ドリルの騒音と重なる。鯨《くじら》のような機体が、低空で羽田に向かっていった。海外からの便だろう。オリンピックが近づいているせいか、街には外国人の姿が多くなった。

小倉が振り向く。突然泣きそうな顔になり、正面から国男の両腕を取った。

「国男君。お願《ね》げえします。見逃してけれ」

力一杯つかまれ、前後に揺すられた。「ち、ちょっと……」国男は驚いてあとずさりした。

「会えなかったごどにしてけれ。後生《ごしょう》です」

「いや、ぼくはただ……」

「軽蔑《けいべつ》してるだろうね。国男君、おらのこと、軽蔑してるだろうね」

「いえ、してません……」

「してるべ。おらなら軽蔑する」

「ほんと、してません」

「どうして。東大の学生さんには、下々《しもじも》の人生など関係ねえべか」

「そんなこと、思ってません」

「うそを言え！」

小倉がいきなり怒鳴り声を上げた。顔を真っ赤にして、唇を震わせている。

「笑うとええ。こっちは底も底、どん底の人生だべ。おめみたいなエリートに、おらの気持ちはわからん。おらには、繁栄《だんだ》なんか関係ね。オリンピックも関係ね」

小倉は興奮した様子で、地団太《じだんだ》を踏んでいた。

「会えなかったことにします」国男が言った。

小倉が動きを止める。顔をのぞき込む。「うそこくでねえぞ」目を吊《つ》り上げて言った。

「……奥さんには、飯場がなくなっていて居所もわからない、と手紙に書きます」

国男に事実を伝えようという気はなかった。帰らないと家族が困ることはわかっていても、目の前の人間の切実さを踏みにじることは出来ない。だいいち自分に人を裁く権利などない。

「ほんと?」

「本当です」

小倉の手から力が抜けた。国男は解放され、自分の腕をさすった。

「いや、すまながった。おら、相当恥ずかしいところさ見せでしまった」

小倉の声のトーンが下がった。うつむいて唇を噛《か》んでいる。

「いいえ、そんなことありません」国男が言った。慰めではなく、本心だった。なぜか自分はこの男に好感を抱いている。

「忘れでけれ。おらのことはすっかり忘れでけれ」

「はい。忘れます」

小倉は、てのひらで顔を強くしごくと、「じゃあ、先に帰ってくれ」と赤い目で言って、たばこを取り出した。

国男は一礼すると、踵《きびす》を返し、駅に向かって歩き出した。

突然、高架橋工事のドリルの騒音がやみ、背中でマッチを擦る音が聞こえた。

9

昭和39年7月22日　水曜日

週が明けて、島崎国男は、衣類の入った風呂敷《ふろしき》を手に提げて大田区は羽田の町を歩いていた。兄の火葬のときに一緒に立ち会った、山新興業の山田社長を訪ねるためだ。

昨日、電話をしたとき、山田は警戒心を露《あら》わにし、「あんたの兄さんのこどは片付いた」と、聞きもしないのに強弁《きょうべん》していた。秋田の義姉から誓約書が郵便で届いていて、「裁判さやってもこっぢが勝つべ」と、見当外れのことも口走っていた。

「夏の間そちらで働かせて欲しい」国男がそう言うと、意味がわからなかったらしく、「誰が?」と聞き返された。

「ぼくがです。建設現場で兄と同じように働かせてください」

「冗談言ってるべ。東大の学生が大人をからかうな」

「いいえ。真剣です。冷やかしではありません」

「ふざけるな。誰が好きこのんで土方《どかた》仕事なんかする」

いくつかのやりとりがあったあと、「とにかく行きます」と、国男は強引に約束を取り付けた。山田は言葉を失い、「ああ」「いや」と口ごもるばかりだった。

家庭教師の仕事はゼミの後輩に代役を頼み、下宿の女主人には、住み込みのアルバイトをすると告げておいた。

「住み込みって、工事です。兄の代わりに東京オリンピックの手伝いをするんです」

「いいえ、旅館か何か？」

世話好きの女主人は、狐《きつね》につままれたような顔をしていた。

東京都は、昨日から三十五パーセントの第三次給水制限を実施している。下宿の台所も、水を入れたバケツやら薬缶《やかん》やらが床を占拠していた。今週の気象図は、日本列島全体が高気圧に覆われていた。今日も快晴で、真夏日になることは必至と思われた。


山新興業は、羽田に点在するプレハブ造りの飯場のひとつに事務所を構えていた。ただし事務所といっても間借りで、山新の場合、取引先のオリエント土木の飯場の中にあった。出稼ぎ人夫の斡旋《あっせん》業は、机と電話一本で済むようだ。

「ほんとに来ただよ。あんちゃん、なあにを考えてるべ」

山田は国男の顔をしげしげと見つめ、理解できないといった表情で眉《まゆ》をひそめていた。

「せっかく来たんだがら、茶ぐらい飲め」

椅子から立ち上がり、ひょこひょこと左足を引きずり、奥の食堂へ行くと、冷蔵庫から冷えた麦茶を取り出し、コップに注いで供してくれた。人夫たちが現場に出ているので、飯場内に人はいない。がらんと静まり返った事務室で、古びた扇風機が音を立てて回っている。

「しっかしまあ、あんちゃんも変わり者だべ。土方がどういうもんか、わかってるべ？　地下足袋履いで、ツルハシ振るって、泥まみれになって働くんだべ」

山田がたばこを吹かしながら言った。あらためて見ると、土方そのものの風貌《ふうぼう》だった。日焼けを重ねた肌はどす黒く、顔には深い皺が刻まれている。

「もちろん、わかってます」国男は神妙な面持ちで答えた。

「いいや、わがってね。社会勉強とか、そういうつもりなら三日と続かん」

「いいえ、社会勉強などではなくて……」

「じゃあ、何だべさ。あんちゃんなら、家庭教師やれば土方よりたくさん稼げるはずだべ。わざわざ力仕事さする理由がねえ」

国男は一瞬、返答に詰まった。心の中に決意のようなものはあるが、それを言葉にするのはむずかしく、また山田に理解されるとは思えない。

「……兄の、弔《とむら》いです」咄嗟《とっさ》にそんなことを言っていた。

「弔い？」

「兄は家族を養うために、二十年以上、身を粉《こ》にして働きました。ぼくは、兄のおかげで高校や大学に行けたようなものです」

うそをついた。兄は弟の進学を決してよろこんではいなかった。むしろ十五も歳が離れている身内に嫉妬《しっと》し、「おめは自由でいいべな」と厭味《いやみ》を言った。

「兄にだけ労働を押し付けて、自分だけ勉学に勤《いそ》しむことに、以前から疚《やま》しさがありました。一度、兄と同じことをしなければ、兄の苦労はわからないと思いました」

「ひとつ聞いていいが」と山田。

「はい」

「おめ、どうして秋田弁が出ね。嫌ってるのか」

「いいえ。高校のときの担任教師が早稲田《わせだ》出身で、『おまえは必ず東大に行くから、今のうちに標準語を身につけろ』と十五で言われて、それ以来……」

「ふん」山田が鼻で笑った。「わがった。続げろ」

「ですから、兄の代わりです。それから、この国は近いうちにプロレタリア革命が起きるとぼくは思っています。顕著な形で起きなかったとしても、ブルジョア社会には何らかの鉄槌《てっつい》が下るはずです。そのとき、ぼくはプロレタリアートの側でいたいと思っています。実は今、大学院で学んでいるマルクス経済学は……」

山田が酸っぱい物でも食べたような顔をした。「あんちゃん、むずかしい話はやめてけれ」鼻に皺《しわ》を寄せて言った。国男は口をつぐむ。

「わがった。冷やかしでないなら、働いでもらってもいい。どうせオリンピックまでは、どの現場も人手不足だからね。ただし、一週間やそこらなら断るべ。邪魔なだげだ」

「ひと夏やらせていただくつもりです」

「ほんとだな。八月末まで勤まらねえとぎは、罰金取るぞ。それから、最初の一週間は日当も四百円だ。あんちゃん、力あるとは思えねえしな」

「それで結構です」

国男が真顔で返答する。山田が一転して相好《そうごう》をくずした。

「ふふ。ええごとになっだ。東大の学生さんが、山新興業の斡旋で人夫になるべや」

ひとりごとのように言い、椅子にもたれかかり、痩《や》せているのに突き出た腹をさすった。

「その荷物、着替え？」国男の風呂敷を指差す。

「はい、今日からでも働くつもりで来ました」

「ははは。んだら、夕方からでも現場さ出てもらうかな」

「はい、お願いします」

「そうか。はは、あはは」

なぜか山田は上機嫌になり、一人でしばらく笑っていた。つられて国男も微笑む。山田はたばこをもみ消すと、「二階が部屋だべ」と顎《あご》でしゃくり、立ち上がった。

二人で一度外に出て、裏手の外階段に回る。そこでは、数人の賄い婦がしゃがみ込んでジャガイモの皮をむいていた。秋田にもいそうな、足の太い中年女たちだ。

「若いのが入るど。今夜から、一人前、多く作ってけろ」山田が賄い婦たちに向かって軽い調子で言った。「男前だべさ。だども妙な気は起こすな。東大の学生さんだ。身分がちがうべ」

女たちが不思議そうに国男を見上げる。「冗談ばっかり。役所の監査でしょう。お役人さん、この飯場は人使いが荒くて何人も死んでます」一人がおどけて訴え、みなでけたけたと笑った。

二階に上がると、そこは二十畳ほどの家具も何もない空間だった。床はベニヤで畳も敷いていない。隅に布団《ふとん》が山と積まれていて、天井からは裸電球が三つぶら下がっていた。

部屋に扇風機はない。もちろんテレビもない。開け放たれた窓には網戸もない。

「兄はここで暮らしたんでしょうか」国男が聞く。

「ああ、そうだ。ここ数年はずっとこの飯場だった」

山田の答えに、国男はあらためて部屋を見回した。兄がまた現れそうな錯覚を覚える。

山田は部屋の奥に進むと、大きな柳行李《やなぎごうり》からニッカーボッカーと地下足袋《じかたび》を取り出し、国男の足元に投げて寄こした。

「ほれ、支給品だ。早速着替えるべ。五時になっだら、マイクロバスが巡回しでぐるから、それに乗って一緒に北の丸公園さ行ぐ。日本武道館だ。知ってるか？　オリンピックの柔道会場。完成までもう一息だ。とりあえず午後六時からのBシフトの半分だけやってみるべ」

「あのう、ぼく、電気ドリルとか機械類は、使えませんけど」と国男。

「心配しなぐでええ。おめはただの人足《にんそく》だ。一輪車でブロックさ運ぶだけ。建物前の広場に敷き詰めるのは、また別の人間がやる」

「わかりました」

学生ズボンを脱いで、生まれて初めてニッカーボッカーに足を通した。上はワイシャツを脱ぎ、ランニングシャツ姿になった。その場で地下足袋を履き、ホックを留めると、それだけで汗がしたたり落ちた。風呂敷《ふろしき》から手拭《てぬぐ》いを出し、首に巻く。

「貴重品は今のうちに出しておけ。下の金庫で保管する。腕時計なんかは恰好《かっこう》の餌食《えじき》だ。あっという間に盗《と》られて質屋行きだべ。ここで寝起きするのは、半分が流れ者だ」

「はい」

学生証と腕時計を山田に預けた。財布は持っていない。所持金は小銭だけだ。

「軍手はいるか。これは支給でなぐで、一組十円で買ってもらうがな」

「はい。買います」

部屋を出て階段を下りると、賄い婦たちが驚いて国男を見た。「あらま、ほんとなの。歌舞伎役者みたいなおにいさんが」誰かがそんなことを言い、信じられない様子で、口をぽかんと開けていた。

巡回のバスを待つ間、トイレに行く振りをして、飯場の陰で柔軟体操をした。運動とは縁がなく、高校時代は吹奏楽部だった。喧嘩《けんか》をしたこともない。男の友だちはいなかった。緊張しているのか喉《のど》がからからに渇いた。てのひらは汗で湿っている。国男は腹に力を込め、自分に気合を入れた。肉体労働を経験しなければ、自分は堕落《だらく》してしまう。資本が作り上げる無限の欲求が持つ非合理性、それを理解できるのはプロレタリアートしかない。世の中を正すのは、プロレタリアートを措《お》いてない。故郷の母が流した涙は、血の涙だ。

体が内側から熱くなった。今日から頑張ろうと、徒競走に臨む小学生のように思った。

午後五時になって、マイクロバスがやって来た。三十人くらいが乗れそうな、比較的新しい箱型の車輛《しゃりょう》だ。車体の横っ腹に知らない会社名が書いてあった。恐らく元請けの土建会社だ。オリエント土木も山新興業も、人夫を提供しているに過ぎない。山田と二人で乗り込んだ。山田は現場視察だと言っていた。

車内にはすでに十人を超える男たちがいた。近隣の飯場から乗り込んできたようだ。みな真っ黒に日焼けしていて、肩の筋肉が盛り上がっている。年齢はさまざまだった。未成年と思われるような若者もいれば、還暦《かんれき》を過ぎていそうな年寄りもいる。会話はなく、みな仏頂面で窓の外を見ていた。何人かが国男を一瞥《いちべつ》し、「なんだこの白いのは」という顔をした。

バスは第一京浜《けいひん》をひたすら北上した。道の名前がわかったのは標識があったからだ。品《しな》川《がわ》駅を通過し、田町《たまち》から日比谷《ひびや》通りに入ると、都心の夕方ということもあって、渋滞が始まった。自動車に乗ってこのあたりを走るのは初めてだった。左手前方に見える東京タワーが、いかにも誇らしげに聳《そび》えていた。道の両脇には大きなビルが建ち並んでいた。芝《しば》公園手前の交差点では首都高速の高架下をくぐった。東京の変わりようは凄《すさ》まじいものがあった。上京して六年目になるが、ここ数年の東京の変わりようは凄まじいものがあった。大学一年生のとき、銀座の周囲は異臭を放つドブ川だった。

帝国ホテル前を通るとき、髪をポマードでてからせた、身なりのいい日本人客がリムジンに乗り込む姿を見かけた。あれも自分と同じ日本人なのかと、不思議な思いがした。この国には、新しい有産階級が誕生しようとしている。白人と肩を並べようと、躍起《やっき》になっている日本人たちがいる。それは即ち、労働者階級を存在させようとする企《たくら》みだ。

約一時間で北の丸公園の建設現場に到着した。国男は、思わず窓に顔をくっつけて建設中の武道館を見上げた。八割方は完成しているその威容に圧倒された。アーチ状の屋根は、まるで経済発展を遂げる日本の象徴であるかのように、凜《りん》として天に向かっている。写真で見たときは悪趣味の極みだと思ったが、実物を目の当たりにすると、揶揄《やゆ》する言葉を失った。国が威信を賭《か》けると、これくらいの芸当は軽いのだ。

バスはプレハブの事務棟前に停車し、そこで降ろされた。入れ替わりに、人夫が乗り込んでいく。シャツは泥にまみれ、顔は煤《すす》か何かで黒く汚れている。山田が「Aシフトを終えで飯場へ帰っていぐ連中だべ」と教えてくれた。

「Aシフトは午前八時から午後六時まで。Bシフトは午後六時から午前二時まで。ただしAから〝通し〟の場合は午後十時までで引き上げてもよし。あんちゃん、今日は最初だがら、肩慣らしで十時までやるべ」

山田の言葉に国男はうなずいた。

「ちなみにCシフトもあって、それは午前二時から八時までだが、日当が割高なぶん、ほかの業者に占有されでる。おらたちは関わらね。連中はみんなコレモンだっぺ」

山田は人差し指で頬をなぞった。

事務棟で白いヘルメットを渡された。山田はそれに赤いビニールテープを貼って一周させ、「これが、オリエント土木の印だがらね」と言った。ヘルメットを見て、仕事分けをされるらしい。

その後、別のテント小屋に二人で出向き、山田がオリエント土木の社員に挨拶《あいさつ》をした。国男はそこで新井《あらい》という狐のように細い目の現場チーフを紹介されたが、こっちが頭を下げても完全無視の態度だった。

「山新さんねえ、もうちっと人夫に〝通し〟をさせたらどうなの。何よ、先週の稼働時間。おたくが最低じゃん。おかげで作業が遅れて、上から叱られちゃったよ」

「すいません。なんとか工面しますので」

山田はひたすら恐縮して、男の機嫌をとっていた。空気を切り裂くような笛の音が鳴り響き、道を掘り返していたドリルの音がやんだ。これからシフトが変わるようだ。

「おい、そこの段ボール箱の中におにぎりさあるから、今のうちに食え」と山田。

言われてのぞくと、新聞紙に包まれた弁当らしきものが詰まっていた。

「台帳に山の字とおめの名前さ記入しろ。それで週末ごとに請求がくる」

「ちなみにいくらなんですか」

「ふん。おめも抜け目がねえべ。おにぎり二個で五十円だ」

国男は高いと思った。五十円出せば食堂でカレーライスが食べられる。

「いやなら食わなぐでいい。この辺は店もねえべ」

「いただきます」

国男は急いでおにぎりを頬張った。海苔《のり》の巻いていない、梅干《うめぼし》だけの塩飯だ。やけに黄色い沢庵《たくあん》が二切れあった。ほかの人夫たちもどやどやとテントにやってきて、台帳に記入し、立ったままおにぎりにかぶりついた。会話はなく、咀嚼《そしやく》する音だけが聞こえてくる。お茶の入った大きな薬缶《やかん》が台に三つ並んでいて、人夫たちは代わる代わるそれを口から直接飲んだ。

国男もそれに倣《なら》った。持ち上げようとしたら、薬缶は予想よりも重く、腕が小さく震えた。この中では、自分がいちばん痩《や》せている。

味の薄い番茶だった。まだ仕事前なのに、顔中から汗が噴き出てきた。


六時を少し回ってからBシフトの仕事が始まった。あちこちで一斉に機械の音が鳴りだす。同じマークの入ったヘルメットの男たちについていくと、武道館の南側道路に集められた。そこで現場チーフの新井から、道端に積まれた約三十センチ四方で厚さ十センチの石のブロックを北玄関口へ移すように、命じられた。

その量が半端ではなかった。平屋建て一戸分はあろうかという容積だ。作業員は六人。各自に一輪車が与えられた。これが終わったら次は何を、という心配はまるでなかった。一晩かけても終わりそうにないからだ。

「島崎と言います。今日が初めてです。よろしくお願いします」

国男は、すぐそばにいた年配の人夫に挨拶をした。

「おめ、どこの者だ」

「山新興業から派遣されて来ました」

「なんだ、おらと一緒か。そしだら秋田か」

「はい。仙北郡熊沢村です」

「ああ？　もしかしてシマやんの親戚《しんせき》か」

「はい。弟です」

国男が答えると、人夫は目を丸くした。

「ひょっとして、東大生か」

「はい」

しばらく言葉に詰まり、国男を足の爪先《つまさき》から頭のてっぺんまで眺めていた。

「ふうん。弟か。わがった。それはそうと、あの社長から軍手は買うな。駅前の金物屋まで行けば半額で売ってる」

「……はい」

男は塩野《しおの》という名前で、今の飯場はもう七年目だと手短に自己紹介した。今日はAシフトから午前二時まで〝通し〟をやるらしい。

「ほら、やるべ。私語は禁止だ。見つかると罰金さ取られるべ」

新井は少し離れた場所で、ほかの仕事の指示を出していた。オリエント土木はいくつもの単純作業を請け負っているらしい。

国男はブロックを一輪車に載せた。いったい何キロあるのか、抱えると、ズシリと背中から腰まで響いた。ほかの人夫は一度に三つ積んで運ぶようなので、自分もそうすることにした。

腰を落とし、両足を踏ん張り、一輪車のハンドルを持ち上げる。たちまちバランスを崩し、横転させてしまった。

舌打ちして、積み直す。もう一度持ち上げ、なんとか歩き出す。五メートルほど進んだところでコントロールが利かなくなり、またしても横転した。どうやら自分に三つは無理らしい。ほかの人夫に心の中で詫《わ》び、二つに減らすことにした。

息を弾ませてブロックを抱える。西日が強く差し込んで、ダートの地面に自分の影が長く伸びていた。この時季は七時を過ぎないと日は暮れない。お堀の向こうでは、大手町《おおてまち》のビル群の明かりが、森の輪郭をオレンジ色に染めていた。そういえば四年生のとき、ゼミの教授から、三井銀行への就職を勧められた。面接だけでいいと言う。従っていれば、今頃自分はあそこで働いていたかもしれない。

動き出す。横転する。積み直し、前に進み、横転する。周囲の誰も、国男に構うことはなかった。

やっとのことで一往復すると、その間に、ほかの人夫はゆうに三往復をこなしていた。同じ時間働いても、運んだブロックの数は、三かける二分の三の差が出る。山田が当面は日当四百円としたのは正しかった。自分は役に立たない。国男は申し訳ない気持ちで一杯になり、せめて一生懸命なことだけはわかってもらおうと、復路は走ることにした。

「おい、あんちゃん。走らなぐでええ」それを見て、塩野が注意する。

「いえ、しかし、ぼくだけ非力で迷惑をかけてますから」

国男の言葉に、人夫たちが鼻で笑った。

「早ぐ済んでも、おらたちの日当は変わらね。むしろ時間が空いて、ほかの仕事さやらされるだけだ。最初は誰でもそんなもんだ。気にするな」

迷惑をかけていないことに国男は安堵《あんど》した。「ありがとうございます」頭を下げる。

「おめ、本当にシマやんの弟か。まるで日活の青春スターみてえだな」

塩野はそう言って笑うと、大きな手で国男の肩をどやしつけた。その衝撃が骨にまで響く。五十は過ぎていそうだが、力は若い国男より遥《はる》かに強かった。

日が暮れ、工事現場に照明が灯《とも》された。それを目指して蛾《が》が一斉に集まってきた。黒い影が揺れる光景は、恐怖映画の一シーンを思わせるおぞましさだ。蛾は人の口元にもたかり、国男は何度も唾《つば》を吐くことになった。

この頃になると、国男の両腕の筋肉はパンパンに張っていた。一輪車のバランスすら満足にとれないうえ、ブロックの積み下ろしは力業である。足のふくらはぎも痛かった。手の皮も。軍手をしていても、慣れない圧力に皮膚はすぐに悲鳴を上げた。

そしていちばんのダメージは、地下足袋《じかたび》の中だった。親指と人差し指の間がこすれ、痛くて我慢できない。五歩進んでは痛みをこらえるといった感じである。

そこへ新井がやって来た。「おい、おまえ。何をさぼってんだ」硬い表情で国男を見据《みす》えた。

「すいません。ちょっと足袋ずれをしてしまったようで……」国男が顔をゆがめて訴える。

「ふざけるな。さっきから見てれば、仕事はのろいわ、休んでばっかりいるわ」

「申し訳ありません。遅れは取り返しますから」

「注意一回で罰金二百円だ。山新の社長に言っておけ」

新井は鼻の穴を広げて言い捨てると、安全靴で砂利を踏みしめ、去っていった。

「いけ好かねえ野郎だべ」塩野がそばに来て小声で言った。「オリンピックまでの辛抱だ。今度の出稼ぎが終わったら、当分東京には来ね。そったら、みんなで袋叩《ふくろだた》きだ」

国男は返答せず、仕事を続けた。歯を食いしばって痛みをこらえ、ブロックを運ぶ。時間が知りたくてトラックの中の時計をのぞくと、まだ八時にもなっていなかった。あと二時間、とても耐えられそうにない。

とうとう我慢できなくなり、ブロックの山の陰に入り、地下足袋を脱いだ。恐る恐るのぞき込む。予想通り指の間は血まみれで、皮が大きくめくれていた。思わず呻《うめ》く。

唾をつけようとしたが、口の中が渇き切っていて満足に出てこなかった。周囲を見回す。それぞれが忙しく働いていた。オリエント土木のテントの様子をうかがう。中は無人のようだ。

国男は地下足袋を手に、裸足《はだし》のまま、腰をかがめて駆け出した。そしてテントに入ると、もう一度人がいないのを確認して薬缶のお茶を足にかけた。

負傷箇所に激痛が走る。砂利の上でうずくまった。

なんというざまか。大の男が、たった二時間で音《ね》を上げるとは。

どうするか。ギブアップして帰らせてもらうか。それとも治療を求めるか。

申し出れば、元請会社の事務棟に赤チンと包帯ぐらいは用意してあるだろう。元請は、大学のOBもたくさんいる、大手建設会社だ。

いいや、末端の新米では言い出しにくい。初日からそれはあまりに情けない。兄はこの仕事を二十年間続けたのだ。

国男は体を起こすと、首に巻いてあった手拭《てぬぐ》いを広げ、歯を使って二つに裂いた。指の間に通し、踵《かかと》のうしろに回して縛った。両方の足にそれを施した。

もう一度地下足袋を履き直す。ゆっくり歩いてみると、なんとか激痛は治まってくれた。この応急処置でどれくらいもってくれるか。

薬缶からお茶をラッパ飲みし、喉《のど》の渇きを癒《い》やした。水分を補給した途端に玉の汗が噴き出てくる。

国男は仕事に戻った。塩野たちにはトイレだとうそをついた。ブロックを積み、一輪車を駆って移動させる。体中の筋肉が驚いて悲鳴を上げているのがわかった。明日になれば、もっと痛みが増すことだろう。

歯を食いしばって作業を続けた。たくさんの蛾が、からかうように国男の周囲を舞っていた。

10

昭和39年9月9日　水曜日

捜査会議の開始時刻を三十分遅らせるという連絡が田中課長代理よりあり、落合昌夫たち捜査一課の刑事たちは、半蔵門会館の一階の食堂でテレビの実況中継番組に見入っていた。この朝、オリンピックの聖火が、沖縄から鹿児島に飛行機で移送されることになっていた。遠くギリシアはオリンピアで灯された炎《ほのお》が、広大なユーラシア大陸を経て、とうとう日本本土に上陸したのである。聖火は十月十日の開会式まで、日本全国をリレーされることになっている。

警察幹部たちも、このNHKの特別番組を観ているはずだった。聖火に万が一のことがあっては開催国としての威信は地に堕《お》ちる。各都道府県警は、自分たちの管内で事件事故を起こさないことに全力を注いでいる。今、昌夫は東京の一介の刑事のくせに、鹿児島県警全警察官の心境を察した。

テレビは、鹿児島上空を歓迎飛行する海上自衛隊のジェット戦闘機二十七機を映し出していた。画面が切り替わると、海には、巨大な自衛艦「つげ」と数十隻《せき》の白い帆のヨットが美しく浮かんでいる。

「すげえな。天皇陛下の巡幸《じゅんこう》だってここまではやらねえだろう」

宮下係長が、セレモニーのスケールの大きさにため息をついた。

「そりゃあ、オリンピックですぜ。世界中が見てる中で、しみったれた真似はできないでやんしょう」

森拓朗が扇子で顔を扇《あお》ぎながら言った。自衛隊の見事な編隊飛行に、若い岩村は「おお」と嘆息を漏らした。それぞれが誇らしい気持ちで映像を見つめている。

曇り空の下、鹿児島空港に聖火を乗せたYS—11が着陸した。駆り出された数千人の鹿児島市民が日の丸の小旗を振り、楽隊のファンファーレが高らかに響き渡った。聖火灯を手に掲げてタラップに立ったのは文部省の五輪担当課長らしい。この官僚には、孫子《まご》の代までの自慢になるにちがいない。

割れるような拍手が鳴り響く中、聖火が本土の土を踏む。すぐさま灯火式に入り、花に囲まれた台の上で、聖火皿に火が移された。聖火は黒煙を上げたのち、オレンジ色に変わり、陽炎《かげろう》を昇り立たせた。拍手がいっそう大きくなる。アナウンサーは興奮した口調で、「いよいよ聖火が本土に第一歩をしるしました」と声を張り上げた。

昌夫は、胸の中にこみ上げるものを感じた。オリンピックは目の前にある。もうどこにも逃げない。我々日本人がオリンピックを開催するのだ。

県知事からトーチを受け取った体操着姿の女子高校生が、頬を紅潮させ、初々しく緊張しながら、「責任を持ってリレーします」と力強く宣誓をした。礼砲が轟《とどろ》き、一斉に鳩《はと》が放たれる。経済白書が謳《うた》った、もはや戦後ではないという言葉を今こそ実感した。平和とはこんなにいいものなのかと、きっと多くの日本人が思っていることだろう。十一歳で終戦を迎えた昌夫でさえ、そんな感慨に耽《ふけ》ってしまう。

昌夫はなにやら勇気を得た気持ちになった。特別捜査本部は重要参考人を得て、にわかに活気づいている。

品川区天王洲で起きた三件目の爆破事件は、モノレールの橋脚の、表面コンクリートを三センチえぐる程度の被害と報告された。使われたダイナマイトは推定一本で、中の鉄筋を破壊するに充分な火薬量であったが、粘着テープで貼り付けただけという粗雑さで被害の拡大を免れることができた。黒色火薬のダイナマイトは、一本で岩をも砕くことができるものの、それは岩に穴を開けて中に埋めた状態で爆発させた場合に限られる。このことから、犯人はダイナマイトの扱いに関しては知識がない人物であると推測できた。橋脚は数日の補修工事で元通りにできるとのことであった。

この三件目の爆破事件で目を引いたのは、ダイナマイトを仕掛けた箇所が、京浜運河の中に立っている橋脚だったということである。手間を考えるなら、埋め立て地にある橋脚を狙うのが普通と考えられた。天王洲は倉庫や農林省の木炭事務所があるくらいで、昼間から人気はほとんどなく、目撃される可能性は低い。むしろボートや船を使うことの方が証拠を残す。昌夫は、犯人はたとえ偶然でも爆発時に怪我人を出したくなかったのではないかという印象を抱いた。使用したボートもしくは船は特定されていない。

四方が海面だったので、周辺に及ぼす二次被害はゼロであった。また、防水の意味合いかビニールでくるんだ形跡も見られたが、船の航行による小波《さざなみ》を被《かぶ》ったのか、湿った潮風を長時間浴びたせいか、完全には爆発しなかったのではないかとの見解も鑑識課が寄せている。これが海岸通りの橋脚で爆発していたら、モノレール下を占拠していた建築資材や工事用車輌《しゃりょう》等に、少なからぬ被害が出たものと思われた。

目撃情報は今のところ得られていない。爆発は土曜日の午後で、倉庫街には当直の人間が数名いただけで、「大きな音がしたがどこかの工事の音かと思った」と、いたって呑気《のんき》であった。似た話はあって、東京の道路工事が連日連夜続くため、それに乗じて電気ドリルで金庫破りをする連続窃盗団が先月逮捕されたばかりだった。東京っ子は、すっかり騒音に慣れてしまったようだ。

問題は、この事件を民間の目から遮断することが困難になったことだ。東京モノレール株式会社は、日立《ひたち》製作所を親会社とするれっきとした民営企業である。具体的被害が出た以上、頬被りはできない。

この点に関して、昌夫たち現場の捜査員は完全に蚊帳《かや》の外に置かれている。宮下の推測では、日立という政府とつながりの深い巨大コンツェルンゆえ、トップ同士でさまざまな取り引きがなされたのではないか、とのことだ。昌夫は案外そんなところではないかと思った。日立は、来月開業の新幹線でも重要な役割を担っている。

蚊帳の外と言えば、東大生・島崎国男に関しても、捜査一課は情報を奪われている。先週の土曜日、本郷西片に『無線と科学』を古書店で購入した学生がいることを、昌夫と岩村は聞き込み捜査で把握した。その島崎という人物は、東大の大学院生であるにも拘《かか》わらず、飯場に住み込んで肉体労働に従事しているという。島崎の下宿を張り込みたいとの申請に、当初、田中は車輌の手配を約束したが、夕方になって待ったがかかった。その理由は、「ほかの部隊が動いている」である。公安部から横槍《よこやり》が入ったことは明白だった。ならば、せめて張り込みの結果を知りたいのだが、昌夫たち現場には伝わってこない。週が明け、月曜日の夜になって、重要参考人として島崎国男の顔写真が捜査員に配られた。それは学生証に貼り付けるような、表情のない身分証明用写真で、初めて見た島崎の顔は、なるほど下宿の女主人が言うように、歌舞伎役者を思わせる優男だった。

捜査会議は午前九時を少し回った頃始まった。いつもの会議室には、捜査一課の二係から五係に所属する刑事と、主に第二方面の所轄から駆り出された刑事が集められている。その数は連日増員されていて、今日見渡したところでは、ゆうに八十人を超えていた。公安部を入れると、いったい何人の大所帯になっていることやら。本庁四階の本部では課長職以上の幹部が、その日に上がった捜査報告を基に連夜会議を行い、この先の方針を決め、各部隊に指令を出す方式を採っていた。上がどうなっているのか、これも現場の刑事にはわからない。密行捜査とはいえ、過去に経験のない指揮系統だった。

　田中が手拭いで首の汗を拭《ふ》き、正面のテーブルについた。ろくに帰っていないのか、白髪交じりの無精髭《ぶしょうひげ》が顔の下半分を覆っている。事務員が用意したお茶に口をつけると、最初に、つい今しがたテレビで放映された「聖火リレー中継」について触れた。

「諸君も見ていたと思うが、いよいよ五輪の聖火が本土に到着した。聖火は四つに分けられ、これから一月かけて四十六都道府県すべてを回る。その間、聖火の警護に当たる警官は延べ数万人にも及ぶ。聖火は各地で熱烈なる歓迎を受け、次の地へとリレーされる。これはもはや国民全体の行事である。名称は東京オリンピックでも、事実上、日本オリンピックだ。諸君はこのことを肝に銘じて捜査にあたって欲しい」

　横に座っていた代理補佐が、いつものように特大の都内地図を壁に貼り付けた。並んで一覧表も張り出され、そこには関東一円の建設会社と、その傘下にある飯場の住所が記されている。

「さて、重要参考人として名前の挙がった島崎国男についてである。昨日までの調べで、当該参考人は七月二十二日より八月三十一日まで、大田区羽田二丁目×番地に仮設された株式会社オリエント土木の所有する飯場にて肉体労働に従事していたことがわかっている。なぜに東大生が人夫仕事に就いたかの動機については不明である。ただ、その飯場は当該参考人の実兄が出稼ぎ労働者として働いていたところで、その実兄というのは、七月十二日未明、飯場内にて死亡している。死因は心臓麻痺《まひ》。この死について不明な点は、今のところない。当該参考人の下宿先の女主人の話によると、兄の代わりにオリンピックの手伝いをしたい、と言っていたようである。この証言を得てきたのは五係のオチと岩村だ」

捜査員たちがちらりと昌夫のほうを見る。別係の若手刑事からは、嫉妬《しっと》とも取れる視線を向けられた。その後田中は、当該参考人の東大での経歴、交友関係、指導教授など、大学生としての情報を読み上げた。

「当該参考人の思想的背景については、はっきりとしたことはわかっていない。六〇年の安保闘争時、当該参考人は大学二年生であったが、デモや集会に参加したという証言は得られていない。むしろ目立たないノンポリ学生だったというのが、学内で抱かれていた一般的印象である。ただしここ一年は、マルクス経済学の研究室に籍を置き、『資本論』の副読本編纂《へんさん》の助手をしているとのことである。どうして就職しないで大学院に行ったのか、マルクス主義に傾倒するに至った経緯はどのようなものなのか等についてはわかっていない。これは、つまり……四階の縄張りだ」

田中は苦虫を噛《か》み潰《つぶ》したような顔で、鼻をひとつすすった。

天王洲で爆発が起きたとき、現場では刑事部と公安部の機動捜査隊同士が衝突していた。昌夫たちが駆けつけたときは収まっていたが、相当のやりとりがあったとあとで聞かされた。

「当該参考人は、八月いっぱいを以《もっ》て飯場から出ている。オリエント土木は人夫たちに対して、基本的に月末締めの翌月五日払いで給料を手渡している。その五日、すなわちモノレール橋脚爆破事件があった土曜日の午後に姿を現したのが、最後の目撃情報となっている。それ以降、居場所はわかっていない」

田中は、すでに昨夜の時点で知らされた情報も、確認の意味と、会議に顔を出せなかった捜査員のために話して聞かせた。メモに目を落としながら、昌夫は、自分たちが島崎国男の下宿先を張り込まなかったことを後悔していた。田中は立場上「待った」をかけたが、内心は「逆らってでもやれ」だったのかもしれない。間違いなく公安部は張り込みを続けているはずだが、本人の居場所はいまだ未確認なのか、すでに確認して行確《コウカク》に入っているのか、昌夫たちには知る術《すべ》がない。

田中の話が終わると、視界の端で、誰かの手が挙がった。見ると、沢野久雄だった。

「質問、よろしいでしょうか」サラリーマン経験のある沢野らしく、穏やかに声を発した。「草加次郎を名乗る犯人から、三通目の犯行声明文は届いたのでしょう」

脇で、仁井薫と森拓朗が一瞬、目配せをし合った。二人が生真面目な沢野に言わせているな、と昌夫にはすぐにわかった。

「朝の会議で質問は受けない。夜にしてくれ」田中は表情を変えずに告げた。

「それから、当該参考人の足取りに関してなんですが、結局、土曜日の夜に西片の下宿には戻っているのでしょうか」

「二度同じことを言わせるな」田中の目がぎらりと光る。

「わかりました……」

沢野は口をすぼめ、下を向いた。

どうやら課長代理レベルでも、捜査状況の全体は把握していない様子だ。本庁舎本部に陣取る警視正以上の幹部たちは、情報の取り扱いに神経をとがらせている。捜査一課でその中にいるのは玉利課長だけだ。

地取り班の区分けがなされ、会議は解散した。廊下へ出ると、宮下が仁井の頭をつつき、「やい、ニール。てめえが沢野に言わせたな」とにらみつけた。

「おれじゃないッスよ。あれはタンクローさんです」仁井が肩をすくめる。

「人のせいにするな。言い出しっぺは貴様だ」森は目を吊《つ》り上げた。

「しかしですね、隠し事をされると、士気に影響するのは事実です。せめて当該参考人について、どの程度のことがわかっているのかぐらい……」

沢野はあくまでも真っ直ぐだ。残暑厳しい中でのネクタイ姿にも性格が滲《にじ》み出ている。

「おまえたち、ネタが欲しけりゃ、自分で拾って来い。刑事になって何年だ。人を頼るようになったらおしまいだぞ。ホシはおれたちの手で挙げるんだ。上の階の鼻を明かしてやろうぜ」

宮下が部下を見回し、檄《げき》を飛ばした。全員でぞろぞろと階段を下りる。

「でもね、係長」今度は倉橋哲夫が隣に並んで言った。「この事案で、身内同士腹の探り合いは命取りでしょう。こっちはネタを全部提出してんだから、四階にも同じようにしてくれって、要望だけでも出しておかないと」

宮下は階段を下りたところで、不機嫌そうに振り向いた。

「玉利課長が何もしてないと思ってるのか。おれたちの考えてることなど、とっくにわかってるさ。それで現場音痴の上級職相手に折衝《せっしょう》の毎日だ。おまけに捜査一課長は定例記者会見があるから、ブン屋対策にも神経をとがらせている。少しは苦労をわかれ」

宮下の言葉に五係の男たちは黙った。事件が大きいと、指揮系統が複雑化する。地を這《は》う捜査員とは別の次元に、もうひとつの戦いがありそうだ。手柄の奪い合いなのか、責任のなすり合いなのか、保身なのか、面子《めんつ》なのか。

半蔵門会館の玄関で捜査員たちは散った。目の前では、重装備の機動隊が、皇居の方角へと行進していく。見るからに暑そうだ。今日も三十度近くまで気温が上がるのだろうか。秋の気配は朝夕だけで、いまだ蟬が鳴いている。

昌夫は岩村と二人で一度本庁舎に戻り、車に乗り込んで芝浦《しばうら》方面を目指した。犯人が使用した船の特定と目撃者捜しのためであるが、東京湾沿岸は区域が広く、路線バスも満足に走っていないため、捜査車輛《しゃりょう》の使用が許可された。車種はいすゞベレット。幹部公用車のお下がりで、一五〇〇ccの小型車に無理をして警察無線機を積んであるため、バッテリーがすぐに息を切らすと刑事部屋では悪評が高い車だ。

ハンドルは昌夫が握った。車を運転するのは、心浮き立つものがある。自動車保有台数がとうとう百万台を超えた現代日本だが、マイカーとなると依然高嶺《たかね》の花だ。新しい団地でも数台しか見かけない。昌夫が買えるのは、ずっと先のことのように思えた。

「今日は、首都ハイウェーを走ってみませんか」助手席で岩村が言った。

「おれもそうしようと思ってた。芝浦出口で下りれば丁度いい」

わざわざ遠回りをして、霞《かすみ》が関《せき》口から乗り入れた。入ってすぐ地下に潜り、緩やかなカーブを上り、立体的な弧を描いて今度は車が空に向かっていく。立体化した都市というのは、「鉄腕アトム」の世界そのものだ。右手にホテルニューオータニの巨大なビルが見えた。最上階の回転レストランは、見物人が殺到していつも満員札止めだと新聞に書いてあった。

アクセルを踏んで加速した。車の三角窓から吹き込む風が、顔の汗をたちまち乾かしてくれた。一般道の混雑がうそのように、首都ハイウェーは空《す》いていた。有料道路に慣れていないのと、カーブだらけで怖がるドライバーが多いせいだ。

一ノ橋ジャンクションを過ぎ、東京タワーを左手に眺めながら車を走らせる。昌夫は、この景色を妻の晴美に見せてやりたいと思った。どこに出しても恥ずかしくない、堂々たる大東京の姿だ。

岩村は仕事を忘れ、子供のように流れていく景色に見入っていた。新潟生まれのこの次男坊は、帰省するたびに、親兄弟から東京の話をせがまれるそうだ。きっと大袈裟《おおげさ》に東京風を吹かせているのだろう。

あっという間に芝浦出口までたどり着き、大型車が行き交う海岸通りに入った。舗装はしてあっても、ダンプがこぼしていく土が埃《ほこり》となり、全体が茶色く濁っている。一歩裏に回れば、急ごしらえの感も今の東京にはあった。建築廃材が、平気で海に捨てられていたりする。

昨日は日の出桟橋《さんばし》から芝浦にかけて繋留《けいりゅう》してある小船をあたった。今日はもう少し南下する予定だ。今年、品川埠頭《ふとう》の造成が完了して、この界隈《かいわい》はすっかり景色が変わってしまった。大きな火力発電所が煙を上げている。だだっ広いだけで、誰も住んでいない。

天王洲に寄ると、爆発事件があった付近の岸に、所轄署のパトカーが停まっていた。乗っている制服警官に、運転席から目礼する。モノレールまで警備対象になってしまったようだ。

破損した橋脚は、「間組《はざまぐみ》」の名が書かれたシートに覆われ、早速補修工事が行われている。建設会社は、複数の大手がポイントごとに受け持っていた。名前を列挙するだけで、これがオリンピックという名の一大公共事業だということがわかる。

車を再び走らせ、東品川の中洲《なかす》の端で停車させた。運河に小船がたくさん繋留されているのを見つけたからだ。

車から降りて見渡す。「うわあ、すげえ数だ」岩村が顔をしかめた。朽ち果てたような木船も含めて、船が大小百はありそうだ。

石垣から桟橋に下りると、木造の足場がぎしぎしと揺れた。

「ここも東京なんですね」岩村が言った。「ああ」昌夫が返す。

「何をぬかしやがる。ここが東京だ」

突然、船の中から声が発せられた。老人がそこにいた。上半身裸なので、木の船に保護色のようになって気づかなかった。顔を皺《しわ》くちゃにして、怒っているのか笑っているのか判断に困る表情でこっちを見ている。

「にいさんたち。品川宿《じゅく》を知らねえのか。東海道の初宿よ。昔はここいらも芸者がたくさんいて賑《にぎ》わったものさ。宿から釣り糸を垂れる客もいたりしてな。もっとも、海はどんどん遠くなって、本屋の金蔵《きんぞう》が心中しようとした海なんてえのは、とっくに埋め立てられちまったがな。へへ」

そう言って、ヤニで黄ばんだ歯をのぞかせた。

「本屋の金蔵って誰ですか」小声で岩村が聞いた。

「落語に出てくる若旦那《わかだんな》だ。品川は落語の舞台だ」昌夫が答える。

「ご主人、すいません」老人に向かって警察手帳を見せた。「我々は警察の者です。ちょっとお聞きしてもいいですか」

「へえ。あんたら刑事さんかい。ずいぶん若いんだね」

興味深そうに眺め、両切りたばこに火をつけた。

「ここにある船は、みんな漁師さんたちのものですか」

「ああ、そうだよ。ただし、半分は用なしで、日を見てクズ屋が引き取って、銭湯に薪《まき》として売られていくんだがね」

「薪？　それはなぜですか？」

「なぜって、あそこに埋め立て地が出来ちまったからねえ」老人が顎《あご》で品川埠頭をしゃくる。「漁場がなくなっちゃあ、おれたちもお手上げだ」

「つまり、廃業ですか」

「そう。東京都から少しは補償金も出たけどね」指で輪を作り、口の端を持ち上げた。「穴子もカンパチも、江戸前はもうすぐ食べられなくなるよ。それから海苔《のり》も。いちばん参ったのは海苔の養殖をやってた連中じゃないかねえ。江戸から続いた品川の海苔は、ハイ、これでお仕舞い」

明るい口調に、昌夫はかえって老人の虚無《きょむ》感を想った。昔は終わった。もうあきらめた。この漁師はそう言っているかのようだ。

「ご主人も廃業なさるんですか？」

「いまさら陸《おか》に上がって何をする。死ぬまで細々とやってくさ」

老人は吸い終えたたばこを空き缶に放り込むと、ひゃひゃひゃと奇妙な声で笑った。

「ところで、ここにある船はどのように管理されてるんですか？」岩村が聞いた。

「管理かい。一応組合があって、そこに登録して組合費を払った者が札《ふだ》をもらって、それで繋留できることになってるんだけどね」

「錠はかけるんですか？」

「いいや。モーターは外して持って帰《けえ》るが、船自体はロープでつないであるだけだね」

「無用心ですね」

「モーターボートの時代に、手漕《てこ》ぎの船なぞ誰が盗む」

「それじゃあですね、もし、ここで船を拝借しようとしたら、誰でも簡単に出来るわけですか」

「そういう物好きがいたらね。だいたい、半分は用なしだって言ったろう。なんなら一隻、漕いで帰るかい？　向こう岸にあるのは全部廃業した船だから、持ち主は誰も文句は言わないよ。クズ屋は人の足元見て買い叩《たた》くから、売るにも腹が立つ」

老人は籠《かご》から投網《とあみ》を取り出し、点検を始めた。

「先週の土曜日なんですが、この辺で見慣れない人間が船に乗っていたのを見ていませんか」

「さあ、おいらは見てないけど、何かあったのかい」

「モノレールの橋脚にペンキで落書きした人間がいるんですよ」昌夫はとっさにうそを言った。「それも天皇陛下を侮辱する文言《もんごん》を英語で。もしも外国からのお客さんに見られたら国の恥ですから、徹底的に捜査してるんです」

真面目な顔で説明したら、岩村が背中を向け、笑いをこらえていた。

「そいつはけしからんねえ。オリンピックで世界中から観光客が来るってえのに。いったいそいつは日本人なのかい？　日本人なら非国民だ」

老人が自分のことのように腹を立て、眉《まゆ》をひそめた。オリンピックとなれば、誰もが愛国者になるのが昨今である。

「それじゃあね、刑事さん。この運河を突き当たった角の道に金物屋があるから、そこの看板娘に聞いてみちゃあどうだい。いや、看板娘って言っても、五十年も前の話だけどね。ひゃひゃひゃ。おヨネっていう婆さんがいて、店は娘夫婦に任せて、たばこを売りながら、一日水路を眺めているよ。前を通る船はみんな見ているはずさ。おいらたちも海に出て行くときは手を振って挨拶《あいさつ》するしね」

「おヨネさんですね。ありがとうございます」

「亭主は病気、せがれは戦争で失った。気の毒な婆さんだ」

「そうですか……」

昌夫は礼を言って辞去した。道に上がり、あらためて船の群れを眺める。そうか、東京の漁業は終わるのか。これまで考えたこともなかった。漁師もいなくなる。

視線を上に移すと、品川埠頭の火力発電所の煙突が見えた。恐竜のように首をもたげ、白い煙を吐いている。この国は工業を選択した。東京湾は狭くなるばかりだ。

教えられた金物屋に行くと、入り口横にたばこを売る窓口があり、そこに七十歳ぐらいの老婦人がいた。岩村が会釈して、ガラスの窓を叩く。

「おばあさん、ハイライトちょうだい」

百円札を出して、いつも吸っているたばこを買った。老婦人は愛想よく微笑み、見慣れない二人組に、「まだ断水が続きますねえ」と時候《じこう》の言葉を発した。

「おヨネさんでしょうか。こんにちは」昌夫が腰をかがめて挨拶をした。「我々は警察の者です。さっき、そこの船溜《ふなだ》まりで漁師さんに聞きまして……」簡単に事情を説明する。

「まあまあ、刑事さんですか。それはご苦労様です。どうぞ中に入ってください」

老婦人はまるで警戒することなく、昌夫たちを店の中に招き入れた。「よっこらしょ」可愛く言って腰を上げる。「お茶でもいれますね」

「いいえ、どうかお構いなく」

手を振って辞退したが、奥に行かれてしまった。仕方なく上がりかまちに腰を下ろし、一息ついた。開け放たれた家の中を海風が吹き抜けていく。かすかな潮の香りが鼻をくすぐった。

老婦人がお茶と饅頭《まんじゅう》を盆に載せてやってきた。遠慮なくいただくことにした。忙中閑《ぼうちゅうかん》ありだ。

「実はですね。先週の土曜日のことをお聞きしたいのですが……」饅頭を頬張りながら聞いた。「この前の運河を、漁師じゃない知らない人間が船に乗っていくのを見かけませんでしたか？」

「ああ、そういえば……」あっけないほど簡単に老婦人が言った。「若い男の人が乗る船を見ましたねえ」

耳を疑った。「ほんとですか?」昌夫は身を乗り出し、湯呑《ゆの》みを盆に置いた。岩村は饅頭を喉《のど》に詰まらせ、むせている。

「長髪だったから憶《おぼ》えてたの。漁師さんじゃないし、どこの人だろうって」

昌夫は手帳を取り出すと、はさんであった島崎国男の写真を老婦人に見せた。

「この男じゃありませんか?」

老婦人は引き出しから眼鏡を取り出し、目を凝らした。

「さあねえ。遠くだから、顔までは。でも雰囲気はこんな感じ」

「目撃したのは何時ごろですか?」

「お昼を食べたあとだから、午後一時ぐらいですかねえ。漁はたいてい朝早くだし、この時間になんだろうって見てたんですよ」

「ええ。それで」

「海のほうに出て行きましたよ。二人で」

「二人で?」昌夫が声のトーンを高くする。

「うん。そう。ひょろっとした若い男の人と、背の小さな年配の男の人」

昌夫は岩村と顔を見合わせた。互いに眉をひそめる。どういうことか。単独犯だろうと推量していた。共犯者がいるのだろうか。あるいは犯行グループが存在するのだろうか。

「すみません。最初から詳しく聞かせていただけますか」

「ええ。いいですけど」

老婦人はきょとんとした顔で、ゆっくりと話し始めた。

11

昭和39年8月1日　土曜日

東京は朝から晴れだった。まだ影の長いうちから気温は上昇し、風がそよりとも吹かないため、日差しに肌がちりちりと焦げていく。島崎国男は飯場《はんば》の裏手の洗い場で、汗をかきながらいくつものバケツに水を溜《た》めていた。

この二週間、東京には一ミリの雨も降らなかったせいで、水不足はますます深刻化していた。給水制限は段階を経るごとに厳しくなり、先週からは三十五パーセントの給水がカットされている。断水は昼間の五時間と夜の六時間で計十一時間。一日の半分近くは水道の蛇口から水が出ないという状況だ。

国男は新入りなので、水汲《みずく》みを言いつけられていた。毎朝人より早く起きて、朝食前に、ブリキのバケツや木の桶《おけ》を水で満たし、それをピラミッドのように積み上げておくのが、飯場に入って以来の日課だ。

この労働は日給には一切加味されることはないが、仕事で人並みの成果を出せないでいるため、国男自身もとくに不満はなかった。飯場の仲間から、役立たずと思われることのほうが怖かった。

　バケツに水をなみなみと溜め、日陰に運ぶ。腕の筋肉が目覚めていくのが自分でもわかった。最初の三日間は、ひどい筋肉痛に襲われ、朝は起き上がることも苦行だったが、十日間を経て少しは体が肉体労働に慣れた。日焼けした皮膚は、そろそろ一皮目がめくれようとしている。日焼けはどこか快感めいたものがあった。ここ何年かは海水浴にも行ったことがなかったので、鏡に写る自分がまるで別人のように見える。

　ただ、疲労が蓄積しているのは自分でもわかった。週の中頃、山田に請われて〝通し〟を経験し、その過酷さに体が悲鳴を上げた。国男には明日の日曜日が頼みの綱だ。泥のように眠って、なんとか疲れを取りたい。

「朝から精が出るべ」

　その声に振り返ると、塩野が歯ブラシを口に突っ込んで立っていた。塩野は初日から一緒に仕事をしていて、同郷ということもあり、よく声をかけてくれた。

「おはようございます」国男が挨拶《あいさつ》した。

「おめも人がいいだな。言われたごどを素直にやる」塩野がふんと鼻を鳴らし、呆《あき》れるように言った。「断水はおらたちのせいじゃねえべ。だったら飯場さ管理してるオリエント土木が自分のところでやるべきだろう。いぐら下請けだからって、金にならねえ仕事までさせられるいわれはね」

「はあ……」返事に困り、国男は曖昧《あいまい》にうなずいた。

「おめがやってぐれるがら、飯炊き女どもは大喜びだべ。なんならイッパツやらせてもらえ。いちばん若そうなのを見繕《みつくろ》って」

「いえ、そんな……」

「おめ、こっちはちゃんと処理してっか」塩野が目を細めて自分の股間《こかん》をさすった。「何人かは一回五百円でやらしでくれるっぺ。そごの倉庫で、みんなやってるぞ」

「あの、ぼくはいいです」

「そりゃあそうだ。おめみてえな色男、銀座でも新宿でも、いぐらでも若いオナゴさひっかけられる」

　国男は黙って苦笑した。大学に入ってしばらくは、寮の伝統で、先輩に連れられて渋谷の青線に通ったが、どちらかというと手淫《しゅいん》に耽《ふけ》ることのほうが多かった。女子学生から「島崎君ってうぶだね」とからかわれたこともある。

「今日は土曜日だ。おめ、半ドンで切り上げるだか」塩野が歯を磨きながら聞いてきた。

「いつも通りのAシフトで夕方までやるつもりですが」

「学生がそんなに働いてどうする。家族さ養ってるわけでもなかろうに」

「いえ。一応、実家には仕送りを……」

　塩野が歯ブラシを動かす手を止める。「あれま、そうだったの?」目を見開いて、国男を見た。

「……それは悪がった。おら、てっきり学生の小遣い稼ぎだと思ってた。……なんだ、そうか。実家さ仕送りしてるか」急に声が甲高くなった。「それはそうだ。兄貴さ死んだら、弟が家の面倒を見るもんだ。ふうん。そうか、仕送りか……」しきりにうなずき、感心した様子で口をすぼめた。

仕送りは、仕事を始めてから思いついたことだった。労働を知るのが目的で、実のところ金のことは意識になかった。支給された出勤カードに毎日判を捺してもらっているうちに、はて給料は何に遣おうかと考え、とくに欲しいものがないのと、この金を遊興費に当てては母や義姉に申し訳ないという気持ちから、学費と生活費以外は仕送りすることにした。母を少しでも助けてやりたい。

水を溜める作業を終えると、バケツの上に幌《ほろ》を被《かぶ》せた。塩野が手伝ってくれた。塩野は、洗い場に歯を磨きに来る人夫たちに、「おい。この学生はな、働いて秋田に仕送りさするんだとよ」とうれしそうにふれ、人夫たちからは、「なんだ、そうだったのか」と口々に言われ、親しみを込めた目を向けられた。

どうやら自分は、周囲から異物として見られていたらしい。意地悪はされなかったが、誰も近寄っては来なかった。学生が飯場にいる意味が理解できなかったのだろう。

同年代の人夫から肩をたたかれた。白い歯を見せ、「おれは米村《よねむら》だ。よがったら今夜、街さ繰り出さねえが」と誘われた。

「はあ。でも、酒はあんまり飲めないんですけど」国男が答える。

「付き合えって。たまには肉でも食うべ」今度は尻《しり》をたたかれた。いきなり仲間として受け入れられた気がした。

午前七時になり、みなで飯場の食堂に入り、朝食をとった。丼《どんぶり》一杯の白飯に、揚げとワカメの入った味噌汁《みそしる》と、めざしが一尾付いている。御飯をお代わりするときは、帳面に名前を記入し、賄い婦からもらうことになっている。金額はすべて事細かに決められていた。夕食時には冷えたビールも用意されているが、大瓶一本が百五十円もする。夏場の仕事を終え、駅前の立ち飲み屋に行くのももどかしい人夫たちが、「原価で売れよ」と愚痴をこぼしながらも、食前に栓《せん》を抜いていた。弱者からとことん搾取するのが資本主義のピラミッドなのだと、国男は厳しい現実を日々突きつけられていた。

御飯をかき込んでいると、蒲田の旅館に長逗留《ながとうりゅう》している山田が現れ、自分の会社が派遣している人夫たちに、Aシフトで働くことを求めていた。東京オリンピックの開催が近づき、どの現場も人手の確保が求められていた。国男の横にもやってきて、耳元で「今日は半ドン、我慢してけれ」とささやいた。

「わかりました。そのつもりでした」

「おめは素直でええべ」

ヤニ臭い息を吐きかけ、去っていった。塩野は不満そうに顔をしかめている。米村という男は、あからさまに敵意のある目で山田をにらみつけ、その背中に向けて、口の形だけで「馬鹿野郎」と罵《ののし》っていた。

「山新さんのところ、お弁当、今日は何人前ね？」厨房《ちゅうぼう》から賄い婦が顔を出して聞いた。

「普段通りだべ。半ドンで帰るのは誰もいね」山田が勝手に答えた。

外では早くも蟬が狂ったように鳴いている。


この日、連れて行かれた現場は、代々木のオリンピック選手村だった。かつて進駐軍の将校たちの家族宿舎だったワシントンハイツが、五輪開催を機に日本に返還され、選手村として使われることになっていた。メインゲートとなる建物の前でバスを降ろされ、丘の上の家々を見上げ、国男は思わずため息を漏らした。

赤い屋根に白い壁の二階建て木造住宅が、ゆったりとした間隔で建ち並んでいる。屋根の上には煙突も見えた。暖炉《だんろ》が各戸にあるのだ。すべての庭には芝生が敷いてある。もちろん敷地に入るのは初めてで、フェンス越しにのぞいたこともなかった。

国男は、テレビで見たアメリカの動画番組、『トムとジェリー』を思い出した。猫とネズミが追いかけっこをするアメリカの住宅は、恐ろしいまでに広く豪華で、ストーリーよりも彼《か》の国の生活の豊かさに圧倒された。それを今、肌身で感じた。日本中が貧しかった戦後、アメリカ人は東京の真ん中で、本国同様優雅に暮らしていたのだ。

「まったく、こんな国と戦争したんだから、日本人はまぬけだべや」

米村が隣で吐き捨てた。国男はその通りだと思った。白人たちは有色人種の繁栄を許さなかった。民主主義は政治的な飾りに過ぎない。白人の本音は依然として覇権主義だ。

テントに集められると、そこには日本武道館の建設現場同様、オリエント土木の新井がいた。建設会社の若い社員から指示を受け、ぺこぺこと頭を下げている。彼らが去ると急に顔つきが変わり、山田を呼びつけて高圧的に命令を下した。

「大幅に遅れてっからよォ、ペースを上げてやってくれ。まさか、半ドンで帰るやつはいねえよな」

「へえ。そりゃあもう。〝通し〟と明日の〝出〟も募っているところです」

「〝募ってる〟てえのは呑気《のんき》なんじゃないの。業務命令でやってくれよ」

「わかりました。できるだけ多く確保します」

山田はこのときだけ標準語を使い、卑屈に体を折った。もっとも東北弁のイントネーションが抜けないため、かえって滑稽《こっけい》に聞こえた。

「工期はいつまでなんですか」国男が米村に小声で聞いた。

「知るわけねえべ。おれたち下っ端は、言われたことをやるだけだ」

新井によって仕事が割り振られる。国男はまたしても敷石用のブロック運びだった。一輪車を操るのは依然として不得手だ。

鐘《かね》が鳴らされ、作業が始まった。重機のディーゼルエンジンが唸《うな》りを上げ、黒い煙があちこちで立ち昇る。大きなローラー重機が、みしみしと大地を踏み固めながら、すぐ脇を通過していった。これからブロックを敷き詰めるゲート付近を平らにならすためだ。

選手村のメインゲート施設は、大会後に撤去されるのか、パイプと木で組まれた軽い感じの建造物だった。ただしプレハブのような仮設感はなく、和風とモダンの両方を醸し出している。素人目にも美しかった。これも名のある建築家のデザインなのだろう。視線を丘の上に向けてみれば、そこには丹下健三が設計した総合体育館が聳《そび》え立っている。秋田の母に見せたらどんな顔をするのか。しばらくは言葉も出ないにちがいない。

一輪車にブロックを載せ、一度腰を落として構えを作り、背筋を伸ばして押していく。直線は大丈夫だが、鬼門はカーブと坂だ。途中、未舗装の上り坂カーブがあり、二回に一回はバランスを失って倒してしまう。その都度、周囲の冷たい視線を浴びた。ちがう飯場から来た者は、「なんだ、この素人は」とでも言いたげに一瞥《いちべつ》をくれていく。新井の目に留まったときは、「おい、おまえ。いつまで半人前だ」と罵声《ばせい》が飛んだ。

ブロック置き場で、塩野が近寄ってきた。

「あんちゃん。左さ倒れそうになったら、左手で持ち上げようとせずに、右手でハンドルさ押して踏ん張れ」

なるほど、一理《いちり》ある。自分はいつもあわてて引き上げようとする。米村も来た。

「おめの一輪車、タイヤの空気圧さ足りねえっぺ。だから不安定で力も余計にかかるだよ。おめはいつも最後に残ったやつを使うから、貧乏くじを引かされてんだ」

そのアドバイスに、国男は他人事《ひとごと》のように感心した。米村たちが我先にと一輪車を選《よ》るのは、少しでもらくをしたいからなのか。

「知りませんでした」

「こういうの、誰も教えねえからな」米村が周囲を見回した。「おい、あそこに一輪車が一台放ってあるべ。急いで代えてこい」

「いや、あれは誰かが少し持ち場を離れてるだけだと思います」

「その隙に代えてくるんだ。おめは学級委員か」

「休憩のとき、空気入れを借りましょう。きっと作業所のどこかにあるはずです」

米村が眉間《みけん》を寄せ、鼻から息を吐いた。「好きにしろ」その場を離れていった。

「あんちゃんよ。飯場さちがうと、人夫同士すぐに喧嘩《けんか》になるがらな。みんなが親切にすてぐれるなんて思ったらいげねえぞ」

塩野が真顔で忠告し、国男は黙ってうなずいた。確かに気の荒い男たちが多そうなのは理解できた。今の飯場でも、一日おきに小さな喧嘩が起きている。

ともあれ作業に戻ることにした。一個十キロはありそうなブロックを、三つ荷台に載せる。ハンドルを持ち上げて押すと、空気圧の話を聞いたせいか、いっそう重量を感じた。それでも塩野から聞いたコツを試してみると、なるほどバランスを崩さなくて済む。すっかり高くなった日差しを浴びて、全身から玉の汗が噴き出てきた。初日から悩まされてきた足袋《たび》ずれは、皮が厚くなり痛みはなくなった。

午前十時になり、十分間の休憩が全員に与えられた。重機の音がやみ、みなが水のみ場に行列を作る。それが済むと地面に腰を下ろし、一斉にたばこに火をつけた。すぐそこに芝生があるのに、人夫だけ立ち入り禁止にされた。踏みつけては申し訳ないような芝の青さなので、誰も不平は言わなかった。

国男はタイヤの空気入れを探そうと、オリエント土木のテントへと行った。そこに新井の姿はなく、半袖《はんそで》シャツから二の腕の刺青《いれずみ》をのぞかせた目つきの鋭い男が、牢名主《ろうなぬし》のように数人の人夫を周りに従え、パイプ椅子にふんぞり返っていた。一人だけ、地下足袋ではなく米軍の払い下げと思われるブーツを履いている。

「なんや、おのれは。初めて見る面やな。どこの者《もん》じゃ」たばこをくわえ、国男をにらみつけた。

「ここにタイヤの空気入れはありませんか」

「聞いとるんや。答えんかい」男が関西弁で低く凄《すご》んだ。

「はい。わたしは山新興業から派遣された島崎と申します」

「わたし？　おのれは女か。それともどこぞのお坊ちゃまか」

男がけらけらと笑い出す。合わせて周囲の人夫たちも馬鹿にしたように笑った。

「あのう、空気入れを……」

国男が動じていないのが癇《かん》に障《さわ》ったのか、男の顔色が変わった。

「山新は人手を出すだけじゃろう。馬や牛と一緒じゃ。その馬や牛がどうして口を利く。黙ってさっさと仕事に戻れ」

話が通じそうにないので、国男は小さく肩をすくめ、踵《きびす》を返した。

きた。

「おい、待てや」背中に鋭い声が突き刺さる。振り返ると、男が目を吊《つ》り上げて近づいて
「気に入らんやつや。山新なら秋田やろう。なんで標準語をしゃべりよる」

返答に詰まり、視線を落とす。腕の刺青を見ると、牡丹《ぼたん》の花が一輪咲いていた。

「おのれ、わしをなめとるんかい」

左手の小指が欠けているのが目に入った。

「いえ、そんなことは……」

次の瞬間、みぞおちに衝撃が走った。男が拳《こぶし》で腹を突いたのだ。

飲んだばかりの水が喉《のど》を逆流し、その場で体を折り曲げて小さく嘔吐《おうと》した。

「大袈裟《おおげさ》なやっちゃ。軽くつついただけやろうが」

激しく咳《せ》き込み、涙も出てきた。

「おい、島崎とやら。山新なら羽田の飯場やろう。今夜、糀谷《こうじゃ》の飯場に来い。大通りをはさんですぐ隣や。ええか。絶対に顔出せよ。出さな迎えに行くで」

わけもわからないままテントから押し出される。男たちのせせら笑う声が背中に降りかかった。

顔をゆがめて元の場所に戻ると、遠くから様子をうかがっていたらしい塩野と米村から、

「何された」と心配顔で聞かれた。

「今夜、糀谷の飯場に来いと言われました」

「行ぐな。あいつは樋口《ひぐち》っていって、半分やくざだべ」塩野が鼻に皺《しわ》を寄せて言った。「夜になると飯場で賭場《とば》さ開いで、人夫から金を巻き上げる悪党だ。こいつもいぐらかやられた」顎《あご》で米村を差す。米村はさっと顔を赤くして、「おれは一回ぎりだ」と抗弁した。

「そういうの、会社は黙ってるんですか」

「樋口には言わね。なにせ人を殺してるって話だからな。新井も敬遠して、見て見ぬ振りだ」

「わかりました。行きません」

「それがええ。無視するだ」

休憩時間が終わり、各自が持ち場に散った。一輪車のタイヤは、空気を入れていないままだ。近くを、大手建設会社の社名が書かれたヘルメットを被《かぶ》った作業服の男が通ったので、軽い気持ちで聞いてみた。

「すいません。一輪車の空気圧が足りないのですが、事務棟に空気入れはありませんか」

男が振り返る。自分と同い年ぐらいの若い社員だった。まだ大学を出たばかりだろうか、初々しい感じがあった。日本を代表する建設会社だから、優秀な若者にちがいない。図面を脇に抱えている。

男は虚を衝《つ》かれたように立ち止まり、国男の顔を数秒眺めたのち、「あると思いますよ。これから行くので、ちょっと見てきましょう」と笑みを浮かべて返事をした。

男が再び歩き出す。人夫たちが、まるで珍しい動物でも見るような目で、そのやりとりを眺めていた。米村も呆気《あっけ》にとられていた。誰に話しかけているんだ——。そんな声が聞こえてきそうだった。

　ほどなくして、建設会社の男が、自転車の空気入れを手に提げて戻ってきた。「これでいいですか」すこぶる愛想がいい。男に一輪車を押さえていてもらい、タイヤに空気を入れた。

「どうですか。仕事は大変ですか」男が聞いた。

「そうですね。ぼくはまだ慣れないものですから」国男が答える。

「完成まで時間がなくてね。会社も焦ってるんですよ」

「期限はいつなんですか?」

「今のところ、九月十五日が開村式になる予定です」

「もう二ヵ月ないですね。じゃあ、がんばらないと」

「ええ、お願いします。……あなた、大学生ですか?」

「そうです。院生ですが。……わかりますか?」

「そりゃあね。一人だけ雰囲気がちがうし」

　男が仲間に話しかけるように言い、白い歯を見せた。大学名を聞かれ、「都内の某大学です」とはぐらかす。

「バイト代、いいんだ」

「ええと、そうですかね」

「日雇いの人たちって、なんとなく怖くて、口を利いたことがなかったんですよ」

「そうですか。まあ、怖い人もいるみたいだけど」

「労働条件とか安全面はどうですか？　ぼくたちには、現場の情報はまるで入ってこないから。たまに労働基準局から指導があったりするんだけど、実のところ、忙しくてろくに調査もしていないんですよね」

　国男はどう答えようかと思い、「オリンピックだから多少のことはしょうがないでしょう」と微苦笑した。

「はは。そうですね。こっちも毎日残業続きだし」男が額の汗を拭《ぬぐ》う。「それじゃあ、大変だとは思うけど、頑張ってください」労《ねぎら》いの言葉を言い、軽く会釈をして去っていった。

　そこへ、入れ替わるように、新井が血相《けっそう》を変えて近づいてきた。

「おい、おまえ。今の人と何を話してた」語気強く詰問された。

「あ、いえ、タイヤの空気入れを借りただけですけど……」

「空気入れ？　貴様、自分のやってることがわかってるのか」大きく目をむいた。

「何かまずかったでしょうか」

「分際《ぶんざい》をわきまえろ。日雇い人夫がどうして建設会社と口を利けるんだよ。向こうがいくら若くたってな、おまえとは学も給料もこんなにちがうんだよ」新井は両手を上下に伸ばし、差を強調した。「もしも失礼があったらどうしてくれる。真っ先に切られるのは、うちみたいな零細の土建屋なんだよ。元請けと下請けがどういうものか、おまえはわかってるのか」

「はい、すいません……」

「以後気をつけろ。まったく、この田舎者が」

新井はつばきを飛ばして罵《ののし》り、地面を蹴《け》った。小石が国男の脛《すね》に当たる。周りの人夫たちが横目で見ながらせせら笑っていた。

どうやら工事現場には細かなヒエラルキーがあるらしい。国男は自分が世間知らずであることを痛感した。働く者はみな一緒だと思っていた。大学院に進まないで銀行にでも就職していたら、自分は肉体労働の現場を知ることも、想像することも、なかっただろう。

一輪車を動かしてみると、確かに軽くなっていた。ポンポンと弾むようだ。これで少しは負担が軽減されることにほっとした。

ブロックを載せ、坂を上る。じりじりと照りつける太陽が、強烈な照り返しとなって、地面からも熱を浴びせた。少し動くだけで、全身汗まみれになった。ヘルメットの中はまるで蒸し器だ。

前方の丘の上の道路を、大きなビュイックがゆっくりと走っていった。中には白人の家族が乗っている。トランクが半開きで、家具が無理矢理積み込まれていた。ワシントンハイツ明け渡しのための、最後の荷物運びだろうか。冷房が効いていると思われる車内から、金髪の男の子が窓ガラスに顔をつけ、こちらを見ていた。二十メートルは離れているのに、目の青さがはっきりとわかった。あの少年の目に、異国のこの光景はどう映っているのか。

国男はそんな詮無《せんな》いことを思った。

ローラー重機の上げる土埃《つちぼこり》が、周囲を薄茶色に染めた。ビュイックは丘の向こうに、沈むように消えていった。


飯場に戻ってきたのは午後七時だった。山田からは〝通し〟をやることを求められたが、これ以上は体が言うことを聞かず、頭を下げて勘弁してもらった。塩野や米村は当然のように拒否した。「土曜なのに半ドンまで潰《つぶ》されて、そのうえ〝通し〟なんかできねえべ」と、山田に直接文句を言っていた。山田は顔をしかめると、国男を脇へと引っ張り、耳元で「だったら、明日、出てくれねえべか」と頼んできた。

もちろん、国男は断った。ここでちゃんと休んでおかないと、疲労は蓄積されるばかりだ。

「そんなごど言わねえでけれ。おら、オリエントからつつかれてるだよ。誰も出さねえと、この先の取引に響くだ」

山田は苦しげに袖《そで》を引っ張った。飯場に置かせてもらっている身分なので要求は断れないと、繰り返し懇願した。

国男は折れて、午前中だけ働くと告げた。それが精一杯の譲歩だ。

土曜の夕食と日曜は飯場の食堂が閉まるので、米村たちに誘われ、蒲田の街へと出た。まずは銭湯に行く。飯場に来てからちゃんとした湯船に浸《つ》かるのは初めてのことだ。平日はバケツの水を被って汗を流すか、お湯のすっかり汚れたドラム缶風呂《ぶろ》に入るかだ。

四十度以上ありそうな浴槽に首まで浸かり、縁に頭を載せてもたれかかる。全身の筋肉がバラバラとほぐれていく感覚があった。小さな擦り傷があちこちにあり、その箇所に痛みが走る。米村が「極楽だべ」と吐息交じりにつぶやいた。自分は農家の次男坊で、あと一年出稼ぎをしたら秋田に帰って嫁をもらうのだと、遠い目で身の上話をした。

「昔は東京さ憧《あこが》れたが、今は秋田がいい。帰ったらトラック一台買って、運送屋をやる。そのための資金作りだべ」

米村は一度集団就職で上京したが、馴染《なじ》めなくて二年で帰った過去があったようだ。

「なんか都会に負けたような気がして、むきになって出稼ぎ先に東京さ選んだけど、今はどうでもよぐなった。都会は遊ぶのには楽しぐでも、暮らすのには向かね」

米村の言葉に、ほかの人夫たちが、「そうだ、そうだ」と同調した。国男も付き合ってうなずく。天井を見上げると、吊《つ》り下げ式の蛍光灯の奥に、蝙蝠《こうもり》が数匹、梁《はり》に留まっていた。湯気を浴びて彼らも気持ちよさそうだった。

銭湯を出ると、下駄《げた》の音を鳴らして繁華街を歩いた。土曜の夜だけあって、縁日のような賑《にぎ》わいである。映画館の前には人がたむろし、夜店からは威勢のいい呼び込みの声が響いた。派手な音楽が漏れてくる店を窓からのぞいたら、薄暗い店内では若い男女が踊っていて、今流行のゴーゴー喫茶だとわかった。

「おめ、こういうとこ、入んのか」と米村。

「まさか。入ったことありません」国男がかぶりを振る。

米村は相好をくずすと、あっちならどうだとキャバレーの看板を指差した。

「いや、あっちも……」

「まあ、腹ごしらえしてから考えるべ」にやけた顔で肩をたたかれた。

しばらく歩き、路地を曲がる。いきなり油の臭いが鼻をついた。あちこちから肉を焼く煙が漂ってくる。「ほれ、ここだ」米村が顎《あご》でしゃくり、薄汚れた〝ホルモン〟という文字の看板を掲げた店に入った。

「やっぱり肉だべ。めざしで力は出ね」

五坪ほどの店内の、コンロの置かれたテーブルに陣取り、米村が慣れた様子であれこれ注文する。まずはビールで喉《のど》を潤し、並べられた皿の肉を次々と焼いていく。ちゃんと肉を食べるのは久し振りだった。飯場で供される動物性脂肪は青魚か鯨肉ばかりで、たまに豚肉のしょうが焼きが出ても、脂身だらけで量も少ない。

焼けたホルモンをタレにつけて頬張ると、口の中が痛いほどに味がしみた。

「うめえ。頬っぺたが落ちそうだべ」人夫たちが顔をほころばせる。国男もこんなにおいしく肉を食べたのは初めてだった。体が欲しているのもわかる。

「秋田でホルモン焼屋でも始めっか」と米村。

「運送屋はどうした」

「こっちのほうがらくそうだべや。嫁も女給で使えるしな」

ささいなことで大笑いし、次々と肉を胃袋に流し込んだ。店のテレビではナイター中継が映されている。阪神の村山が、巨人の王を三振に討ち取っていた。扇風機の音がうるさくて、テレビの音はほとんど聞こえてこない。

そのとき、引き戸がガラガラと開き、男たちが数人入ってきた。何気なく目をやり、咄《とっ》嗟《さ》に身を硬くした。雪駄履きに派手なアロハシャツを身にまとっているのは、現場で絡んできた人夫の樋口だ。

「おう。昼間のあんちゃんかい。丁度ええ。食い終わったら顔を貸しな。どうせ聞いとるやろ。賭《と》場《ば》が立つんや。おのれも遊んでいけ。この界隈《かいわい》の飯場に来た者はな、みんな一度は遊ぶことになっとるんや」

口の端で薄く笑い、取り巻きを従えて壁際のテーブルについた。たばこをくわえると、すかさず若い男がマッチで火をつける。「おやじ、ビール持ってこい」横柄な態度で注文した。あらためて見ると、やくざそのものという人相風体だ。五分刈りのせいで年齢不詳だが、ことによると三十前かもしれない。

米村が表情を曇らせ、「なあ、樋口さん。こいつ、学生なんで勘弁してやってもらえねえか」と声をかけた。

「ああ？　なんや。あんちゃん、セイガクか」

「こいつは出稼ぎの兄貴を亡くして、代わりに秋田の実家に仕送りせねばならねえんだよ」

「そりゃあ感心やのう。そやけどな、社会勉強も必要や。ちゃうか?」樋口がにやついて言った。「セイガクなら尚更《なおさら》や。ちょこっと日雇い仕事をして、世の中を見た気になってもらったらこっちも胸糞悪《むなくそ》いわ。どうせなら裏の裏まで見ていかんかい」

国男に射るような目を向ける。この男は、自分には想像もつかない修羅場《しゅらば》をくぐってきたのだろうと思った。人を刺すとか、刺されるとか。だいいち小指がない。刃物を皮膚に当てたとき、人はどんなことを考えるのか――。

「おい、あんちゃん。なんとか言え。口が利けんようになったんか」

「……わかりました。うかがいます」

国男は承諾した。怖くはあるが、断ることのほうがやっかいな気がした。米村が「馬鹿」とささやき、顔をゆがめる。

「ただし、わたしは働いてまだ十日なので、持ち合わせはありません」

「ええで。大目に見たる。ないやつは給料日清算や」

「それから、わたしは明日も〝出〟なので、夜更かしはできません」

「ああ、わかった。日付が変わる前には帰したる」

樋口は国男が従順なのがおかしいのか、鼻をふんと鳴らした。肉をつまみながらテレビを見上げ、「おお。阪神、勝っとるやないか」と声を弾ませる。取り巻きを相手にしばしプロ野球の講釈《こうしゃく》を垂れていた。

米村が顔を近づけ、小声で言った。

「要するに、新入りはみかじめ料を取られるってことだべ。博打《ばくち》はどうせイカサマだ。二千円負けたらやめろ。頭さ下げてでもやめろ。おれは一万円やられた。大損害だべ」

「わかりました」

国男の中には、「殺されはしないだろう」という不思議な開き直りがあった。それに、みなが経験したのならば、自分もそうしなければならない。

ナイター中継の試合はテンポよく進み、九時前に終了した。零対一で阪神が勝ったようだ。村山実の完封劇に、樋口が「がはは」と赤鬼の形相《ぎょうそう》で笑った。


糀谷の飯場は、廃屋《はいおく》となったコンクリートビルに隣接して建っていた。風が通らないせいか、やけに空気が湿っぽく、夜になっても冷めない熱気がねっとりと肌に絡みついた。敷地内全体がどこか阿片窟《アヘンくつ》のような趣があった。付近に民家はない。

「ほれ。遊んでってくれ」樋口に背中を押される。樋口はニンニクの臭いを全身から漂わせていた。

米村たちは同行しなかった。「悪いがおれは行かね。あいつらとは関わりたぐね」と首を振り、連れ立ってトリスバーへと消えていった。

一人にされるとさすがに緊張した。ここには同郷の人間はいなそうだ。男たちの野太い声が漏れる窓を見上げたら、自然と喉が鳴った。

二階に上がると、すでに賭博《とばく》が行われていた。花札を使ったオイチョカブのようだ。

「とんがれ、とんがれ」男たちの声が響いている。

「あんちゃん、遊び方は知っとるな」樋口に聞かれ、国男は「はい」とうなずいた。下宿で学生同士、遊んだことがある。ただし賭《か》け金は小遣いの範囲内だ。

樋口が帰ってきたのを見て、男たちが場所を空けた。

「おい、お客さんやで。羽田の飯場で働いとる学生さんや」

樋口の紹介を受けて、「どうも」と頭を下げる。男たちは遠慮のない視線で国男をねめつけ、「色男やのう」「払えんようになったらケツ貸せや」と口々にからかった。

札の配られる座布団を囲んで腰を下ろす。「とりあえず五十本、渡したれや」樋口が指示し、国男の間にマッチ棒の束が置かれた。

「一本百円や。一回の天井は三十本。大事に使え」

最低の掛け金が百円らしい。一昨日から日給を六百円に上げてもらっていたが、六本失えば一日タダ働きした計算になる。それを思ったら、お尻《しり》の辺りが涼しくなった。

「ルールは関西式や。親のクッピン（九一）、子のシッピン（四一）。アラシは三倍付け。親は右回りで一度に四回戦まで。受けたくなかったらパスもありや」

樋口が決まりごとを説明し、早速山札《やまふだ》を開いて親を決めた。最初は樋口だ。

四の〝藤〟が場に出たので、シッピン狙いでそこにマッチ棒を一本張る。二枚目は八の〝萩《はぎ》〟で、三枚目は二の〝梅〟だった。合わせてヨツヤ（四）。ロッポウ（六）の樋口に難なく持っていかれた。

二回戦は樋口がカブ（九）を引き、国男のオイチョ（八）も実らなかった。

これで二百円負けた。まだ十分と経っていないのに。

部屋の中のラジオから歌謡曲が流れていた。越路吹雪《こしじふぶき》が、「サン・トワ・マミー」と唄《うた》っている。窓の外からはカミナリ族のバイクの爆音が響いてきた。土曜の夜なので、若者たちはじっとしていられないのだろう。

その後も負け続け、千円と少し負けたところで親が回ってきた。

「どないする。受けるか。パスしてもええで」と樋口。国男は少し考え、「受けます」と返事した。負けを取り返すには、親をやるしかない。これでだめなら帰らせてもらおうと思った。高い授業料だが、飯場の世界に足を踏み込んだのは自分の責任だ。

「兄ちゃん、それでこそ男や」人夫の一人が肘《ひじ》で小突く。ひどい口臭に、国男はそっと息を止めた。「景気づけに飲むか」別の人夫からは酒を勧められたが、飲めないと断った。飲んだらきっと金を請求される。

国男は腹に力を込め、札を配った。一回戦はロッポウから梅を引き、オイチョだった。一人が分け、残りがシケチン（七）以下で、初めてマッチ棒を増やした。やはり親で勝つと大きい。二本、三本と賭ける者がいるので、一度で千円近くを取り返した。

「やるな、あんちゃん。ロッポウから梅を引いてオイチョか」

樋口が不敵に笑い、膝《ひざ》を立てて座り直した。初めて気づいたが、額の生え際に刃物で切ったような傷跡があった。いったいこの男は、どういう人生を歩んできたのか。

二回戦は場に二枚のピンが出た。みながこぞってその札に張る。一人だけ樋口は五の〝菖蒲《あやめ》〟に二十本を置いた。一度に二千円も賭けられ、国男は背中に悪寒が走った。しかも三枚目は即答でいらないと言う。

国男は二枚目でシケチンとなり、樋口以外と勝負をした。分かれが二人で、残りの者には勝てた。この時点で五本、マッチ棒が増える。さて、樋口ともこれで勝負をするべきか。五秒ほど逡巡《しゅんじゅん》し、もう一枚引くことにした。きっと樋口はオイチョかカブだ。祈る思いで三枚目を引く。〝牡丹〟でニゾウに成り下がってしまった。

「はは。残念やな」樋口が自分の札を開ける。シケチンだった。あのままやっていれば分けで済んでいた。

マッチ棒を数えながら、胸の動悸《どうき》を覚えた。負けはすでに三千円だ。

「ここで降りさせてもらえませんか」国男が膝を揃えて言った。「わたしにとって五日分の日当が飛びました。これが限界です」

「あほう。途中で降りられるかいな。親は四回戦まであるで」

「そんな……」

「最初に言うたやろ。パスは自由やが、受けたら最後までやるんじゃ」

国男は生唾《なまつば》を呑《の》み込んだ。あと二回、どうしてもやらなければならないのか。

「取り返せばええだけのことやろう。男がびくびくすな」

樋口が声を荒らげる。ほかの人夫たちはにやにやしていた。

「わかりました……」

うわずった気持ちで三回戦の札を配る。男たちの賭ける本数が一気に増えた。国男は、落ち着きを失ったまま自分の分を三枚引くと、最悪のピンだった。全員に負け、マッチ棒を借りて払う。指先が震えた。一回の勝負でマイナスが倍増した。

「ほな最後や。気合いを入れてやったらんとな」

四回戦で、樋口が上限の三十本をピンの〝梅〟に賭けてきた。なぜかほかの人夫たちは見物に回った。「おっ。兄貴とさしで勝負かい。そりゃあ男前なこっちゃ」若い男が下卑《げび》た笑いを浮かべる。

国男は、どうにでもなれと札を引いた。〝菊〟に〝松〟。親のクッピンだった。樋口は三枚目を引いている。やれやれ、やっと勝ったか——。国男は安堵《あんど》して札を開いた。

「親のクッピンです」

「ほうか。わしはな……」

樋口が自分の札を開く。松が三枚あった。ピンのアラシだ。

「悪いな。三倍付けや。九千円のいただきや」

蛇のようににやりと笑う。周囲の男たちも、低い声で不気味に笑った。

国男は目の前が真っ暗になった。頭がぐるぐると回る。ピンが二人の間だけで四枚とも出たということなのか。米村が言っていた。どうせイカサマだと——。

マッチ棒を計算すると、一万六千円の負けだった。

「これで親は終わりや。どうする。まだ続けるか?」樋口が冷たい目で言った。

「……帰ります」

やっとのことで声を振り絞る。これからどうしていいのか、国男はひどい眩暈《めまい》を覚えた。

12

昭和39年9月12日　土曜日

麴町の別棟スタジオでリハーサルの準備をしていると、同期入社で報道局社会部記者の笠原《かさはら》という男がやってきた。今日は土曜日なので一緒に昼飯でも食べないかと言う。

「たまにはどうだ。おれが奢《おご》るぜ」日焼けした顔に白い歯をのぞかせた。

須賀忠は台本をめくる手を止め、ぼさぼさ頭に背広姿の、いかにも事件記者といった風《ふう》体《てい》の同僚をまじまじと見つめた。

「どういう風の吹き回しだ。スクープで金一封でも出たか」

「そんなんじゃねえよ。いいじゃないか、飯ぐらい」

「いいけど、こっちは半ドンなんか関係ないぜ。午後はリハーサルと、続けて二週分の録画撮りだ」

「何の番組やってんだ」

『ホイホイミュージックショー』だよ。金曜夜の三十分番組」

「ああ、見てる」

「うそつけ。サツ回りがそんな時間、家に帰れるものか」

忠は鼻に皺《しわ》を寄せ、台本を丸めて笠原の腕を冗談でたたいた。

「帰れたらの話だ。マエタケの司会だろう？　ちゃんと見てるよ」

笠原はポケットに手を突っ込み、胸をそらすようにして立っていた。同じテレビ局でも、芸能畑と報道畑は別世界と言えた。前者に配属された局員は腰の低いくだけた人間になり、後者は押し出しの強いジャーナリストに変貌《へんぼう》していく。

「何を奢ってくれるんだ。社員食堂のカレーなんてのは御免だぞ」

「おまえの食いたいものでいいさ」

「じゃあ、赤坂の津つ井でビフテキ丼だ。冷房も効いてるし」

「制作は華やかでいいねえ。こっちは毎日蕎麦屋《そばや》の出前だ。食い物屋の名前も知らないよ」

丁度正午を知らせるチャイムが鳴り、二人でスタジオを出た。駐車場に停めてある忠の車に向かう。

「これ、ホンダのS600だろう。おまえの車か」笠原が目を丸くした。

「ああ。借金まみれよ」

「ちぇっ。どうせこれでタレント志望の娘をハントしまくってんだろう」

「何言ってんだ。こっちは頭を下げるばかりの毎日だぞ。芸能プロにお愛想言って、売れっ子司会者にお世辞言って、生意気なジャリタレのご機嫌うかがって……。おまえとちがって、おれっちはもはや男芸者よ」

忠がやけくそのように言うと、笠原はアハハと九官鳥のように笑った。

幌《ほろ》を上げ、車を発進させる。おりしも近くの女子高の生徒たちが下校中で、赤いスポーツカーを駆る忠たちは女学生たちの視線を一身に浴びた。

「誰？」「知らない」そんな声が聞こえる。芸能人じゃないことにがっかりされたようだ。

麹町から紀尾井町《きおいちょう》のホテルニューオータニ横を通り、弁天橋《べんてん》を渡る。首都ハイウェーが複雑に立体交差する赤坂見附《あかさかみつけ》を抜けて一ッ木《ひとつぎ》通りに入った。

「東京も変わったな。都心じゃもう洗濯物も見かけないや」

笠原が風に髪をなびかせて言う。この男は神田神保町の履物屋《はきものや》のせがれだ。

「うちの周りもそうさ。マンションなんてものが建って、鳥もいなくなった。昔はうちの庭に鶯《うぐいす》がいたよ」

「この野郎。千駄ヶ谷の坊ちゃんは嘆くネタまでちがうな」

「絡むなって。どうせ相続税が払えないから、今の家も親父の代でお仕舞いさ」

「ふうん。親父さんは元気か」笠原がシートに身を沈めて聞いた。

「何だそりゃあ。おまえ、うちの親父と知り合いか」忠が苦笑して言い返す。

「馬鹿。知り合いの訳がないだろう。ぺいぺいの記者が警察幹部と口なんか利けるか。オリンピックの警備責任者だから、さぞや大変だろうなと思っただけだ」

「どうだかねえ。おれっちは勘当された身だから……」

「勘当？」笠原が体を起こした。

「ああ。親父はおれが気に食わないのさ。お国のために働くのが須賀家の人間だと、勝手に決めてやがる。ナンパな次男坊には敷居も跨《また》がせたくねえんだろ」

忠が吐き捨てると、笠原が何か含むところがありそうな目で見た。

「何よ。同情してくれてんのか」

「いや、実はちょっとおまえに聞きたいことがあってな。それで誘った」

「聞きたいこと？」

「まあ、飯を食ってからだ。旨《うま》いんだろう？　その津つ井のビフテキ丼ってのは」

「東京一さ。東京一は日本一」

「はは。東京一は日本一か」笠原がおかしそうにつぶやき、助手席で伸びをした。

赤坂の街は、勤めを終えたサラリーマンやBGで溢《あふ》れかえっていた。商店の軒には、日の丸と五輪マークを描いた提灯《ちょうちん》が祭りのように並んでいる。ただし街全体は埃《ほこり》っぽかった。ここでも工事が行われているからだ。

津つ井では二人ともビフテキ丼を注文した。ビフテキ丼とは、ステーキ肉を醤油《しょうゆ》とバターでつないで御飯に載せたものだ。芸能プロの社長に連れてこられ、やみつきになった。

「おまえ、いつもこんないいもん食ってるのか」笠原が眉《まゆ》をひそめ、「おれも、制作を志願するべきだったな」と皮肉を言った。

「馬鹿言え。接待のときだけだ」

「こっちはその接待がない。刑事の家に夜討ちをかけ、奥さんからうどんをご馳走《ちそう》してもらうぐらいだ」

「その代わり、サツ回りには調査費手当があるじゃねえか。知ってるぞ。領収書がいらないんだってな。ここの払いもそれだろう」

「まあ、そうだけど」

笠原は運動部の学生のように丼《どんぶり》をかき込むと、テーブルにどんと置き、大きな息をついた。コップの水を一息で飲み干し、「おねえさん、お水」と頭の上で振る。「で、話っていうのはな……」身を乗り出した。

「もう食ったのかよ。早食い野郎め」

忠は顔をしかめ、吸い物に口をつけた。

「しょうがねえだろう。事件記者の習性だ」

そう言って、上着のポケットから手帳を取り出す。まるで刑事のような仕草だった。

「実はな、これは未確認情報なんだが、須賀修二郎警務部長がオリンピック最高警備本部の幕僚長を解任されるんじゃないかって噂があるらしい」

「おれの親父が？」忠は食べる手を止め、顔を上げた。

「あくまでも噂だ。その出所っていうのは、アメリカの日本大使館に一等書記官として出向していた警察庁警備局の次代のエースが急遽《きゅうきょ》呼び戻され、総監のすぐ下に置かれたらしいことから来ている。年次は須賀部長の下なのに、頭越しというのは、警察組織では異例中の異例だ」

「知らねえよ、そんなこと」

「おまえの親父さん、何かしくじったか？」

　ぶしつけな質問に忠は気分を害した。煙たい存在だとはいえ、肉親は肉親だ。

「当局からの説明が一切ないから、面白おかしく言う記者もいる。たとえば、女で問題でも起こしたんじゃないのか、とか……」

「やい。笠原。貴様言うに事欠いて」米粒を飛ばして抗議した。

「怒るな。おれが言ってるわけじゃない」

「うちの親父がどういう人間か知ってるか。石より硬い堅物《かたぶつ》だぞ」

「ああ、そういう評判だ。だから余計に無責任な外野が面白がる」

「ふん」忠は鼻を鳴らし、丼の最後の一口を頬張った。せっかくのご馳走なのに、後味が悪くなった。笠原がたばこに火をつけ、コーヒーを二つ追加注文する。

「実はな、それとは別に、最近警察の動きがおかしいんだ。オリンピック警備という名目でなんでも極秘扱いにしてな、幹部の定例会見までキャンセルする始末だ。おまけに本庁の捜査一課の刑事たちの動向も怪しい。普通はな、事件が起きたら本庁の刑事が所轄署に出向いて、そこに捜査本部が設けられるんだ。だから留守なのはいい。いないのはいつものことだ。でもな、奴《やっこ》さんたち、どういうわけか警察施設の半蔵門会館に集まって、なにやらひそひそやってやがるんだよ」

「おれにそんな話をされても……」

「まあ聞いてくれ。おれの推測では、オリンピックの警備絡みで何らかの事案が発生した。極秘扱いにしたくて、捜査員を半蔵門会館に集め、新たな指揮官として警備のエースを呼び戻した。そう踏んでいるんだがな」

「だから、お門違いだって」

「心当たりはないか。何でもいいんだ。いつもとは変わった様子があるとか……」

「あのね、言っただろう。おれは勘当されてるの。親父なんか顔も見てないよ」

つっけんどんに答え、楊枝《ようじ》を手に歯をほじった。

ただ警察の話をされ、頭の中に、この前の日曜日に訪ねてきた刑事たちが思い浮かんだ。矢野という公安の横柄な捜査員が、神宮外苑花火大会の夜のことをしつこく聞いてきた。東大時代の同級生、島崎国男の名前を出すと、矢野は異常な興味を示した。何か事件が起きているのだろうか。父はやっかいな問題でも抱えているのだろうか。

コーヒーが運ばれてきて、しばらく黙って飲んだ。

「もうひとつ、話をさせてくれ。これは関係があるのか、まったくの別件なのか、見当もつかないことだけど……」笠原が鼻をひとつすすって言った。「うちの隣の古本屋に刑事が来て、聞き込みをしていった。『無線と科学』の六三年七月号を買っていった者はいないかという内容だそうだ」

「『無線と科学』？　わからん話を次から次へと……」

「電気関係の専門誌だ。気になって、近所の古本屋に聞いて回ったら……。まあ、神保町じゃ、おれはガキの頃から可愛がってもらってるから、気安く教えてくれたんだがな。全部の店に刑事が来て、同じことを調べてた」

「そりゃあ、聞き込みなら全部回るだろう」

「でもな、各店二回ずつだ。それぞれちがう私服刑事が来て、しつこく聞いていったそうだ。学生風の若い男の写真を見せて、『この男は来なかったか』とも聞いたらしい。それで中に一人、左翼関連の本を多く扱っている警察嫌いの店主がいてな、見覚えのある公安の刑事が来たから、『こいつが爆弾でも作ったか』ってからかったら、途端に顔色が変わって、しどろもどろで弁解してたってよ」

「ふうん。で、それがどうかしたのか」

「爆弾っていやあ、どうしたって連想するのは草加次郎だ」

笠原が声をひそめ、強い視線を向けた。

「草加次郎？」忠は絶句した。背中のあたりを冷たいものが走る。

すぐさま思い出したのは、千駄ヶ谷の家の火事だった。あの花火大会の夜、明治公園で聞いたのは、乾いた爆発音だった。振り返ると、我が家から煙と炎が上がっていた。自分はガス漏れ事故だと聞かされていた。そして家を追い出された。

「おれな、版元へ行って、『無線と科学』の六三年七月号っていうのを手に入れたよ」

「ああ、それで?」

「とくに問題になるような記事はなかったが、爆弾っていう観点で調べてみたら、タイマーの作り方を図入りで解説したページがあった。草加次郎の犯行手口は、すべて時限発火装置だ。つながらないわけではない」

「考え過ぎじゃないのか。おまえのこじつけだろう」

「ところがどっこい、おれにも人脈はある。上野署にはまだ草加次郎事件の捜査本部が残っていてな、そのうちの一人にカマをかけて聞いたんだ。『草加次郎がまた出たんでしょ』って」

「ああ、それで?」

「一目散に逃げてった。そのまま署内では行方《ゆくえ》知れずだ」笠原が不敵に微笑んだ。「警察は草加次郎の尻尾《しっぽ》をつかみかけている。オリンピック前にどうしても逮捕したい……」

笠原が新しいたばこに火をつける。忠も自分のキャメルを取り出した。火をつけ、深く吸い込む。忠の中で不安な気持ちがこみ上げた。

あの火事は時限爆弾だったのか。にわかには信じ難い。しかし先日も公安の捜査員がミドリのマンションを探してまで聞き込みに来た。あの夜の出来事をすべて思い出せと言われ、島崎国男と会ったことを話した。

島崎国男……。あいつは何かしでかしたのか。笠原の調べている噂に、島崎は関係しているのだろうか。

「なあ、笠原。警察が聞き込みで見せている写真ってどんなやつだ」忠が聞いた。

「そこまでは知らない」

「もしかして優男か。痩《や》せていて、目鼻立ちの整った、歌舞伎役者みたいな……」

「須賀。おまえ、何か知ってるのか」笠原が眉《まゆ》を寄せた。

「いいや。知るわけはないけど……」あわててかぶりを振る。

「言えよ、何でもいいから」

「そんなこと……」

「言ってくれよ。関係なくてもいい」手をつかみ、揺すられた。

忠は困惑した。どこまで話していいものか。父は警察幹部だ。余計なことを言って立場を悪くしたくないという思いはある。母や祖母や姉はもっと困らせたくない。

「あのな……」忠が口を開いた。「実は最近、公安の捜査員から、おれも一人の男について聞き込みをされたことがある。島崎国男っていう東大の院生だ。経済学部でクラスが一緒だった。だからおれたちと同い年だ。今は浜野先生という教授の研究室にいる。おまえ、そいつの写真を手に入れて、古本屋の親父に聞いてみろ。見せられたのはこの男ですかって」

「島崎国男？」笠原がメモを取った。「何だ。そいつがどうかしたのか」

「おれも知らない。関係があるのかどうかもわからん。ただ、いきなり警察がやってきて、その男についていろいろ聞かれただけだ」

「どんなことを聞かれた」

「思想とか、経済状況とか、もろもろだ。おれはほとんど付き合いがなかったから、知らないって答えたさ。実際地味なやつで、印象は薄かった」

「そうか。島崎国男だな」

「おい、笠原。もしも古本屋の親父たちに見せた写真が島崎のものだったら、そんときはおれにも教えろよ」

「ああ、わかった。もちろん教えるさ」

笠原は手がかりを得られたことに満足したのか、顔を紅潮させた。

千駄ヶ谷の自宅が燃えた一件は話さないことにした。笠原は知らない様子だ。今振り返ってみれば、あれだけの火事が新聞地方面のベタ記事にもならなかったのは不自然と言っていい。警察幹部宅の事故を隠したいという体面からだと思っていたが、それだけでもなさそうだ。

「報道は楽しいか」忠が話題を変えた。

「ああ、楽しいぞ。これからはニュースもテレビの時代だ。同じ大学から新聞社に行った連中は、おれたちを見下すようなことを言いやがるが、そんなものあっという間に逆転するさ。だいいちオリンピックをどうやって報じる。百万語を費やすより、世紀の一瞬を映像で見せたほうが早いだろう」

　笠原が自信満々の態度で答える。スクープに情熱を燃やす同期が少し羨《うらや》ましくもあった。

「草加次郎か……」忠が遠くを見つめる目で言った。「一連の爆弾事件って去年のことだよな」

「ああ。世の中のスピードが速過ぎて、みんなすぐに忘れちまうけど、あの犯人はまだ生きているんだよ」

「そのへんを歩いていたりして」

「歩いているんだよ、そのへんを」

　笠原がぼさぼさ頭をかき、目を細くした。

　店を出ると、昼休みが終わった人夫たちが道路工事を始めていた。騒音があたりに響き、土煙が舞った。ヘルメットを被《かぶ》った作業服の男に、車を移動させろと言われた。汗まみれの人夫たちが、ポマードで髪をてからせた忠を、面白くなさそうに眺めている。どうせどこかのドラ息子だと思っているのだろう。外れではない。自分はいい暮らしをしているな、と他人事《ひとごと》のように思った。

　車に乗り込んだら、ビフテキ丼のげっぷが出た。

　夜、仕事が終わって、忠は千駄ヶ谷の自宅をのぞいてみることにした。笠原の話を聞いたせいで、家のことが少し気になったのだ。勘当を言い渡されたのが、八月二十二日の花火大会直後なので、家族と対面するのはかれこれ三週間ぶりだ。もちろん父とは会いたくないので、事前に電話で確かめた。「修二郎さんはね、帰ってくるの、いつも深夜」孫に甘い祖母が、娘婿《むすめむこ》の不在を教えてくれた。「着替えを取りに行くから」忠の言葉に、「あらそう、おばあちゃんに顔を見せて」と声を弾ませていた。

車で乗りつけると、門の前に制服の警官二名が立番をしていた。以前にはなかったことだ。「おれ、ここの息子なんだけどね」運転席から恐る恐る声をかけた。「うかがっております」敬礼をされ、門まで開けてくれた。

我が家が警護の対象になっていることに驚いた。警察庁長官や警視総監ならまだしも、父は序列でナンバーファイブぐらいのものだ。やはり、ただの火事ではなかったのか。

玉砂利が敷き詰められた玄関前で車から降り、庭の前に立った。鈴虫たちが合唱で出迎えてくれる。月明かりの下、目を凝らすと、離れの茶室がきれいになくなっていた。忠はショックを受けた。残骸《ざんがい》もない。草も生えていないただの更地《さらち》だ。母屋《おもや》から延びた渡り廊下が、水辺の桟橋のように寸断されている。離れは子供の頃からの遊び場だった。廊下を駆けては母に叱られたものだ。言うことを聞かないと、茶室の押入れに放り込まれた。暗闇が怖くてわんわん泣いた。鍵《かぎ》をかけられたわけでもないのに襖《ふすま》を開けなかったのは、子供ならではの素直さだったのだろうか――。

「ターちゃん。お帰りなさい」祖母が玄関の外まで出てきた。相変わらずの和服姿だ。

「おなか空《す》いてない？　晩御飯食べたの？」

「うん、スタジオで弁当を食べた」

「じゃあお風呂《ふろ》は？　今、マーちゃんが入ってる」

「兄貴がいるの？」

「そうよ。土曜日だもの」

兄の勝《まさる》は大蔵官僚で、麻布《あざぶ》の公務員宿舎に住んでいた。東大法学部を三番目の成績で卒業した優等生で、来年春には代議士の娘との結婚を控えている。その後ケンブリッジに留学して、外務省に出向して、主計局に帰ってくることまで決まっていた。父ほど堅物ではないが、不肖の弟に対してはいつも説教を垂れた。須賀家の名に泥を塗るなよ、というのが兄の口癖だ。

「たまには一緒に入って、お兄ちゃんの背中でも流してあげたら？」

「冗談じゃねえやい。ぞっとするね」

忠は両腕をさすると、小走りに玄関をくぐった。するとそこには心配顔の母が立っていて、「忠。ちょっといらっしゃい」と手招きされた。仕方なく、奥の台所へとついていく。

母はお櫃《ひつ》をテーブルに置くと、頼んでもいないのにおむすびを握りだした。

「おかあさん。飯《シーメ》なら済ませたって」

「じゃあ持って帰りなさい。若いんだから、いくらでも食べられるでしょ」

母は小さく吐息をつき、黙々と三角のおむすびをこしらえた。そしてぽつりと言った。

「シーメだなんて、おかあさん、いや。御飯って言えばいいじゃない」

忠は黙って口をすぼめた。

「業界言葉かなんだか知りませんけど、家で使うのは許しませんよ」

「……わかった。じゃあ使わない」

目の前で握られたら食べたくなった。手を伸ばし、佃煮《つくだに》入りのおむすびを頬張る。塩加減がよくて頰が痛くなるほどおいしかった。それを見て母が味噌汁《みそしる》を温め直す。

「あなた、誰の家に居候《いそうろう》してるの？」

「会社の同僚のアパート」女の部屋に転がり込んでいることは隠した。どうせ追及はされない。

「御飯はちゃんと食べてるの？」

「うん。局の弁当ばっかだけど」

「仕事、忙しいの？」

「毎日こき使われてるさ」

母は、息子との会話に飢えていたかのように、細かなことまで聞いてきた。

揚げと豆腐の味噌汁を飲む。久し振りに家の味を思い出して、家はいいな、と年寄りのような感慨に耽《ふけ》った。そこへ兄が浴衣《ゆかた》姿で現れた。「おい、忠。ちょっと話があるから二階に来い」顎《あご》をしゃくる。

「何よ。話ならここで聞くよ」

「いいから来い」有無を言わさぬ調子で命じ、先に台所を出て行った。

「ちぇっ。威張ってやがらあ」

忠は残りのおむすびを口に押し込み、不承不承ついていった。

二階の兄の部屋に入り、畳に腰を下ろした。壁の本棚には法律や経済の専門書が並んでいる。中に一冊だけ「平凡パンチ」を見つけた。

「なんだ、兄貴もこういうの読むんだ」

「後学のためだ。世の中のことも知っておかないとな」

「ふん。しょってらあ」

兄はクラシックな文机《ふづくえ》の前に座ると、青年将校のように上官ぶって腕組みをした。

「今日の午後、銀座でみゆき族の一斉補導があったそうだ。お袋は、まさか忠は捕まってないだろうねって心配してたぞ」

「あのね、おれはもう二十四なの。どうして補導なんかされるのよ」

「親にとって子供はいつまでも子供だ。とくにお前の場合は糸の切れた凧《たこ》同然だから、気が気じゃないんだろう」

「そんなこと言われてもなあ……」忠は顔をしかめ、シャツのポケットからキャメルを取り出した。

「この野郎。生意気に洋モクなんか吸いやがって。おれにも寄越せ」ライターも一緒に奪われる。芸能プロの社長からもらったカルチェのライターだ。兄はそれをしげしげと眺め、「若造がこういうものを持ち歩くから、おまえは浮ついてるって思われるんだぞ」と小言を言った。

「そんなことで絡むなよ」

「忠告だ。うちは親父をはじめとして、全員立場がある人間だ。身内から不祥事を出したら、親戚《しんせき》にまで累《るい》が及ぶ。おれはそれが心配なんだ」

「信用ないなあ」忠は足を前に投げ出し、うしろ手をついた。「おれ、真面目にやってるぜ。だいいち仕事が忙しくて遊ぶ暇もないよ」

「それならいい。念のために言っているだけだ。おまえの勘当もオリンピックが終われば解けるだろうから、それまでおとなしくしていてくれ」

兄の言葉に、忠は体を起こした。「なんでオリンピックが終わるまでなのさ」

「そりゃあ、親父も警備で忙しいから、家のことを考える暇がないんだろう」

言い方にどこか不自然な感じがした。視線も外している。

「なあ、兄ちゃん。ひとつ聞いていい？」今度は座り直した。「先月のうちの火事って、ほんとにガス漏れ事故だったの？」

「ああ、そうだよ。何を言い出すんだ」兄の口の端が、かすかにひきつった。何か隠しているなと直感した。

「親父がオリンピック警備の責任者を外されそうだって噂はどうなのよ」

「なんだと？」兄が顔色を変えた。「そんなこと、どこで聞いた」

「どこだっていいじゃん。実際はどうなのよ」

「ただの噂だろう。そんな事実はない。それよりどこで聞いた」怖い顔でにらみつけてきた。

「おれだってテレビ局にいるからね。いろいろ情報は入ってくるさ」

「おまえ、そんなこと、よそで言うなよ。噂なんてのは、面白いほど勝手に増幅されて広がるものだ」

「言わないさ。親父の悪口はおれだって面白くないさ」

「とにかく、そういう噂は無視しろ。親父は重大な国家的任務を帯びてるんだ。多少のやっかみの声は仕方がない」

兄が、無理に威厳を保つように、大きな咳払《せきばら》いをした。忠は不意にカマをかけたくなった。

「うちの離れが爆発して燃えたの、草加次郎の仕業じゃなきゃいいけど」

兄の顔が見る見る青ざめた。「何を言うか。草加次郎のわけがないじゃないか。ガス漏れなのに」声を震わせ、懸命に抗弁《こうべん》した。

「あ、そう。じゃあ、いいよ」忠は体を引き、冷めた目で兄を観察した。その態度が癇《かん》に障ったのか、今度は声を荒らげた。

「おい、忠。なんでそんなことを言う」

「急に思い出しただけさ。まだ一年しか経ってないし」

「まさか、それも噂になってるんじゃないだろうな」

「さあ、よくは知らないけど」

とぼけてかぶりを振った。これではっきりした。少なくとも、火事はガス漏れ事故ではない。忠は膝《ひざ》を立て、退室しようとした。

「おい、待て」

兄が腰を浮かし、手を伸ばして忠の襟《えり》をつかんだ。

「何するんだよ。離せよ」

「おまえ、無責任なことを言うと、兄弟でも許さんぞ」

「何を怒ってるんだよ」

「おまえは須賀家の人間だ。即ち、お国のために働くべき人間だ」

「お国のためって、そんなアナクロな……」

顔をゆがめ、振りほどこうとする。兄はますます腕に力を込めた。

「アナクロとは何だ。国を思わない人間ばかりになったら、日本はどうなる。オリンピックはどうなる。今度のオリンピックを成功させるのは、国民一人一人の義務だ。おまえだって無関係じゃないぞ。協力できないなら日本から出て行け」

「無茶言うなよ」

「とにかく、あと一月、おとなしくしてろ。妙な噂に首を突っ込むな。誰かに聞かれても知らないで通せ。さもないと兄弟の縁を切る。二度とうちの敷居は跨《また》がせない。脅しじゃない。本気だぞ」

「わかったよ」

忠は立ち上がると、シャツの襟を直し、手で髪を撫《な》でつけた。

「男の約束だ」兄が念を押す。

「ああ」

「おれの目を見て言え」

「……わかった」

兄の剣幕に気圧《けお》され、忠は真顔でうなずいた。兄の別の顔を見た気がした。強くて物知りで頼もしかった兄は、もはや家族を離れ、国家組織の一員だ。

うつむいて部屋を出た。果物を盆に載せた母と階段で擦れ違う。

「何よ、食べていってよ。梨《なし》、むいたんだから」

「いい。帰る」

早足で廊下を歩き、玄関を出た。縁側では祖母が猫を膝に載せて涼《すず》んでいた。

「あら、ターちゃん。泊まっていくんじゃないの？」のんびりした声を発する。

「だめだよ、勘当中だから」

忠は祖母に近づくと、耳元で「おばあちゃん、気をつけてね。また爆弾魔が出てきたみたいだから」とささやいた。

「平気ですよ、警備の人もいるし。それにおばあちゃんぐらいの歳になると、怖いものなんてないの。爆弾なんて空襲に比べたら花火みたいなものよ」

旧華族の祖母は、案外肝《きも》が据《す》わっているのか、静かに微笑んで言った。

そうか、やはり爆弾か——。忠の背筋に寒いものが走った。我が家は狙われたようだ。そして島崎国男の名前が浮かんだ。あの夜、千駄ヶ谷で日焼けした顔の島崎に会った。警察はそのことに尋常ならぬ興味を示している——。

頭が混乱した。何が起きているのか、想像もつかない。

車に乗り込み、エンジンをかけた。玉砂利をかいて発進する。千駄ヶ谷の丘からは、きれいな弓月と一緒に東京タワーが見えた。

13

昭和39年8月5日　水曜日

島崎国男が、糀谷の飯場の賭場《とば》で一万六千円負けたことは、あっという間に日雇い人夫たちの間に広まっていた。知らない者まで、憐憫《れんびん》と嘲笑《ちょうしょう》の入り混じった視線を投げかけてくる。振り向くと、あわてて視線をそらした。山田もぎこちない態度で、あまり近寄ろうとはしなかった。

怒ってくれたのは塩野と米村だ。「いぐらなんでもその金額はねえべ」と顔を赤くし、樋口のやり口を非難した。国男の日当は現在六百円で、午後十時まで半分の〝通し〟をやっても九百円にしかならない。毎日〝通し〟をやるのは肉体的に無理なので、週に三日としても、一万六千円を作るには三週間以上かかる。しかも、その金額からは飯場の宿泊費や弁当代が引かれるので、手取りで換算すると軽く一ヵ月分をオーバーする。つまり、国男は一夏まったくのタダ働きをするはめになったのである。

「おめ、逃げろ。何も好きこのんでこんな場所さいるごどはね」

塩野は飯場から姿をくらますことを勧めたが、米村が賛成しなかった。

「いいや。樋口は捜し出すさ。前にもこんなことがあっただよ。負けた金さ作れず、横浜の沖仲仕《おきなかし》になってだやつが、手下に見つかってひどい目に遭わされた」

声をひそめて言う米村は、幽霊に怯《おび》える子供のような表情をしていた。

その意見は正しかった。樋口はすぐさま山田の所へ行くと、国男の下宿先から実家の住所まで調べ上げ、「逃げても無駄《むだ》や」と釘《くぎ》を刺してきたのだ。

国男は、少し間を置いてから、樋口に負けを割り引いてほしいと頼むつもりでいた。容易に聞き入れてもらえるとは思えないが、それしか方法がない。一万六千円という金額はあまりにも大き過ぎる。

この日は先週から引き続き、選手村ゲートのブロック敷き作業に従事していた。一輪車の取り扱いにもようやく慣れ、能率もほかの人夫の七割ぐらいまでは追いついていた。もっとも、つらい仕事であることに変わりはない。手にはマメがいくつもでき、腿《もも》と背中の筋肉はパンパンに張っている。

昨夜も半分〝通し〟をしていた。午後十時まで仕事をし、マイクロバスに揺られて飯場に帰ると、銭湯に出かける気力はもうなかった。ドラム缶に溜《た》めてあった水を浴び、薄い布団に倒れこむのだが、人間は疲労が蓄積するとかえって眠れなくなるのか、浅い睡眠を繰り返すうちに午前六時が来て、たたき起こされるという毎日が続いていた。

兄はこの日々にどうやって耐えたのか。いかに慣れているとはいえ、四十に手が届こうとする年齢での過酷な労働は、相当に応《こた》えたはずだ。これが毎年繰り返される。まるで役牛のような人生に、兄は何を思っていたのだろう。

工事現場は日を追うごとにピリピリとした空気が強まっていった。複数の業者が入り混じり、それぞれが自社の作業を優先させようとするので、あちこちで小競り合いが起きた。「そこ、どけ」「なにおう」。五分おきに怒声が飛び交い、現場監督が駆けていく。末端の労働者である国男にも、スケジュールが大幅に遅れていることが雰囲気でわかった。オリエント土木からは連日、〝通し〟を求められている。

国男は、石のブロックを一輪車に載せて坂を上った。腰を落とし、前かがみになって、一歩一歩進んでいく。夏の日差しは容赦がなく、照り返しの熱が全身を包み込んだ。ヘルメットの中は蒸し風呂《ぶろ》状態で、鼻や顎《あご》からぽたぽたと汗がしたたり落ちた。あまりに暑いので、無駄口をたたく者はいない。

すぐ隣ではパワーショベルが土を掘り返していた。重機を操っているのは新井だった。

日頃は威張り散らして指示を出すだけの男も、人手が足りないせいで、自ら作業に当たっている。

「おい、そこの若いの」たまたま横を通りかかったとき、新井から怒鳴り声が飛んだ。何かわめいているが、エンジン音がうるさくてよく聞こえない。おまけにマフラーから黒煙が吹き上がり、近寄ることもできない。

大きな身振りで手招きするので、迂回《うかい》して運転席まで行った。

「おまえ、こっちを手伝え。スコップを持ってきて、岩の周りの土をかき出せ」

新井が指差す先を見ると、氷山《ひょうざん》の一角という感じで尖《とが》った岩が顔を出している。掘り返してみたものの、大きさがわからずなかなか除去できない様子だった。

国男は指示に従い、スコップで土を取り除いた。そこへ重機のアームが伸びてきて、大地に突き刺そうとする。ところが、ガリガリと石を削る音がするばかりで、岩はびくともしなかった。

一旦《いったん》エンジンの音がやむ。新井が降りてきて、岩の前でしゃがみ込んだ。「だめだこりゃあ。もしかして岩盤じゃねえのか」しかめっ面で吐き捨てる。「この忙しいときに、なんてものが出てきやがるんだ」

そこへ建設会社の社員が現れた。いつぞや国男に自転車の空気入れを貸してくれた若い男だ。

「どうかしましたか」

その言葉に、新井が弾《はじ》かれたように立ち上がり、背筋を伸ばした。

「はい。どうやら大きな岩のようです」

「そうですか。困りましたね。ここは入村式が行われる広場ですから、砕《くだ》くなり掘り起こすなりしないと……」

男は穏やかな口調で言うと、国男を見て「やあ、どうも」とヘルメットのつばに手をやった。国男も会釈をして返す。

「あなたはどう思いますか？」相手が学生アルバイトという親近感からか、国男に意見を求めてきた。

「そうですね。土木はまったく素人ですが、大きさのわからない岩を掘り起こすより、砕くほうがリスクは少ないと思います」

「そうでしょうね。同感です。となると発破《はっぱ》を手配しないと……」男が首をかいて思案する。「おたくの会社は、発破の業者を手配できますか？」新井に聞いた。

「いいえ。ちょっと、そういうのは……。うちは単純作業を請け負う孫請けですから……」

新井は額に汗をかき、ひたすら恐縮していた。

「わかりました。こちらで至急手配しましょう」

男は踵《きびす》を返すと、事務棟に走っていった。新井は面白くなさそうな顔で、「おめえ、建設会社の人に気安く口を利くんじゃねえって、前にも言ったろう」と、言いがかりめいた言葉をぶつけてきた。

「ほれ。発破をかけやすいように、もう少し土をかき出しておけ」

「わかりました」

国男はスコップを手に、岩の周囲の土を掘り返した。旧ワシントンハイツの芝が容易に根付いただけあって、この一帯は湿った良質の黒土だった。選手村は、オリンピックが終わると市民のための森林公園に生まれ変わるらしい。秋田の母を一度連れてきたいものだ。自然が当たり前のせいか、熊沢村に公園などというものはない。

建設会社の男が、見慣れない機械を持って戻ってきた。カシャンと音を響かせ、蛇腹を広げている。どうやらカメラらしい。

「これ、一昨年出たポラロイドカメラ。知ってます？」国男に向かって聞いてきた。

「ああ、それがポラロイドカメラですか。実物を見るのは初めてです」

「会社のものだけどね、四万三千円だって」白い歯を見せて言った。

「それは凄《すご》い。大卒初任給の三倍以上ですね」

「ほんと。ぼくらが買えるのは、オリンパス・ペンぐらい」男が印画紙を装塡《そうてん》し、岩の前でカメラを構えた。「すいません。あなた、その岩の横に立ってもらえますか。大きさを比較するために」

「はい。こうですか？」国男が従う。

「オーケー。じゃあ撮ります」

シャッターを押し、印画紙を引き抜いた。新井が思わずのぞき込む。国男も近寄って、最新の写真技術に見入った。

男が黒い紙をめくると、印画紙に像が徐々に浮き出てきた。「はあー」と新井が嘆息する。

「すいません。ちょっとこの人をお借りしてもいいですか」

男が国男を指差し、今度は新井に向かって言った。

「あ、はい。よろしいですが……」

「発破の業者が大田区の六郷土手《ろくごうどて》にありましてね。今しがた電話で出動を要請したら、仕掛ける岩によって準備するものがちがうって言うから、ポラロイドカメラで岩を撮影して、写真を届けることになったんですよ。で、その遣いをこの人にお願いしたいわけです」

「ええ、それはもう、ご自由に……」

新井は卑屈《ひくつ》にうなずいていた。内心は、なんでこの野郎が、だろう。

国男は男のあとについて、事務棟へ入った。そこで地図を渡され、次の巡回バスで蒲田まで行き、そこから京急線《けいきゅうせん》に乗って向かうよう指示された。

「すいません。ひとつ聞いていいですか」国男が言った。

「ええ、どうぞ」

「どうして、わたしを指名したんですか?」

男は軽く苦笑したのち、「だって、人夫の中でお遣いが頼めそうな人、ほかにいないでしょう」と言い、肩をすくめた。

「それに、少しでもらくをしたほうがいいですよ。力仕事は、出稼ぎの連中に任せればいい。それしか出来ないんだから。我々には別の仕事がある。適材適所。大学院を出たら、あなただって頭脳労働に就くわけでしょう？」

国男は曖昧《あいまい》に微笑み、返事をしなかった。この男の親切心は確かにありがたかった。ただ、それがほかの人夫たちに示されることはない。新井以下の労働者たちは、別の階級として捉《とら》えられている。

適材適所、か。口の中でつぶやいた。人夫たちが聞いたら、怒り心頭に発することだろう。怒りのあとは、やりきれない思いに囚《とら》われるにちがいない。そしてクーデターは起こらない。指導者がいないからだ。

地下足袋《じかたび》を脱ぎ、貸してもらったサンダルを履いて外に出た。水飲み場で喉《のど》を潤し、手拭《てぬぐ》いで顔を拭《ふ》く。一息つき、選手村の宿舎が並ぶ丘を見上げた。ゆらゆらと陽炎《かげろう》が舞う中、人夫たちが働いていた。人の怒鳴り声や重機が唸《うな》る音を、国男は妙な距離感をもって聞いていた。

六郷土手の駅から地図を頼りに未舗装の道路を歩いた。東京の南の端に位置するこの界隈《かいわい》は、工場団地として拓《ひら》かれ、都心の華やかさとは縁のない、油の臭いが立ち込める町だった。五分も歩くと、空き地が目立つようになり、雑木林の中に目指す「北野火薬」はあった。その向こうは多摩川《たま》の土手だ。虫取りのタモを持った子供たちが、ワーワーと賑《にぎ》やかな声を上げ、国男を追い越していった。青い空には綿菓子のような雲がひとつ、悠々と浮かんでいる。聞こえるのは蟬の鳴き声と、時折飛来するジェット旅客機の音だけだ。

ほとんどバラックといった北野火薬の事務所には、三十代後半に見える男が一人、木製の机に足を載せ、たばこを吹かしていた。

「あの、北野社長でいらっしゃいますか」引き戸を開け、声をかけた。「ダイナマイトを仕掛ける岩の写真を持参しました」

「ああ。あんた、選手村の工事現場の遣いの人だね」

北野という痩《や》せた男は、国男をしげしげと眺めると、真ん中で分けた豊かな長髪をかき上げ、鼻をひとつすすった。

「あんた、どこの社の人？」

「わたしは日雇いの人夫です」

「そうは見えんね」

「そうですか。始めて二週間のアルバイトですから」

「ふうん、学生さんね。名前は？」

「島崎です」

「そう」

北野は顎《あご》を撫《な》でると、再び国男を爪先から頭のてっぺんまでねめつけ、なぜか口元に薄い笑みを浮かべた。

この人物もまた工事現場に似合いそうもない風貌《ふうぼう》をしていた。どこかインテリ臭があり、ちょっと見は結核《けっかく》持ちの太宰治《だざいおさむ》といった印象だ。

国男が写真を渡す。北野はそれを手に取り、「ああ、普通の黒色火薬で充分だ。そうだな、念のために四本持っていくか」と言い、机の引き出しから鍵《かぎ》の束を取り出した。続いて壁にかけてあった大型の懐中電灯を肩に提げる。

「じゃあ、早速出動するか。島崎君も現場に戻るんだろう？　一緒に車で行こう。その前にちょっと手伝ってくれ」

「はい」

国男はよく事情がわからないまま返事をした。

二人で事務所を出て、すぐ隣にある雑木林へと入っていく。樹木に日差しが遮《さえぎ》られて、そこだけ冷気が漂っていた。つかの間の避暑地気分だ。林の中央に、土を盛った雪国のかまくらのようなこぶ山があり、短い下り階段の先には鉄製の扉が傾斜状にはまっていた。さすがに火薬の管理は厳重なようだ。

北野が大きな南京錠を外し、船のハッチのような扉を持ち上げる。キイキイと蝶番《ちょうつがい》がこすれる音がして、入り口の向こうに黒い闇が見えた。

懐中電灯を照らして中に入った。畳《たたみ》四帖《じょう》ほどの空間で、直立できる高さはなく、四方はコンクリートで固められている。「昔は防空壕《ぼうくうごう》だ」と北野が言い、国男はなるほどと納得した。

「親父が始めた発破屋だけど、おれは継ぐ気がなくてな。こう見えても大学を出てるんだ。日大の文学部。夜学だけどね。それで神田の小さな出版社に勤めてたんだけど、親父が倒れたのと会社が倒産したのが重なって、子供も生まれたことだし、仕方なく継ぐことにしたのさ」

北野は聞きもしないのに自分の身の上話をし始めた。懐中電灯が照らした先には、ダイナマイトが詰まっていると思われる木箱が積まれている。

「昔はバルザックなんかに凝ってね、おれもいつかそういう小説を書いてみようなんて思ってたんだけど、なんてこたあない、今では零細の発破屋だ」

北野は木箱の蓋《ふた》を取ると、中からリレーのバトンほどの太さのダイナマイトを四本取り上げ、麻袋に詰めた。

「でもね、案外この仕事は芸術なんだぜ。ドリルで岩に穴を開け、ダイナマイトを差し込んで、爆発させて岩を砕く。なんかさ、エクスタシーを覚えるんだよね。官能的なわけ。まるでセックスみたいでさ」

国男は返答に困り、「はあ」とだけ答えた。

「こういうの、がさつなやつには出来ないわけ。ただ入れて火をつければいいってものじゃないしね。テクニックとやさしさだね」

いよいよ話がわからなくなった。そもそも、どうして自分が爆薬庫にいるのかがわからない。

北野がそっと体を寄せてきた。腕と腕が触れ合う。国男は思わず身を引いた。

懐中電灯が消された。入り口からの光だけで、内部は薄闇に包まれた。北野の手が国男の腰に回った。いつの間にか顔が耳元まで接近していて温かい息を吹きかけられる。

「なあ、島崎君。楽しまないか?」甘い声で言った。

「いえ、困ります」国男が驚いて手を振りほどく。この男、さては男色《だんしょく》だったのか。背筋に冷たいものが走った。

「男の味は知らないのかい」

「知りません」

「じゃあ一度経験しないと。君に新しい世界を教えてあげたいな」北野が両腕で抱きついてきた。「ねえ、いいだろう。すぐに済むから」荒い息を吐いている。国男の股間《こかん》に手が伸びた。

「やめてください」国男は体をひねって抵抗した。

「オーケー。わかった。じゃあどうだ。二千円出す。二千円っていったら、君らの三日分の日当だろう。ビフテキでもなんでも食べられるぞ」

北野は興奮した様子で語りかけた。手は休むことなく、国男の体をまさぐっている。

「いやです。お断りします」

「どうして。君は同性愛が嫌いなのか。蔑《さげす》んでいるのか」

「いえ、そういうのじゃなくて、ちがう世界だということです」

「ちがう世界なら無視するのか」

「とにかく、いやなんです」

国男は強引に振りほどくと、這《は》いながら外に飛び出した。地面に膝《ひざ》をつき、顔中に噴き出た汗を拭《ぬぐ》う。初めての経験に、心臓が早鐘《はやがね》を打っていた。

北野は一分ほど遅れて外に出てきた。黙ったまま扉を閉め、南京錠をかけ、目を合わせることなく、「悪かったね。忘れてくれ」と淡々とした口調で言った。

「じゃあ、行こうか」背を丸め、とぼとぼと先に歩いていく。これ以上は迫られることもないだろうと判断し、国男は後に従った。

事務所の横にバンタイプの車があり、助手席に乗り込んだ。荷台には電気ドリルや掘削《くっさく》機といった工具が積んであった。車が発進する。スプリングがいかれているのか、少しの段差で尻《しり》が浮くほど揺れた。

「島崎君。さっきのこと、人に言わないでくれる」

男が前を見たまま言った。

「はい。言いません」

国男が答える。事実、胸に収めるつもりでいた。今は誰も疎外したくない気分だった。人を分けたくないのである。たとえイカサマ賭博《とばく》の樋口であろうと。

「女房子供もいるのにね。自分でもおかしいと思う」

「いえ、そんな……」

「やさしいね。気が向いたら来てよ。二千円払うからさ」

北野は、気まずさが取れたのか、それとも開き直ったのか、ハンドルを駆りながら鼻歌を奏でた。「サン・トワ・マミー」とハミングしている。さっきの出来事が夢のように思えてきた。


岩石の爆破は三十分ほどかかった。現場に到着して職人の顔つきになった北野は、建設会社の社員とてきぱきと打ち合わせをし、いくつかの書類に判を捺した。そして現場に行くと、電気ドリルを使って岩に深さ一メートルほどの穴を開け、ダイナマイト二本を中に挿入し、砕けた岩が飛び散らないよう全体にネットを張り、準備を完了させた。

現場監督が笛を鳴らし、全員が半径五十メートル外に退避した。念のために西側の一般道を一時通行止めにした。

北野が導火線に着火し、ゆっくりと歩いてその場を離れた。カンシャク玉のような乾いた破裂音がして、粉塵《ふんじん》が空に舞った。どうやら成功したらしい。国男と数人の人夫が呼ばれ、砕けた石を手で取り除いた。大きな岩が見事に砕けている。ことに感心した。

「ほら、芸術だろう?」北野が寄ってきて、どさくさ紛れに国男の尻をするりと撫でた。はっとして振り返ると、息がかかるほどの距離に、熱い目をした中年男の顔があった。

文句を言う気にもなれず、国男は黙々と作業を続けた。

その日は初めて〝通し〟を最後まで行った。午前八時から午前二時まで、休憩をはさんで十六時間働いたのだ。新井の要求によるものだった。このキツネ目の現場監督は、国男が建設会社の社員と親しげに口を利き、遣いで三時間近くも肉体労働を免れたことが気に食わないらしく、「おめえは疲れてねえだろう」と細い目をさらに細め、山田を通じてBシフトも働くよう命じたのである。

深夜の作業に、たちまち体が悲鳴を上げた。一輪車を押すとき、膝の関節がぎしぎしと軋《きし》んだ。とりわけ午前零時を過ぎてからは、握力の回復に時間がかかり、石のブロックを運んでは腕をもみほぐすことの繰り返しだった。

この夜は、Cシフト要員として現れた人夫たちも目撃した。眼光鋭く、多くは刺青《いれずみ》を背負っていて、全員が樋口のようだった。国男はその雰囲気に圧倒され、思わず喉《のど》を鳴らした。ほかの出稼ぎ人夫たちは目を合わせないようにしていた。

彼らは元やくざなのかもしれないが、この場にいるということは、足を洗ったか、裏の世界でしくじったかということだ。いずれにせよ、国男の知らない場所で生きてきた男たちだった。その苛烈《かれつ》だったであろう人生を思い、国男は、世の中は底のない井戸のようだと、自分の世間の狭さに居心地の悪さを覚えた。

Bシフトが終わると、午前二時の巡回バスに乗り、座席で病人のように横になり、羽田の飯場に戻った。小屋の裏手で水を浴び、手拭《てぬぐ》いで体を拭《ふ》き、あらためて全身に張り付いた疲労を実感した。これから三時間と少し寝て、またAシフトの仕事に向かわなくてはならない。それは人間の耐久テストと呼べるような苦行に思えた。

脇の倉庫で物音がした。顔を向けると、板の隙間から明かりが漏れていた。中に人の気配があった。ひそひそ話が聞こえる。戸が少し開いて、人の目が見えた。

「なんだ、島崎か」倉庫の中から、男がささやき声を発した。誰かと思って目を凝らす。声の主は米村だった。

「そこで何をしてるんですか」国男が聞く。

「しっ」米村は口の前で人差し指を立てると、「こっちさ来い」と顎《あご》をしゃくった。

こんな深夜に何をしているのか。訝《いぶか》りながら近づき、中に招き入れられる。そこには、ランプを真ん中に置いて、米村ともう一人の若い男が土嚢《どのう》にもたれ、足を投げ出していた。かすかに薬品の臭いが鼻をくすぐる。足元にアンプルのガラス容器が転がっていて、その横はゴム紐《ひも》と注射器があった。

「ヒロポンだべ。やっだごどあるか？」

米村が血走った目で言った。赤みがかった顔には、やけに水っぽく見える汗が噴き出ている。

「いいえ。ありません」

国男は首を横に振った。戦後しばらくは薬局で売られていたというが、秋田の田舎では

せていた。

「やってみるが」もう一人の男が言った。「疲れさ吹き飛ぶべ」荒い息を吐き、唇を震わ

見たこともない。

「こういうの、どこで手に入れるんですか？」国男は腰を下ろし、アンプルの空き容器を拾ってためつすがめつした。

「そんなもん、どこの盛り場にも売人がいるだよ。これは一本三百円だ。台湾製だから安いもんさ」

「そうですか……。でもぼくは結構です」

「怖いか」米村がほくそ笑んで言う。

「ええ、怖いです」国男は正直に答えた。

「おめの兄さんはやってだけどな」

「兄がですか？」驚いて顔を上げた。

「ああ、やってだ。仕事さつらいどぎは、いつも打ってたもんさ」

国男はアンプルに鼻を近づけ、臭いをかいだ。強烈な薬品臭を予期したが、実際は何かの果物のようで拍子抜けした。

「打ってみろ。社会勉強だべ」と米村。

「でも、三百円がぼくにはありません」

「そんなものいらね。実を言うと、駅前の簡易宿さ忍び込んで盗んできたものだ。偶然売

人の泊まってる部屋を知ってでな。鞄《かばん》を漁《あさ》ったら簡単に出てきた」

もう一人の男が盗品であることを明かし、身をよじって笑った。

「そうですか……」

「そうですか、ばっかだな。おめは」

「じゃあ、打ってみます」国男が言った。好奇心というより、義務感のような気持ちがあった。兄がやっていたのなら、自分が逃げるわけにはいかない。

「おめも変わってるな」米村が愉快そうに鼻を鳴らし、体を起こした。「ほれ、腕さ出せ」そう言われ、国男は左腕を差し出した。

米村は、国男の手首から十センチほど上にゴム紐を巻きつけると、肘《ひじ》の裏側を乱暴にこすり、静脈《じょうみゃく》を浮き出させた。

「あのな、このブツは実のところあんまり上物《じょうもの》ではねえ。だから心臓を通るとき一瞬だけグッとくるかもしれねえけど、びっくりしないでけれ」

「わかりました」国男は腹に力を込めた。

注射器の針が肌に突き刺さる。目を逸《そ》らさずに薬液が減っていくのを見ていた。

確かな何かが血管を流れていく。途中一度しゃっくりが出た。どうやらこれがグッとくるものらしい。

それが過ぎると、いきなり神経が研ぎ澄まされた。遥《はる》か遠くのトラックのエンジン音が聞こえるのである。それもピストンの動きまでわかるほどに。

すべてがシャープになった。知能指数が二十ほど上がった気がする。何かを始めたい衝動に駆られた。国男は、今大学の研究室に戻ればマルクスの翻訳など一晩で片付けるだろうと、この場にいることを惜しいと思った。

その後は、あまり記憶がない。

14

昭和39年9月14日　月曜日

八月二十二日以来、土曜日ごとに引き起こされていた連続爆破事件は三件を数えたところで止まっていた。先週の土曜日は、制服警官の要点警邏《けいら》が功を奏したのか、それともただの小休止なのか、草加次郎を名乗る犯人の動きはなかった。

捜査本部が最重要参考人としている東大生・島崎国男の足取りは、依然としてつかめていない。もしかすると、公安がすでに存在を確認し、追尾し、泳がせているのかもしれないが、刑事部の捜査員にはそれを知る術はなかった。半蔵門会館で開かれる捜査会議は、常に重い空気が漂っていた。落合昌夫は、刑事になって初めて組織捜査の壁というものを実感した。大きな事件になればなるほど、現場の捜査員は駒でしかなくなる。

捜査一課の面々は、それぞれが苛立《いらだ》ちを抱えていた。赤坂のホステスと、品川の金物屋の婦人と、二度にわたって有力証言をもたらしたというのに、それが上層部でどのように扱われているのか、まるで伝わってこない。

「おれたち、お人よし過ぎやしないか」というのが仁井の感想だ。日頃の捜査においてネタを共有し合うという習慣が刑事部にはない。係がちがえば他人も同然で、酒を酌み交わすことすらない。ましてや相手が公安部となれば、親の敵《かたき》と言っても過言ではなかった。宮下係長が「そう言うな。お国のためと思え」と言うので、昌夫たちはなんとか不満を腹の中にしまっている。

昌夫はこの日、地取り班から外されて遊軍となった。そこで、岩村と一緒に今一度島崎国男のこれまでの足取りをたどることにした。現場に足を運ぶのが捜査の基本という理由以上に、島崎の目に何が映ったのか、身をもって知りたかったのだ。このエリート大学院生は、容疑者と仮定するとして、あまりにとらえどころがなかった。聞き込みで得られた人物像は、目立たず、おとなしく、友人は少なく、学生運動の過去もない。マルクス経済学の研究室に籍を置くことから、思想犯とする見方が捜査本部内で強いが、昌夫はそれにも違和感を覚えていた。その気持ちをうまく説明することはできない。刑事になって六年目を迎えたが、年々積み重なる思いは、人間はわからないということだった。もっともらしく明かされた犯行の動機は、供述調書と公判のための紙切れでしかなく、どだい人間の心の奥底など文字に表せられるものではない。そう思うことは刑事として問題かもしれないが、湧き出る疑問は止めようがなかった。

まずは島崎がいたという羽田の飯場を訪ねた。工業団地の空き地に建てられた、プレハブの宿舎である。見上げると、二階の窓が開け放たれ、そこに色とりどりの布団《ふとん》が干されていた。賄い婦とおぼしき女が、棒切れでパンパンと埃《ほこり》をはたいている。平日なので人夫たちの姿はなく、のどかな空気が流れていた。

周囲を見回すと、路上に車が一台停まっていた。公安の覆面車輛《しゃりょう》のようだ。無視もできないので、昌夫は近づいて挨拶《あいさつ》を入れた。

「ご苦労様です。捜査一課の落合と岩村です。変わったことはありませんか」

腰をかがめ、運転席の男に低姿勢で聞いた。

「ないね」同年代の捜査員が二人いて、冷たい視線を向けてきた。「もう一週間、張り込んでるが何もないね。似た男も現れん」捜査員の一人がそう言い、大きなくしゃみをした。

「お大事に」

「ふん。こっちは夏風邪だ。夜中、窓を閉めると蒸し風呂《ぶろ》で、開けると秋だ」

「そうですか」

軽く会釈し、踵《きびす》を返す。そのまま飯場の敷地内に入り、アルミサッシのガラス戸から中をのぞいた。食堂の隅に衝立《ついたて》で囲った事務室のようなものがあり、工事関係者と思われる男が机に向かっていた。

戸を開け、「ごめんください」と声をかけた。男が振り返る。見たところ五十絡みで、坊主頭には白いものが目立っている。警察の者だと告げると、途端に表情を曇らせ、「島崎？　捕まったの？」と腰を浮かせて聞いてきた。

「いえ、そうではなく、ちょっとお話をうかがいに。ご主人はこの飯場の責任者ですか」

「いいや。おらは山新興業の山田っちゅうもんで、人夫さ手配する者だべさ」

山田という男が東北訛《なま》りで言った。「まあ、かけてくだされ」と食堂の椅子を勧め、自分は奥に向かって「おーい、お茶さ三人分くれ」と怒鳴った。続いて扇風機のスイッチを入れ、昌夫たちに向けた。

「しかしまあ、あの学生がアカとはねえ。人は見がげによらねえものだ」山田が向き直って腰かけ、たばこに火をつける。

聞き込み捜査において、島崎国男は全学連の中の過激派セクトで、国家転覆《てんぷく》を狙い地下に潜伏中ということになっていた。もちろん警察側の方便だ。

「おとなしい男でね、荒い口さひとつ利いだごとがねえ。いつも黙って仕事して、黙って飯さ食って、それでいびきもかかず寝ておった」

「この飯場にいる間、どこかへ出かけることはなかったですか」

「いいや。毎晩〝通し〟さ半分やってだからね……、ああ、〝通し〟っていうのは、早い話が残業だっぺ。だから飯場に帰るのは午後十時過ぎで、そうなりゃあ、あとは裏で水さかぶって寝るだけだ」

「誰かと連絡を取っていたということは？」

「さあ。食堂に公衆電話は引いてあるけど、かけでるところは見たごどねえなあ。んだば、外さ出だどきまでは知らねえけど」

賄い婦が冷たい麦茶を運んできた。岩村がコップを手にすると一息で飲み干し、それを見た賄い婦が笑ってお代わりを注ぎに行く。

「外に出ることはあったんですか」

「休みの前の晩に、蒲田さ出てホルモン焼きを食ったとか、そういう話は聞いたけどね」

「誰とですか？」

「米村っていう同郷の者だべ。ほかの刑事さんにも聞がれだこどだども」

「すいません、何度も。その米村さんに会えますか」

「夜になれば帰ってぐるから、そんとき聞けばいいけど、とっぐに別の刑事さんが聞いでるよ」

「わかりました。必要なときはまた来ます」

昌夫はパイプ椅子にもたれ、室内を見回した。天井から裸電球と蠅取《はえと》り紙がぶら下がっている。二階で誰かが歩く足音がもろに伝わった。壁もベニヤ板一枚きりだ。組み立てと分解は簡単そうだが、台風でも来たらたちまち壊れることだろうと思った。

「島崎は酒を飲みましたか」岩村が横から聞いた。

「いいや。飲まねえ」

「賭《か》け事は？」

「さあ、やらねえど思うが」山田が何食わぬ顔で言うが、目はそらしていた。

「ここ、賭場《とば》は開かれてますか」

「まさか、そんな」山田が頬をひきつらせてかぶりを振る。素人の反応だった。

「本当のことを教えてくださいよ」昌夫が笑顔を作り、身を乗り出した。「ここで賭場が開かれていたとしても、不問《ふ》に付します。もしうそをつくのなら、ガサ入れしますよ」

「いや、それは……」山田がたちまち顔を赤くした。「ここの飯場はオリエント土木さんの持ち物で、おらは出稼ぎ者を住まわせてもらってる立場だがら、そげなこととされだら……」苦しげに訴えかけてくる。

「じゃあ、ほんとのこと言っちゃいましょうよ。飯場に博打《ばくち》は付き物じゃないですか」

昌夫がくだけた口調で言うと、山田はしばし呻吟《しんぎん》したのち、「そりゃあ、まあ、あるごどはあるけど……」と渋々認めた。

「テレビもねえとごろだがらね、人夫たちの夜の楽しみっていったら酒か博打しがねえ」

「わかります。だから堅いことは言いません。島崎は博打を打ったのですか」

「うーん」またしても山田が言い澱《よど》んだ。「おらは詳しく知らないけんど……」二本目のたばこに火をつけ、鼻から煙を吐き出した。ぽつりと口を開く。

「糀谷の飯場さ呼ばれで、オイチョカブで手ひどくやられたって話は聞いたけどね」

「糀谷の飯場？」

「ああ。そごにやくざ者がおってね、新入りはみんなやられる」

「詳しく聞かせてくださいよ」

昌夫が請うと、山田は窓の外に目をやりながら、遠い昔話のように語った。それによると、八月の初め、大阪から流れてきた樋口というやくざに島崎が絡まれ、賭場に加わるよう脅された。従った島崎は、イカサマと思われる花札博打で大金をすり、一万数千円の借金を背負わされてしまったということだった。

「んだども、あいつは変わってただなあ。落ち込むでもなぐ、普通さしでだからねえ。この男には喜怒哀楽っていうものがないのかと思ったべ」

「その借金を島崎は払ったのですか」

「わがらね。島崎の八月分の給料については、九月の五日に支払った。金額は一万九千四百円だったべ。これも前に刑事さんに話してるけどね。おらが島崎に会っだのはそれが最後だ」

「わかりました。樋口という男には、糀谷の飯場に行けば会えますか」

「いいや。もういね」たばこの煙を天井に向けて吐いた。

「いないってことは？」

「さあ、どこか別の飯場に流れていったんでねえの。みんな、樋口には関わりたぐねえがら、詳しいことは誰も聞がね」ため息をつき、頭をかいている。

昌夫は岩村と顔を見合わせた。岩村はむずかしい顔で考え込んでいる。さらに質問を続けると、山田は島崎と同郷で、秋田から出稼ぎ人夫を連れてきて現場に斡旋《あっせん》する業者であることがわかった。

「島崎の家族のことは知ってますか」

「いいや。よくは知らね。兄貴が出稼ぎさ来でだぐらいだから、貧しい家庭だったとは思うけどね。ただ、あの村なら珍しいごどではね。みんな貧乏だ」

「そうですか」

昌夫は礼を言って立ち上がった。せっかくの機会なので、二階の部屋を見せてもらうことにした。外階段を上がって中に入ると、がらんとした二十畳ほどの広間には畳がなく、隅に柳行李《やなぎごうり》が積んであるだけだった。島崎はここで六週間ほど過ごしている。エリートコースを約束された学生が、肉体を使って稼ぐしかない男たちに囲まれ、何を思って生活していたのか。部屋全体に、汗とカビが混ざり合った、すえた臭いが充満していた。

「なんか、気が滅入《めい》る所ですね」岩村が小声で言った。

昌夫はそれには答えないで、窓に干してある布団に手を置いた。長年使われたせいで綿が固まった、ぺらぺらのものだった。どぎつい色の花柄が、余計に安っぽさを醸し出している。

山田に見送られ、建物の外に出た。すると入り口付近のゴミ捨て場で、野良猫たちが一斗《いっと》缶をひっくり返し、残飯を漁っていた。物好きな岩村が近寄って上からのぞいた。「おまえら、何食ってんだ」猫に声をかける。次の瞬間、「先輩」と急に真面目な声を発し、腰をかがめた。猫が驚いて散っていく。

岩村は何かのガラス容器を拾い上げ、ポケットからハンカチを取り出して載せた。

「アンプルの空容器です。まさかビタミン剤ってことはないでしょう」

昌夫もそばまで行った。アンプルの容器は数本あった。胸の中でさざ波が立つ。この飯場で複数の人間がヒロポンを常用している公算が高い。飯場ではありふれた話なのだろうか。そうだとしたら、島崎が洗礼を受けた可能性もある。

「持ち帰って調べよう」

「釣果《ちょうか》ありですね。ボーズじゃなくてよかった」

岩村が口の端を持ち上げて笑った。


地図を広げたらすぐ近くだったので、糀谷の飯場にはそのまま徒歩で行った。ここでは夜勤明けと思われる人夫たちが数人いて、二階に布団を並べて寝入っていた。ほかには賄い婦がいるだけで、管理者とおぼしき人間はいない。迷惑は承知で、いちばん手前にいた三十ぐらいの人夫を揺り起こした。

「お休みのところすまない。警察だ」昌夫が手帳を突きつける。

人夫はそれを見て、しばし呻《うめ》いたのち、「なんやねん。札《フダ》でもあんのんか」と面倒臭そうにかすれ声を発した。〝札〟という言葉を使うのだから前科者だろう。

「おい。被害届を取って賭博容疑でしょっ引いてやろうか。てめえなんざ、ブタ箱にぶちこむのはわけねえぞ」

岩村が身をかがめ、低く凄《すご》んだ。人夫が血相を変える。

「まあ、待てよ。寝起きで機嫌が悪いのはしょうがないだろう」

昌夫がなだめ役に回った。阿吽《あうん》の呼吸だ。

「なあ、ちょっとだけ話を聞かせてくれないか。十分だけでいい。樋口のことだ」

昌夫が樋口の名前を言うと、人夫は一瞬返答に詰まり、「知るかい、あんな極道。どこかの組にさらわれて、今頃東京湾の底とちゃうのか」と吐き捨てた。

「とにかく、下へ来てくれ」

腕を取って立たせ、ランニングシャツにステテコ姿のままの人夫を、一階の食堂へと連れて行った。

テーブルにつき、人夫が不機嫌そうにたばこに火をつける。昌夫は端にあったアルミの灰皿を引き寄せ、「樋口がいなくなったのはいつだ」と聞いた。

「刑事さん。あの男、今度は何をしでかしたんですか」

「知らなくていい。質問にだけ答えてくれ。いつからいなくなった」

人夫が顔をしかめ、ため息をつく。「九月五日の夜やったな。このへんの飯場の給料は、みんな末締めの翌月五日払いやから、それを受け取ったあと消えたわ」二階を気にしてか、低い声で言った。

「何の前触れもなしにか」

「そや。いきなりドロンや」

「荷物は持って出たのか」

「いいや。置いたまんま。ちゅうても着替えぐらいしかあらへんけどな」

「どうして捜索願を出さない」

「はあ？　捜索願？」人夫が目をむいた。「箱入り娘の家出やあるまいし。だいいち出したかて警察はわてらなんか相手にしてくれへんでしょう。それに、出稼ぎ人夫が消えるのはそう珍しいことやあらへん。親方と喧嘩《けんか》した、仲間の持ち物に手をつけた、仕事がいやになった。それくらいの理由でしょっちゅう人はフケるもんや」

「しかし、樋口はフケる理由がないだろう」

「知らんわ、あの男の事情まで」

「樋口はどんな男だった？」

昌夫が聞くと、人夫は憮然《ぶぜん》とした表情でしばし黙り込み、「ひとことで言えばやっかい者や」と静かに言った。

「かっとなって人を殴るわ、因縁《いんねん》をつけて金は巻き上げるわ、みんな怖がっとった。そやから半分はおべっか言うて、半分は避けとった。おれは避けた口や」

「無理をして探す必要もないと」

「そや、そや。この飯場を持っとる会社かて、本心は消えてくれて万々歳とちゃうか。事件でも起こして警察に入られたら、今度は親会社に目ェつけられるわ」

人夫が口の端で薄く笑った。

「あんた、島崎国男っていう若い人夫は知ってるか」今度は岩村が聞いた。

「島崎？　知らんな」

「羽田の飯場の者だ。ここの賭場《とば》で大金を巻き上げられたそうじゃねえか」

「ああ、あの色男の学生かい。なら憶《おぼ》えとるわ。一月以上前やな。樋口に連れてこられて、いつものイカサマで一月分の給料を飛ばされとったな」

「樋口はその金を島崎から受け取ったのか」

「さあ、知らん。給料日に羽田の飯場で待ち伏せて、いただいたんとちゃうか」

「で、その給料が支給された五日の午後に樋口もいなくなったと」

「そういうことになるわな。ほかの者からも充分巻き上げたし、このへんで河岸《かし》を変えようとして消えたんとちゃうか」

「しかし、それじゃあ、九月の五日分の給料を捨てることになるだろう」

「知りまへんがな、そないなことまで」

人夫が大儀《たいぎ》そうに言い、たばこを灰皿でもみ消した。

これ以上は何も出てきそうにないので、最後に樋口の人相風体を聞きだした。年は三十で、身長百七十五センチ前後、体重は八十キロほど。背中から腕にかけて牡丹《ぼたん》の刺青《いれずみ》があり、左手の小指がない――。昌夫はそれらをメモにとると、睡眠中起こしたことを詫《わ》びて立ち上がった。

「刑事さん。百円くれへん。起こし賃」人夫が見上げて言う。

「てめえ、賭博の幇助《ほうじょ》でしょっぴくぞ」岩村が色をなし、詰め寄った。

「冗談でんがな」人夫はだるそうに言うと、二階へと戻っていった。

外に出て、伸びをする。「樋口の足取りを捜索する必要がありますね」岩村が空に向かって言った。

「ああ。前科がありそうだから、写真は手に入るだろう」

「品川で目撃された船に乗った共犯者は、樋口のセンもありますかね」

「それはどうかな。目撃情報では小柄な年配の男だろう。樋口は三十歳で体がでかい。別人だろう」

頭上を巨大なジェット旅客機が横切っていった。二人して、口を開けて見とれる。まるで鯨が空を飛んでいるようだ。

暴力的ともいえる騒音に、建物の窓ガラスがガタガタと振動していた。


蒲田駅前の大衆食堂で昼食にカレーライスを食べ、六郷土手へと向かった。ダイナマイトの盗難に遭った発破屋「北野火薬」に行くためだ。その後の調べで、くだんの火薬業者と島崎との接点も浮かび上がっていた。八月の五日に、代々木のオリンピック選手村ゲート工事で、現場に派遣されていた島崎が建設会社に遣いを頼まれ、ポラロイド写真を届けている。指紋は採取されていないが、捜査本部では島崎がここから盗んだものと見ていた。

人家から離れた雑木林の隣に北野火薬はあった。朽ちかけたような木造のバラックだ。

少し離れた廃屋の陰に警察車輌《しゃりょう》が一台停まっている。立ち寄る可能性がある場所はすべて公安の監視対象になっているようだ。近寄って挨拶《あいさつ》を入れようとしたら、運転席で中年の捜査員が舟を漕《こ》いでいたので、起こさないでおいた。

事務所に行って中をのぞく。男が机に足を載せてテレビをみていた。発破屋というからいかつい男を連想していたが、古本屋の若旦那《わかだんな》といった風貌《ふうぼう》だ。ガラス戸の人影に気づいて足を下ろした。

「ごめんください。北野社長ですね」昌夫が戸を開ける。北野は向きを変え、「警察の人？」と迷惑そうな顔で聞いた。

「三日前にも署に出頭したばかりでしょう。勘弁してよ。こっちは被害者なんだよ。そりゃあ管理責任を問われたら弁解しようがないけど、犯人のような扱いをされるとこっちもね……」

「まあまあ、そう怒らないで。我々は警視庁から来ました。管理については聞きません。島崎という学生のことを聞きたいだけです」

岩村と二人で上がり込む。北野は鼻から大きく息を吐き、「じゃあ座ってください」と渋々椅子を勧めた。

「八月五日に、現場の遣いとして島崎がここに来たのは事実ですね」昌夫が聞く。

「名前までは知りませんよ。人夫らしくない、ひょろっとした若者が来たのは確かですけどね」

「どんな話をしましたか」

「何も。発破を仕掛ける岩盤のポラロイド写真を見せてもらって、これならダイナマイト四本もあれば大丈夫だなって、それくらいの会話ですよ」

北野は神経質そうに頰をひきつらせてしゃべった。

「火薬庫は隣の林の中にあるわけですよね。そこに島崎はついていったんですか」

「いいや。ここで待っててもらったけどね」

目をそらしてかぶりを振った。落ち着かないのか、親指の爪を嚙《か》んでいる。

「そのあとは、車で一緒に代々木の選手村まで行ったわけですよね」

「ああ、そうね。でもあんまり憶えてないなあ。おとなしい男でね、こっちが聞くことに受け答えするんだけど、自分から話をすることはなかったよ」

昌夫が質問をする間、岩村は椅子には座らず、部屋の中を見て回っていた。それが気になるのか、北野が目で追う。

「侵入されたと思われるお盆休みですが、ここには誰もいなかったんですか」

「そう。宿直を置くのが決まりだなんて知らなかった。ほんとだよ。親父から継いだとき、そんなことは教わらなかったもの。だいたい従業員すらいない個人商店だからね。それに役所の立ち入り検査だって、登録変更のときに一度来たきりでしょう。あとは放って置かれたんだから、行政にも責任はあるんじゃないの。ほんと、指導なんか一度も受けたことはないね。それがいきなり通産省に呼び出されたり、図面を出せとか、柵《さく》を高くしろとか、火気取扱い免許を停止するだとか、そりゃあないでしょう。オリンピックの建設ラッシュで無理なことばかりやらせて、目が届かなかったからって、そのしわ寄せを末端に押し付けるのってどうなのよ。叱るなら先に役所を叱るべきなんじゃないの」

　北野が目をしばたたかせ、不平をまくしたてた。お門違いの抗議に昌夫は苦笑する。

　岩村が部屋の奥の、書類の立てかけてある棚を眺めていた。それを見て北野が立ち上がる。「ちょっと、捜査令状もないのに人の事務所を勝手に探し回らないでくださいよ」なにやら苛立《いらだ》った様子で声を発した。

「見てるだけでしょう」と岩村。

「それだって不愉快だよ」

　岩村が肩をすくめ、戻ってきた。昌夫の横で腰をかがめ、「棚に『薔薇族《ばら》』がありました」と耳打ちする。

　昌夫はあらためて北野を見た。なるほど、そう言われれば、そっちの趣味がある人物に見えなくもない。整った目鼻立ち、真ん中で分けた長髪。なにより身奇麗にしている。もっとも、だからといって罪にはならない。人はそれぞれだ。

「お手数ですが、参考までに火薬庫を見せてもらえませんか」昌夫が言った。

「いいけど、防空壕《ぼうくうごう》を改造しただけのただの穴倉ですよ」

「それでも結構です」

　北野は机の引き出しから鍵《かぎ》の束を取り出すと、指にかけてくるくると回し、懐中電灯を持って事務所を出た。昌夫と岩村があとをついていく。林の中の湿った土を踏みしめ、しばらく進むと、そこには小さな古墳を思わせる土の盛り上がりがあり、船のハッチのような鉄の扉がはまっていた。

北野が大きな南京錠を外し、扉を開ける。懐中電灯で中を照らして入っていった。昌夫と岩村も続く。狭苦しい空間が人いきれで充満した。参考までにダイナマイトを見せてもらう。パラフィン紙にくるまれたそれは、どうということのない、想像したとおりの紙の筒だった。

外に出て、火薬庫の周りを一周した。入り口はひとつで、後ろ側から見れば、ただの小山にしか見えない。

「北野さん。島崎をここには連れてきていないわけですよね」昌夫が念を押した。

「ええ。事務所で待っててもらってましたから。でも、ぼくが雑木林の中に入っていったのは見ただろうから、そこに火薬庫があることぐらいは想像できたんじゃないですか」

北野は下唇をむき、外人のように両手を広げるポーズをした。

とっくに捜索済みだろうと思いつつ、遺留品が落ちていないか目を凝らした。最初の爆破事件が八月の二十二日で、その数日後には公安が、ここのダイナマイトが盗難に遭ったことをつかんでいる。だから警察が実況検分をしたのはもう三週間も前のことだ。

林の奥にも入ってみた。何年も人が立ち入っていないらしく、落ち葉が堆積《たいせき》し、岩には苔《こけ》がむしている。視界の端に、そこだけ土がむき出しになった一角があった。何だろうと思って近づく。そこは明らかに人の手が加わった何かだった。視線を周囲に移すと、そこかしこに新しい土がばら撒《ま》かれたであろう跡があった。

岩村もやってきて、しゃがんで地面に手を置いた。「ここ、掘り起こされてますよ。それも最近」

「そう思うか」

「だいいち、これ、足跡でしょう。靴じゃなくて地下足袋《じかたび》です」

表面は何かで掻《か》いた痕跡《こんせき》があるが、隅に縞模様《しまもよう》の足跡があった。先は爪割れの形状だ。ズック靴らしき跡もある。

「わかった。触れるな」昌夫は振り返って北野を呼んだ。「北野さん。ここに掘り返された跡があります。心当たりは？」

北野が眉《まゆ》を寄せ、訝《いぶか》った。「いいえ、知りませんけど」

とぼけている様子はなかった。

そこだけ黒土が見える地面を前にして、昌夫は胃が重くなるのを感じた。その横長部分は、ちょうど人が横たわるほどの面積なのだ。

「スコップはありますか」

「ええ、あります」

ただならぬ気配を感じたのか、北野が真顔になり、事務所へと走った。三分とかからないうちに、大きなスコップを二つ担いで戻ってきた。

「この先は足跡に気をつけるぞ。社長、そこを動かないで。岩村もむだな動きはするな」

「わかりました」

昌夫と岩村は上着を脱ぐと近くの木の枝にかけ、スコップで黒土の部分を掘り返した。明らかに手ごたえがちがった。踏み固めたのだとしても、元の硬さには戻らない。鉄の先端がザクザクと地面に突き刺さっていく。

昌夫の全身に汗が噴き出た。岩村がワイシャツを脱いでランニングシャツ姿になったので、昌夫も倣った。なおも作業を続けていく。三人とも口を利かなかった。不吉な予感を、それぞれが胸に抱えている。

十五分ほど掘り返したところで、スコップの先が何かの異物に触れた。その感触が、木の柄を通じて昌夫の手に伝わる。昌夫は思わず掘る手を止めた。

「麻《の》の布が見えます」岩村が言った。それが大きな麻袋であると、誰もがわかった。三人が息を呑む。

「よし、麻のところにスコップは立てるな」昌夫が指示を出した。

スコップで周囲の土を掘っていくと、全体が露《あら》わになった。丁度人体が入っていそうな形だ。袋の口は布紐《ぬのひも》で縛ってあった。ご丁寧に蝶々結《ちょうちょうむす》びだ。昌夫はスコップを下に置き、両方の拳《こぶし》を握り締め、自分に気合を入れた。もう疑う余地はない。中は死体だ。

岩村と二人で、袋を土中から引っ張り出した。続いて両方から担ぎ、穴の外に上げる。

昌夫は上着から白い手袋を取り出し、両手にはめた。呼吸を整えてから、紐を解いた。

袋の口が開き、中から青紫に変色した男の頭がごろんと出た。

「うわわわわ」うしろで北野が腰を抜かした。尻餅《しりもち》をつき、あとずさりした。

「よし、袋から出すぞ」

昌夫は顔を正視しないようにして、死体の上半身を持ち上げた。岩村がズボンを脱がせるように麻袋を下げていく。死体はニッカーボッカーにダボシャツ姿だった。

腕を見た。花柄の刺青《いれずみ》がある。こう来たか、と昌夫は心の中でつぶやいていた。花の名前はわからないが、きっと牡丹《ぼたん》だ。

左手を持ち上げる。小指が欠けていた。岩村と顔を見合わせた。

「すぐに田中課長代理に電話しろ。それから表にいる公安も呼んで来い」

「わかりました」岩村が一目散に駆けていった。

再び腹に力を込め、死体にかかった土を払う。冷静になれと自分に言い聞かせた。樋口が姿を消したのは九月五日だ。今日は十四日だ。人体が白骨化するまで、土中は空気中の八倍の速度を要する。見たところ顕著な腐敗はまだない。

胸から頭に視線を走らせる。後頭部に損傷。顔面には鬱血《うっけつ》の痕跡があった。首を見ると、一周する形で皮下出血の跡があった。撲殺《ぼくさつ》か絞殺《こうさつ》か。

「北野さん。この男に心当たりは」昌夫が聞いた。

北野は這《は》ったまま死体をのぞき込むと、すぐに顔をそむけ、蒼白《そうはく》の面持ちでかぶりを振った。

「樋口という、刺青を背負《しょ》ったやくざ者の人夫です。知りませんか」

言葉が出ないらしく、頬を揺らして首を振るばかりだった。

昌夫は一度立ち上がり、腰を伸ばした。軽いめまいを覚える。喉《のど》がからからに渇き、指先が小さく震えた。

死臭を嗅《か》ぎ取ったのか、カラスが数羽、林の上で旋回していた。

15

昭和39年8月8日　土曜日

今日は土曜日なので、なんとしても半ドンで仕事を終わらせたかった。島崎国男の肉体は風船にたとえるなら破裂寸前と言ってよかった。容量は限界に達し、少しの余裕もない。あとちょっと空気を注入するとパンと音を立てて破《やぶ》れ散ってしまいそうだった。休憩まであと少しと自分を励まし、歯を食いしばっていないと足腰が言うことを聞かない。

山田には、今日こそは半ドンにして欲しいと現場に向かうバスの中で告げていた。疲労が頂点に達していることを訴え、理解を求めた。山田は精気のない国男の顔をのぞき込み、表情を曇らせたのち、「まあ、それは昼になったら考えるべ」と返事をはぐらかした。

気温は朝からぐんぐん上がり、午前十時には三十度を突破していた。ダンプカーのカーラジオがそれを伝えていた。ここは照り返しが強いので、実際は四十度以上だろう。おまけに、一昨日から東京の給水制限は第四次に突入していて、水道の蛇口から水が出るのは一日のうち九時間だけという始末だった。あちこちの建設現場で人夫が脱水症状により倒れたことから、建設会社は給水車の出動を東京都に要請し、ようやくオリンピック選手村にも一台が回された。下請けの土木会社ごとに張られたテントの中の酒樽《さかだる》に透き通った水が注ぎ込まれたときは、人夫たち全員が安堵《あんど》の息を漏らした。喉が渇いたとき、そこに行けば水があると思えば、心理的にも緊張が解ける。

国男が従事するのは相変わらず単調なブロック運びだった。人力でしか解決しない気の遠くなるような作業を繰り返していると、楽しみといえば時間が過ぎてくれることだけだった。腕時計を飯場に預けているので、太陽の位置を確認しては、正午まであとどれくらいかと心の中で計っている。きっと太古の昔から人夫は同じだったのだろうと、国男は詮《せん》無《な》い想像をした。ギリシアのパルテノン神殿を築いたのも、江戸城の石垣を積み上げたのも、支配される側の人民だった。彼らは何が出来上がるかも知らされずに、命ぜられるまま肉体を酷使した。

やっとのことで正午を知らせるサイレンが鳴り、国男は重い足を引きずり、テントへと向かった。そこには山田がいて、浮かない顔で「午後は無理だっぺか」と聞いてきた。

「すいません。ゆうべも〝通し〟をしているので、一度休養が必要です」

国男は軽く頭を下げ、あらためて断った。工事が遅れていることは知っているが、自分がそれを負う義務はない。

「さあ困ったべ。来週になれば盆休みで、カカア持ちは田舎さ帰っていぐし、親会社の現場監督たちも休暇さ入るし、そうなったらいよいよおらも地下足袋履かねばなんねえべか」

山田は遠い目をして言うと、悪いほうの足をぽんと手でたたいた。

「けれど社長、工事の遅れは山新興業に関係ないのではないですか」

「それがな、出稼ぎを何人確保して何時間就労させるか、オリエント土木との間で暗黙のノルマさあるんだべや。それが達成できねえと、迷惑料ちゅうのを取られる」

国男は業界の内実に暗い気持ちになった。もちろんそれは違法であり、元請け会社はあずかり知らぬことだろう。山新興業が最下層にいるせいで、虐《しいた》げられているのだ。

「しかし、まあ、おめの顔さ見でるど、これ以上無理も言えねえべ。体さ壊したら元も子もねえだし、今日のとごろは半ドンで帰ってけれ」

山田が深くため息をつく。国男は同情しながらも、建設現場のヒエラルキーにやりきれなさを覚えた。

そこへ別の人夫たちがどやどやと現れた。テントの下の男たちがすうっと場所を空ける。誰かと思って顔を向けると、樋口とその手下たちだ。

「おう学生、ちゃんと働いとるか。ごっつい借金抱えて大変なこっちゃのう。今日も〝通し〟かい」

樋口が、蛇のような目でにやついた。

「いえ、今日は終わりにします」

「なんじゃい。働かんで返せるんかい」

「ちょっと疲れが溜《た》まっているので」

「ああ？　若い者が何を言うちょる。わしがおのれの歳ぐらいのときは、〝通し〟をやったあとで女を買いに行ったもんや。おい学生、こっちはちゃんと励んどるか」

樋口が小指を立てる。国男が困って首をひねると、ほかの人夫が「こいつ、シスターボーイちゅうのとちがうか」とからかい、みなが大声で笑った。

山田は樋口たちと目を合わせない。塩野や米村もテントの下にいたが、遠巻きに眺めるだけで近づこうとはしなかった。

「ほたら、学生、どや。今夜もこっちの飯場に顔出せや」札をつまむ手つきをする。

「すいません。もう勘弁してください」国男は小さく頭を下げた。

「ふん。まあええ。あんまり追い込んでサツにタレこまれてもかなわんしな」樋口が顔を近づけ、にらみつけてきた。「ええか。妙な気は起こすな。唄《うた》ったらただでは済まさんで。それにな、警察はオリンピック警備で忙しいんや。今は手間を取らさんのが国民の務めや」そう言ってみぞおちを小突かれた。

「どけどけ。秋田の百姓どもはどかんかい」

乱暴に怒鳴り散らし、水の入った樽を占拠した。柄杓《ひしゃく》で何杯も飲んでいる。頭からも浴びた。それを黙って眺める秋田の出稼ぎ人夫たちが、国男の目には、映画『七人の侍』で山賊に陵辱される農民とだぶって見えた。暴力を前にすると、人民はなす術《すべ》がない。

樋口たちが去っていくと、入れ替わりにオリエント土木の新井がテントに入ってきた。

「山新さん、今日は何人、置いていってくれるの」端《はな》から喧嘩腰《けんかごし》の言い方だった。

「すんません。みんな疲れでるものだから、十人ぐらい残して、あとは帰してやってもらいてえんですが」山田が卑屈に腰を折る。

「冗談じゃねえよ。お盆休みが近づいてるっていうのに。そんな甘えた考えが通用するとでも思ってるのかよ」

新井は居丈高に怒鳴り散らすと、周囲の人夫たちを見回した。「おい、若いの。まさかおまえは半ドンで帰ったりはしねえよな」国男に向かって凄《すご》んだ。

「すいません。わたしはここのところずっと〝通し〟が続いたもので、今日はこれで失礼させていただきます」

「ふざけんな。おめえはどこの会社のサラリーマン様だ。植木等《うえきひとし》みてえな口を利きやがって。日雇いなら日雇いらしくしろ」

国男の慇懃《いんぎん》な態度が癇《かん》に障ったのか、新井が苛立《いらだ》った様子で声を荒らげた。

「すんません。こいつ、ほんどに疲れでるんです」山田が横から庇《かば》った。「明日の日曜日に、いつもより多めに出しますんで、今日のところは勘弁してくだせえ」

「だめ、だめ。絶対にだめ」新井がかぶりを振る。取りつく島がない。一呼吸置き、声を低くした。「今日は午後から役所の視察があるんだよ。うちだけ人夫が少ないと、元請けさんからなんだあそこはやる気がねえのかって話になっちゃうわけ。そりゃあ、おれもどうかと思うよ、土曜日の午後にエライ様が視察に来るっていうのはさ。ほとんどいやがらせじゃないの。でもね、そういう力関係だから従うしかないわけ。わかるでしょ？　こっちの立場も」

「わかりました。じゃあ、午後も作業に就きます」国男が言った。体がどうなるかわからないが、これ以上山田が責められるのを見ていられなかった。

新井が国男を一瞥《いちべつ》する。「なんだ、おめえ」顔をしかめて吐き捨てた。

「いちいち気に入らねえな。恩に着せるつもりかよ」

「いいえ、そんなつもりは……」

「そう聞こえるんだよ。落ち着き払いやがって。聞いたぞ。おまえ、学生だってな。それも大学院とやらの。おかしいか。泥と汗にまみれて働くしかない人間がおかしいか」

「そんなことはありません」

「どんだけ勉強ができるか知らねえが、人を馬鹿にするんじゃねえぞ」

国男は相手にならないことにした。何を言っても絡まれるだけだ。

新井はほかにも〝通し〟をする人夫を要求し、山田が若い出稼ぎに「イロをつけるから」と頼み込み、なんとか人数が揃った。感情を露《あら》わにしたことが気まずかったのか、新井はそれでも不機嫌なままで、「じゃあ、さっさと昼飯済ませてくれ」と横柄に言うと、椅子をひとつ蹴飛《けと》ばし、テントから出ていった。

「威張るな、チョーセンが」

そのとき、誰かが小声で言った。人夫たちが肩を揺すって笑う。

国男はその場の空気に困惑した。誰がどこの出身であるかなど、そもそも頭にないことだった。東大にも多くの在日朝鮮人がいて、みな優秀だった。色眼鏡で見ることはなくとも、彼らの生い立ちや気持ちを想像することはなかった。国男は、世の中の一端をまたひとつ垣間見《かいまみ》た気がした。


午後はますます気温が上昇した。陽炎《かげろう》が立ち昇り、丘の上の景色はすべてゆがんで見えた。やはり肉体の限界に来ているのか、鉛でも背負っているかのように体全体が重かった。国男は、一輪車で一往復しては、木陰でしゃがみ込んで呼吸を整えるというていたらくだ。新井が近寄ってきた。こちらに向かって一直線だ。文句を言われると思い、急いで立ち上がろうとした。

「いい。立たなくていい。見えねえところで適当にさぼってろ」手で制された。「この暑さだ。倒れられたらこの先にも響く。無理するな。でもな、ゲートのところに黒塗りのハイヤーが来たら、一生懸命やってくれ。どうせ視察なんか三十分かそこらだ。その間頑張ってくれ」

新井は、さっきとは打って変わった穏やかな口調で言うと、照れたように鼻をすすり、大股《おおまた》で去っていった。そばにいた米村が首をひねっていた。みなが嫌うほどの冷血漢ではなさそうだ。新井は新井で、板ばさみの立場なのだ。

その黒塗りのハイヤーは二時過ぎにやってきた。どうやら都庁か霞が関の役人らしい。建設会社の背広を着た男たちがうやうやしく出迎える。しばらく頭を下げ合ったあと、全員でヘルメットを被《かぶ》り、現場を回り始めた。国男に遣いを頼んだ若い社員の姿も中にあり、最後尾で、腰を低くして歩いている。

「工期はやや遅れていますが、このように土日も総動員態勢で……」そんな説明の声が聞こえた。役人たちはハンカチで口を押さえ、うんうんとうなずいていた。土埃《つちぼこり》と暑さに参ったのか、二十分ほどで男たちは事務棟へと避難していった。扇風機の風を浴びながらジュースを飲んでいるのが窓から見える。どこから調達したのか、若い女の事務員が接客にあたっていた。

しばらくして、男たちが再び外に出た。そして建設中の選手村をバックに記念撮影を始めた。東京オリンピックという国家プロジェクトは、彼らにとっても人生でいちばんの仕事なのだろう。重機のエンジン音の合間に、男たちの笑い声が響いた。

国男はブロックを一輪車に載せ、坂道をひたすら往復した。

午後の労働を終えて飯場に帰ると、国男はいよいよ動けなくなった。風邪をひいたように体が重く、胃がむかむかする。関節には疼痛《とうつう》があった。水だけ浴びて二階の布団《ふとん》に倒れ込んだ。食事も喉《のど》を通らない。見かねた山田がご飯にお茶をかけて、「これだけでも食え」と持ってきてくれた。沢庵《たくあん》をおかずに茶漬けを少量流し込んだ。

「明日は休みます」国男が床に臥《ふ》せって言う。

「ああ、わがっだ。死んでもらっては困るべな」

山田は暗い顔でうなずくと、飯場内を歩き回り、明日も出てくれる人夫を募っていた。

食事の時間が終わると静かになった。人夫たちの大半は銭湯や夜の街に出かけたらしい。下の食堂でときおり笑い声が起きるのは、花札賭博《とばく》をしているのだろう。国男は布団の上で横になっていた。少しだけ体が落ち着き、寝返りが打てるくらいには回復した。頭のうしろで腕を組み、ゆっくりと息を吸ったり吐いたりを繰り返した。

ラジオからはニュースが流れていた。厚生省の調査で、国民の平均世帯年収が四十九万円と、アナウンサーが抑揚のない声で言っていた。月に均《なら》せば約四万円である。どこにそんな高給取りがいるのかと、国男は現実との乖離《かいり》を覚えた。秋田の郷里なら、たちまち大金持ちになれる金額だ。耕運機を買って、母や義姉は過酷な労働から解放される。子供を全員高校にやれる。

この国の格差は年々ひどくなっている。戦後の財閥解体や農地改革により、支配層はその勢力を弱めたかのように見えたが、実際は財産が一族から企業に移っただけで、人民には下りてこなかった。人民は一貫して貧しいままだ。

足音を忍ばせて、米村が二階にやってきた。「島崎。生きてるか」小声で言って横に腰を下ろす。一目見てヒロポンを打った直後だとわかった。目の焦点が合っていない。頬が紅潮している。艶《つや》のない汗をかいている。国男の表情を察し、「おめもやるか」と腕に注射器を打つ仕草をした。

国男は返答に窮した。三日前に初めてヒロポンを体験し、怖いくらいの万能感を味わっていた。ヒロポン中毒者にスコップを持たせると一日中穴を掘っているというたとえが、自分の身で実感できた。打った瞬間、疲れが消え去り、力がみなぎったのである。おまけに怖いものもなくなる。代々木《よよぎ》の共産党本部に乗り込んで、「日本の革命はぼくに任せろ」と演説してしまいそうな勢いが、赫然《かくぜん》と体内に聳《そび》え立った。あの夜、樋口と花札勝負をしたら、絶対に勝っていただろう。仮に負けたとしても、殺すだけだ。

「今日もただですか」打ちたいとは思っていないのに、国男の口からするりと言葉が出た。

「ああ。島崎ならただにしてやるべ。どうせ盗んだブツだ」

「じゃあ、お願いします」操《あやつ》られているように、左腕を差し出した。

「話、わかるべ」

「まだ慣れてないので、量は少な目で」

「わがっだ、わがっだ」

米村がうれしそうに注射の支度をする。それを見て、隅で寝ていた中年の人夫が体を起こし、「ヒロポンか」と聞いてきた。

「そうだべ。一回三百円。どうだ、おっさんもやるべか」

「粉か。アンプルか」

「アンプル」

「ものはええだか」

「いいや。台湾製。松竹梅で言えば梅だべ」

「じゃあ、二百円にしてけれ」

「ならん。三百円だ」

「秋田の人間が同郷者に吹っかけるだか。おめ、本当は大阪人とちがうか」

「なにおう」米村が色をなす。「……まあええ。今回だけ大安売りだべ」

その言葉に男が相好をくずし、這《は》って近寄ってきた。

「おっさん、自分で打てるだか」

「若いの、なめたらいげねえぞ。おら、戦争中は軍で調達係だったべ」

「なんだ、売人くずれか」

「おめ、何も知らねえな。昭和二十六年までヒロポンは合法だ。薬局で売ってただよ」

男は慣れた手つきで注射器を手にすると、薬液を吸い上げ、左腕の裏側を手でこすり、静脈を浮き立たせた。そこには注射の跡がたくさんあった。注射針を立てる。

「あ、逃げた。いっぺん病気をしだら血管さ細くなって、うまく入らね」

痛くないのか、男は何度も打ち直していた。

続いて国男の番になる。まだ自分で打つ勇気はないので、米村に頼んだ。

「あんちゃん。ええ血管してるな。うらやましいべ」

男が惚《ほ》れ惚《ぼ》れするような目で注射の様子をのぞき込んでいる。国男は、半分だけ注入したところで止めてもらった。

「なんだ。全部やらねえなら、おらにぐれ」

「いやしいおっさんだべ。ほら」米村が注射器を手渡した。

国男は、薬液が体内を巡っていくのを静かに感じていた。二階にはほかにも人はいるが、慣れっこなのか誰も関心を示さない。

一分としないうちに、髪の毛の生え際がざわざわしだした。続いて全身の産毛が総毛立つ。リトマス試験紙が反応するように、一気に体内のすべてが疲労から活力へと反転した。

「ここでじっとしてるの、もったいないべ」男が言った。「女でも買いにいぐか」米村が鼻息を荒くする。二人が国男を見た。

「すいません。お金がないんです」

「しょうがねえなあ。女までは面倒見られねえぞ」と米村。

「このあんちゃんは色男だがら、何も蒲田あたりのくたびれた女に金出すごとはねえべな」男が膝《ひざ》に手を置き、立ち上がった。「とりあえず街さ行ぐべ。女の匂いさ嗅《か》ぐだげでもええ」

国男もついていくことにした。少なくともここで寝ている場合ではない。書物があるならカントでもヘーゲルでも読破したいところだ。

三人で階段を下りて外に出た。一階では人夫たちが賭《か》け事に興じている。窓からのぞくと、塩野がその輪にいて、国男たちを見るなり顔色を変えた。薬をやっていると見破られたのだろう。硬い表情で窓辺まで来ると、米村に向かって「おい、学生相手に悪さするな」ととがった声を発した。

「何を言うか。島崎が自分がら打ってくれと言ったべや。それもただだべ」米村が呂律《ろれつ》の回らない舌で言い、手をひらひらさせた。

「島崎、ほんどが」

「ええ、本当です」国男はなにやら愉快な気持ちになり、胸を張って答えた。

塩野はうしろにいるもう一人の男にも目をやり、「ヤマさんもか」と呆《あき》れている。「勝手にしろ」ため息をつき、そっぽを向いた。

下駄《げた》の音を響かせ、敷地の外に出る。月明かりが何もない草むらを照らしている。電柱の下に野良猫がたむろしていて、ニャアニャアと鳴いていた。その鳴き声が、まるで高級ステレオで聴いているかのように、一音一音が粒立って耳に飛び込んだ。上空を飛行機が飛んでいく。意識を向けるとたちまち轟音《ごうおん》となり、自分の周囲で渦巻いた。下駄の音が二人分しか聞こえない。振り返ると、一人足りなかった。

「あれ、おっさんは？」米村が闇に向かって目を凝らした。

「どうしたんですかね」国男が戻りかける。

二十メートルほど後方の路上に黒い物体があった。人が倒れている。

「やべえ。おっさん、いい歳して、いきなり一本半も打ちやがるから」

二人であわてて駆け寄った。

「過剰摂取《せっしゅ》というやつですか」

「むずかしい言葉使うな。とにかく担げ。飯場さ戻るぞ」

国男が腋《わき》の下に頭を突っ込んで立たせると、米村が前に回り込み、おんぶした。そのまま歩き出す。下駄が脱げて落ち、国男が拾った。男の頭は支えを失ったかのように、真横に垂れていた。

「おっさん、しっかりしろ。しっかりしろ」米村が声をかけ続ける。国男は、気道《きどう》を確保したほうがいいだろうと素人なりに判断し、呼吸が出来るように横から頭を支えていた。男は口から泡を吹いていた。死ぬのではないかと怖くなった。もっとも、気持ちのどこかは落ち着いている。死に対する開き直りがあるのだ。

五分ほどで飯場に戻り、二階の布団に、仰向けの姿勢で寝かせた。「どうしたべ」ただならぬ事態に、寝転がっていた人夫たちがそばに寄ってきた。

「おい、誰か山新の社長に電話さしてくれ」

米村が指示し、若い人夫が走って部屋を出て行く。騒ぎを聞きつけたのか、一階にいた人夫たちも二階に上がってきた。

「だがら言わないごどじゃね。ヤマさんはもうヒロポンをやる歳じゃねえべ。やったら心臓がたまげるに決まってる」

塩野が目を吊り上げて言った。自分が非難されていると思ったのか、米村が「おっさんが自分から欲しがったべ」と赤い顔で言い返す。塩野は相手にならず、枕を男の頸椎《けいつい》のあたりに差し込み、顎《あご》を上に向けた。

「おい島崎。心臓マッサージしてげれ」

「わかりました」

やったことはないが従った。両手を心臓の上辺りで重ね、一定のリズムで体重をかけた。男の反応はない。白目をむいている。

「まずいべ。救急車を呼んだほうがいいべや」塩野が暗い声でつぶやいた。

「それはいげね。ヒロポンで呼んだとなれば、警察のガサさ入る。オリエントに迷惑さかかる。山新の立場が悪くなる。そうなりゃあおらたちも……」

誰かが言った。みなも同じ意見なのかうなずいている。

「手遅れになったらどうする。熊沢のシマやんの二の舞になるぞ」

塩野が言ってすぐしまったという顔をした。国男はその場で凍りついた。熊沢のシマやん？　それはつまり兄のことか。いきなり我に返った。薬から醒《さ》めた。

「手さ止めるな」

怒鳴り声を浴び、心臓マッサージを続けた。しかし兄の顔が頭を占拠する。

「塩野さん。今言ったこと、どういうことですか」

「それどころじゃねえべ。今はヤマさんだ」

「答えてください。兄は心臓麻痺《まひ》で死んだんじゃないのですか」

「うるさい。口さ利くな」

「本当はどうなんですか。こうやってヒロポンの過剰摂取で死んだんですか」

「ヤマさんはまだ死んでね。縁起でもねえごど言うな」

「救急車を呼びましょう。これ以上の素人の手当は危険です。頭に一定時間酸素が回らないと、息を吹き返しても障害が残ります」

国男が周囲に訴えかける。人夫たちが視線をそらした。

「親会社に気を遣って同郷の人間を見殺しにするんですか」

全員が黙り込んでいる。

「わかりました。じゃあわたしが呼びます。誰か代わってください」

国男は米村の腕を引っ張ると、心臓マッサージを交代してもらい、部屋を飛び出した。下駄を履き、外階段を下り、食堂横にある山新の机の電話機に向かう。そこへ山田が息せき切って飛び込んできた。

「どうした。死んだか」国男に向かって言った。

「いえ。心臓マッサージの最中です。これから救急車を呼びます」受話器を取り上げた。

「待て。おらが車で病院さ運ぶ。それでいいだろう。そっちのほうが早い」

数秒、呻吟《しんぎん》し、受話器を戻した。

山田と二人で急いで二階に戻った。心臓マッサージは続いている。「よし。病院さ運ぶぞ」山田が指示を出し、布団に乗せたまま、担架のようにして、数人がかりで男を運び出した。男はぴくりとも動かず、顔は青紫に変色していた。

山田の車の後部座席に横にする。国男が乗り込もうとすると、塩野が羽交い締めにして止めた。

「おめは行ぐな。警察を呼ばれて一緒に尿《にょう》検査されたら一巻の終わりだ」

それを聞き、山田が目を丸くする。「島崎。おめもやっただか」素《す》っ頓狂《とんきょう》な声を上げた。

ほかの人夫が心臓マッサージをしながら同乗することになった。車が発進する。みなで見送った。塩野はうしろから国男を抱きかかえたままだ。手が解けたところで、振り返って聞いた。

「塩野さん、詳しく聞かせてください。兄はただの心臓麻痺ではなく、ヒロポンで死んだのですか」

塩野は国男を見つめると、深くため息をつき、口を開いた。

「ああ、そうだ。おめの兄さんは、安物のヒロポンを打ってあの世さ行った」

「救急車は呼んでもらえなかったんですか」

その問いには答えなかった。口を真一文字に結び、強い視線を向けてきた。

「どうして呼ばなかったんですか。オリエント土木に対する気兼ねですか。出稼ぎ人夫は、人として扱ってもらえないんですか」

人夫たちが、一人また一人とその場を離れた。残ったのは、塩野と米村だけだ。

「落ち着いだら、ゆっくり話してやる。でもな、ここではよくある話だっぺ。薬も博打《ばくち》も、表さ出すわけにはいがね。それが掟《おきて》みたいなものだ」

塩野に肩をたたかれた。米村はまだ薬が効いているのか、胸をかきむしりながら、「馬鹿だべ。みんな馬鹿だべ」とつぶやいている。

遠くで犬が吠《ほ》えていた。夜の湿気が、ねっとりと国男の肌に絡みついてきた。

16

昭和39年9月17日　木曜日

人夫の樋口が死体で発見されたことで、刑事部は俄《にわか》に活気を帯びた。重要参考人である島崎国男の周辺で、因縁浅からぬ動きをしたやくざ者である。すぐさま蒲田署に捜査本部が置かれ、落合昌夫は岩村と共に新たな殺人事件を追うことになった。樋口は大阪生まれの前科三犯で、未成年のときに殺人の過去もあった。検死による死因は窒息死。しかし後頭部に石のようなもので殴られた痕《あと》があった。遺体は死後十日前後経ったものと推察される。

蒲田署への派遣は、昌夫には願ってもないことだった。樋口の周辺を洗っていけば、たどり着くのは島崎だという確信があった。全体像がわからないまま、毎日地取りを強いられるより、ずっと自由に動ける。昌夫は、樋口殺しの犯人は島崎だと踏んでいた。失踪《しっそう》した日時、埋められた場所、どれをとっても島崎と結びつく。それは田中課長代理も同じ心証らしく、「今度のヤマはオチと岩村がついている。蒲田の〝預かり〟にしてやる。しばらく自由に動いてみろ」と、六郷土手の死体発見現場で直接指示を受けた。

羽田の飯場で採取したアンプルの空容器は、岩村の手で提出された。田中が岩村から状況説明を受ける。このたたき上げの刑事は薬物扱いの心得があるのか、神経を集中し、容器の臭いを嗅《か》いだ。その後、鼻をひとつすすり、「おまえら、今日は寿司《すし》の出前を取ってやる」と目を輝かせ、独特の愛情表現で体当たりを食らわされた。刑事部が本事案において、初めて公安部をリードしたのである。五係の仲間も祝福してくれた。

翌朝、田中の指揮下、羽田の飯場を家宅捜索し、任意で人夫全員に尿を提出させた。十人以上が陽性反応を示し、そのうちの数人は腕の注射痕から常用者と推察できた。

青い顔で唇を震わせていた山新興業の山田には、「全部をありのまま吐けば逮捕を見送る。少しでも隠し立てがあった場合は、薬物使用者を容赦なく逮捕勾留《こうりゅう》する」と昌夫が脅しを入れた。知りたいのは、島崎がヒロポンを打っていたか否かである。

山田はあっさりと認めた。

「先月のお盆前、初めてやってるのを見ただよ。あとはたぶん毎晩だべ。そういう目になってでいだがらね。手引きしたのは米村ちゅう同郷の人夫だ。ああ、頼むから叱らんでやってけれ」

手を合わせて拝まれた。米村というのは、樋口の賭場《とば》に顔を出したこともあるらしい。

いきなりいくつもの点が線としてつながった。樋口が行方をくらましたのは今月の五日で、山田が最後に島崎を見たのも、モノレール橋脚爆破事件が起きたのも、同日だ。

こうなるとすべてが疑わしく、山田には九月五日の行動を申告させ、裏をとったが、爆破事件に関しては無関係だった。東品川で船に乗っていた小柄な男は山田ではなかった。飯場にいて、帰ってくる人夫たちに給料を手渡していたのだからアリバイが成立する。

ちなみに、死体遺棄現場にはタイヤ痕があり、大八車《だいはちぐるま》のものと特定できた。残された足跡は地下足袋とズック靴のそれで最低二種類。大柄な樋口を殺して麻袋に詰め、運んで埋めるのはかなりの重労働である。複数犯と見るのが妥当である。


米村だけは勾留を解かず、蒲田署の取調室で取り調べた。秋田出身で二十五歳というが、長年の日焼けで肌がどす黒く変色していて、昌夫にはとうてい年下には見えない。指はごつごつと太く、何かを担ぎ過ぎたせいか、ランニングシャツからのぞく肩にはコブが出来ていた。絵に描いたような肉体労働者である。新しく現れた刑事を前にして、不貞腐《ふてくさ》れた様子で腕組みをし、ため息と一緒に言葉を吐いた。

「ヒロポンの出所ならもうしゃべったべ。この界隈《かいわい》で売人やってる男さあとつけて、宿をつきとめて、夜中さ忍び込んで失敬しただ。もう残ってね。全部みんなで分けだ。そりゃあ中には金さ取った者もあるけど、たいした金額じゃね。一本三百円かそこらだ。あのね、山新の社長が、『全部話せば逮捕はされね』って言うから、こっちも全部話したの。それなのに何でおらだけ釈放されねえだよ。不公平だべさ。一日仕事さ行がれねと、七百円の損害だべ。ヒロポンで人夫さ逮捕しでだらきりがね。そんなごどしだら、東京オリンピックは開催できねえべさ。なあ、刑事さん」

「そう言うな。警察内にはおまえらをぶち込めって声も上がってるんだ。覚醒剤《かくせいざい》は刑が重いぞ。しかもおまえは家宅侵入と窃盗まで加わるからな。実刑は免れんぞ」

昌夫は口元に笑みを浮かべ、けれど目には力を込め、ゆっくりと話した。

「ヤクの売人から盗《と》っても窃盗だべか」

「ああ、そうだ。パンスケの支払いを踏み倒しても罪は罪だ」

「ふん。何でもかんでも弱い者いじめだ。こっちはピンハネしでる連中を逮捕してもらいたいべさ。あんたら、給料いくらよ」

「何の話だ」

「いいがらいくら。教えてけれよ」米村がやけ気味に言う。

「言いたくないな」昌夫は苦笑してお茶をすすった。

「公務員だからどうせ三万円とか四万円とか高給取ってるべさ。おらたちはどんだけ残業しでも二万がいいとこだ。こういうの、ピンハネと言うのとちがうか。おらたちの取り分を、あんだらで分けてると思わねえだか。世の中、全部そうだ。富の配分が間違ってるっぺ」

「おい。わけのわからん話をするな」

うしろで立っていた岩村が歩み寄り、米村の肩を突いた。ふんぞり返っていた米村がバランスを崩し、椅子から落ちかける。「まあ待て」昌夫が制した。

「もしかして、今のは島崎の受け売りか」ポケットからたばこを取り出し、勧めた。

「受け売りって何だべ」

米村が一本抜き取り、口にくわえて火をせがむ。「この野郎」つぶやきながら岩村がマッチで火をつけた。

「富の配分云々《うんぬん》っていう台詞《せりふ》だ。おまえの口から出るには似つかわしくないな」

「へっ。おらどうせ中学出だ。それも田植えや稲刈りの季節になると、授業に半分も生徒が出てこねえ田舎の学校の出さ。漢字もろくに書げねえべ」

「僻《ひが》んだようなことを言うな。質問にだけ答えろ。飯場では島崎国男といちばん仲がよかったそうだが、それは本当か」

米村が鼻をひとつすすった。

「仲がいいとか、そういうふうに言われると困るけどね。島崎は右も左もわがらねえ新入りだったがら、多少は親切にしてやった程度だべさ」

「で、ヒロポンも教えたと」

「それはちがうっぺ」顔をしかめて即答した。「ほかの連中にも聞いてくれ。あいつが自分がら興味さ示して、自分で腕を差し出したっぺ。そのへんがあいつの変わったところだべさ。よくはわがらねえが、ここで打たねえと死んだ兄貴に申し訳ねえちゅうか、そういう感じに見えたね。聞いたんでしょ？　山田社長がら。島崎の兄さんのごどは」

「おまえの口からも聞かせてくれないか。島崎の実兄が死んだ経緯《いきさつ》を」

昌夫が机に両肘《りょうひじ》をつくと、米村が距離を保つかのように身を引き、背もたれを軋《きし》ませて口を開いた。

「七月の十一日だったかな。土曜の夜で明日は休みだがら、女でも買いに行くかって話になって、それで景気づけに一本打つごどにしたべえさ。賄い婦が帰ったあとの台所に集まって、粉が仕入れであっだがらそれを水で溶かして、みんなで回し打ちしたべよ。ああ、言っどぐけど、おらはそのときは打ってねえよ。見てただけ。その月は借金が少しあっだがら金がなぐでね、余っだらただで分けてもらおうと思っで、それで近くにいただよ。最初に打ったやつがね、大きなしゃっくりさしで、胸をたたいで、『これは性質《たち》がよぐねえ』って呻《うめ》くから、ああ安物さつかまされたなと、おらは様子をうかがってたわけ。それで、四、五人いで、最後に打っだのが島崎の兄さんさ。おらを見で、にやっと笑っで、おまえにはやらねえぞっていう顔さしで、残りのヒロポンを全部血管の中に収めただよ」

「何cc かわかるか」

「わがるわけねえべ。ただ、見たところは普通よりちょっと多いぐらいだったけどね」

「島崎の兄のヒロポン歴はどれくらいだ」

「さあ、知らね。おらが羽田の飯場さ来だのは四年ぐらい前だけど、そんときはもうやっ米村が片手拝《おが》みをして、もう一本たばこをせがんだ。仕方なく分けてやる。今度は自分で火をつけ、うまそうに煙を天井に向けて吐いた。

「で、なんだっけ。そうだ。飯場でヒロポンを打っだあとだ。しばらくして、薬が回ったところで腰さ上げて、蒲田のチョンの間《ま》に行ぐことになったわけよ。おらは金がねえがら冷やかしだけでもついて行こうと思って、飯場さ出たとごろで、島崎の兄さんがばったり倒れたっぺ。ああ、言われねえこっちゃねえ。安物をいっぺんに打ち込むがらって。最初は頬っぺたでも張れば目さ覚ますと思って、みんなで代わる代わるたたいたけど、反応がないものだがら、だんだんみんなも青ぐなってな。とりあえず二階さ運べちゅうて、布団《ふとん》に寝かせで、見よう見まねで心臓マッサージをしだけど、白目をむいてピクリともしねえし、口からは泡を吹くしで、こっちも慌ててしまって、ほれ山新の社長さ呼べって電話しで、社長が駆けつけてきだはええけれど、救急車を呼ぶのはまずいって――」

「どうして救急車を呼ぶのがまずい」昌夫が口をはさんだ。

「どうしてって、そんなもの、ヒロポンがばれたら警察が入るでしょう。そうなっだら新聞沙汰《ざた》になるし、飯場の持ち主のオリエント土木が怒って、おらたち追い出されるかもしれないし……」

「人命より親会社が大事か」

昌夫が言うと、米村はさっと顔色を変え、「あんだらに言われる筋合いはねっ」と語気強く吐き捨てた。

「前に飯場荒らしさあっだどき、あんたら何をしてくれた。刑事が二人来で、人夫からちょっと話を聞いただけで、『内輪の犯行だ』って決めつけで、あとは何もしなかったでねえか。おまけにオリエント土木の幹部を呼びつけて、『つまらないことで通報するな』って怒鳴りつけて被害届さえ受け付けながったべ。わがってるべ。あんたらが捜査するのは被害者が金持ちのときだけだ。おらたちが困っても何もしね。今回はなんでこんなに構ってくれるのかよくは知らねえだが、島崎がアカだとかそういう理由だっぺ。それがなかっだら、警察は見せしめのガサ入れをするぐらいで、死人が出ても動かねえべ」

「そんなことはないぞ」昌夫が静かに抗弁した。ただ、痛いところを衝《つ》かれたという思いもある。

「そんなことあるべ」米村が見透かしたように目を細めた。「あんたらは、おらたちを一緒の人間とは思ってね。一般市民に害が及べば捜査するが、人夫同士の被害なら親会社さ脅してそれで終わりだっぺ。ちがう階級には目もくれねえ」

「それも島崎の受け売りか」

「そんなもの、出稼ぎを十年もやってればわがる。こっちは十五から肉体労働よ。あんだらが教室で算数やらABCやらを習ってるどき、おらたちは一輪車を押しでだ。あんだらがラジオの深夜番組にリクエストカードを書いでるどぎ、おらたちは〝通し〟でツルハシさ振るってだ。あんたらが男女交際してるどぎ、おらたちは――」

「わかった。もういい」岩村が横から制し、大儀そうに言った。「米村。苦労したのはおまえだけじゃないぞ。こっちだって大学は夜学だ。金持ちの子なら刑事なんかになるものか。今の日本じゃ裕福なのはごく一部だけだ」

「ふん。それでも中卒で出稼ぎには出されまい」鼻に皺《しわ》を寄せて言い返し、そっぽを向く。取調室の窓から、ドリルの音が飛び込んできた。警察署も道路工事の騒音からは逃れられない。昌夫は立ち上がると、窓を閉め、扇風機を回した。ついでに薬缶《やかん》を手にし、米村の湯呑《ゆの》みにお茶を注ぎ足してやる。

「島崎の兄さんが死んだ話はもういい。で、弟のほうは何回ほどヒロポンを打ったんだ」

「さあね。十回か、二十回か。三日と空けずに打ってだから、それくらいの回数はいくんでねえの」

「おまえの目から見てどうだ。島崎は常用者か」

「わがらね。最初は誰でもとりこになる。中毒になるのはその先だべ」

「打つとどうなった」

「おどなしいままだったよ。目は据《す》わってでだけどね。真面目だがら、シモの話にも加わらながった」

「自分の兄さんがヒロポンの多量摂取《せっしゅ》で死んだと知ったとき、島崎はどんな様子だった」

その質問をすると米村はしばし言葉に詰まり、首を二、三度横に曲げ、吐息をついた。

「悲しそうな目をしてただな。あいつ、兄さんがしだごどは全部自分もやろうとしでだとごろがあっだからね」

「どういうことだ」

「うまくは説明できねえけど、飯場さ来だのも、仕事で毎日〝通し〟をやっだのも、ヒロポンを試しだのも、全部兄さんがやっでだがらだと思うよ。あいつは、一家の中で自分だけ頭がよぐで東大に入ったこどを、どこか申し訳なぐ思ってだとごろがあったな。そういうとごろも変わってた。普通、秀才に生まれた幸運をよろこぶものなのに、あいつはそういうこどで差がつく世の中に腹さ立ててるわけ。不公平を憎んでるってこどなのかね」

「マルクスやレーニンの話はしてたか」

「何それ。むずかしい話はしないでけれ」

昌夫は簡単な共産主義の説明を試みてみたが、米村はとんと理解できない様子だった。住居がタダで食料も平等に配られる制度だと告げると、「願ってもねえごどだ。おらも働かね」と味噌《みそ》っ歯《ぱ》を見せて笑う。

「じゃあ次は樋口についてだ」

昌夫が殺されたやくざ者の名を出す。米村の頬が一瞬ひきつった。

「島崎と樋口が最初に会ったのはいつのことか教えてくれ」

「いつだったがね。八月の最初の土曜日だったと思うよ」微妙に視線を避けて言う。

「土曜日なら八月の一日だな。どうやって知り合った」

「知り合うも何も、樋口は新入りさ見つけると向こうがら近寄ってきで博打《ばくち》に誘うだよ。

その日も現場のテントの中で、糀谷の飯場に顔を出すように言われたんだべ。こっちは無視しろって忠告しだけど、その夜蒲田のホルモン焼屋で運悪く出くわしてしまって、連行されでしまっただよ」

「おまえもついていったのか」

「いいや。悪いけど帰らせでもらっだ。おらも樋口には以前痛い目に遭っでだがら、とてもじゃねえが付き合えん」

「島崎はその晩、イカサマ賭博《とばく》で相当やられたそうだな」

「ああ。一万六千円とが言っでだな。ひでえ話だべ」

「その金は払ったのか」

「さあ、知らね」

米村の顔が赤くなったように見えた。隣で岩村が射《い》るような目を向ける。

「知らないことはないだろう。おまえは島崎の相談相手だ」

「相談相手って――。勝手に決めねえでけれ」

「九月五日の給料日に、島崎は樋口に払うことになっていたんじゃないのか」

「そんなこどまでは知らね」米村がお茶を手にし、唇を湿らせた。

「九月五日のお前の行動を教えてくれ」

「どうだったかね。土曜日だったでしょ。だったら夕方に仕事さ終えて、飯場に帰って、山田社長から給料さもらって……。ああ、翌日が日曜日で仕送り出来ねえがら、現金を持ち歩くのは無用心だからって、おらは千円だけ抜いて、あとは金庫さ入れてもらっだよ」

「それで」

「その千円でホルモン焼きを食いに行った」

「誰と行った」

「飯場の仲間とさ」

「その日は島崎と会ったのか」

「いいや。会ってね」

米村がかぶりを振る。また目をそらした。

「最後に会ったのはいつだ」

「さあ、いつだったかね……」

そのとき取調室のドアが開いた。所轄の刑事が本庁から緊急連絡だと言う。昌夫は岩村を残して刑事部屋に行った。

中に入ると、天井まで立ち込めたたばこの煙が目に染みた。無駄と知りつつ手で払う。警電《けいでん》を顎《あご》で差され、取り上げると田中だった。「オチか」その重い声でよくない知らせだと直感した。

「つい今しがたの連絡だ。島崎が国電蒲田駅裏の簡易宿に現れた」

「島崎が現れた?」思わず大きな声を上げていた。

「ただし、取り逃がした」

「取り逃がした？　どうして」上司相手に詰問した。

「売人を張っていた七係のヌケサクが、路地で立ち小便をしていて現れた島崎と目を合わせちまった。勘のいい野郎だ。一目散に駆け出したとよ」

「それで島崎は」

「逃走中。玉利課長の指示で都内全域に緊急配備を敷いた。オチと岩村はただちに周辺を捜索してくれ。着衣は白のワイシャツに黒いズボン、白のズック靴。日焼けしている以外は手配写真のまんまだ」

「わかりました」

「これでおまえらの手柄《てがら》が吹っ飛んだ。公安になんて説明すればいいのやら……」

「代理、気を落とさないで。こっちで捕まえましょう」

受話器を投げるように置き、走って取調室に戻った。岩村に耳打ちすると、瞬時にして体を硬直させた。

「東京中の売人に網を張るよう進言したのは正解でしたね」

「ああ。島崎の野郎、立派なヒロポン中毒だ」

二人のやりとりを見て、米村が顔色を変えた。「どうしたの。島崎が捕まったべ」不安そうに言う。

「取調べは中断だ。もう少し暗箱《アンバコ》に入ってろ」

そう言い残し、部屋を出た。廊下にいた巡査に米村を留置場に戻すよう指示を出し、玄関へと駆け出した。暗い廊下から一気に光の世界へと飛び込む。一瞬目がくらむほどの青空だった。この空の下、そう遠くない場所で島崎が走っている姿を想像した。

「どうれ。まずは逃げた現場を踏みますか」岩村が凄《すご》むように言った。

二人で靴音を響かせ、アスファルトを走った。知らぬ間に高くなった空に、飛行機雲が平和そうに浮かんでいた。

17

昭和39年9月17日　木曜日

一月遅れの夏休みを申請したら、三日間だけ休暇が与えられた。考えてみれば五月の連休以来、初めてのまとまった休みだった。須賀忠は手帳をめくり返し、ぎっしりと書き込まれた過去のスケジュールに、よく倒れなかったものだと自分に感心した。

総務はちゃんと休みを取りなさいと言ってくれたが、上司のプロデューサーからは、「ほう、ボーヤが夏休みか」とヘッドロックをかけられた。「おれたちが新人だった頃は、休みが欲しいなんて先輩が怖くて言えなかったものだ」と、そのまま歩いて柱に頭をぶつけられた。

休みが欲しかったのは、島崎国男を捜し出したかったからだ。探偵の真似をするつもりはなかったが、同期入社で報道の笠原から話を聞かされ、捨てては置けない気分になった。もしかすると、我が家の離れを爆破したのは島崎かもしれない。

神田神保町の古書店に聞き込みに来た刑事たちは、島崎国男の写真を見せて目撃情報を求めていたことが判明した。笠原に島崎の情報を与えたら、翌日には写真を入手し、古書店の主《あるじ》から証言を得てきた。見せられたのは、大学の卒業アルバムから拝借した雁首《がんくび》写真だったらしい。さらには、大学の後輩に調べさせたところ、西片の下宿にはもう半月以上、島崎は帰っていなかった。大家の話では、八月末に下宿代を収めに来たのが最後だったらしい。要するに行方不明だ。

笠原は興奮した面持ちで、「こいつが爆弾魔の草加次郎なら大スクープだ」と忠の肩を揺すった。すっかり人相の変わった同期は、獲物を追う野生動物の目をしていた。

忠はそれを聞き、自分の家が爆弾被害に遭ったらしいことを打ち明けそうになったが、すんでのところで思い留《とど》まった。笠原にしゃべったら、彼は報道記者として取材に走るだろう。そうなれば父は情報漏洩《ろうえい》の元として責任を取らされる。須賀家の一員として、それだけは避けたかった。テレビ局員としてより、血族の仁義が勝った。自分でもその殊勝《しゅしょう》さが意外だった。

勘当されて以来ずっとミドリのアパートに居候《いそうろう》しているが、この歳若いホステスは日に日に高飛車になっていった。あろうことか、ナベプロのオーディションに通ってしまったのだ。もちろんスター予備軍の一人に過ぎず、デビュー予定もないのだが、それでもふくらむ気持ちは抑えられないらしい。「週刊誌ネタになったらどうしてくれるのよ」と暗《あん》に出て行くことを忠に求め、もはや指一本触れさせてくれない。仕方がないので、忠は休みの間に本郷界隈《かいわい》で下宿先を探すつもりでいた。本郷なら馴《な》染《じ》みもあるし、会社にも近い。

ホンダのS600を駆って、まずは東大の本郷キャンパスを訪れた。卒業して一度も足を踏み入れておらず、一年半ぶりの母校だ。裏手の付属病院から車を乗り入れ、経済学部の校舎前に駐車した。行き交う学生たちが何者かという目を向ける。卒業生には見えねえんだろうな、と忠は口の中でつぶやいた。紺のスイングトップに白いポロシャツ、マドラスチェックの綿パンという出《い》で立ちは、慶応あたりなら目立たなくても、ここでは火星人扱いだ。

古めかしい校舎を見上げ、人並みに感慨に耽《ふけ》った。ろくすっぽ授業にも出ない不良学生だったが、教授に叱られ、単位を取るのに四苦八苦したことが懐かしい。

向かう先は島崎が籍を置く浜野研究室だった。在学中の後輩を通じて訪ねることは告げてあった。「テレビの教養番組のことでちょっと」とうそをついた。そうでなければ、劣等生だった自分には会ってくれないだろうと思った。

マルクス研究で知られる浜野は、温厚な教授だったが、どこか人間に対して深い諦《あきら》めを持っているようなところがあった。やる気のない学生には形だけのレポートで単位を与え、自分の研究に興味を抱く学生だけを熱心に指導した。六〇年安保のときは、全学連から共闘を求められるも、軽井沢の別荘にこもり、一人本を読んでいた。非難する学生たちに「本当に革命を起こす気があるのなら天皇を殺しなさい」と言い放ち、集会を沈黙させたことは安田講堂の語り草だ。以来、みなが「変人」と呼ぶようになった。教授たちの中でも一人ぽつんと浮いていた。

研究室の戸をノックし、立て付けの悪いそれを持ち上げて開けると、窓際の机に浜野がいた。白髪を品よく七三に分け、半袖《はんそで》の白い開襟シャツを着ている。もう七十近いはずだが、老人の印象はなかった。背筋がしゃんと伸び、壮年の香りさえ漂わせている。

忠を見ると白い歯がこぼれた。「やあ須賀君だね。久し振りじゃないか」と笑顔を振り撒《ま》く。

「お久し振りです。先生。ぼくのことは憶《おぼ》えていただいてましたか」忠は低姿勢で腰を折った。

「もちろんだよ。中央テレビに就職したんだよね。経済学部から新聞社に入ったのは何人かいたが、テレビ局は君一人だったから、それで記憶に残ってた」

「すいません。親父からもC《シー》調だって叱られてます」照れて頭をかく。

「いいや。これからはテレビだ。君は先見の明があるということです。うちにはテレビがなかったけど、最近ようやく買いました。東京でオリンピックが開かれるとなれば、浮世とは一線を画したつもりの学者も、さすがに無視はできない」

「そうですか。うちでも放映しますから、ぜひ観てください」

忠は浜野の機嫌がいいことに安堵《あんど》し、手土産を差し出した。

「ほう。塩瀬《しおせ》総本家の饅頭《まんじゅう》ですか。さすがにいい家の子息は老舗《しにせ》を知ってますね。どれ、お茶でもいれましょう」

浜野は若い女の助手にお茶をいれるよう頼み、自分で包みを解いた。「これ、これ。この色合い」白い饅頭を取り出し、目を細めている。続いてなぜか窓のカーテンを閉めた。外はいい天気だというのに。風が吹き込み、白いカーテンの裾《すそ》がひらひらとはためいている。

「しかし、須賀君みたいな人間が上部構造たるテレビ局に入ったというのは、ある種興味深い事象ではありますね」

浜野がよくわからないことを言った。「上部構造、ですか」忠が眉《まゆ》を寄せる。

「マルクスの唯物史観《ゆいぶつしかん》ですよ。下部構造が社会、上部構造が文化で、要するに歴史の中で文化は経済が土台になって成り立っているということですね」

「はあ……。でも、ぼくの今の仕事、ほとんど奴隷みたいなものなんで……」

「レヴィ・ストロースの構造主義だよ。ストロースを読まないと言語学が理解できないし、文化と社会のかかわりを時間と空間に置き換えられない」

忠は黙ってうなずき、自分が買ってきた饅頭を食べた。浜野は根っからの学者で、専門書以外は三島由紀夫も大江健三郎も読まなかった。だから世間話すらペダンチックである。五分ほどチンプンカンプンの話が続き、助手がお茶を運んできたところでようやく一段落ついた。

「さて。それで、今日は何の用でしたかな」

「はい。実はうちの夜の番組で『偉人たちの女グセ』というコーナーを考えてまして、もしマルクスを取り上げた場合、浜野先生のご出演は可能かどうかというお伺いを……」

もちろん、昨夜考えたうそだ。浜野が苦笑し、肩を揺すった。

「マルクスの女グセですか。テレビはいろいろ考えますね。確かに面白い。彼は、妻イェニーの奉公人ヘレーネと関係を結んだかと思えば、そのヘレーネの義理の妹に手を出したり、はたまた姪《めい》やら人妻やらたくさん浮名《うきな》を流してますからね。しかし、わたしがテレビに出て話すとなると……。ＮＨＫの教育番組ならともかく、演芸番組なんでしょ。学会で何を言われるやら。それにね、だいいちわたしはテレビに出たくない。この歳になって老醜をさらすのはどうにも恥ずかしい……」

「いえ、いえ。先生はいつまでも若々しくてハンサムですよ」

「はは。さすがはテレビの人間だ。須賀君、すっかり仕事に馴染んでいるようですね」

「お世辞じゃありません」

「ありがとう。でも、せっかくだけど、くどいても無駄ですよ」

「そうですか……」忠はため息をつき、残念がる演技をした。すべて、断られると知っての作り話だ。「じゃあですね、助手のどなたかを紹介いただけませんか。マルクスを研究する大学院生として……。そうだ。島崎国男君が確か先生の研究室にいましたよね。彼なんかどうですか」

島崎の名を出した途端、浜野の表情が変わった。化学反応のようにするすると笑みが消え、目に猜疑《さいぎ》の色が浮かんだ。

「どうして、島崎君なのかな」忠の顔色を観察するように聞いた。

「ええと、彼はぼくと同級だし、頼めばなんとかなるんじゃないかと……。それに結構スマートでテレビ映《ば》えするんじゃないかと思って……」

ポーカーフェイスを通そうと思うのだが、顔が熱くなった。

「君と島崎君が仲良しだったとは、ぼくは寡聞《かぶん》にして知らなかったな」

「いや、仲良しってほどじゃ……。急に思いついただけで……」汗まで出てきた。

「それにしては唐突だ」浜野が首を左右に曲げ、目を細くした。

「先生。島崎のやつ、今日は学校に出てきてますか」

「さあ、知らないな」

「昨日はこの研究室に来ましたか」

「いいや」

「じゃあ最後に来たのはいつですか」

浜野は忠の問いには答えず、しばし沈黙したのち、呻《うめ》くように口を開いた。

「須賀君。ぼくからも質問をさせてくれたまえ。島崎君は何かしでかしたのか」

予期せぬ反応に忠が戸惑った。

「ええと、何のことでしょうか」

「とぼけなくていい。番組の話とやらは方便だろう。君はぼくの授業にはほとんど出なかった。実を言うと、ぼくも名簿を見てやっと思い出したくらいだ。島崎君ともさほど接点はなかった。ちがうかい」

「いや、その……」

忠が焦るのを尻目《しりめ》に、浜野がおもむろにカーテンを開いた。窓の外を顎《あご》でしゃくる。向かいには学士会館の別館がある。

「あの三階の窓からぼくはずっと見張られている。公安警察だ」

浜野が怒気を含んだ口調で言った。忠は二の句が告げない。

「十日ほど前に公安の捜査員が二人訪ねてきた。島崎君の居場所を知らないかと聞くので、知らないと答えたら、何でもいいから彼に関することを教えてくれと言う。そういえば八月の末に軽井沢の別荘にいたとき、島崎君から手紙をもらったから、そのことを教えてやると、手紙を見せてくれと言い出した。もちろん断った。私信だ。令状がない限り司直《しちょく》といえども人の手紙を見ることは出来ない。それを告げたら当日から監視が始まった。どこでどう手を回したか、別館の一部屋を確保し、ずっとぼくを見張っている」

忠は別館の窓をひとつひとつ目で追った。ちょうど木に隠れる窓のカーテンが不自然にめくれ上がっていて、人影が見えた。誰かが双眼鏡でこちらをのぞいている。

「彼らは、どうして島崎君を捜しているのか教えようとはしない。それは言えないの一点張りだ。今日、君の顔を見て思い出した。そういえば君の父君は警察官僚だ。なるほど、警察は身内を使ってまで島崎君を捜し出そうとしているのかと」

「いえ、先生。それはちがいます。父とぼくは無関係です。だいいちぼくは現在勘当中の身です。父とはもう三週間以上絶縁状態です」

忠は居住まいを正して言葉を発した。この誤解だけは解かなくてはならない。

「勘当中？」

「そうです。何が父の気に障《さわ》ったのか、とにかく勘当されました」

「しかし、番組云々はうそでしょう」

「すいません。うそをつきました。ぼくがここへ来たのは個人的関心からです。いや、マスコミの端くれとしての関心もないわけではありません。でも、なんて言うか……」

「よくわからないね、君の言ってることは」

「申し訳ありません。うまく説明できないんです。ただ、ぼくは八月の下旬にある場所で島崎と偶然会って、その後彼は行方不明になって、警察が捜すようになりました。実際、ぼくのところにも公安が来ました」

「ちょっと待ちたまえ」

浜野が忠を制した。手を伸ばし、棚のラジオのスイッチを入れた。歌番組をやっていてビートルズの曲が流れ出す。ボリュームを上げた。浜野が机に身を乗り出した。「念には念を入れて、だ。公安は盗聴が趣味らしいから」と低い声でささやき、不敵に口の端を持ち上げた。ラジオでは、「抱きしめたい」という、ぎょっとするような題名の曲がかかっている。

「ビートルズというグループはきっと世界を変えますね。宗教以外で、プロレタリアートが国境を越えて熱狂する偶像が出現したのは世界史において初めてです。しかも、奴隷貿易で栄えたリバプール出身というのが面白い。彼らはキリスト教文明が差し出した贖罪《しょくざい》の使徒なんですね。実に興味深い……。いや、脱線した。島崎君のことだ。彼はどうして警察に追われるようになったんですか」

「それは、ぼくもちょっと……」

「そうですか。言えませんか」静かな目で言った。

「無責任なことを言って、人の名誉を傷つけたくありません」

「ぼくは口が堅い男です。何より国家権力は若い頃から嫌いだ。だから彼からの手紙も見せることを拒否した」

忠は逡巡《しゅんじゅん》した。どこまで話せばいいものか。我が家が爆破されたことだけは隠さなくてはならない。浜野が椅子を回して横を向いた。外光に照らされ、日本人離れした彫りの深い横顔がシルエットになった。沈黙の中、最新のエレキサウンドが流れる。このままでは何も進まないと判断し、思い切って一部を話すことにした。

「実はうちの報道記者が情報ソースなんですが……。警察は草加次郎を極秘に追っていて、その参考人として島崎国男の名前が挙がっているみたいです」

「草加次郎？」浜野が弾《はじ》かれたように体を起こし、向き直った。「それはまた突拍子もない……」信じられないという顔で眉を寄せた。

「東京オリンピック開催を控えて、なんとしても逮捕したいようです」

「それは確かなんですか」

「まだ憶測の域を出ていません。ただ、公安が島崎の顔写真を持ってあちこち聞いて回っていることだけは事実です。そして島崎は姿をくらましています」

浜野が腕組みをして唸《うな》った。何事か考え込んでいる。しばらくして小さく吐息を漏らすと、再びカーテンを閉め、机の引き出しから封筒を取り出した。島崎から届いたという手紙だった。

「私信を他人に見せるのはマナーに反しますが、今回に限り例外とします。須賀君。読んでみますか」

「ぜひ読ませてください」

「他言は無用です。君を信じていいですか」

「もちろんです。信じてください」真剣な面持ちで言った。

浜野が封筒を手で押してよこす。忠はそれを取り上げ、まずは消印を見た。八月二十一日付けで蒲田局の扱いになっていた。中の便箋《びんせん》を開く。自分の家が爆破された前日であることに思い当たり、背筋に冷たいものが走った。ああ島崎はこういう字を書くのか、というのが最初の感想だった。ボールペンで書かれた文字は中学生のように拙《つたな》く、行間も定まっていなかった。不器用で朴訥《ぼくとつ》な印象があった。文字が人柄を表していた。

忠は文面に目を落とした。

《拝啓　夕暮れどきに秋の気配を感じる時候《じこう》になりました。草陰ではそろそろ鈴虫が鳴き始めています。浜野先生はお変わりございませんでしょうか。少しご無沙汰《ぶさた》しております。東京は今日久方振りに雨が降り、皆の表情が緩んだところです。蛇口から水が出るのが一日のうちの半分しかないという深刻な水不足でしたが、これで少しは緩和されそうです。蕎麦《そば》好きの先生が軽井沢でこの夏を過ごされているのは幸運です。東京の蕎麦屋は冷水が使えないため、丼物《どんぶりもの》だけという有様です。信州蕎麦に舌鼓を打ち、森を抜ける微風に心を休め、かねてより取り組んでおられた市民社会論の論文ご執筆も、さぞや捗《はかど》っていらっしゃるのではないかと推察しております。

わたしは今、思うところあって肉体労働に従事しております。私事で恐縮ですが、先月、十五歳年上の兄を亡くしました。その兄が出稼ぎ人夫として働いていた羽田の飯場で、わたしも同じように地下足袋《じかたび》を履き、ツルハシをふるっています。マルクスの言葉、「死んだ労働」と「生きた労働」を借りて言えば、「過去の死せる労働は、生きた現在の人々の労働によって初めて現実の意味を持つ」と換言《かんげん》できるのではないかと、うっすら考えています。肉体労働はそれを実証するための、ささやかな試みです。多少は筋肉もつきました。足の豆は二度ほど潰《つぶ》れました。書斎にこもるのは老人になってからでいい、といつも先生はおっしゃっていました。書物に耽溺《たんでき》しがちなわたしへの忠告であると、かねがね感じていました。もう一月以上、書物に触れていません。中学生以降では初めてのことです。おかげで毎日が思考です。蓄えた知識を頭の中で醸造《じょうぞう》するいい機会となっています。

現在わたしは、主に東京オリンピックの建設現場で働いています。日本武道館や代々木総合体育館のモダンで巨大な建造物を見上げ、日本は敗戦二十年を待たずしてここまで復興したのかと、一国民として、人並みの感慨を抱いています。マルクスは世界中に資本主義が行き渡ることを前提として、その頂点にある国が崩壊すると予言したわけですが、その伝《でん》で行くならば、日本もその道を順調に歩んでいると言えるのかもしれません。「近代主義の最大の武器が生産であるならば、それを批判せずして近代主義を克服することはできない」と先生がいつかおっしゃった言葉を、今はただ噛《か》み締めるばかりです。

ここでの労働は過酷の一語です。朝の七時にバスに詰め込まれ、現場で吐き出されると、あとは役牛《えきぎゅう》と同じです。労働基準法も出稼ぎ人夫相手には守られておらず、残業は事実上強要され、食事と睡眠を除けば、労働のみの毎日です。怪我をしても、労災が認定されるのは建設会社に属する社員だけで、出稼ぎ人夫たちは無視されます。人が死んでもうやむやにされます。現場監督の目は常に親会社の人間に向き、下の意向が上に伝わることはありません。労働力は補充するモノなので、備品と同列です。高価な重機と比べると、それ以下です。

そんな状況であるから、さぞかし資本主義の矛盾に対して労働者たちは憤《いきどお》っているかといえば、現状はいたって静かです。一日の労働を終え、飯場に戻って酒を飲むときの彼らは、普通に陽気で屈託がありません。わたし自身も同様で、搾取構造の底辺にいながら、易々《やすやす》と現状を受け容《い》れている部分があり、半分は従僕《じゅうぼく》です。もしもマルクスがこの場にいたら、低賃金で将来の保証もない状態にも拘《かか》わらず、立ち上がろうとしない無抵抗な労働者の姿に、悩んでしまうかもしれません。「階級闘争とは、実は階級間の争いではない」と先生の著書にありましたが、わたしはその意味を初めて知った思いです。奴隷を解放したのは、奴隷側のリーダーではなく、知識階層或《ある》いは有産階級の中から生まれた異分子、或いはテロリストたちであると、今になって実感しました。その上で、「組合も社会主義政党も実はブルジョアジーの一種に過ぎない」とわたしが付け加えたら、先生はどんな反論をなさるでしょう。労働の実践というのは、知識を揺るがす力を有しているようです。

唐突ですが、先生は東京オリンピックをどうお考えでしょうか。わたしは、国際社会への進出ではなく、西欧的普遍思想への無邪気な迎合《げいごう》であると思えてなりません。ストロースが提唱した新しい思想、すなわち「文明においては進歩も後退もない。その意味で西欧文明はなんら普遍的なものではなく、西欧社会で構造化された価値観によって作られたものに過ぎない」という考えに、わたしは強く共感します。急造の建築物に、西欧都市を装いたくてしょうがない東京の歪《ゆが》みが表れています。そしてその巨大で美麗なコンクリートの塊に、現実の日本は覆い隠され、無視されようとしています。人民にかりそめの夢を与え、現実を忘れさせようとするのが、支配層の常套《じょうとう》手段であるならば、今のところは成功の道を歩んでいると言えるのでしょうが。

理屈を持ち出さなくても、我が古里《ふるさと》は貧困の中にいます。労働者たちは搾取の底辺にいます。彼らは羊のようにおとなしくしています。オリンピックは一時の飴《あめ》ということなのでしょう。

さて、とりとめもない近況を連ねてしまいましたが、わたしが筆をとったのは、ひとつ残念なことを先生にお伝えしなくてはならないからです。九月からのゼミに、わたしは参加することが出来ません。レヴィ・ストロースの構造主義人類学の研究は、非常に楽しみにしていた授業ですが、ある理由からそれが叶《かな》わなくなりました。その理由について、今申し上げることは出来ません。あくまでも個人的事情によるものです。どうかご心配などなさらず、一学生のしばらくの休学と受け取っていただけると幸甚《こうじん》です。わたしは健康で、意気盛んです。

先生のお手伝いをする立場で、誠に申し訳なく、恐縮しております。ゼミに戻る時期については明言できません。十月の半ばかもしれませんし、来年にずれ込むかもしれません。もしかすると、数年を経る可能性もあります。その際は、わたしの下宿の蔵書を研究室でお預かりいただけないでしょうか。蔵書と言っても、先生とは比するべくもない、段ボール数箱程度の分量です。恩師にこのようなことをお願いするのは心苦しいのですが、ご存じの通り、わたしには親友と呼べるほどの友がおりません。何卒宜《なにとぞよろ》しくお願いします。

簡単に書くつもりが、長々とくどい手紙になってしまいました。申し訳ありません。

夏が終わろうとしています。お体をご自愛ください。

敬白

八月二十日

島崎国男

浜野先生

追伸　かねがね先生から「君は食が細いね」と言われてきましたが、最近のわたしはすっかり大食漢です。体の中で眠っていた何かが目を覚ました感じがします。丼飯をかき込む姿を、いつかお目にかけたいものです》

「どう思うね」浜野が顔をのぞき込んで聞いた。

忠は眉《まゆ》を寄せ、しばし考え込んだ。

これは明らかに別れの手紙だと思った。島崎は大学に戻る気がない。これから何かをしでかそうとしている。もしも二十二日の夜に忠の家を爆破したのが島崎だとするならば、あちこちに行動への決意が示唆《しさ》されている気がした。中でも「テロリスト」という言葉はどきりとさせる。

「なんとか言ってくれ。実のところ、ぼくは心配で仕方がないんだ。彼が行方《ゆくえ》をくらまし、そのうえ公安警察の来訪だろう。この手紙はいったいどういう意味を持っているんだ」

「それはちょっとぼくにも……」

「わかっていることがあったら何でも教えてくれ。もしも警察に追われているのだとしたら、出頭させたほうがいい。草加次郎なんてありえない話だ。島崎君が犯罪者であろうはずがない」

「ぼくもそう思いたいんですけど……。とにかく捜してみます。親友がいないなんて書いてますが、みんなからは好感を持たれていた男ですから、手がかりがないことはないでしょう」

「そうですか。ぜひお願いします。ぼくもあちこち当たってみるから、この先は情報交換といきましょう」

浜野が手紙を丁寧に折りたたみ、封筒に戻した。続いてラジオを消した。静寂が訪れる。女子学生たちが何かでふざけ、嬌声《きょうせい》をあげるのが廊下から聞こえた。

「公安は、きっとこの手紙を読んでいるでしょうね」浜野がぽつりと言った。

「え、でも、先生は見せることを拒否なされたのでは……」忠が驚いて顔を上げる。

「彼らはスパイを使います。大学内にもいます。夜中に忍び込んで複写することぐらいわけはないでしょう」浜野は立ち上がり、カーテンを開けた。「わたしは、手紙を家に持ち帰らなかった。机に鍵《かぎ》もかけなかった。心のどこかに、何か事を起こそうとしているのなら、その前に捕まって欲しいという気持ちがあったのかもしれません。手紙の中に〝テロリスト〟の文句があり、ぼくは体がひんやりとした」

「ぼくも同じです」

「彼は純粋です。それが心配です」

浜野が小さく吐息をつき、窓の外を見た。忠には、この老教授が、向かいの校舎に潜んでいる公安警察に話しかけているように思えた。

キャンパスに風が吹いて、樹木の青葉を賑《にぎ》やかに鳴らしていた。


大学を出ると、忠は西片にある島崎の下宿を訪ねることにした。自分の目で、彼がどんなところに住んでいるかを見てみたかった。チャンスがあれば部屋にも入りたい。

菊坂《きくさか》下で車を停め、古い木造家屋が軒を連ねる住宅街を歩いた。千駄ヶ谷ほどではないが、大きな屋敷もいくつかあり、その庭の樹木がこの町の景色に潤いを与えている。番地を頼りに探し、旅館風の下宿屋に行き当たった。見上げると、窓には洗濯物が吊《つ》るされ、建物全体に学生たちの生活の臭いが漂っていた。人の声が聞こえる。ギターを爪弾《つまび》く音も。

玄関前に立つ。ガラス戸に自分が映っている。忠はポマードで撫《な》で付けてあった髪を手でくずし、気障《きざ》に見えないようにした。引き戸を開け、三和土《たたき》に上がる。

「ごめんください」中に向かって声をかけた。

「はい、何ですか」

廊下のいちばん手前の戸が開き、頭をぼさぼさにした学生が顔を出した。

「島崎、いる？」何も知らないふりで聞く。

「いませんが、どちらさまですか」男が表情を変え、警戒心を露《あら》わにした。

「おれ、須賀って言ってね、島崎の元同級生。今、大学で浜野先生に会ってきたんだけど、島崎が研究室に出てこないって聞いて、どうしてるのかと思って……」

「あ、先輩でしたか。失礼しました」学生が部屋から出て、恐縮してお辞儀をした。「てっきりまた……」

「てっきりまたって？」

「いえ、何でもありません」

「言いなよ。警察とでも思った？」

忠は聞きながら、とっくに刑事は来たのだろうと推察した。

「あ、いえ」顔をひきつらせている。

「いいよ。おれには隠さなくても。浜野先生のところにも警察が来たってさ」

「あのう、島崎先輩って何かあったんでしょうか……」

学生が声をひそめ、遠慮がちに聞いてきた。

「わかんない。こっちが知りたいんだよ。ちょっと上がっていいかな。あいつの部屋ってどこ？」

「二階の十号室です。ぼくの部屋のちょうど上です」指で天井を指す。

靴を脱いで上がると、学生が案内してくれた。ぎしぎしと板をきしませ、階段を昇る。古いけれどよく磨かれた廊下のいちばん奥に島崎の部屋はあった。小さなガラス窓のついい。


た戸に手をかける。動かそうとするも鍵がかかっていた。

「中には入れないかな」忠が聞いた。

「合鍵は大家さんが持ってますが、家族じゃないと無理なんじゃないでしょうか」

「それもそうだ」磨《す》りガラスに顔をつけ、中をのぞいてみた。もちろんぼやけてわからない。

「警察の家宅捜索みたいなのはあったわけ?」

「ぼくの知ってる限りではありません。大家さんが言うには、刑事が別々に二度聞き込みに来て、部屋を見せて欲しいって頼まれたけど断ったようです」

「ふうん。そりゃ正しい」

「でも、今月の六日の深夜だったんですが、誰かこの部屋に入ってるんですよね」

「え、どういうこと」忠は学生の顔を見た。「詳しく教えてよ」肩を揺すった。

「日曜から月曜にかけての深夜だったから憶《おぼ》えてるんです。週が明ければ授業があったりバイトがあったりで、さすがに夜更かしする人間はいないでしょう。だから下宿全体が凄《すご》く静かだったんですよ」

「うん。それで」

「その夜は熱帯夜だったせいで、うまく寝付けなくて、布団の上で考え事をしてたんですよ。そしたら、深夜の二時過ぎに勝手口が開く音がして、廊下がミシリ、ミシリって——。この下宿、十時を過ぎたら玄関は鍵をかけるんですが、勝手口はいつも出入り自由なんです。最初は下宿生の誰かだろうと思っていたんですが、それにしては忍び足が尋常ではないし、どうも足音が二人分あるし」

「二人分?」

「そうです。少なくとも一人じゃなかったです。それで、二階に上がっていって、鍵を開ける音がガチャガチャしてこの部屋に——」

「ふんふん」忠は真剣な顔で聞き入った。

「一瞬、泥棒かなとも思ったんですが、でも学生下宿に入ったって盗《と》るものなんか何もないし。だいいち一直線で島崎さんの部屋に行く理由が見つからないし。それで、もしかして島崎さんが女の人でも連れ込んだんじゃないかって——。まさかあの真面目な先輩が、とも思ったんですが、いやいや人は見かけによらないとか、いろんな考えが浮かんで、自分の部屋で聞き耳を立てていたんです」

「そうしたら」

「なんか三十分ぐらいごそごそとやってて、その後、また忍び足で出て行きました」

「それは怪しいね」

「そうなんですよ。翌朝、二階に上がってみたら、島崎さんの部屋は鍵がかかったままだから、とにかく泥棒じゃなかったなと安心はしたんですけど……。あれはやっぱり島崎さんだったんですかね」

学生が鼻から息を漏らし、意見を求めてきた。

「どうだかね。おれにはわからないけど」

忠は同じように吐息をつき、肩をすくめて見せた。ただ、心の中では浜野の言葉を思い出していた。彼らはスパイを使う——。公安警察というところは、国益のためなら非合法な捜査も厭《いと》わない組織のようだ。重要参考人の部屋に忍び込んだとしても不思議はない。廊下の窓から外を見た。周囲は民家ばかりで、高い建物はひとつもなかった。この下宿は、どこかの窓から見張られているのだろうか。

「ところで、この下宿、部屋は空いてないの」忠が聞く。

「ええと、この先の七号室がひとつ空いてますけど」学生が顎《あご》で廊下の先を差した。

「一月だけ、借りられないかな。実はおれ、親に勘当されててさ。おっと、これは内緒だぜ。アパートのすぐ前の通りがオリンピックの夜間工事で、夜も寝られないって理由にするから」

「わかりました。大家さんは隣の母屋にいます」

「じゃあ連れてってよ」

学生を促し、彼の肩に手を乗せ、縦に並んで廊下を歩いた。まるで二条城の鶯《うぐいす》張りのように、キュッキュッと板が鳴く。

島崎、どこにいるんだよ。心の中で語りかけた。おまえ、何か凄いことをやらかそうとしてるんじゃないのか。テロリストという文字が、忠の頭の中で回っていた。

18

昭和39年9月17日　木曜日

机に帳簿を開き、仕事をするふりをして、五分おきに右手首の内側の腕時計を見ていたら、課長から「おい小林。何度見ても一分は六十秒だぞ」と、からかう調子で言われた。時計は、終業時間の午後五時まで三十分を残している。

「何をそわそわしてる。さてはいよいよデートだな。昼間の電話、彼氏だろう」

「ちがいます」

小林良子はむきになって否定した。ただし顔はじんわりと熱くなっている。

「いいなあ、若い人は。おれが十九のときなんて兵隊だぞ。女の子と手をつないで歩いていようものなら、憲兵隊がすっ飛んできて、鉄拳《てっけん》制裁を食らったものだ」

課長は遠い目で言ったのち、パタパタと扇子《せんす》で首筋をあおぎ、にやついた。

「だからデートじゃありません」

良子が再度否定する。事実、デートと決まったわけではない。知り合いの大学生から突然会社に電話がかかってきて、仕事が終わったあとで会えませんかと誘われただけだ。

「いいさ、いいさ。青春を謳歌《おうか》してくれたまえ。日本は民主主義の国になったんだ。ましてや東京は、オリンピックが開催されるほどの世界都市だ。若いアベックが街を闊歩《かっぽ》しなくて何が都《みやこ》だってんだ。なあ？」

課長が一人でしゃべっている。もう相手にするのはやめた。良子は鉛筆を手にして帳簿に向かった。数字が並ぶだけの退屈な一覧表に、伝票の金額を書き写していく。

それでも、つい腕時計を見てしまった。時間がなかなか過ぎてくれない。喉《のど》の奥から、せつないような、怖いような、初めての感情が湧き起こってきた。男の人と二人きりで時間を過ごしたことはこれまでない。つまり、これは初めてのデートになるのだろうか――。

午後三時過ぎに、会社の電話が鳴った。良子が受話器を取り上げ、「はい。神田製麵《せいめん》でございます」といつものように言うと、電話の男は一瞬間を置いたのち、「すいませんが、小林良子さんをお願いしたいのですが」と静かな声で言った。

「はい。わたしが小林です」

答えながら、良子は戸惑った。事務の女子社員に、家と女友だち以外から電話がかかってくることなどまずない。

「良子ちゃん？」

「は、はい」

どきりとした。男の声に聞き覚えがあったからだ。でも、まさか……。

「島崎です。近所に下宿してる。わかるよね」

「あ。は、は、はい」

途端に舌がもつれた。東大生の島崎さんが、どうして……。

「へえー。良子ちゃんって、電話ではそういう声を出すんだ。別人かと思っちゃった」

「ご、ご、ごめんなさい」見当はずれの返答をしてしまう。

「良子ちゃん、仕事終わるの何時？」

「五時です」

「そのあと、何か予定はある？」

「いいえ。ありません」

「急な話でなんだけど、ちょっと会えないかなあ。晩御飯、ご馳走《ちそう》するよ」

「晩御飯ですか」

「うん。だめ？」

「いいえ。だめなんかじゃありません」

思わず大きな声で即答していた。事務室のおじさんたちが何事かと振り向く。島崎は高校生の頃からの憧《あこが》れの君だ。突然のことにうまく頭が回らなかった。

「じゃあ、五時半に上野公園の西郷さんの銅像の前で。そっちは神田でしょ。三十分あれば来られるよね」

「そんなにかかりません。二十分で行けます」

「ふふ。オーケー。でも五時半。余裕を持ったほうがいいでしょう」島崎が電話の向こうで笑っている。

受話器を置くと、風邪でもひいたかのように全身が熱っぽくなった。良子はあわてて席を立ち、事務室を出て洗面所に駆け込んだ。鏡を見る。頰を両手で包み込んだ。

とうとうこういう日が自分にも訪れた。男の人から食事に誘われた。しかも相手はハンサムな東大生だ。恋愛に憧れてはいたが、映画の中の出来事だと思っていた。自分は見合いで結婚するのだろうと決めつけていた。心臓がどきどきと波打った。どうしよう、キスでもされたら。きゃーっ、キスだって。自問自答して顔を赤らめた。男の人とは手すら握ったことがない。

ただ失望したのは、今日、自分がたいした服を着ていなかったことだ。何の変哲もない白いブラウスに、地味な紺のスカートだ。こうなるとわかっていたら、この秋買ったばかりの花柄のブラウスを着てきた。靴だってちゃんとよそいきのハイヒールにした。一人地《じ》団太《だんだ》を踏む。早引けしようかと一瞬考えた。いや、父に見つかったら何を言われるやら。

せめて化粧だけはちゃんとしていこうと思った。近所の雑貨店で歯ブラシを買って歯も磨こう。余裕を持って五時半になったのは、落ち着いて思えば幸いだった。

良子は鏡に向かって、可愛く見える顔のリハーサルをした。髪をいじり、少しでも大人っぽく見える形を試行した。もう仕事どころではなくなっていた。

終業時間が来て、化粧を直すと、ハンドバッグを手に、運動会の徒競走のように会社をあとにした。出るとき、課長に「おーい、娘さん。ちゃんと門限は守れよ」とからかわれたが無視した。

今川橋から都電に飛び乗り、上野公園を目指す。オリンピックまであと一月もないというのに、相変わらず道路はどこも工事中で土煙が立っていた。十月十日に間に合うのだろうかと、一国民として心配になる。そういえば今日、羽田空港と浜松町を結ぶ東京モノレールが開通したとニュースでやっていた。玄関口だけはちゃんとしたようだ。四つに分かれた聖火リレーは、現在青森や福岡を走っているらしい。なんとなく日本中がそわそわとしてきた。高校生の弟など、町で黒人を見たといっては「あれはきっとアフリカの選手だ」と興奮している。

万世橋《まんせいばし》を渡って、電気店が建ち並ぶ秋葉原《あきはばら》を抜けた。店頭にはカラーテレビが展示してあり、道行く人がカラー画面にのぞき入っている。オリンピック需要を見込んでなのか、このところカラーテレビの広告が目についた。しかし二十万円近くもするので、庶民は誰も買えないでいる。

車窓から通りを眺めながら、良子はひとつ気がついた。警官の姿がやたらと目につくのだ。停車場には必ず一人、制服警官が立っている。オリンピックに向けての警備だろうか。それにしては早過ぎる気がするのだが。

上野公園で下車し、上野百貨店の横をすり抜け、坂を上がった。上野は銀座より近いのに、良子にはあまり縁がなかった。子供の頃、親に連れられて動物園には来たが、駅周辺となると闇市の残像が色濃くあり、物乞《ものご》いの傷痍《しょうい》軍人の多さもあって、幼心にも怖かったのだ。その後西洋美術館と文化会館が出来て、少しはイメージがよくなったが、それでも若者には縁遠い盛り場だった。

公園の入り口には、日の丸と五輪マークをあしらった大きな看板が立てられていた。待ち合わせの目印に使われているらしく、人待ち顔の若い男女がたくさんいる。その奥の広い石階段には、座り込んで肩を寄せ合うアベックの姿が目立った。

息を弾ませ、西郷さんの銅像前に到着する。ここも人でいっぱいだ。背伸びして辺りを見回すと、ものの数秒で島崎の笑顔に視線がぶつかった。

「やあ、こんにちは」島崎が明るく言った。「悪かったね。呼び出したりして」日焼けした顔に、白い歯がまぶしくこぼれる。

「いいえ。いいんです。どうせ家に帰ってもやることないし」

良子はかぶりを振った。愛らしく微笑むつもりが、緊張がまさって、頬がひくひくとひきつってしまう。

「なんか、まだ蒸し暑いね」

「そうですね。今日も夏日だったし」手をひらひらさせて顔をあおぐ。

「下のスタンドでラムネを買ったんだけど、飲む?」島崎の手にはラムネのビンが二本あった。

「はい、いただきます」良子は手を出して受け取った。

「そこのベンチに腰掛けようか」顎《あご》をしゃくる。島崎の左手が良子の背中に回り、良子は思わず身を硬くした。

ただし肩は抱かれなかった。促す感じで軽く押されただけだ。自分は何を期待しているのかと、少し恥ずかしくなる。

大きなケヤキの下のベンチに、二人並んで腰掛けた。

ラムネに口をつける。炭酸が口の中でシワシワと弾《はじ》けた。涼しい風が吹いてきた。全身がとても心地よい。

「良子ちゃん、仕事はどんなことしてるの？」島崎が聞いた。

「事務です。帳簿をつけたり、お遣いに行ったり」少しは落ち着いたのか、答えながら疑問が湧いた。「島崎さん、どうしてわたしの勤め先の電話番号を知ってたんですか」

「前に、神田の製麺会社に就職が決まったって、言ってたじゃない」

「わたし、そんなこと言いましたっけ」良子は記憶になかった。

「じゃあ、良子ちゃんのおばあちゃんから聞いたのかな」

「きっとそう。うちのおばあちゃん、お客さんに家のことなんでも話すから」

「とにかく、そのことを憶《おぼ》えていて、電話帳で調べたわけ」

島崎の答えに、良子はあらためてどぎまぎした。このハンサムな東大生は、わざわざ電話帳で調べて自分に電話をくれたのだ。それはもちろん、自分のことを憎からず思ってくれているからだ。

「電話で思い出した。良子ちゃん、電話に出たとき、よそいきの声で別人かと思った」

島崎が爽《さわ》やかに笑う。良子はひたすら顔を赤くした。映画の中の団令子《だんれいこ》みたいに、「もう、若大将の意地悪」とでも言い返せばいいのだろうが、男の人に慣れてないので、どうしていいのかわからない。

「でも、社会人だから当然か。ぼくが駒場から本郷へ来たときは、良子ちゃん、おさげの高校一年生だったのに、いまや立派なお嬢さん……。月日が経つのは早いもんだ」

「そんな。島崎さん、近所のおじさんみたい」

「五歳もちがえば、こっちはおじさん気分さ」

島崎がそう言って肩をすくめる。そうか、五歳ちがいなのか。良子は初めて年齢を意識した。でも、たった五歳だ。両親は四歳ちがいだから、全然問題ない。

「そうそう。今日、ビートルズっていうグループが喫茶店のラジオでかかってたよ。聴いて、良子ちゃんが好きだったこと思い出した。いいよね、ビートルズ。新しい時代の音楽って感じがする」

「そうなんですか。なんて曲がかかってました」

ビートルズの名前が出て、思わず声が弾んだ。

「さあ、曲名までは憶えてないけど……。あのグループは絶対にスターになるね」

「イギリスやアメリカではとっくにスターなんですよ」

「そう。じゃあ日本でも人気が出るね。良子ちゃんは先取りしてるんだ。リズムもメロディもまったく新しいし。なんて言うか、順列組み合わせとは別のところで、ポンと空からちだね」

降ってきた感じ。大人たちが敵視するのは、自分たちの築いてきたものを無視された苛立《いらだ》ちだね」

「うん。そんな感じかも」

良子は、彼がうまく言葉に言い表すことに感心した。さすがは東大生だ。ただそれ以上に、島崎もビートルズを気に入っていることが無性《むしょう》にうれしい。

「わたし、ジョンのファンなんです」島崎の横顔を見て言った。

「ジョンって？」

「ジョン・レノン。ビートルズのリーダー」

「ふうん。メンバーまでは知らないけど」

「島崎さん、ジョンに似てる」

言ってすぐ顔が熱くなった。島崎のことを、自分のタイプだと告白したようなものだ。

「それは光栄だなあ。今度写真を見てみるよ」

「わたし、持ってますよ。いつも定期入れに入れてあるから」

良子はハンドバッグを開け、中から定期入れを取り出し、写真を見せた。

「なるほど。髪形は似てるかな」島崎が苦笑している。

「目だって鼻だって、似てますよ」ついむきになってしまった。

島崎が立ち上がる。「さて、晩御飯を食べに行こう。トンカツでいい？」

「はい」良子は唄《うた》うように返事をした。

島崎の後について、歩き出す。横に並ぼうかというとき、彼の肩と背中を見た。筋肉が盛り上がっているのにびっくりした。この前会ったとき——確か八月の終わりの土曜日だったが——あの日も精悍《せいかん》なイメージに驚いたが、それよりいっそう逞《たくま》しくなっているのだ。確か肉体労働のアルバイトをしていると言っていた。けれどそれ以上に、発散する別の匂いを感じた。うまくは言えないが、戦場でもくぐり抜けてきた印象だ。

島崎は、本郷に来てからずっと色白の優男だった。本好きの物静かな青年だった。いったい何があったのか。

鈴本《すずもと》演芸場の裏手にある洋食屋でテーブルに向き合った。仏頂面《ぶっちょうづら》の主人が、カウンターの向こうの厨房《ちゅうぼう》で揚げ物をしている。カウンターにいた和服姿の若い客が、「持ち帰りの海老《えび》コロッケ、まだ?」と聞いたら、「待てねえんなら帰《けえ》ってくれ」と叱りつけられていた。どうやら気難しい主人の店らしい。島崎は、「たぶん噺家《はなしか》の卵。師匠のお遣いだろうね」と小声で言い、苦笑している。

二人ともトンカツを頼んだ。テーブルに肘《ひじ》をついてお茶をすすり、顔を見合わせ、うふふと笑う。他人が見たら恋人同士だと思うだろうか。そんな想像をして、甘酸っぱい気持ちになる。

「島崎さん、大学にはちゃんと行ってるんですか」良子が聞いた。

「うん?　まあ適当にね。大学院だから、毎日授業に出なくちゃならないというわけじゃないんだ」

島崎は憂《うれ》いを含んだ目で、髪をかき上げた。

「どんなこと、勉強してるんですか」

「良子ちゃん、マルクスって知ってる？」

「はい。名前だけは」

「ぼくはそのマルクス研究で有名な教授の研究室にいるのさ」

「そうですか」

いろいろ知りたいが、どんな質問をしていいかわからない。

「マルクスっていうのは十九世紀の初め、ドイツに生まれた経済学者でね、『資本論』っていう有名な本を書いた人さ。簡単に言えば、社会主義と共産主義の家元かな。良子ちゃんのお店の本棚を見れば、関連書がたくさん並んでるよ」

「わたし、本のことはちっともわからないんです」

良子は眉《まゆ》を八の字にして、肩をすくめた。

「共産主義っていうと、すぐに〝アカ〟とうしろ指を差されてね、体制側から露骨に警戒されるけど、人間の根源的な幸福を考えた極めて純粋なものなんだよ。共産主義とは、ぼくたちにとって、創出されるべきひとつの状態であって、それに則《のっと》って現実が正されるべきひとつの理想ではない。ぼくらが共産主義と呼ぶのは、実践的な現在の状態を止揚する現実的な運動なんだ」

島崎は涼しい顔で言葉を並べ立てたが、良子は口をポカンと開けて聞いているだけだった。

「もっともこれはテキストの丸暗記。試験のために憶えたんだ」

島崎が顎を突き出し、悪戯《いたずら》っぽく笑う。その愛嬌《あいきょう》のある仕草が、やっぱりジョンに似ていて、良子はなんだかしあわせな気分になった。島崎の写真をもらえないだろうかと、そんなことを思う。

ずいぶん待たされてトンカツ定食が出てきた。ソースをかけて箸《はし》で一切れつまむと、肉が分厚いのでびっくりした。「ここのはおいしいよ」島崎がささやく。口に運ぶと、本当にその通りだった。

「うちの弟に食べさせたい」と良子。

「憲夫君だっけ。早実の野球部。レギュラーにはなれたの？」

「ううん。補欠。でも毎日泥だらけになって練習してる」

「それは立派。継続は力なり。きっと将来役に立つよ」

「うん。伝えておく」

弟を褒められてうれしくなった。そしてなんとなく肩の力が抜けた。「うふふ」やっとうまく笑えるようになったことに、良子は満足している。

勘定は島崎が済ませてくれた。男の人に食事をご馳走《ちそう》してもらった初めての記念日だ。店を出ると、とっぷりと日が暮れていた。街灯が柳を照らし、その下をたくさんの人が行

き来している。不忍池《しのばずのいけ》の方角に歩き出したところで、島崎が少しあらたまった口調で、

「実は良子ちゃんにひとつ頼みたいことがあるんだよね」と言い出した。

「はい。どんなことですか?」良子が髪を一振りして見上げる。

「水上音楽堂のベンチに、中年の女の人が座ってるんだ。頭に赤いスカーフを巻いているからすぐにわかると思う」

何の話だろうと思った。

「その女の人のところへ行ってね、これを手渡して欲しいんだ」

島崎がズボンの尻《しり》ポケットから茶封筒を取り出した。

「そして渡すときに、『金魚の醤油《しょうゆ》さしはありませんか』って聞いてくれるかな。そしたら、女の人が別の封筒をくれるから、それを持って戻ってきて欲しいんだ」

何のことかますますわからない。島崎は微笑んでいるが、その目には落ち着きがなかった。

「どういうことですか」良子は困惑した。

「詳しいことは聞かないで欲しいんだ」

「でも……」

「申し訳ない。良子ちゃんにこんなことを頼んで。でも、ほかに頼める人がいないんだ」

島崎が両手を合わせて拝む。その姿を眺めながら、良子は気持ちがゆっくりと冷めていった。なんだ、呼び出したのは、頼みごとをしたかったからか。自分は勝手にときめいて

いた。デートだと思い込んでいた。

「どうして自分でやらないんですか」声まで沈んだ。

「それも聞かないで欲しい。でも、これだけは約束する。良子ちゃんには絶対に迷惑をかけない。よしんばそういう事態になったとしても、良子ちゃんは何も悪いことをしてないんだから、開き直ればいい。知り合いの大学生に頼まれて、断れなくてやったと言えばいい」

「これって悪いことなんですか」

島崎が真顔でかぶりを振る。にわかには信用できなかった。説明できないのだから、少なくともいいことのはずがない。

島崎はいったいどういう人間なのか。本好きで真面目な学生だとばかり思っていた。女にはわからない別の一面があるのだろうか。男の人はみんなそうなのだろうか。

島崎に手を握られた。「お願い。良子ちゃんしかいないんだ」

「……わかりました」良子は目を伏せてうなずいた。断る勇気がなかったし、一人で盛り上がっていた自分が馬鹿に思えて、この日の夜がどうでもよくなった。

「ありがとう。恩に着るよ」

握った手を揺すられた。

茶封筒を受け取り、良子は一人で池のほとりを歩いた。島崎は「あそこで待ってるから」と近くの茶屋を指差した。

柳が並ぶ遊歩道は、アベックの恰好《かっこう》の逢《あ》い引きの場だった。体をくっつけて愛をささやきあっている。中にはキスしている者までいて、目のやり場に困った。

前方から音楽が聞こえてきた。音楽堂で何かショーが行われているようだ。民謡だった。上野の湿った夜気にお似合いだと思った。

水上音楽堂には人が集まっていた。会社帰りのサラリーマンやBG《ビジネスガール》、近所の老人や子供たちが、ベンチでくつろぎながら、歌に聞き入ったり談笑したりしている。

赤いスカーフを頭に巻いた中年女はその群れの後方にいた。すぐにわかった。一目でこの女だと思った。白粉《おしろい》を塗りたくり、真っ赤な口紅を引き、派手な水玉のワンピースを着ている。ぱっと見にはトウの立った娼婦《しょうふ》だ。島崎はどうしてこんな女に用があるのか。

女はキセルをふかし、気だるそうにステージを眺めている。良子は近寄るのが怖かった。自分には、土佐犬の頭を撫《な》でろと命令されるのと大差がない。

でも、引き受けた以上は仕方がない、さっさと用を済ませようと思った。おなかに力を込める。一直線に歩み寄り、女の前に立った。女が顔を上げた。訝《いぶか》るような表情を見せた。

良子は茶封筒を差し出した。「金魚の醬油さしはありませんか」教えられた台詞《せりふ》を言う。

女が眉間《みけん》に皺《しわ》を寄せた。

「あんた、人違いじゃないのかい」酒焼けしたかすれ声で言った。

「わかりません。教えられた通りのことをしているだけです」緊張して良子の声がうわずった。

「誰に教えられたのさ」

「知り合いの男の人です」

良子が答えると、女は侮《あなど》るようにふんと鼻を鳴らした。

「近頃の若い子はわからないもんだねえ。カマトトのなりして、中身はポン中かい」

ポンチュー？　良子には意味がわからない。

「ふふ。あんた、親はいるんだろう。だったらほどほどにしなよ」女がおかしそうに笑った。次の瞬間、茶封筒を良子の手からひったくる。「うしろに植え込みがあるだろう」顎《あご》をしゃくった。

振り返ると、五メートルほど後方に、歩道と公園を隔てる植え込みがあった。

「その前に自転車が停まってるだろう。そこで待ってな」

「はい」

言われたとおりに、自転車の横まで歩いた。女を見ると、封筒の中をのぞいている。一枚、二枚とお札を数えている様子だ。中身は金だろうとは想像していたが、当たっていたようだ。

女が立ち上がり、近づいてきた。「あたいを見るんじゃない。ステージを見てな」とがった声を発する。良子は命じられて体を硬くした。

水上音楽堂を見つめる。ステージでは和服姿の女が三味線に合わせて歌を唄《うた》っていた。照明を浴びて、かんざしが光っている。

女はすぐ横で、自転車のカゴに入れられた布袋をごそごそと漁《あさ》っていた。そして良子のすぐうしろに立った。

「ほら。手を出しな」

手をお尻に回すと、封筒をつかまされた。

「すぐハンドバッグにしまいな」

命ぜられるままに、急いでバッグにしまい込んだ。

「これを最後にしな。でないと、あたいみたいになっちゃうよ」

女が耳元でささやく。背中を押され、弾《はじ》かれたように良子は歩き出した。

これで終わった――。心臓がどきどきと波打った。汗が噴き出てきた。

駆け足で茶屋に行った。もうアベックも目に入らない。茶屋では、島崎が首を伸ばして周囲をうかがっていた。良子の姿を見とめ、なおも用心深そうに視線を走らせる。

「行ってきました」良子が駆け寄って言った。

「ありがとう」島崎が微笑んで出迎える。

「いいね、いいね。張り込みなんていいね。おにいちゃん、用心のし過ぎだべ」

突然、島崎のうしろから別の男の声が聞こえた。良子はぎょっとして立ち止まった。その声の主を見る。ハンチングを被《かぶ》った小柄な老人だった。老人と言っても、六十には届いていなそうだけれど。

「お嬢ちゃん、すまながっただね。島崎のおにいちゃん、慎重な性格だがら」

老人はひどい東北弁だった。たばこのヤニで黄ばんだ歯を見せて笑っている。

島崎は途端に表情を硬くした。良子の差し出した封筒を、そのまま老人に手渡す。そして非難するように訴えた。

「村田さん、これでいいでしょう。今度はドヤで売りさばいたりせず、大事に使ってくださいね。もう入手がむずかしいんですから」

「はは。わがった、わがった。でもおにいちゃん、おめもやるだべ？」

老人は意に介さない様子で、左腕をたたいた。

島崎が吐息をつく。てのひらで顔をこすった。「とにかく今日はこれまで。帰ってください」憮然《ぶぜん》として言った。

「ああ、先に帰るべ。おらとおにいちゃんは仲間だべ」

老人がほくそ笑む。踵《きびす》を返し、何かの小動物のように、背中を丸めて去っていった。

「良子ちゃん、ごめん。本当にごめんね」と島崎。心から申し訳なさそうな顔をしていた。

「今の人、誰ですか」

「なんでもない。なんでもないんだ」

島崎は目を合わせず、かぶりを振っている。

良子は少しだけ安堵《あんど》した。あの怪しげな封筒は、島崎が老人から頼まれて手に入れたものだった。あの老人が何者かは見当もつかないが、島崎も困った末に起こした行動のようだ。

「少し歩こうか。せっかく会ったんだし」

島崎が言った。気を取り直そうとしてか、両手を上げて伸びをした。

「はい、歩きます」

良子も真似て伸びをする。目が合い、二人で小さく吹き出した。


不忍池のほとりを並んで歩いた。ときどき肩が触れ合う。手を握られるかなと思ったが、そういうことはなかった。良子はだんだん気持ちが温まってきた。ここからがデートだと思うことにした。

「仕事は楽しい？」島崎が聞いた。

「楽しいですよ。会社の人、みんなやさしいし」

「そう。これからは女の人も仕事を持つ時代だしね。いろいろ勉強して、なんでも経験して、好きな道を探っていけばいいさ。良子ちゃんは、なんたって十九歳なんだから」

「ふふ。でも、結婚したら仕事はやめるかな」良子が足元の小石を蹴《け》って言う。小石はころころと転がって草むらに入った。

「そうなの？　もったいない」

「だって、わたし、結婚したら、家で晩御飯を作って旦那《だんな》さんを出迎えたい」

「ふうん、そうなんだ」島崎が目を伏せて笑っている。

「島崎さんは、そういうのいやですか？　奥さんに外で働いて欲しい？」

「そりゃあ本人次第さ。働きたいと言っているのに、家に縛り付けておくようなことをぼくはしたくないな」

「島崎さん、やさしいんだ」良子が見上げて言う。

「そうでもないけど」

年上なのに、島崎が照れていた。やっぱりいい人だと思った。そして、自分はこの男の人が好きだ。

そのとき、前方から警察官の二人組が歩いてきた。そういえば、今日は街でたくさんの警察官を見かけた。こんなところまで見回っているのだろうか。

島崎が肩を寄せてきた。押されるような形で歩道を外れる。池のほとりでは数組のアベックが抱き合っている。良子はどぎまぎした。

警察官が手前五メートルのところまで来た。島崎が立ち止まった。何だろうと良子も足を止める。島崎が振り向いた。肩に手を回された。突然のことに良子は息を呑《の》んだ。

「良子ちゃん」島崎が正面から覆いかぶさってきた。うそ。ここで？　本当に？

顔が迫ってくる。目を閉じる暇もなく、キスされた。警察官の靴音が、通り過ぎていく。

お巡りさんの前で、なんて大胆な。

温かいもので唇をふさがれた。目を閉じる。抱きしめられた。体がすうっと浮くような感覚があった。なんだか、不思議に、気持ちいい。

初めてのキスは、かすかにトンカツソースの味がした。

19

昭和39年8月10日　月曜日

週が明けて月曜日、島崎国男は午前の仕事を免除され、上野駅へ行くことになった。昨日未明に死亡が確認された、ヤマさんこと矢島定吉《さだきち》の火葬に立ち会うために秋田から上京する遺族の出迎えを、山田社長から頼まれたのだ。

「向こうは秋田がら外さ出たこどねえ婆さんだ。東京ちゅうだけで小便ちびらすほどの田舎者だがら、悪いけどおめ、上野まで迎えに行ってけれ」

山田が飯場でたばこを吹かして言う。「どうしてぼくなんですか」という国男の問いには、「そりゃあ人相風体だべさ。ここには、おめ以外、人に安心感を与える顔さしてるやつがいるか」と回答し、自嘲《じちよう》するように鼻を鳴らした。

ヤマさんは土曜の夜もまだ明けきらぬころ、呆気《あつけ》なく死んだ。病院に運び込んだときには、すでに心肺停止状態で、心臓マッサージも電気ショックも用をなさなかった。「救急車呼んでても手遅れだったべ」と、山田が弁解がましいことを言っていた。左腕の内側は注射の痕《あと》だらけで充分に怪しいはずなのに、警察は呼ばれなかった。病院側も心得ているといった感じだった。

ヤマさんは享年《きようねん》五十六だった。歳を知らされ、「そんなジジイだったたべか」という声があちこちで上がった。人夫は日焼けのせいで、四十を過ぎると全員が年齢不詳となる。すぐさま秋田の実家に電報が打たれ、返事の電話が山新興業にかかってきた。面倒なことは早く済ませたいのか、火葬は月曜日に決まった。遺族は、妻が一人で上京するらしい。

　ヤマさんの死は、拍子抜けするほど自然に、飯場の人夫たちに受け容《い》れられた。まるで人事異動か退職のように、「ああ、いなぐなっだか」で済まされたのだ。涙を流す者は一人としておらず、古くからの知り合い数人が「なんてごどだ」と悲嘆に暮れたに過ぎない。

　国男は自分の兄のことを思わずにはいられなかった。兄もまた、ヤマさんと同じように粗悪《そあく》なヒロポンを摂取《せっしゅ》し、心臓が耐えられず、昏睡《こんすい》状態に陥ったのだ。そして救急車を呼ばれることもなく、担ぎ込まれた先の病院で息をひきとり、心臓麻痺《まひ》と診断された。

　塩野に問いただすと、「仕方がね、仕方がね」を繰り返すばかりだった。

「飯場で起ごるごどは、全部内輪で処理するのが慣《なら》わしだ。元請けにヒロポンさ打ってるごどを知られたら、山新が罰を食らって、そうなりゃあおらたちの給料が下がる」

　国男はそれを聞き、兄はなんて浮かばれない死に方をしたのかと、三十九歳で人生を終えなくてはならなかった無学な一人の男を、たまらなく不憫《ふびん》に思った。労働者の命とは、なんと軽いものなのか。支配層にとっての人民は、十九年前、本土決戦を想定し、「一億総火の玉」と焚《た》きつけた時分から少しも変わっていない。人民は一個の駒として扱われ、国体を維持するための生贄《いけにえ》に過ぎない。かつてはそれが戦争であり、今は経済発展だ。東京オリンピックは、その錦《にしき》の御旗《みはた》だ。

国男は上野駅の中央改札口に立ちながら、こみ上げてくる虚《むな》しさとも苛立《いらだ》ちともつかない感情と戦っていた。胸の中では、重くて黒い空気が今にも動き出さんとしている。ここ数日はずっとそうだ。ゆらゆらと揺れ、膨張《ぼうちょう》し、喉《のど》の奥を圧迫する。かろうじて抑えられているものの、何かのスイッチひとつで制御を失ってしまいそうだ。

ホームの方向からけたたましいベルが聞こえた。アナウンスが流れる。天井から下げられた大時計を見ると、午前九時半を差していた。昨夜秋田を発《た》った急行「津軽」が、定刻どおり到着したようだ。改札口からはホームを縦に一望できた。真ん中の十一番線にこげ茶色の車輛《しゃりょう》が姿を現す。それを正面から眺める形だ。

「上野、上野」独特の抑揚をつけた声が、スピーカーから響く。扉が開き、乗客が次々とホームに降りてきた。大きな風呂敷《ふろしき》を背負った行商人、場違いにめかしこんだ麻の背広姿の男、絣《かすり》の着物を着た垢抜《あかぬ》けない女。東北が一度に掃き出された感があった。

国男は用意した画用紙を広げ、頭上にかざした。《秋田仙北郡　矢島様》と墨で大書《たいしょ》してある。同じような出迎えの人間が、改札口の前に並んだ。夏休みのせいで旅館ののぼりが躍り、駅の猥雑《わいざつ》な景色に彩《いろど》りを添えていた。

決壊した堤防のように、改札口から人が流れ出てきた。果たして未亡人は見つけてくれるだろうか。火葬場の住所と電話番号は伝えてあるようだが、初めて上京する東北人にとって東京は異国と大差がない。

背伸びをして、画用紙を示した。周囲の半被《はっぴ》を着た旅館の従業員が、予約客の名前を連呼し始めた。出迎えや再会をよろこぶ声が入り混じり、あたりは縁日《えんにち》の様相を呈してきた。

そのとき背中をちょんちょんとつかれた。反射的に振り返る。視界に映ったのは帽子の頭だった。それもツイードのハンチングだ。何だろうと訝《いぶか》る間もなく、電球が灯《とも》るように、脳裏に記憶の断片が甦《よみがえ》った。この帽子には見覚えがある。

「おにいちゃん、久しぶりだべ」男が相好をくずし、明るい声を発した。「東大の学生さんだったよね。おらのごど、憶《おぼ》えてるだか」

突然のことで国男は返事に詰まった。帽子の下の顔をのぞき込み、改めて確認する。そこには、年寄りとも壮年とも見分けがつきにくい、浅黒い皺《しわ》だらけの面相《めんそう》があった。先月、兄のお骨を携えて帰省したとき、列車の中で香典をくすねようとしたスリの男だ。

「おら、あんたの名前も知ってるべ。島田君て言うべ。駅長が最敬礼しでだがら、憶えただよ」

「島田じゃなくて島崎です」

国男は微苦笑して答えた。男は、いつぞやの車中同様、はなから馴《な》れ馴《な》れしい。

「ああ、そうか。ちょっと間違えた。島崎君ね。あのどぎは感謝してるべ。おにいちゃん、黙って見逃してくれたもんねえ」

「ふふ。そうでしたね」

駅舎での一件が思い出された。ついでにこの男の名前も。

「村田さん、ですよね」

国男が言うと、男が弾《はじ》けるようにのけぞった。

「なんで名前さ知ってる」

「あとからやってきた刑事さんに聞きました。上野・秋田間では、ずいぶん有名だそうじゃないですか」

「なんだ、そうか。じゃあもう隠すこともなかんべ」村田が愛嬌《あいきょう》たっぷりに微笑み、人差し指で鼻の下をこする。「村田留吉。当年とって五十五。住所不定。昔は沖仲仕。今じゃただの〝箱師〟だがね」

「ハコシ？」

「鉄道専門のスリのごど。言わせないでけれ」

村田が柄にもなく照れるので、国男は肩を揺らして笑った。

「おにいちゃん、誰の出迎え？」

「ちょっと」

「ちょっと何よ。けちけちしねえで教えるべ」

「遺族です。秋田からの出稼ぎ人夫が亡くなって、こっちで火葬にするんです。だから急《きゅう》遽《きょ》上京することになったので、ぼくが出迎えに……」

「出稼ぎ人夫？　なんでそんなものがおにいちゃんに関係あるの」

「いや、実はですね……」

国男は、自分が現在羽田の飯場で働いている事情をかいつまんで説明した。

「ふうん。やっぱりあんちゃんは変わってるべ。最初に見たときから思ってた。家庭教師でもやればいいものを、日雇い仕事ときた。あんちゃん、天下の東大の学生のくせに、まるで呉服屋の奉公人みたいに腰が低くて控え目だべ」

呼び方が「おにいちゃん」から「あんちゃん」に変わった。腕組みをし、珍しい生き物でも見るような目をしている。その間も、国男は名前を書いた画用紙を掲げている。そこへ五十がらみの風呂敷を背負った女が近寄ってきた。恐る恐るといった感じで、顔をのぞき込んでくる。「あのう、山新興業の方ですか」と、暗い声で言った。

「はい、そうです。矢島さんの奥さんですか」

国男が聞くと、女はぎこちない笑みを浮かべ、卑屈《ひくつ》に腰を折った。「矢島の家内です。このたびは連絡をいただいてありがとうございます」訛《なま》りが出るのが恥ずかしいのか、はっきりと口を開かない。手拭《てぬぐ》いを手に、しきりに汗を拭っていた。

「いいえ、とんでもありません。お悔やみ申し上げます。わたしは島崎と申しまして、山田社長の代理でお迎えにあがりました。飯場では矢島さんによくしていただきました。わたしは同じ仙北郡の熊沢村の出身です」

「ああ、そうですか。熊沢の人ですか」

「そうです。お気を遣わないでください」

「すいません。ご迷惑をおかけしで」

女は深々と頭を下げる。顔は黒いのに、うなじだけがアンバランスに白かった。暑いなか和服を着ているが、決して上等そうではない。帯には擦り切れた痕がある。

「津軽は寝台でしたか」

「いいえ。二等です。余計なこどにお金さ使いたぐねえし」

「そうですか。それはお疲れでしょう。わたしが荷物を持ちます」

国男が手を伸ばすと、女は「いけね、いけね、とんでもね」と全身で恐縮し、後ずさりした。「持ちます」「いけね」しばらく押し問答をしたのち、なんとか風呂敷包みを奪い取る。

「あんちゃん」村田が横から口をはさんだ。「おらもついていっていいだか？　暇でやるこどがねえべ。なんか手伝うこどあっだら手伝うし」

「だめです。行き先は火葬場なんですよ」国男は困惑し、拒否した。知り合いでもないのに、どういう図々《ずうずう》しさか。

「いいでねえか。同郷のよしみでおらも仲間さ入れでけれ」

「いや、それはやっぱり……。親会社の参列があるかもしれないし……」

「だめか」

「はい、だめです」

「そっか」一呼吸つく。「わがった。そっだら、それが終わったら上野で飯でも食うべ。寿司《すし》なんかどうだ。おらが奢《おご》るべ」

「はあ……」

「おら、なんかあんちゃんのこど気に入ってね。おめ、人を差別しないだろう。見下したりしないだろう。そういうの、とってもいいよ」

村田が口の端を持ち上げて言う。国男はどう返事していいかわからなかった。

「夜ならええだろう」

「わかりません。火葬のあとは工事現場に行かされるかもしれないし。たぶん、その可能性の方が高いと思います」

「そっか。そっだら連絡先だけ教えておぐべ」村田が耳にはさんだボールペンを手にし、国男の持つ画用紙に電話番号を走り書きした。「御徒町《おかちまち》の裏手の安宿だっぺ。いつもそごに泊まってる。小汚いところだけど、山谷《さんや》よりはましだし、結構安全だ。ああ、安全ちゅうのはおらたちにとってはってこどね。やくざ者ばかりだから、誰も近寄らね」

「はあ、そうですか……」

「おらのこど、嫌いか。迷惑か」

「いいえ」即座にかぶりを振った。

「だったら必ず連絡しでね」

「はい……」ついうなずいてしまった。

村田は踵《きびす》を返すと、肩をゆすってひょこひょこと去っていった。手には小ぶりのボストンバッグを提げている。あの中にはスリを働いて得た他人の財布が入っているのだろうか。そのうしろ姿を眺めながら、いろんな人がいたものだと世間の広さに感じ入った。村田はいったい何があってスリに身をやつしたのか。郷里に家族はいるのだろうか——。

画用紙に書かれた電話番号を眺める。女の視線に気づき、我に返った。

「すいません。知り合いに偶然会ったものですから。行きましょう。斎場は大森駅から少しの所です。

切符はわたしが買います」

女を促し、切符売り場へと行く。女ははぐれるのが怖いのか、国男のすぐうしろをくっつくようにして歩いた。新たに列車が到着したらしく、構内が人で溢《あふ》れ返る。みなが扇子で顔を扇いでいるので、遠目には小波《さざなみ》が立っているような光景だった。湿気がひどく、少し動いただけで汗が滴り落ちた。駅員のアナウンスが鼓膜をわんわんと震わせる。国男は一刻も早く風が通る場所に出たかった。


糀谷《こうじや》の斎場では、およそ一月前と同じことが繰り返された。山田が手配した僧侶《そうりょ》が大儀そうに短い経を読み上げ、オリエント土木の専務が神妙な顔で立ち会い、香典が女に手渡された。未亡人は天皇陛下に声をかけられたが如く恐縮し、深々と頭を下げた。そして今後一切の賠償請求をしないという誓約書にサインをさせられた。

斎場に来る道中、国男は誓約書について、会社側の責任逃れでその場で署名する必要はない、と教えておいたが、企業相手に事を起こすなど女にとっては恐れ多い行為らしく、まったくの無抵抗のまま、腰をかがめて判を捺《お》した。

安物のヒロポンを打って命を落とした事実を、国男は伝えないでおいた。知ったところで遺族は惨めな思いをするだけだろうし、死者にとっても不名誉なだけだ。

斎場で女はほとんど口を利かなかった。言われるままのことを行い、火葬の間はベンチでじっとして、時間をやりすごしていた。はじめのうちは気を遣って国男があれこれ話しかけたが、短い返事しか返ってこないので、今は会話もわずらわしいのだろうと判断し、そっとしておくことにした。

出棺のときも、納骨のときも、女は泣かなかった。大人に囲まれて緊張した子供のように、顔をこわばらせ、口を真一文字に結び、ことに当たっていた。

火葬は昼過ぎに完了し、矢島という一人の出稼ぎ人夫は、生きた証《あかし》などまるでなかったかのように、この世から呆気《あっけ》なく消えた。近くの工場で、午後の始業を告げるサイレンが鳴っていた。

未亡人があまりにも頼りなさそうなので、国男がまた上野駅まで見送りに行くことになった。

「今日の仕事は免除だ。さっきラジオで言ってだけど、最高気温は三十五度だとよ。おめは盆休みも取らねえで働いてくれるちゅうし、一日ぐらい誰も文句は言わね」

山田は珍しくやさしいことを言って、手間賃だと三百円をくれた。

国男は女を伴い、斎場をあとにした。東京は快晴で、真っ青な空には雲ひとつなかった。少し歩いただけで汗が噴き出てくる。日傘を差した女は、無言のまま下を向いて歩いていたが、飛行機が間近に飛ぶときだけは足を止めて空を見上げ、大きな胴体に口を開けて見入っていた。

二十分ほどで大森駅に到着する。昼食がまだなので、休憩も含めて駅前デパートに入ることにした。最上階にある食堂の入り口で、ショーウインドウの前に立つ。

「山田社長からお金をもらっています。何でも注文してください」

国男がそう言うと、女は蠟細工《ろうざいく》の食品サンプルを食い入るように見つめ、カツ丼を選んだ。食欲などないだろうと高をくくっていたので、少し意外な気がした。国男も倣ってカツ丼の食券を二枚買った。窓際のテーブルで向き合う。店内はクーラーが効いていて、その冷たい風に、女は「ああ、クーラー」と嘆息混じりにつぶやいた。

「この分だと十六時三十分発の特急ひばりに間に合いそうですね。福島で乗り換えになりますが、それがいちばん早いでしょう」

「いいえ、夜行でええです」女がコップの水を飲んで言った。「旅なんかしだごとねえがら、乗り換えで迷ってしまう」

「じゃあ、《第1おが》ですか。あれは確か十九時四十五分発ですよ。それだと夜まで待たなければなりませんが」

「それでええんです」言い方に不思議な頑《かたく》なさがあった。

「まあ、奥さんがそれでいいのなら、構いませんが……」

カツ丼が到着し、ふたを取って箸《はし》をつける。女ははじめにカツの切れ端を持ち上げ、断面をのぞいて、「こんな分厚い肉は初めて」と言った。

「そうですか。普通だと思いますが」

「ううん。やっぱ東京はちがうべ。おらの村は食堂がなぐで、大館《おおだて》まで出かけなければならねえだども、そこの食堂のトンカツは紙みてえな肉だべさ」

女がやっと会話らしい会話をした。表情に少しだけ柔らかさが浮かび上がる。

「それは熊沢村も似たようなものです。ぼくは東京に出てきて初めてトンカツを食べました」

「そうですか。実は、おらはこれが二度目です」

女が真面目に言うので、国男は笑うタイミングを逸してしまった。

「島崎さん、あんだ、奥さんと子供はいらっしゃるの」

「いいえ。まだ独身です。実は学生で、夏休みのアルバイトなんです」

「ああ、どうりで。あんだだけ見た感じがちがうものねえ。上野駅で見たときは、どこの役者さんかと思ったもの」

「………」目を伏せて苦笑する。

「怖い人なら、知らないふりしでそのまま帰ろうと思ってたべ」

「そんな。だったらお骨はどうなるんですか」

「本当はね、長男に行ってもらおうと思ってたべ。でも、長男は北海道の炭鉱さ出稼ぎに行ってるし、次男もいるが、とっくに所帯を持ってこっちも出稼ぎに行っでで、二人とも連絡しても抜けられねえちゅうし、しょうがねえから自分で来ました」

女は、それほど悲しみに暮れていないのだろうか、淡々と家の事情を説明した。残っているのは八十近い義母と自分と長男の嫁、そして孫が二人。田植えと稲刈りの時期には長男が帰ってくるが、それ以外は女三人でやるしかないとのこと。もう一人、娘もいるが、数年前に隣村の農家に嫁いだのだそうだ。

「農家だけはいやだと言ってだけど、おらに似て器量が悪いからどうするこどもできね」

国男は返答に困り、黙って聞いていた。女はカツ丼をむしゃむしゃと食べながら、なおも口を開く。なにやら、久しぶりに愚痴をこぼせる相手に巡り合えたとでもいった感じだった。国男なら二度と会うことはない。何を言っても村に伝わることはない。

「さっきね。上野からここへ来る最中でね」

「はい、なんでしょう」

「電車の窓から大きな塔が見えたけど、あれ、東京タワー？」

「はい、そうです。浜松町《はままつちょう》のあたりで、すぐ目の前に見えましたね」

「あそこ、誰でも上れるんですか」

「もちろんです。入場料はいりますが、エレベーターに乗ってすすっと展望台に昇れます」

「列車は夜だがら、それまで一生に一度の東京見物でもしようかと思ってね。おら、秋田を出てがら東京さ来るまでずっと考えてました」

「そうですか。いいじゃないですか、東京見物」

「あんだ、東京タワーだけでも連れていってもらえねえが」女が国男の顔をのぞき込んで言う。

「ええ、構いませんが」

「なんかおっかなくでね、東京は。道さ聞いただけで田舎者と思われで、金を騙《だま》し取られそうな気がする」

「そんなことはありませんよ」国男は苦笑して答えた。「なんでしたら、そのあと皇居もご案内しますが」

「んだばお願いするかねえ」

女は緊張が解けたのか、首を左右に曲げ、自分の手で肩をたたいた。そして再びカツ丼に向かい、米粒ひとつたりとも残さないぞという集中振りで咀嚼《そしやく》する。最後は沢庵《たくあん》をぽりぽりと食べ、舌で歯を舐《な》め、「チッチッ」と音を立てた。品がないと言うより、マナーの概念がないのだろう。女は満足そうに腹をさすると、窓の外に目をやり、飛び交う飛行機を小学生のような熱心さで眺めていた。

国電は田町《たまち》で下車し、都電に乗り換えて芝公園まで行き、東京タワーに到着した。大人百二十円を払って展望台に昇る。女は高速エレベーターに驚き、夏休み中の子供が多い中、彼らを押しのけて壁際に寄り、手すりにしがみついた。

展望台に上がると、女は氷の上にでも降り立つような慎重さで歩を進めた。一面がガラス張りの先端に立ち、目を見開いている。感動しているのか、怖がっているのか、傍目《はため》には判断がつかなかった。女は「ほー、ほー」と感嘆の声を上げ、東京のパノラマを一身に浴びていた。

「どうですか。来てよかったですか」

「よがっだもなにも、これさ見だらもう死んでもよぐなりました」

「そんな……」

国男が苦笑しても取り合わず、ただ立ち尽くしている。

「富士山が見えますね」

「どこ、どこ」女が即座に反応する。

「あっちです。ほら、三角の稜線《りょうせん》が見えるでしょう」

「ああ、あれか。ははー。東京タワーさ上っただげですんごいごどなのに、そのうえ富士山まで見られるとは……。これは、ますます死んでもいいべ」

女は何度もため息をつき、すべてを目に焼きつけんとばかりに、眺望に見入っていた。この女には、最初で最後の東京なのだろう。夫が死ななければ一生縁がなかった花の都なのである。

「島崎さん……」女が前を見たままぽつりと言った。「あんた、おらのごど薄情な女だと思ってるでしょう」

国男は一瞬言葉に詰まり、「いいえ」とだけ返事した。

「ううん。思ってるべ。夫さ亡くしたのに、涙ひとつ流さねえで、『東京見物をしたい』だものねえ。誰が聞いたって鬼嫁《おによめ》かと思うべさ」

「まさか。思ってません」あわててかぶりを振る。

「いいべ。お世辞さ言わねえでも。おらはね、十九のときに今の家さ嫁いだんですよ。ろくに相手のことも知らねえども、周りが勝手に決めて、紡績工場も辞めさせられて、村長さんまで出てぐるがら、娘っこには逆らいようがねえ」

「はあ」

「それで小さな村に嫁いで行っだら、翌日から野良仕事が待っていでねえ。新婚旅行もなし、たいしだ祝い事もなし。昔の嫁は牛や馬と変わらねかっだですよ。ちがうのは子供を産むこどぐらいだべ」

国男は黙って聞いていた。近くでは小学生のグループが黄色い声を上げて走り回っている。

「夫は秋の稲刈りさ終わると樺太《からふと》の炭鉱に出稼ぎに出ましてね。春まで家の中は年寄りと女と子供だけ。なんか、女中に来たみてえなもので、舅《しゅうと》と姑《しゅうとめ》がいるがら、気が休まることがなぐて、寝るときだけが自分の時間ちゅう感じでしたよ」

「そうですか」

「五年もすると、夫は夏場も出稼ぎに出かけるようになって、そうなっだらますます野良仕事の負担さ増えで、おまけに戦争が始まると、子供たちが勤労奉仕で軍需工場さ駆り出されで、最後はおらたちまで徴用《ちょうよう》されて、家族水いらずで暮らしだごどなんか数えるほどしかねえですよ」女の目がだんだんと哀しみの色を帯びてきた。「夫とはうまぐいっでながっだとか、そういうこどはねえですよ。喧嘩《けんか》ひとつしだこどがながったです。んだば、おしどり夫婦かといえばそういうこどもねえ。島崎さんは若いし、東京での将来もあるがらわがらねえと思いますが、貧しい村の夫婦はみんなこんなものです。労《いたわ》り合うのはもっと年をとってからで、仕事させねばならん間は、ひたすら役割分担があるだけなんです……。なんと言うが、おらは学《がく》がねえだからうまく言えねえども、夫が亡ぐなっても、正直なところぴんとこねえんです。今日も斎場で棺《ひつぎ》の中の夫さ見で、最初に思ったこどは、『ああ、この人はこげな顔さしてだか』ですからねえ。三十年以上連れ添って、そげな感想しかねえんだがら、我ながら情けねえこどです」

「いえ、そんな……。人間は、たとえ肉親でも、ちゃんと人の顔を見ていないものです」

国男はそう言いながら、兄の火葬の日、自分も棺の中の兄に同じ感想を抱いたことを思い出した。

「うちの夫は、飯場ではどうでしたか？　人様に迷惑かけでながったですか？」女が向き直って聞いた。

「迷惑だなんて、とんでもない。同郷の我々にはとってもやさしくて、仕事のことをいろいろ教わりました。それに人を笑わせるのが好きで、矢島さんの周りにはいつも人がいました」

ろくに知りもしなかったが、国男は死んだ矢島を褒め称《たた》えた。当然の礼儀だと思った。

「そうですか。おら、出稼ぎ先のこどは少しも聞いてねえがら……」

「ゆうべは飯場で通夜があったんですが、みんな悲しんでました」

「そうですか。ありがとうございます」女が深々と頭を下げた。

「あのう、奥さん。ソフトクリームを食べませんか。なんか、子供たちが食べてるのを見たら、ぼくも食べたくなって……。お金なら、山田社長からもらってるので遠慮なく」

話題を変えたくて、国男が顎《あご》で近くの売店を差す。

「んだば、おらもひとつ……」

女は着物の帯の位置を直し、恐縮するように、腰をかがめて言った。

売店で二つ買い求め、ベンチに並んで腰掛け、ソフトクリームをなめる。

「東京はええですねえ、何でもあって」女が、今この時間を嚙《か》み締めるように、しみじみと言った。「同じ国だというのが信じられんぐらい、秋田とはちがう。これならオリンピックさ開いでも、外国の人に恥ずかしくね。何もかもが豊かで、華やかで、生き生きとして、歩いている人もしあわせそうで……。なんて言うが、東京は、祝福を独り占めしでいるようなとごろがありますねえ」

「祝福を独り占め……ですか」国男が復唱する。これほど的を射た言葉はないと思った。

そして、「そんなことはさせませんよ」と続けて言った。

女が、「何のことか」という表情で国男を見る。国男自身も、どうしてそんな台詞《せりふ》が口をついて出たのか、よくわからなかった。しかし、腹の中で何かの箱が開いたかのように、言葉が吐き出されていく。

「東京だけが富と繁栄を享受するなんて、断じて許されないことです。誰かがそれを阻止しなければならない。ぼくに革命を起こす力はありませんが、それでも一矢《いっし》報いるぐらいのことはできると思います。オリンピック開催を口実に、東京はますます特権的になろうとしています。それを黙って見ているわけにはいかない」

女が怪訝《けげん》そうに国男を見つめた。しばらく間を置き、「はあ、そうですか」と返す。言っている意味がよくわからない様子だった。

「すいません。妙なことを口走って」

「いいえ」

女はソフトクリームを食べ終えると、再び展望台の先端に行き、これが見納めだとばかりに東京の景色を眺めた。

国男も並んで立つ。天気がいいので、それぞれの建造物がくっきりとした輪郭で見えた。代々木総合体育館の特徴的な屋根が、首をもたげた恐竜のように聳《そび》え立っている。山田の指名を受けなければ、今頃自分はあの隣でブロックを運んでいたのだと、妙な感慨が湧いた。

東京タワーのあとは皇居と銀座を見物し、国男は女を上野駅へと連れて行った。女はその間一度も、夫を亡くした悲しみに暮れることはなかった。東京の華やかさに圧倒され、それ以外は感じる余裕がないといった感じで、ほとんど無防備に五感を預けきっていた。もしも国男が同伴しなかったら、間違いなく迷子になり、ことによると交通事故に遭っていたかもしれない。銀座の交差点を渡っている最中に、「ああ、あれは」と服部《はっとり》時計店の時計台を見上げ、立ち止まってしまうのだ。皇居では、記念撮影の押し売り屋に、疑うことなくカメラの前に立ち、国男が間に入ってなんとか金の要求を断ることができた。

ホームで骨壺《こつつぼ》を渡したときは、東京観光に心を奪われたことにきまりが悪かったのか、「おどもきっと呆《あき》れてたっぺ」と自嘲《じちょう》するようにつぶやいた。

国男がお愛想で「また来てください」と言うと、女は、「まさか。来れるわけがね」と即答した。

「食べるのがやっとで、旅行なんができるわげがねえでしょう」

国男に返す言葉はなく、この女は残りの人生を肉体労働に捧《さき》げるしかないであろうことを想い、胸が締め付けられた。そして自分がどれほどの特権を有しているのかを改めて実感し、労働者階級に対して強い負い目を感じた。たかが勉強ができるというだけで、自分は労働を免除されようとしている――。

お盆の帰省と重なり、列車は満員だった。二等車の四人掛けの座席に、女は窮屈そうに収まった。通路には人が溢《あふ》れかえっている。弁当を広げている者もいる。蒸し暑いせいで、乗客全員が汗みどろだ。その光景は、なにやら人間の尊厳を無視されているようで、見ているだけで辛《つら》かった。

発車のベルが鳴る。女はちょこんと頭を下げ、口元だけで微笑んだ。膝《ひざ》には買って渡した駅弁が載っている。国男は手を振り、走り出す列車を見送った。不意に切なさがこみ上げてくる。何か叫びだしたいような思いに囚《とら》われ、歯を食いしばった。この感情はいかなるものなのかと懸命に解析しようとしたが、それは脳より先に末端のすべての細胞が反応するような感じで、性衝動に近いものだった。今自分は、破裂しそうな何かを抱えている。

国男はホームをあとにした。現場作業を終えたときのように全身が重かった。


改札を出ると、国男は村田留吉に連絡をとってみることにした。午前中に遭遇したときは、寿司《すし》でも奢《おご》ると言っていた。気が変わっていないのなら、その言葉に甘えたかったし、なんとなくこのまま飯場に帰るのも味気なかった。日雇い人夫になってからは、ホルモン焼き以外の外食をしたことがない。

公衆電話から教えられた簡易宿の番号にかけると、常連客らしくすぐに呼び出してくれた。ドタドタと廊下を歩く音が受話器の向こうから聞こえ、弾んだ声が耳に響いた。

「あんちゃん？　約束守ってかけでくれたんだべ。うれしいねえ」

本当によろこんでいる様子だった。

「村田さん、午前中に会ったときは、寿司でも奢るって言ってましたよね」

「ああ、奢るとも。なんだ、晩飯まだか」

「ええ。ちょっと食べ損ねて」

「実はおらも食ってでね。あのあと場外馬券売り場とパチンコ屋さはしごしでな、今さっき帰っだばっかりだ。そうか。よがった、よがった。今どこ？」

「上野駅です」

「じゃあ南口で待っててけれ。すぐに迎えに行ってあげる」

村田がはやる調子で言う。スリのくせに、まるで親戚《しんせき》の叔父《おじ》のようにやさしいのがおかしかった。

駅前に立ち、酔客や家路を急ぐ会社員の姿を眺めた。世間はオリンピック特需で景気がいいと言われている。心なしか、人々の表情が明るそうに見えた。この夏のボーナスは例年より多かったのかもしれない。もっともそれは、郊外の団地に入れるとか、電気炊飯器が買えるとかの、瑣末《さまつ》な文化的享受に過ぎない。この国のプロレタリアートは、歴史上ずっと支配層に楯突《たてつ》くということをしてこなかった。我慢することに慣れきっているので、人権という概念すら持っていない。無理をしてでも先進国を装いたい国側にとっては、願ってもない羊《ひつじ》たちだろう。

やたらと喉《のど》が渇いた。産毛がそそり立ち、細胞がざわざわと騒ぎ出すような不思議な感覚が皮膚の下にある。左腕をさすり、もしかしてヒロポンを欲しているのだろうかと想像した。中毒症状と言えるほどのものはないが、今目の前にヒロポンがあったら、打ってしまうことだけは確かだ。

村田は十分ほどで現れた。くわえたばこで、顔をくしゃくしゃにして、「いいべ、いいべ」とうなずいている。

「東大の学生さんと知り合えるなんて、おらの人生にはながったごどだ。終戦からこっち、ずっと裏街道だがらね。やくざ者とか、かっぱらいとか、周りはそんなのばっかり。所詮《しょせん》、はみ出し者だ。信用なんかでげるわけがね。話もつまらね。おら、学はねえげど物を知らねえわげではね。川端康成だって読んでんだがらね」

「そうですか」国男はまた会えたことに安堵《あんど》し、微笑んだ。

「さあ、早速寿司だ。アメ横によく行ぐ店さあるがら、そこで食べるべ」

村田に肩をどやされる。並んで歩くと、村田は国男の肩のあたりの背丈だった。

「その帽子、真夏に暑くないですか」

「もう体の一部だべ。犬が暑いがらって皮を脱ぐか」村田がツイードのハンチングをポンとたたく。「それはそうと、盆休みは故郷さ帰らなぐでええだか。オドやオガが待ってるべ」

「先月帰ったばかりですから」

「そういやあそうだ。その車中で知り合ったべ」

「村田さんの場合、お盆は稼ぎ時になるわけですか」

「おにいちゃん、意地悪言うでねえよ。おら、こう見えても二等の客を狙うようなことはしね。たくさん持ってる人がら分けでもらうだけだ」

村田は口をとがらせて抗弁した。

「ぼくは貧乏ですよ」

「あんときは金持ちに見えた」

たばこを道に捨て、短い足を伸ばして踏み消した。路地は未舗装で、夜でも埃《ほこり》が舞っていた。

ガード下の小さな寿司屋に入り、カウンターに腰掛けた。壁には東京オリンピックのポスターが貼ってあった。日の丸と五輪マークをあしらった印象的なデザインのものだ。ビールを注文し、「んだば、再会を祝して」と乾杯する。よく冷えたそれが内臓全体に沁《し》みわたった。

「大将。片っ端から適当に握って」

「よっ。景気がいいね」

「競馬でちょこっと当ててね」

村田はそう言ったあと、国男に顔を近づけ、「ここでは行商人ってことになってるからね」とささやいた。

ヒラメとコハダが出てきた。手でつまんで食べる。わさびがつんと鼻にきて、こういう品のいい刺激はいつ以来だろうと、奇妙な懐かしさを覚えた。

「ところで、あんちゃん。あれにはなんか関係してる？」

村田が壁のポスターを顎《あご》で差して言った。

「オリンピックですか。選手村の敷石なら日雇い仕事でやってますが」

「そうでなぐて……」鼻に皺《しわ》を寄せる。「東大生なら組織委員会だか警察関係だとかに先輩さいで、入場券がなんとがなるとか、そういうのはないわけ？」

「さあ、探せばいるかもしれませんが……。それがどうかしたんですか」

「いや、おらも観でみだいと思ってね。一生に一度のこどだし……」

国男は黙ってコップのビールを飲み干し、「本当は仕事でしょう」と小声で言った。

「ばれたか」村田が頭をかいている。

「なるほど、オリンピックは村田さんたちにとって稼ぎ時なんだ」

「外人さんはやらねえがら安心しろ。客にするのは東京の金持ちだけだ」

「どうして外人はやらないんですか」

「どうしてって、おめ……」村田が向き直り、訴えかけるように言った。「外人さんを被害者にしだら、日本の恥になってしまうべや。もう二度と来てはくれんぞ。おらたちだって、それくらいのこどは考える」

「なんだ。意外と体制的なんですね」

「何よ、体制的って」

「支配層の側に立つってことですよ」

村田がしばし眉《まゆ》をひそめる。「それって、いけねえこどだか」

「わざわざ極東の島国にやってくる外人観光客なんて、ブルジョア中のブルジョアでしょう。分けてもらうのなら、そっちを狙わなきゃ」

「そんなものかね」

「そうです」国男は静かな目を向け、きっぱりと言った。

「あんちゃん、焚《た》きつけるようなごと言うね。こっちもそんな気になってくるじゃない」

「村田さんは、東京オリンピックをどう思いますか」

「どう思うって、そりゃあ日本人にとっては晴れがましいことだべや」

「そうですかね。西欧社会の後追いに過ぎないんじゃないですかね。おまけに国民に夢を与えることで、現実から目をそらさせようとしている」

「あんちゃん、酔っ払った？」

「まさか。ビールを少し飲んだくらいで」

「じゃあ、酒にするべ。ねえ、大将。ここ、枡酒《ますざけ》をふたつ」村田が板前に向かって指を二本立てた。一分と経たず付け台に運ばれる。「ふん、ふん。それで、あんちゃんは東京オリンピックに反対なわけか」枡をそっと持ち上げ、舐《な》めるように口をつけた。

「そうですね、反対です」

「そげなごと言っても、あと二月《ふたつき》もすれば始まってしまうべや」

「一緒に妨害しませんか」

　国男が言うと、村田が酒を喉に詰まらせ、派手に咳《せ》き込んだ。

「あんちゃん、何を言い出すっぺ」ズボンにこぼれた酒を手で払っている。

「開催を阻止するのは無理としても、国に一泡吹かせてやりたいぐらいの気持ち、ぼくにはありますね」

国男は淡々と話した。ただ、ここ数日考えていたことをやっと口にしたという思いも心のどこかにある。

村田がまじまじと国男を見つめた。「人は見かけによらねえもんだ。あんちゃん、もしかして全学連《ぜんがくれん》か何か？」

「いいえ。ノンポリです。でもプロレタリアートの一人として、権力者たちに、従順ではない羊もいることを、抵抗という形で示す必要があるとは強く思っています」

「言ってるこどがわがらね。あんちゃん、何をしだいのが知らねえども、オリンピックの妨害なんかしだら、日本人全員を敵に回すべ」

「そうですかね」

「当たり前だ」村田が、やけにきっぱりと言う。

国男は酒を口に運び、そっと息を吐いた。壁のポスターに目をやる。日の丸の赤がいつもより鮮烈に映った。あれは、もしかして人民の血の色ではないのか。この一月《ひとつき》で、秋田の出稼ぎ人夫が二人死んだ。それを知る国民はほとんどいない。知ったとしても問題にはされない。オリンピックの人柱《ひとばしら》として、生贄《いけにえ》のように国家に捧《ささ》げられた——。

「すいません。トロというのを食べてみたいのですが」国男が言った。

「なんだ。食ったこどねえだか」

「じゃあ食ってくれ。よお、大将。ここ、トロを二人前ね」

会話が途切れ、黙って寿司《すし》をつまんだ。酒もお代わりした。酔いが回り、脳味噌《のうみそ》の一部が痺《しび》れたような感じを覚える。ピンク色のトロが出てきた。口に運ぶ。とろけるようなおいしさにびっくりした。兄はこれを食べたことがあったのだろうか。母や義姉はきっとない。熊沢村の村民は全員ない。

「村田さん、どうせなら官憲《かんけん》を相手に金を掠《かす》め取ってくださいよ」国男が言った。

「馬鹿。でけえ声出すな」村田に肘《ひじ》でつつかれた。

「労働者同士、金を取り合ってもしょうがないでしょう」

「あんちゃん、何言ってるだよ」

「国からお金をいただきましょう。ルンペンプロレタリアートの反逆です」

「ああ、いいね。おらもできるごどならやりたいべ」

国男が酔っ払ったと思ったのか、合わせる調子で、投げやりに答えた。

「とりあえず一億円ほどいただきましょう」

「んだな。一億円、いただくか」

「オリンピックを人質にして、身代金をいただきましょう」

「やるべ、やるべ」

村田が苦笑いして、酒の追加注文をしている。


「ありません」

国男は枡酒を飲み干した。ポスターの日の丸が、今度は燃え盛る炎に見えた。

20

昭和39年8月15日　土曜日

三日前から世間はお盆休みに突入し、東京はとんびのさえずりが聞こえるほどの静けさだった。普段は車の通行が絶えない都心の幹線道路も、まるで戦時下のように閑散としている。

島崎国男は、工事現場に向かうマイクロバスの最後尾席で、人口密度が一気に低くなった東京の街を眺めていた。朝から太陽が照りつけ、真夏日は確定的な日和《ひより》だが、人が少ないぶん、心なしか風の通りはいい。並走する都電をのぞいたら、車内はいつもの会社員やBGではなく、喪服を着た婦人の団体が占拠していた。きっと靖国《やすくに》神社に向かう遺族会の人たちだ。朝のラジオで、今日、政府主催の全国戦没者追悼式が開催されると言っていた。天皇や閣僚も参列し、全国から遺族が集結する大規模なものらしい。

戦争未亡人たちは、どんな思いで祈りを捧げるのだろう。南方で戦死した亡き夫たちは、今日の日本の平和と繁栄を知らない。負ければ国が滅びると、本気で信じた英霊もいることだろう。若死にというのは、赤の他人が想っても、まこと割が合わないものだ。

未亡人たちは、その多くが四十代に見えた。結婚して、子供を産んだ矢先、夫を国に奪われた。わずか十九年前、人の命の値段は石炭や鉄よりも安かった。三宅坂《みやけざか》で電車と別れた。月日が経つと悲しみも薄れるのか、婦人たちは穏やかな表情で談笑していた。

代々木の選手村には原宿側から入り、バスから降りるなり作業が始まった。国男たちは、昨日から会場内の道路の舗装工事に駆り出されていた。ダンプカーから吐き出されたアスファルトの山を、人夫たちがスコップを使って平らにならしていく。冷めて固まらないうちに広げなくてはならないので、時間の猶予《ゆうよ》が許されない一斉作業だ。おまけに帰郷した人夫が多数いるので、人手に余裕はなかった。

初体験の国男は、昨日、脱水症状に陥りかけた。アスファルトの発する熱が強く、炎天下も相まって蒸し風呂《ぶろ》の中で労働している感があった。噴き出る汗が肘《ひじ》からも滴り落ちる。米村は心底不機嫌そうに、「こういう仕事はいつも山新だ」と吐き捨てていた。塩野も「これは拷問《ごうもん》だべ」とため息をついた。力関係がものを言うのか、この作業に回されたのは全員が秋田からの出稼ぎ組だった。

国男は諦《あきら》める気持ちの一方で、いっそ肉体労働の最底辺を経験したいと思っていたので、歯を食いしばり黙々と作業に当たった。心の中にある決意のようなものを、薄めたくなかった。辛《つら》ければ辛いほど、思いは濃度を増していく。

午前中から気温はぐんぐん上昇していった。温度計はないが、照り返しの強い現場では軽く四十度を超えているように思われた。樽《たる》に溜《た》められた水を十分おきに飲まないと、汗の代わりに塩を吹いた。

山田がやって来て、「今日はローラー重機さ来ねえがら、悪いけど人力でならしてけれ」と首の汗を拭《ぬぐ》って言った。

「どういうこどだべ」米村が色をなす。ほかの人夫たちも手を止め、注視する。

「親会社がお盆休みに入ったべさ。おらたちの勝手で重機は動かせね」

「ふざけるな。この暑さの中、どうやって人力でローラーなんか引ける」ほかの男が声を荒らげた。

「やってもらうしがね。ダンプは待たせられん」

人夫たちは言葉を失い、険しい目で山田をにらみつけた。山田は開き直ったように、全員の視線を受け止める。

「我慢してけれ。その代わり、ダンプはあと五台にしてもらった。総出でかかれば昼には終わる。そうなれば土曜日だし、みんな半ドンで帰れる」

「絶対だべ。いくらオリエントが〝通し〟を要求しても断ってくれよ」米村が念を押した。

「安心しろ。新井もほかの監督もいね。みんな今日と明日は里帰りだべ」

その言葉で人夫たちは納得し、作業に戻った。ただし人力ローラーというのは、動かすのが並ではない。見るからに重労働だ。

いちばん新入りということもあり、国男が指名を受けた。「一人じゃ無理だから……」山田が人夫たちを見回すと、「しょうがねえな」と米村が顔をしかめて名乗り出た。スコップでならしたアスファルトの上に立つと、地下足袋《じかたび》から容赦なく熱が伝わった。ローラーのハンドル部分に体を入れ、二人で体重をかけて引っ張る。微妙に勾配《こうばい》があるせいで、なかなか前に進まなかった。

「坂は下りたほうがいいんでないか」と山田。

「どっちにしろ上げねえと、下るこどもできねえだろうが」米村がやけくそに声を発する。たちまち玉の汗が噴き出て、全身が湯上がりのように火照《ほて》った。

「ほーほー、ご苦労なこった」

そばを通りかかった樋口と手下たちが、その様子を見て囃《はや》し立てた。

「牛がやることを秋田じゃ人がやっとる。いつまで経っても貧しいわけじゃ」

くわえたばこでうれしそうに言い、ふんと鼻を鳴らす。

「あの野郎、いつか殺してやるべ」

米村が呻《うめ》くようにつぶやいた。

「そのときはぼくも手伝います」

国男が返すと、米村は目を剝《む》いて振り向き、「ああ、そうだな」と当惑した様子で言った。

選手村の雑木林では蟬が狂ったように鳴いていた。工事用の車が通るたびに土埃《つちぼこり》が舞い上がる。東京はもう三週間以上雨が降っていない。

十二時まであと十分というところで、ワイシャツ姿の役人が現場に現れた。「みなさん、作業を中断してください」と声を発し、その場にいる人間を一箇所に集合させた。男は手にラジオを提げている。

「これから終戦記念日の黙禱《もくとう》をします。都からの指示なので従ってください」

どうやら管轄の役所から、全国戦没者追悼式の正午の黙禱に合わせて工事現場でも人夫たちに黙禱をさせよ、との通達が出ているらしい。報告もしなければならないのか、カメラを構えた部下がいた。

汗まみれの男たちがヘルメットを脱ぎ、渋々整列させられた。ラジオのスイッチが入り、楽隊が演奏する君が代が流れた。「天皇皇后両陛下がご到着されました」というアナウンサーの実況が聞こえる。間を置かず、池田首相の式辞《しきじ》が始まった。

「十九年前の今日、我々は激しい戦の終局を迎えた。荒野に散り、職域に殉じ、さらに異郷の地に倒れた三百万余の愛国の至情は、戦争の批判とは別に永く歴史にとどめられねばならない。平和と繁栄は、その礎《いしずえ》にある犠牲と苦難を忘れがちにするが、全国民は常に終戦の日に立ちかえり、思いを新たにしなければならない――」

暑さをこらえ、ぼんやりと聞いていた。汗の滴がぽたぽたと足元に落ちる。役人たちは神妙な面持ちだった。

首相の挨拶《あいさつ》が済み、正午の時報と同時に、役人が「黙禱！」と声を張り上げた。近くの渋谷区役所のサイレンが辺りに鳴り響く。国男はこうべを垂れて、黙禱した。

国男自身に戦争の記憶はあまりない。山間の寒村だったせいで空襲もなく、逼迫《ひっぱく》した空気はどこにもなかった。ただ終戦の日のことは憶《おぼ》えている。祖父が家族を集め、「アメリカさ来だら、男は殺され、女は連れて行がれる。そうなっだら、電線さ切って、家族で手さつないで感電死する」と、青い顔で言ったのだ。天皇の玉音《ぎょくおん》放送も憶えている。小学校の校庭に村民が集まり、ラジオを囲み、天皇の声を聞いた。誰も内容がわからず校長に訊《たず》ねると、校長は「日本は戦争に負けました」と震える声で言った。その後しばらくは誰も声を発しなかった。

一分間の黙禱が終わると、もごもごとしたいつもの口調で、天皇陛下の言葉があった。

「終戦以来、ここに十有九年、先の大戦において国に殉じた数多くの人々とその遺族のうえを思い、今なお胸の痛むのを覚える。本日親しく戦没者追悼式に臨み、既往を回想し、国運の現状を見て感慨とくに深いものがある。ここに全国民とともにわが国将来の進展と世界の平和を祈念して心から追悼の意を表する」

耳を傾けながら国男は、天皇制はこういうときに便利だな、と乾いた感想を抱いた。完全なる公人が頂点にいるおかげで、この国の支配層はいつでも奉公人の立場に逃げられた。民主主義の苛酷《かこく》さと向き合わずに済んできた。天皇制は、日本人の永遠のモラトリアムなのだ。

ラジオが消され、「解散」の合図で昼休みになった。山田が駆けてきて、「最後のダンプが来ているから、それだけ片付けてけれ」と手を合わせて懇願した。

人夫たちは了承し、昼食を後回しにして仕事に戻った。

このぶんでいくと、午後一時過ぎには自由になれそうだ。国男は心の中である行動を起こすことを決めていた。

午後二時半に飯場に戻り、水を浴びて汗を流し、ワイシャツとズボンに着替えた。「パチンコにでも行かねえか」という米村の誘いに、大学の友人に会うからとうそをついて断り、京急の電車に乗って六郷土手《ろくごうどて》を目指した。背中には帆布《はんぷ》のリュックサック、尻《しり》のポケットには軍手が押し込まれている。

車内は目を疑うほどすいていた。数珠《じゅず》を握り締めた、墓参りの帰りと思われる老婆《ろうば》の二人連れがいるだけで、開け放った窓から風が何の障害物もなく素通りしていく。車窓から眺める町も閑散としていた。居並ぶ工場はどこもシャッターが下りていて、煙突も一休みといった感じで太陽を浴びている。のぼりを立てた金魚売りがのんびりと自転車を漕《こ》いでいた。

六郷土手の駅で下車し、空き地を歩き、十日ほど前に訪ねたことのある「北野火薬」に向かった。これから盗みを働こうというのに、国男の中に緊張感はなかった。どこか図書館に本を借りに行くような足取りの軽さだった。ただし太陽が容赦なく照りつけるので、手拭《てぬぐ》いが手放せない。

五分ほどで到着し、まずは周囲を見渡し、人目がないことを確認した。雑木林の入り口の、会社の看板の上から首を伸ばし、中の様子をうかがう。すると、木造の古びた事務所の窓に人影が見えた。この前会った北野社長のようだ。

国男は落胆した。そううまくはいかないか。鼻から息が漏れる。どうせお盆休みで誰もいないだろうと高をくっていた。日が暮れるまで待つか。そう思って踵《きびす》を返そうとしたとき、窓の開く音がした。

「誰？　サチコか」女の名前を呼ぶ。見られてしまった。国男は、本来は一目散にこの場を離れるべきなのに、なぜか焦りはなく、立ち止まり、向き直った。

「サチコじゃないのか。誰？　何か用？」

何と答えるべきか。言葉を探していると、北野は窓から身を乗り出して目を凝らし、

「あれ、もしかしてこの前来た学生さん？」と素っ頓狂《すっとんきょう》な声を発した。

国男は薄い笑みを浮かべ、黙って会釈した。言葉はまだ出てこない。

「なんだ、君か。突然だからびっくりしたよ。今日は仕事じゃないんだろう。現場から連絡は来てないしね」国男を確認し、北野の目が見る見る輝いた。「とにかく、お入りよ。こっちも別に仕事をしてたわけじゃないんだ。一昨日からお盆休みなんだ。家にいると子供がうるさくてね、事務所のほうが落ち着いて本が読めるから、こうして避難してるわけさ。一種の疎開《そかい》だね」

北野の招きに応じ、国男は中に入ることにした。北野の言ったとおり、机には本が広げられていた。

「あ、これ？　山田風太郎《やまだふうたろう》の忍法物。今日びのベストセラーも少しは読んでおこうと思ってね」北野が本を取り上げ、表紙をポンとたたく。「君は島崎君だったよね、名前、憶えてるよ。印象に残ってたからね。だって、いかにもインテリ顔じゃないか。工事現場には絶対いないよ」

「そうですか……」国男は曖昧《あいまい》に返事をし、微笑んだ。

「うれしいなあ、来てくれたんだ」

北野の顔が徐々に上気する。どうやら誤解をされているらしいことに、国男もようやく気づいた。前回、ここで体を求められたとき、気が向けばまた来て欲しいと言っていた。相手をしてくれるなら二千円払うとも。

「ああ、さっき女の名前を呼んだだろう、サチコって。あれは女房の名前なのね。実を言うと、休みの日まで会社に出るものだから、最近少し怪しまれててね。浮気でもしてるんじゃないかって勘ぐってるわけ。だから、もしかしたら様子を見に来たんじゃないかって、そう思っちゃったんだな。島崎君、長髪だから、首から上だけ見れば女と変わらないんだもん。一瞬どきっとしたよ」

北野は一人でしゃべっていた。落ち着きなく手で顎《あご》や頬を撫《な》で、目を潤ませている。そして鼻息を荒くすると、国男との間を詰め、「いいんだよね、ここに来たということは」

と手を回してきた。

「あの、ちょっと」国男が肘《ひじ》で押し返す。

「なんだ。来たんだからいいじゃないか。ちゃんとお金は払うよ。この前言っただろう、二千円払うって」

顔をひきつらせ、迫ってきた。国男は体をひねり、かわそうとするが、本気で力を込めてはいなかった。これは火薬庫に入るチャンスなのかもしれない。頭の中でそんな企《たくら》みが浮かび上がる。

「あの、ここでは……」咄嗟《とっさ》にそんな台詞《せりふ》を口走っていた。

「いいじゃないか、誰も見ていないよ」

「明るい所はどうも……。火薬庫の中なら……」

北野が体を離した。肩で息をしながら、「そこならいいのかい」と言った。国男が小さくうなずく。

「よしわかった。そうしよう。それもそうだ。半地下だから涼しいし」

北野は机の引き出しから鍵の束を取り出した。早足で事務所を出ると、雑木林の中に進み、かまくらのように土が盛り上がった火薬庫の扉の鍵を開けた。

「さあ、入ろう」

北野が先に入り、国男が続いた。中は前回来たときと同じで、畳四枚ほどの空間の中央にダイナマイトの詰まった木箱が積んである。扉は閉めなかった。電気がないので、外光を遮断すると真っ暗闇になるからだ。

「君、そのリュックはなんだい」

「いいえ、別に。何も入ってません」

「下ろしなさい。それからライターとか持ってないだろうね」

「ええ」

「こういう場所はね、静電気だって危険なんだ。だから服なんてのは早く脱いだほうが安全なんだ」

北野がそう言ってワイシャツを脱いだ。さすがに国男はためらった。自分に男色《だんしょく》の気はない。好奇心もない。

北野が上半身裸で再び体を寄せてきた。「さあ、脱ぎなさい」興奮しきった面持ちで、国男のワイシャツのボタンを外しにかかる。いよいよ困った。この場をどう逃れるべきか。いっそ身を任せてしまうか。そんな思いも頭をよぎった。ヒロポンも知った。やくざ相手の博打《ばくち》も経験した。毒を食らわば皿までもと言う。ここまで来たのなら、怖《お》じ気《け》づくほうが男らしくない気がする。

北野の手が国男の胸に入った。ねっとりと湿り気を含んだ男の手が、別の生き物のように蠢《うごめ》いている。そしてもう片方の手で股間《こかん》をまさぐられ、国男は思わず腰を引いた。

「いいよ、いいよ」北野が耳元でささやく。「君は絶対にぼくらの側の人間だ。わかるんだ。この柔肌《やわはだ》。引き締まった肉体。通った鼻筋。まるで歌舞伎《かぶき》の女形《おんながた》じゃないか。女なんかに君の本当のよさはわからないはずだ」

入り口から入る光で北野の顔が浮かび上がる。目が血走っていた。興奮のあまりか頬が小さく痙攣《けいれん》している。

ズボンのベルトに手がかかった。いつのまにか北野は下半身を露《あら》わにしていた。硬くなった性器が腰に押し付けられた。

木箱の上にうつぶせにされ、ズボンを下ろされた。股《また》の間から性器を撫でられる。国男は覚悟を決めた。一度ぐらいなら経験してもいい。どうせ道を外れようとしているのだ。

そのとき、外で足音がした。はっとして体を起こす。

「なんだ。怖いのかい。心配しなくていい。やさしくするから」

「いえ、そうじゃなくて」

「そうじゃなくてなんだ」パンツに手がかかる。

「外に誰か」

「外に？」

北野が動きを止め、二人で耳を澄ませた。確かに人の気配があった。砂利を踏みしめる音がする。

北野は体を離すと、パンツとズボンを急いで穿《は》き、階段を半分ほど上り、中腰で外の様子をうかがった。「どちら様ですか。何か御用ですか」平静を装い、大きな声を張り上げる。

「あなた？　わたし」女の声が事務所の方角から届く。

北野が舌打ちした。「くそったれ。女房だ。いいときになんで来るんだ」顔をゆがめてささやいた。

「サチコか。倉庫にいる。ああ、来なくていい。調合してて危ないから。今行くから待っててくれ」

再び外に向けて声を発すると、元の場所に戻り、ワイシャツに袖《そで》を通した。

「すまない。邪魔が入った。でもここで待っててくれ。すぐに追い払う。どうせ用なんかありゃしないんだ」

そう言って接吻《せっぷん》をされた。国男は面食らって舌を受け入れるだけだった。

倉庫に一人残される。呼吸を整えた。自分もズボンをあげ、ワイシャツのボタンをはめ直した。そして尻《しり》のポケットから軍手を取り出し、両手にはめた。

これは願ってもないチャンスだ。もしかして神様が後押ししているのか——。自分の人生に、ついていると思うような出来事はそうなかった。どちらかというと当てが外れることのほうが多かった。だから性格も悲観的になった。それがこの好機だ。突き進めということなのか——。そう思ったら、ここにきて心臓がどくどくと脈打ち、汗が噴き出た。

慎重にいちばん上の木箱を開けた。中にはダイナマイトの束がぎっしりと詰まっている。どれくらいあればいいのか見当もつかないが、とりあえず一ダース十二本、頂戴《ちょうだい》することにした。

慎重にリュックに収め、紐《ひも》を締めて縛《しば》る。腕を通して背負った。ふと思い立ち、木箱を積み替えることにした。数の足りなくなった箱を下にしておけば、それだけ発見が遅れる。急いで実行した。火花が出ると爆発の可能性があるので、慎重に作業をした。穴の中は、動き出すと途端に息苦しくなった。

積み替えると、腰を低くし、忍び足で外に出た。事務所のほうから女の泣き声が聞こえる。泣き声？　そうじゃない。木の幹に隠れ、そっと中をのぞいた。

北野が女房を机に伏せさせ、うしろから性交をしていた。いかにも突然の欲情といった感じで、スカートをまくっただけの恰好《かっこう》だ。

女が動物のような声を上げげた。北野も髪を振り乱して腰を動かしている。国男は適当な感想が浮かばず、とにかく退散することにした。

ダイナマイトが手に入った。感激が込み上げる。それは東大に合格したとき、これで自分の未来が拓《ひら》けると思ったよろこびに似ていた。

自分は、もっと変われる。

21

昭和39年9月21日　月曜日

その日は月曜日で、落合昌夫は朝一番、晴美が産婦人科病院へ定期健診を受けに行くのに同行した。妻はいよいよ臨月《りんげつ》を迎え、おなかはアドバルーンのようだった。最近は階段の上り下りも難儀《なんぎ》そうで、病院へ行くとなるとバスにも揺られなくてはならない。一人ならまだしも、まだ二歳の息子がいる。昌夫は田中課長代理の許可を得て、月曜の午前を休むことにした。

やくざ者の人夫、樋口が殺害された事件は、いまだ有力な手がかりが得られていない。目撃情報はなく、凶器も見つかっていない。大八車のタイヤ痕《こん》も、地下足袋《じかたび》やズック靴の足跡も、どこにでもあるもので、特定は困難だった。

蒲田署に捜査本部は設けられたが、刑事たちはみな困惑しているようなところがあった。誰もが東大生・島崎国男の犯行だと信じているが、それについて開示された情報がどこまで確かなものなのか、誰も判断がつかないのである。捜査指揮を任ぜられた副署長ですら、昌夫や岩村から情報を得ようとする始末だった。刑事たちは、一方で苛立《いらだ》ちながらも、一方では闘志を燃やした。公安部がこちらを無視するなら、ホシを挙げて、振り向かせてやるだけだ。

　バスで駅前に着くと、銀行の前に行列ができていた。「何だろうね」昌夫が訝《いぶか》る。晴美はまじまじと夫の顔を見つめ、「あなた、新聞読んでるの」と眉《まゆ》をひそめた。

「オリンピックの記念硬貨。今日から引き換えじゃない」

「ああ、そうか。忘れてた」昌夫は自分の額をたたき、苦笑した。「しまったな、そうと知っていれば手配できたのに」

「そうなの？」

「所轄の銀行に頼めば割り当ててくれるさ。警察と企業は持ちつ持たれつだからね」

「ふうん。警察ってそんな役得《やくとく》があるんだ」

「開会式も観られるぞ」

「うそ。どうしてよ」

「余った監視席が、庁内で裏取引されてるんだ」

　晴美は黙って微苦笑した。

　病院に到着し、受付を済ませ、親子三人でベンチに腰掛けた。

「フルーツ牛乳でも飲むか。売店で買ってきてやるぞ」と昌夫。

「ううん、いい。何よ、やさしいじゃない」晴美が苦笑いしている。

「臨月の妻を自宅に置いて、こっちは何もしてやれないからな」

「そんなこと言わないの。大丈夫、団地の人も親切だから」昌夫の腕をつつく。「ああ、そうだ。あと二、三日したら、わたし、浩志を連れて小岩《こいわ》に行くから」

小岩とは、妻の実家のことだ。

「そんなに早く行くのか。予定日まで二週間以上だろう」

「おかあさんがそうしろって言うの。わたしも甘えようと思って」

「そう……」

妻の判断に任せることにした。核家族の時代といっても、頼りになるのは肉親だ。

「なんか、わたし、予定日に生まれる気がする」晴美がおなかをさすって言った。

「十月十日にか」

「うん。オリンピック開会式の日。世界中が祝福してくれる日に、わたしたちの赤ちゃんが生まれるの」

「そうだといいな」

「そうなるの。千円くらい賭《か》けてもいい」

目を細め、しあわせそうに微笑む。二人目の出産に際して、妻はなにやら自信満々の様子だった。

二十分ほど待って、晴美の名前が呼ばれた。息子と二人、待合室のテレビを観ながら待つ。浩志が抱っこをせがみ、膝《ひざ》に乗せてやると昌夫の顔をいじって遊びだした。

「パパって言ってごらん」

話しかけても「うー」とか「あー」とか奇声を発するだけで、答えてはくれない。

最近、浩志は言葉を覚え始め、「まんま」と「ママ」が言えるようになった。晴美は

「ママ」と呼ばれ、天にも昇る気持ちを味わったらしい。自分はいつ「パパ」と呼んでもらえるようになるのか。係長の宮下に話したら、「おまえ、早く覚えさせないと『おじさん』って呼ばれるぞ」と脅された。

これも刑事の宿命だ。だからこそ、少ない時間でも家族と触れ合いたい。

ため息をついた。背もたれに体を預けたら、体の力が抜けていった。捜査は暗中模索だが、こういう一時が慰めになってくれる。

二人目の子が生まれたら、少し休みを取りたい。オリンピックで騒々しい東京を抜け出して、箱根《はこね》あたりでのんびりしたい。昌夫はすでに三週間以上、働き詰めだった。事件が解決すれば、課長の玉利も大盤振る舞いしてくれることだろう。玉利は話のわかる新しい時代の管理職だ。

息子の相手をしながら、ぼんやりとテレビを眺めていたら、ブラウン管に、街中で黒煙が上がる光景が映し出された。ニュース番組のようだ。どこかで火事でもあったのだろうか。思わず身を乗り出し、凝視した。

映像はヘリコプターからの空中撮影だった。ずいぶん大掛かりなことをやっているな、それほどの大火事なのだろうか。そう思って耳を傾けると、取材記者が興奮した様子で「どうやら爆発事故があった模様です」と叫んでいた。

爆発事故という言葉に、昌夫は一瞬息を呑《の》んだ。浩志を抱いたままテレビの前まで行き、床に跪《ひざまず》き、音量を上げる。

「今日、午前九時二十分頃、台東区《たいとう》仲御徒町《なかおかちまち》の簡易宿泊所が密集する地帯で、突然爆発音とともに火の手が上がり……」

「あのう、ほかの患者さんもいらっしゃるので、音量を……」

年配の看護婦が駆けてきて昌夫を注意した。「ちょっと、黙って」手で制し、テレビに聞き入る。爆発の原因は発表されていないが、出火元は簡易宿泊所のひとつで、複数の怪我人が出ているらしい。テレビで観る限り、被害は両隣の建物にも及び、数軒が巻き添えを食らっている様子だった。何度か聞き込みで歩いたことがある地域なので、現場の状況は容易に想像できた。戦後の闇市跡で、やくざ者がはびこるドヤ街だ。古い木造家屋も残っているので、火がついたらたちどころに燃え広がるだろう。

なにやら胸騒ぎがした。東京オリンピックとは無縁の場所だが、何かが爆発したとなると、どんな小さな関連も見逃したくない。

立ち上がり、看護婦に非礼を詫《わ》びた。電話のありかを聞くと、看護婦は一歩後退《あとずさ》り、指で玄関横の赤電話を差した。

早足で待合室を横切る。浩志を抱えたまま、受話器を取り上げ、田中課長代理を呼び出した。

「落合です。今病院のテレビを観て、御徒町の爆発事故を知ったのですが、詳しい情報は入っているのでしょうか」

「わからん。今も燃えてる最中だ。五係からは仁井と沢野が向かったが、まだ連絡は入っていない」

「爆発というのは確かなんですか」

「それもわからん。ただ何人もの人間が爆発音を聞いている。ただの火事ではない」

「自分も行っていいでしょうか」

「カミさんはいいのか。今日は診察の付き添いだろう」

「構いません」

「じゃあ行け」

「ありがとうございます」

短い言葉でやり取りを済ませ、電話を切った。聞きたいことは山ほどあるが、緊急時に課長代理の時間を奪うわけにはいかない。

腕に乗せた息子を見た。きょとんとした顔で父親を眺めている。「ごめんよ。パパはこれからお仕事だ」そう話しかけ、一旦《いったん》外に出た。肩車をしてやる。「それっ」と駆け出し、前の駐車場を一周した。息子が声を上げてよろこぶ。「じゃあ、次はタカイ、タカイだ」両手で抱き上げ、天に向けて空中遊泳をさせた。三分間だけの親子のふれあいだ。

遊戯《ゆうぎ》を済ませると、大急ぎで建物に戻り、看護婦室に駆け込んだ。

「今、診察を受けている落合晴美の家人です。急用が出来て今すぐ行かなければなりません。息子を診察室の家内のところへ届けていただけませんか」

何人かの看護婦が呆気《あっけ》にとられた表情で見上げている。中の一人が、「ああ、落合さんですね」と何かを了解した顔をした。「ほら、警視庁の刑事さん」周囲にささやき、全員が小さくうなずく。妻は家庭の事情をちゃんと打ち明けているようだ。

「わかりました。奥さんに伝言はありますか」

「申し訳ない、と伝えてください」

昌夫が真顔で両手を合わせると、同情を呼んだのか微笑が広がり、快く息子を預かってくれた。

「奥さんの診察が終わるまでここで看てますから、どうぞお仕事に出かけてください」

「すいません」

深々と頭を下げ、踵《きびす》を返した。早足で廊下を進み、玄関を出てからは走った。

昌夫は猛烈に犯人を捕まえたかった。十月十日、二人目の子が生まれる予定日とオリンピック開会式の日は、なんとしても妻のそばにいたい。


電車を乗り継ぎ、御徒町の現場に到着すると、火災はすでに収まり、消防車が引き上げようとしているところだった。焦げた匂いが辺りに漂い、蒸気がゆらゆらと立ち込めている。野次馬が狭い路地をふさぎ、興奮冷めやらぬといった様子でざわついていた。消防士が群集を整理しようとするのだが、この地域は柄のよくない者が大半で言うことを聞かない。制服警官も多数出動して、火事場泥棒を防ぐため、半焼した建物の前に陣取っていた。

昌夫は人をかき分け、停止線まで進むと、警察手帳を提示しロープをくぐった。すぐ先に仁井の背中を見つけ、声をかける。

「ご苦労様です。現況を教示《きょうじ》願えますか」

「なんだ、オチ。蒲田じゃないのか」

仁井がそう言って、手で肩を払う。煤《すす》と灰を浴び、背広がすっかり汚れていた。

「爆発と聞いて飛んできました」

「今鑑識と一緒に沢野が潜り込んでいる。これがいろいろ複雑でな……」仁井は周囲を見回し、耳元でささやいた。「公安が乗り込んできて、消防の鑑識とも衝突だ。うちの機捜も来たから大混乱だ」

「指揮系統はどうなってるんですか」

「放火となれば捜査一課だ。玉利課長が誰か指揮官を指名するだろう」

「被害者は」

「重軽傷者が数名。病院に搬送済み。死体は今のところ上がってない」

「それで、ダイナマイトなんですか」

「まだわからん。だが記者発表はまちがいなくガス爆発事故だ」

「そりゃそうでしょうね」

「話がややこしいのは、燃えたドヤの一階が暴力団事務所だってことだ」仁井が眉《まゆ》を寄せ、吐息混じりに言う。

「そうなんですか」昌夫は思わず目の前の焼けたビルを見た。

「ドヤ自体が大谷《おおたに》一家の所有物だ。空襲で焼け残ったビルをドサクサ紛れに占拠したものだそうだ」

「じゃあ抗争の線もありですか」

「どうかな。少なくともおれのアンテナには引っかかってない。だいいちオリンピックを控えて関東一円の暴力団は休戦中だ。警察がとっくに釘《くぎ》を刺してるし、親分衆だってにらみを利かせてる。よほどの跳ね返りだって騒ぎは起こさんと思うんだが……」

「なるほど。ともかく、あとは事故か事件かですね」

そこへ煤で顔を真っ黒にした沢野が建物から出てきた。靴はずぶ濡《ぬ》れで全身に灰を浴びている。

「ひでえや、仁井さん。おればっかにやらせて」恨《うら》みがましい目で仁井に泣き言を言った。

「がたがた言うな。で、どうだった」

「出火箇所は一階事務所真ん中付近の床。応接セットが窓の外まで吹き飛ばされてる点から、間違いなく火薬による爆発とのことです」

「宿泊者はいたんですか」昌夫が聞いた。

「組関係者も含めて公安が全員さらっていったさ」横から仁井が、鼻で笑って答えた。

「だったら我々は、現場から逃げ去った者がいないか、周囲の聞き込みをしましょう」

「いいのか、オチ。勝手に動いて」と、人のいい沢野がいらぬ心配をする。

「代理が責任を取ってくれますよ」

昌夫はそう言って目を細め、ハンカチを差し出した。「悪いな」沢野が手に取り顔を拭《ふ》く。今朝、晴美が持たせてくれた白いハンカチが、見る見る黒く染まった。

五係は現場に三人しかいないので、単独行動をとることにした。昌夫はまずは見物人の中に入り込み、「誰か目撃者はいるか」と聞いて回った。声を発した途端、昌夫の周囲からすっと人が引いていった。にやにやしている者もいるので、警察に対する警戒心と、からかいの気持ちが半々だろう。

「さっきマル暴が聞いて回ってたぞ」との声が上がる。どうやら所轄署の暴力団担当も動いているようだ。暴力団事務所が燃えたのだから当然なのだが。

「こっちはこっちだ。隠し立てしやがると、あとで痛い目に遭わせるからな」

相手に合わせて、昌夫も柄を悪くした。方々から敵意のこもった視線を向けられるが、怯《ひる》んではいられない。人を掻《か》き分け、路地の奥に進んだ。

「おい、若《わけ》えの。あんた上野《ノガミ》署の刑事《でか》さんか。見かけねえ面だな」

道の端で椅子に腰掛けていた老人がしわがれ声を発した。近寄ると、朝から酒の臭いをぷんぷんさせている。

「上野署じゃない。本庁だ。じいさん、何か見なかったか」

「見たかもしれないし、見なかったかもしれない」口をすぼめ、禅問答のようなことを言った。

「何をとぼけてやがる。見たのか、見なかったのか、どっちだ」

「おいらも歳でな。物忘れが激しいわけだ。昔は上野から浅草《エンコ》にかけての女給なら顔と名前を全員憶《おぼ》えていたもんだが、最近はさっぱりだ。昨日見た顔まで忘れちまう」

「何の話だ」

「まあ急ぎなさんな。その、なんだ、ちょいと気付け薬を口に入れてやれば、思い出すことがあるかもしれん」

老人が表情を変えず、指で杯を傾ける真似をする。昌夫は脱力した。

「とぼけたじいさんだ。酒か。二合瓶でいいか」

「ああ。ちゃんと酒屋で買ってくれよ。このへんは合成酒がまだ出回ってるからな」

老人が顎《あご》をしゃくる。

「ここにいろよ」

昌夫は老人を指差すと、アメ横通りまで走って出て、目についた酒屋で二級酒の二合瓶を買った。もちろん自腹だ。急いで戻る。

「ほれ、これでいいか」

老人は瓶を手にすると、「うひょひょ」とよろこびの声を発し、顔をしわくちゃにした。

「さあ、思い出してくれ」手帳を取り出し、近くにあった木箱を引き寄せ腰を下ろす。

「若いの、焦りなさんな」老人は酒瓶のキャップをはずし、三分の一ほどをラッパ飲みした。満足そうに全身でため息をつく。

「じいさん、言ってくれ。何か見たのか」

昌夫がせかすと、老人はひとつしわぶいたあと、もったいをつけるようにたばこを取り出し、火を点《つ》け、煙を吐き出しながら話し始めた。

「爆発したとき、それはたまげたよ。おいら、東京空襲のときも、疎開先がなくてここにいたからな。あのときの記憶がいっぺんに甦《よみがえ》って、腰を抜かしそうになった」

もどかしくなるようなゆっくりした口調だった。

「どんな音だった」

「パーンだ。甲高かった。その点は焼夷弾《しょういだん》とはちがったな。あっちはドカーンだからね」

「そんなことはいい」

「それで同時に窓ガラスが割れたから、その音も混ざってたな」

「音は一度か」

「ああ、一発だ。それで慌てて音のした方角を見た。すると大谷一家のドヤだ。こりゃ出入りかと思ってうかがっていると、男たちが真っ青な顔でビルから通りに転げ出てきた」

「組員たちか」

「組員と、上の階に泊まってた客たちだ。すぐに炎と真っ黒な煙が上がったから、大慌てでな、『金庫を運び出せ』とか、『拳銃《ハジキ》と日本刀《ダンビラ》を取って来い』とか、兄貴分が怒鳴り声を上げて、若い衆《し》が右往左往してたな。ああ、武器の行方は知らないよ。探したければ、この界隈《かいわい》を大掃除すればいいさ」

「時間ができたとき、やってやるよ。それで?」

「消防が来る前に、幹部連中はあらかた逃げてったな。昭和通りの方角だ」

「ほかに逃げていった者は?」

昌夫が聞くと、老人はたばこを地面に捨て、足で揉《も》み消し、目の前の刑事の表情をうかがうようにして口を開いた。

「逃げてった中に知った顔が一人いたけどね」

「誰だ」

「刑事さん。おいら、なんか腹も減ってきたんだけどね、朝飯食ってないから」

「ふざけるな。軽犯罪法違反でしょっ引くぞ」吸殻を拾い、顔に突きつけた。

「市民を脅しちゃいけないね。ほら、磯辺《いそべ》焼きでいいから。そこの角の屋台で売ってる。一個二十円」

老人がにやつきながら懇願する。昌夫はポケットから小銭を取り出すと、二十円を老人の手にたたきつけ、「あとで買え」と言ってにらみつけた。

老人が硬貨をしまい、ぽつりと言った。

「村田留吉。箱師《ハコシ》。歳は五十半ばかな」

「村田留吉?」

「上野署の刑事ならみんな知ってるよ」どす黒い歯を見せ、ほくそ笑んだ。「一年中毛織のハンチングを被《かぶ》った鉄道専門のスリだ。もう二十年くらい、刑務所とここらへんを行ったり来たりなんじゃないかね、あの男は」

「で、村田とやらはどんな様子だった」

「それがな、奴《やっこ》さん、目は焦点が定まらず、足もふらふらだったんだ。おいらが見たところ、あの男はヒロポンでも打ってたんじゃないかな。ま、このあたりのドヤじゃ珍しいことでもないがね」

「村田は爆発事故と何か関係がありそうか」

「そいつは知らねえ。おいらは見たことを言ってるだけさ。村田が酔っ払いみたいな足取りで出てきて、そのあと若いのに担がれてその場を離れていった」

「ちょっと待て。若いのに担がれて？」

「ああ、ここいらには似つかわしくない学生風の優男だったな」

　昌夫は思わずメモを取る手を止めた。老人が話を続ける。

「リュックを背負って、村田を抱きかかえて、慌てて逃げていったさ。……ああ、そうそう。最初組員が追いかけたけど、形だけで、すぐに追うのをやめた。なんていうか、本気じゃないって感じでね」

「本気じゃないってどういうことだ」

「もう消えてくれ、二度と来るな、そんな感じかな」

「よくわからんな。学生風の男と村田と、大谷一家の間に何かあったのか」

「知らないねえ、そんなことまで」

「わかった。じゃあ学生風の男の人相着衣だ。まず背恰好《せかっこう》は？」

「背丈は五尺八寸ってところかな。瘦《や》せていて肌はよく焼けてた。服装は黒ズボンに白いワイシャツ」

「髪型は？」

「髪は長かった。前髪が垂れると目にかかるくらいでね。ちょっとした色男だったな」

昌夫はごくりと喉《のど》を鳴らした。手帳をめくり、最後のページに貼ってあった島崎国男の雁首《がんくび》写真を老人に見せた。

「なあ、じいさん。そいつはこの男じゃなかったかい」

老人が胸ポケットから眼鏡を取り出す。鼻の上にちょこんと載せ、写真を遠ざけて見た。

「ああ、こいつだ。間違いない。今さっきのことだから、はっきり憶えている」

昌夫の中で一気に血の気が引いた。昌夫の顔色が変わるのを見て、老人が上目遣いになった。

「何だ。刑事さん、その男を捜していたの。それだったらおいらに聞いて大当たりだったね」

「二人はどっちへ行った。徒歩か、車か」強い口調で言った。

「そうか、そうか。手がかりをつかみなさったか。だったら酒と磯辺焼きじゃ安上がりってものだ。どうかね、刑事さん、役に立ったんだから、あと少しイロをつけてくれないかね」

「どっちへ行ったって聞いてるんだ」

昌夫は声を荒らげた。老人の胸倉をつかみ、強く揺する。

「なんだよ、興奮するなって。ああ、酒がこぼれる」

老人があわてて瓶にキャップをし、手にこぼれた酒をちゅうちゅうと吸った。

「いいから言え」

「上野駅の方だよ」

「行き先に心当たりはあるか」

「そこまでは知らないさ。また別のドヤに紛れ込んだか、それとも東京を離れちまったか、おいらには見当もつかないね」

「わかった。ありがとうよ」

立ち上がり、踵《きびす》を返す。「刑事さん、あと五十円くれないか」背中に降りかかる声を無視して、路地を突き進んだ。そこへ仁井が姿を現した。昌夫を探していたのか息を切らしている。

「おい、オチ。特ネタだ」

クールな仁井が珍しく顔を紅潮させて言った。昌夫の胸を小突き、並んで肩に手を回した。

「現場から逃げてった中に、島崎国男らしい若い男がいた。ドヤの住人複数の証言だ。数日前からこのへんをうろついてたそうだ」

「仁井さん、それはぼくもつかみましたよ」静かな目で言い返す。

「なんだ。さすがに鼻が利くな」

「こっちはもうひとつオマケ付きです」

「一緒に逃げたスリ師のことか」

「そっちも知ってるんじゃないですか」肘《ひじ》で仁井の脇腹を突いた。

「村田留吉。おれも名前だけは聞いたことがある」

「ぼくが思うに――」

「品川の一件か」

「ええ。船に乗っていたという初老の男というのは――」

「上野署に行って雁首写真を手に入れよう」

「ぼくも同じことを考えてたところです」

二人で上野署に向かった。知らず知らずのうちに早歩きになり、昭和通りを渡ってからは駆け足になった。足元をビル風が吹き抜けていく。先週あたりから秋が一気に押し寄せてきた感があった。それはすなわち、オリンピック開催の日が近いということだ。

その日の夕刊を、昌夫は半蔵門会館で読んだ。御徒町の爆破事件でネタを得た者として、田中に急遽《きゅうきょ》呼び戻されたのだ。

案の定、新聞発表は「上野でガス爆発事故」というものだった。警察は徹頭徹尾、一連の爆破事件を隠すつもりだ。もちろんそれは政府の意向でもある。一部には怪しむマスコミもいたようだが、それは事故現場が暴力団事務所だったという理由で、やくざの抗争が起きているのではないかという勘ぐりだった。こうなると、事態を複雑にした暴力団事務所に感謝しなければならない。

　あのあと、上野署で村田留吉の写真を入手した昌夫と仁井は、その足で品川の金物屋へ行った。天王洲の運河でモノレール橋脚爆破事件があったとき、目撃証言を得た老婦人を訪ねるためだ。村田の写真を見せ、船に同乗していたのはこの男ではないかと聞くと、老婦人はしばらく首をかしげていたが、ハンチングを被ってなかったかと付け加えると、弾《はじ》かれたように顔を上げ、キツツキみたいに何度も首を縦に振った。

「そうそう、思い出した。被ってた、ハンチング」

　その一言で、昌夫と仁井は乱暴に肩をたたき合った。

　念のために再度付近の聞き込みも行い、同様の目撃証言を多数得た。これで間違いなかった。島崎国男には共犯者がいる。それは東大生には似つかわしくない、五十五歳で前科八犯のスリだ。共通項は共に秋田出身ということ――。

　午後七時から捜査会議は始まった。刑事部の捜査員はいよいよ百人を超えていた。玉利課長も姿を見せ、険しい表情で正面の椅子に腰掛けた。顔には疲労の色が滲《にじ》み出ている。彼の苦労は容易に想像できた。刑事部側のリーダーとして、公安部だけでなく、警備部、防犯部、交通部との折衝《せっしょう》も執り行わなければならない。

「みんな、日々の捜査、ご苦労である」田中がよく通る声を響かせた。「今日は議案がいくつかある。まずは本日午前、仲御徒町で起きた爆破事件に関してだ。鑑識の結果、これまでの三件同様、黒色火薬のダイナマイトによる爆発と特定された。発火装置等を使用した形跡は見つかっていない。したがって、導火線に直接火をつけて爆発させたものと思われる。草加次郎のときもなかった乱暴な手口だ。爆発した建造物は、国志会系大谷一家が所有する簡易宿泊所で、一階には同一家が事務所を構えている。ちなみに組長と若頭《わかがしら》は爆発直後、行方をくらました。現場で身柄確保した組員はいずれも下っ端だ。現在のところ曖昧《あいまい》な供述を繰り返すばかりで、爆発時の状況はつかめていない。取調べにあたった者の心証によると、何か口をつぐんでいるようなところがあるらしい。簡単に唄《うた》うと兄貴分からヤキを入れられるからだろうが、まあ、一晩締め上げれば吐き出すのではないかと思う。ただのチンピラ共だ。宿泊客については、全員が階上の客室にいたため、事態すら把握していない様子である。ちなみに五名保護した中に、指名手配中の窃盗犯が二名いた。災い転じて福となす——。そんな場合ではないか」

田中のやけくそ気味の冗談に、捜査員たちがどっと沸いた。爆破された簡易宿泊所は、つまりそういう場所だったのだろう。

田中の説明は続く。宿泊名簿は焼けて見つからず。手がかりになりそうな証拠品も今のところ出ていない。違法薬物等も火事で消失した可能性が高い。暴力団同士の抗争に関しては、まず可能性を排除していい。巷《ちまた》で噂される、東声会《とうせいかい》の会長が東京オリンピック閉会まで諍《いさか》いを禁じた指令は、あまねく斯界《しかい》に知れ渡っているらしい。

「次に、同事案に関しての有力な追加情報。これは聞き込みをした人間に発表してもらう。仁井、オチ」

田中に顎《あご》で差された。「おまえが言え」仁井に肘でつつかれ、昌夫が立ち上がる。ひとつ咳払《せきばら》いして話を始めた。

「ほかにも情報を得た人がいると思いますが、課長代理の指名により申し上げます。爆発現場の周辺で聞き込みをしたところ、現場から逃げ出した者の中に島崎国男がいた事実が証言により得られています。複数の目撃者が写真により確認しているので、まず間違いはないでしょう。そして島崎と一緒に逃げた人物が浮上し、それについても証言により特定されました。村田留吉。五十五歳。秋田出身。前科八犯のスリです」

田中が前方の黒板に名前を書く。会議室にメモをする音がさらさらと響いた。

「村田は足取りもおぼつかず、目は焦点が定まっておらず、ヒロポンを服用していたのではないかというのが目撃者の弁です。さらには、この村田は、さる九月五日に天王洲で起きたモノレール橋脚爆破事件において、品川の運河で目撃された手漕《てこ》ぎ船に乗っていたもう一人の初老の男であることが聞き込みにより判明しました」

大半の捜査員には新ネタだったようで、小さなどよめきが起きた。

「つまり、島崎国男には共犯者がいて、それは同郷の村田留吉です」

「二人が知り合ったきっかけは何だ」年配の捜査員から質問が飛んだ。

「今のところわかっていません。夕方、もう一度現場周辺の飲食店を聞いて回ったのですが……。これは沢野さん、お願いします」

報告を沢野に引き継ぐ。ネタを得たのが沢野だからだ。

「同じく五係の沢野です。島崎と村田については、数件の目撃情報がありました。中でも確実なのは八月十日、上野二丁目の寿司屋《すしや》『さとう』に二人連れ立って現れたという証言であります。店主によると、お盆休みに入る前の晩だったことから日付を憶《おぼ》えていたとのこと。村田は月に一度は来る常連で、秋田の行商人を名乗っていたそうです。同伴した島崎については、初めて見る顔だが、酒に酔った村田が、『大将。この若いの、誰だか知ってる？　東大の学生さん。おらとは同郷だっぺ。ええべ？　東大生の知り合いがいるなんて』と自慢したので、記憶に残ったとのこと」

「どんな話をしてたんだ」田中が聞いた。

「客の会話に聞き耳を立てない習慣ができているので、そこまでは知らないそうです」

「わかった。ご苦労。村田については、本日午後、警察庁を通して秋田県警に問い合わせておいた。いかなる瑣末《さまつ》な情報も省いてはならないと願ったので、おいおいネタが出てくるだろう。それで、次は爆破を食らった大谷一家についてだが……。三係、清水」

指名を受けた捜査員が起立した。

「大谷組は戦後の闇市で台頭した愚連隊で、国志会傘下に入ったのはここ十年のことです。主なしのぎは上野界隈《かいわい》のミカジメ料と、博打と、日雇い人夫の手配です。島崎が羽田の飯場で日雇い仕事をしていることから、人夫手配の線で洗ってみたところ、意外な人物との関連が浮かんできました。今月十四日、大田区六郷土手の北野火薬で死体が上がった件です」

昌夫はその言葉に思わず顔を上げた。

「大谷一家は都内の多数の飯場に人夫を多数送り込んでいて、大田区一帯でその仕切り役を務めていたのが、殺された樋口です。樋口は、盃《さかずき》こそもらっていないものの、大谷一家の準構成員と目されています」

メモを取りながら脈拍が速くなった。

「じゃあ、仮に樋口殺害に島崎が噛《か》んでいるとしたら、その件で大谷一家と島崎がつながると踏んでいいわけだな」

田中の質問に、捜査員は「はい」と短く返事をした。

「村田の根城が上野界隈で、何かのきっかけで知り合った島崎が転がり込んだ。その後、樋口殺害事件が起き、今日の爆破事件が起きた。まったく推理小説並みの複雑さだな」

田中が黒板に関係図を書き込む。チョークのこすれる不快な音に、自分で顔をしかめている。

「田中。今夜中に大谷一家の若いのを締め上げて、知っていることを全部吐かせろ」これまで黙っていた玉利が口を開いた。「今は公安部が取調べをしているが、おれが掛け合って、九時からは刑事部に回してもらう。多少無茶をしても構わん。一切合財《いっさいがっさい》吐かせろ」

「わかりました」

「それと、今夜から都内すべての宿泊施設に対して刑事部単独のローラー作戦をかける。ホテルと旅館は所轄に割り振るが、ドヤ街についてはここにいる捜査員に受け持ってもらう。休みもない中でご苦労だが、どうかひとつ頼む」玉利が自分の腕時計を見た。次の予定がある様子だ。「犯行声明文ならびに脅迫文は、中野の事件以来届いていない。金の要求もまだない。オリンピックの妨害だけが目的なのか、あるいは金の受け取り方法を練っている最中なのか、どちらかはわからない。とにかく我々がなすべきは、犯人逮捕である。刑事部で一致協力して島崎国男を捕らえよう。本事案に関して、おれは個人の手柄を認めない。持ちネタはすべて課長代理に報告すること。以上。会議を続けてくれ」

立ち上がり、一礼すると、大股《おおまた》で会議室を出て行った。その背中を見送る捜査員たちは、しばらく黙ったままだった。

昌夫はあらためてこの事件の重大性を実感した。妻と息子には、明日にでも実家に行ってもらおう。自分は犬になって東京中を嗅《か》ぎまわるのだ。ホシを捕まえるために。

22

昭和39年9月22日　火曜日

午後七時に麹町の別棟スタジオでバラエティ番組のリハーサルを終えると、須賀忠は先輩スタッフに仕出し弁当を配って回った。出演者のぶんはすでに楽屋に届けてあり、魔法瓶のお湯も入れ替え済みだ。

「おい、ガース。おれはここで井坂ちゃんとシーメするから、弁当、運んできてくれ」

丸顔に眼鏡の、図体《ずうたい》と態度がでかい司会者に命じられ、忠は廊下を走った。

「ねえ、ガースちゃん。車飛ばしてたばこ買ってきてくれない？」擦れ違いざま、胸の大きな女優からお遣いを頼まれた。「ラーク。フェヤーモントか赤坂プリンスに行けば売ってるから」

「ラークなら、雪絵さん用に買い置きがあります。あとでお持ちします」急停止し、忠が答える。

「あら、気が利くのね。さすがは東大出のインテリさん」色っぽくウインクされた。

「ガース。シータク呼んでくれ」

「ガースちゃん。目薬ないかしら」

廊下を走っているとあちこちから声がかかった。テレビ局の若手社員はほとんど奉公人だ。父が息子の仕事ぶりを見たら、帝大を出てボーイか、と怒りだすにちがいない。

言いつけられた用事をあらかた済ませ、やっとスタジオの隅のテーブルで自分の弁当を開いたら、そこへ報道局の笠原が息を切らして駆けてきた。本館からわざわざ訪ねて来たようだ。

「おい、須賀。今ちょっといいか」テーブルの前に座り、つかみかかるように身を乗り出して言った。

「やれやれ、今日初めて本名で呼ばれたよ。ガース、ガース。自分は怪獣かと思っちまうもんな」

「今いいかって聞いてんだ」

笠原が、目を血走らせてテーブルをコンコンとたたく。

「食事中。見りゃわかんだろ。やっとのことでありついてんだ。邪魔しないでくれ」

「じゃあ食いながら聞け。昨日の午前、上野で爆発事故があったのを知ってるか」

「いいや。おれは一昨日からここに泊まり込みだ。お天道様なんて週末から見てないね……」トンカツをかじり、白飯を頬張ったところで目を剝《む》いた。「爆発事故？」

「そうだ。局の屋上からも煙が見えたぞ。夕方のニュースでもやってた」

「だからおれはずっとここだって。それより、爆発事故って——」

「発表はガス爆発事故だ。仲御徒町の簡易宿泊所でコンロからのガス漏れによる引火、爆発。建物はほぼ全焼。怪我人が数名出ている」

「そんなことがあったのか」

「おれな、現場に行ったんだよ。なんか知らんが興味が湧いてな。腹の虫が騒ぐってやつだ。で、付近の住民に話を聞いたら、おれより一足先に刑事たちが総出で聞き込みをしたあとだった」

「刑事が聞き込み？」

「ああ、そうだ。消防の鑑識じゃないぞ。警視庁の私服警官どもだ。臭うだろう？」

「さあ、おれはそっちの事情には疎《うと》いから……」

忠は答えながら、自分の家の爆破事件を思った。あのときも早々にガス漏れによる引火事故と発表された。背筋がひんやりとした。顔色を悟られまいと、弁当に向かう。

「あの界隈は、お世辞にも治安のいい場所じゃない。おまけに爆発した宿というのが暴力団の所有するビルだった。だから警察のお出ましも不自然ではない」

「そう。暴力団事務所ねえ……」

忠が曖昧《あいまい》にうなずき、沢庵《たくあん》をかじる。続いて島崎国男に想像が連鎖した。あの男がまた関わっているのだろうか。だとしたらなぜ暴力団なのか。

「ただ抗争のセンは薄い。そういう情報はまったく入っていない」

「ふうん。オリンピック前にやくざの喧嘩《けんか》もないだろうからな」

「まあ、そんなことはどうだっていい。それより、おれは現場の聞き込み取材でどでかいネタをつかんだぞ。スクープだ」笠原が鼻の穴を広げ、さらに距離を詰める。

「何だ、言ってみろ」

「刑事が雁首《がんくび》写真を見せて聞いて回ってた。その写真というのが、おまえの教えてくれた島崎国男だ」

やはりその名が出たかと、忠は鳥肌が立った。

「なんだよ、もっと驚けよ」

「驚いてるさ」

「いいや、足りないね。須賀よ、もっと驚かせてやる。おれが島崎国男の雁首写真を見せて、刑事同様、現場周辺に聞き込みをかけたところ、目撃者が数人いた」

「目撃者？」

「そうだ。爆発直後、現場から立ち去る男たちの中に、島崎国男がいた。長髪の優男だから、ドヤ街には珍しくて目立ってたんだろう。島崎はあの現場にいたんだ」

「それ、本当か」

「ああ、本当だ。さらにもうひとつ――」笠原がぎょろりと目を剥いた。「ゆうべから、警察は都内のホテル、旅館、簡易宿泊所、サウナ式トルコ風呂《ぶろ》にローラー作戦をかけている。おれは試しに神田界隈の宿を聞いて回ったんだが、案の定、島崎国男の写真を見せて、見かけたことはないか訊《たず》ねていったそうだ」

「なるほど……」

「もう決まりだろう。島崎国男が草加次郎だ。昨日の爆発はガス漏れ事故じゃない。爆弾事件だ。発表はカムフラージュだ。そして警察は島崎国男を爆弾魔として追っている。これは動かしようのない事実だ」

笠原が興奮した様子でテーブルを揺らした。「おい」忠がたしなめる。

「おまえ、早合点じゃないのか。だいいち草加次郎の手口は時限発火装置だろう。どうして現場にいる必要がある」

「そこまでは知らん。とにかく島崎は爆発現場にいたんだ。おれはついてるぞ。些細《ささい》な聞き込みがきっかけで鯛《たい》が釣れた。なあ、須賀。おまえの親父さんのルートから、なんかネタは取れないか」

笠原がとんでもないことを言い出した。「無茶言うな」忠は顔をしかめて言い返した。

「だいいちおれが聞いたって、親父は警察の中のことなんか話すもんか」

「そこを何とか。親父さんじゃなくてもいい。おまえの親族は官僚だらけだろう」

「無理だね。国家公務員は口が堅いんだよ」

忠の頭の中で兄の顔が浮かんだ。十日ほど前、自宅に顔を出したとき、部屋に呼ばれて説教された。草加次郎の名を出すと、兄は血相を変え、妙な噂に首を突っ込むな、誰かに聞かれても知らないで通せ、さもないと兄弟の縁を切る、と厳しい口調で言い渡した。自分は須賀家のみそっかすだが、家族は裏切れない。

「おれな、上野署に続いて、今日、警視庁の顔見知りの刑事にもカマをかけてみたんだ。『上野の爆発火災、あれは草加次郎でしょう』って。そしたらその刑事、『馬鹿を言うな』って笑うんだけど、頬がひきつってやがんの。見逃さなかったね、おれは」

忠は黙って聞いていた。弁当の味がすっかり失《う》せた。

「暴力団の絡みで疑う記者はいても、まさか草加次郎の名前を出す人間がいるとは思ってもみなかったんじゃないかな」

笠原が自分でお茶をいれ、勢いよく口に運んだ。「アチチ」顔をゆがめている。

「おまえ、サツ回りなら管轄があるんだろう。警視庁詰めでもないのにいいのか、そんなに勝手に動いて」忠が言った。

「いいんだよ。そこがテレビのいいところだ。新聞記者なんて、二年目ならぺーぺーの使い走りだろう。こっちは上がいないから、おれでも即戦力さ。テレビの時代だぞ。おれたちはトランプでエースを引いたんだ。あはは」

笠原が黄金バットのように高らかに笑う。テレビ局はそのほとんどが開局してまだ十年も経っていなかった。管理職でも大半が三十代だ。職場は自由を通り越して野放図《のほうず》だった。

「とりあえず部長にはさっき報告した。部長のやつ、目を丸くして担当役員のところへ行ったさ。今頃このスクープをどうするかの相談をしてるんじゃないのか。決まったらおれが原稿を書くぜ。警察が草加次郎事件の容疑者を特定した模様——。どうだ、日本中がびっくりだ。新聞を出し抜いてやるぜ」

笠原は顔を紅潮させ、まくしたてた。怖いものがないといった態度だ。そして、「明日か明後日のニュース、楽しみにしておけよ」と言い、人差し指を左右に振って立ち上がった。

「須賀。警察ルート、もう一回考えてみてくれ。おれは裏を取りたいんだ」

「無理だ。期待しないでくれ」

「期待するさ。同期の桜だろう、おれたちは」

笠原が軍隊式の敬礼をする。二の句が継げないでいると、先輩ディレクターから声がかかった。

「おい、ガース。大至急ビール買って来い。冷えたやつを五、六本」

耳を疑いながら振り向く。ディレクターの横で、丸顔に眼鏡の司会者が、「ズージャはノリだから。パイイチやってそれで本番だ」と言い、胸をそらし、ウッシッシと笑った。

笠原が肩をそびやかせてスタジオを出て行く。そのうしろ姿を眺め、忠はため息をついた。テレビ業界は全員、威勢がいい。自分たちの時代が来ると信じ切っている。

番組収録を無事に終え、西片の下宿にたどり着いたのは午後十一時だった。東大ＯＢということで簡単に入れた下宿だが、仕事に追いまくられ、五日前に契約してまだ二度しか帰れていない。家財道具は当然なく、下宿生から借りた夏布団が一組あるだけだ。

疲れていてすぐにでも眠れそうな勢いだったが、髪を洗いたかったので近所の銭湯に行くことにした。タオルを一本肩にかけ、誰かの下駄《げた》を拝借《はいしゃく》して静かな住宅街を歩く。学生下宿が多いせいで、あちこちの窓にまだ電気が灯《とも》っていた。昼間は雨模様だったが、夜になってやんだ。もっとも雲は厚く、天気予報では明日にかけてまた降り出すと言っている。

旧白山《はくさん》通りに面する銭湯は、夜遅い時間だというのに利用客で混んでいた。半分は学生で、半分は地元民だ。この界隈《かいわい》は空襲を逃れた古い家屋が多いので内風呂《うちぶろ》がないようだ。千駄ヶ谷育ちの忠には、庶民の暮らしが垣間見《かいまみ》える新鮮な光景だった。

入浴料と洗髪代を払い、中に入った。石鹸《せっけん》もシャンプーも持っていないが、誰か学生をつかまえて借りることにした。東大生は万事こだわりがない。

体を湯で軽く流し、タオルを頭に載せ、湯船に浸《つ》かった。全身の筋肉がほぐれていく感じがあり、思わず吐息を漏らした。コーン、コーン。桶《おけ》のぶつかる音が高い天井にこだましている。

五分ほど浸かると顔中から汗が噴き出てきた。そろそろ出て体を洗おうかと、空いている場所を目で探す。石鹸を借りたいから学生の隣がいい。そうやって端から視線を移動させていったら、壁側の洗い場に島崎国男の横顔があった。

一瞬、音が消えた。男の横顔だけが、忠の五感を占拠《せんきょ》している。

全身が硬直した。心臓が早鐘を打つ。お湯の中なのに足が震えた。

いや、まさか。人違いだ。警察に追われている人間が、自分の下宿の近くに現れる訳がない。だいいち、昼間に笠原から島崎の話を聞かされ、その夜に見かけるなんて話が出来過ぎだ。

息を呑《の》み、もう一度凝視した。男は手桶《ておけ》の湯を頭から被《かぶ》り、両手で髪をかき上げた。背中にはランニングシャツの日焼け跡がくっきりと残っている。顔と首と、肩甲骨から先の両腕だけが真っ黒に焼けた状態だ。体は見事に引き締まっていた。運動部の学生かと見紛《みまが》うほどだ。

ちゃんと確認したくて湯船の中をそっと移動した。男は石鹸を泡立て、顔に塗りたくると、安全剃刀《かみそり》で髭《ひげ》をあたり始めた。きれいに傾斜した鼻が見える。切れ長の目も。視線を察知されると困るので、頭に被ったタオルを眉毛《まゆげ》まで下ろした。

どう見ても、そこにいるのは島崎国男だった。卒業以来ならわからないかもしれないが、一月前、神宮外苑の花火大会の夜に出くわしたせいで、記憶のスクリーンにしっかりと焼き付いている。忠は激しく興奮した。神様の導きとでも言えそうな偶然に、恥骨《ちこつ》の辺りがざわざわと粟立《あわだ》った。

彼は西片の下宿に戻ったのだろうか。いや、そんなはずはない。戻ったのなら下宿生が真っ先に知らせてくれるはずだ。見かけたら須賀が捜してるって言っておいてくれ――。学生たちにはそう頼んである。

ひょっとして、東片《ひがしかた》にある追分《おいわけ》学寮だろうか。夏目漱石の『三四郎』にも出てきた名物寮だ。後輩でもいれば簡単に出入りすることができる、昔から居候だらけの寮だ。いや、しかし警察が本気で捜せば真っ先に張り込まれる場所だ。自分なら逃げ込まない。県人会寮も同様だ。彼はいったいどこから来たのか――。

声をかけようか。また会ったな、と。いいや。忠は頭の中ですぐに打ち消した。彼は動揺するかもしれないが、表面上は素知らぬ顔で去っていくだろう。そして二度とこの銭湯には現れない。

忠は一旦《いったん》目線を外し、湯船から出た。気づかれないよう島崎の斜めうしろの洗い場に腰を下ろし、鏡越しに背中を見た。尾行することを決めていた。この男のねぐらをつかんでおけば、須賀家のためにせよ、国のためにせよ、有利に働くことは間違いない。

洗髪はあきらめた。お湯を頭から被り、整髪料だけ流す。何もしていないと不自然なので、タオルを固く絞り、垢《あか》すりをした。

髭を剃《そ》り終えた島崎が立ち上がった。石鹼やシャンプーを金ダライに入れ、脱衣場へと出て行く。その背中を見送った。今ついていくわけにはいかない。脱衣場では身の隠しようがない。

いつでも出られるよう、体の水滴を拭《ぬぐ》った。首を伸ばしたり縮めたりして、外の方角ばかり見ている忠を、隣の学生が訝《いぶか》りながら眺める。

「君、経済学部の院生で島崎国男って知ってる？」忠が声をかけた。

「いいえ。自分は文学部ですから」と学生。

「憶《おぼ》えておきなよ。そのうち有名人になるかもしれないぞ」

「芥川《あくたがわ》賞でも獲《と》るんですか」

学生は真顔で聞いてきた。

その間も脱衣場の様子をうかがっていると、島崎がロッカーを開け、服を着始めた。幸いなことに、島崎の使用するロッカーは忠とは反対側の壁だった。

忠は前髪を垂らし、目が隠れるようにして、風呂場《ふろば》から出ることにした。島崎に背中を向け、ロッカーを開け、急いで服を身に着けた。下宿で一度着替えているので、コットンパンツにTシャツという軽装だ。

島崎が番台で牛乳を買い求めた。扇風機の前に立ち、おいしそうに飲んでいる。忠は隅の長椅子に腰を下ろし、タオルを頭から被って髪を拭《ふ》きながら盗み見た。

島崎は牛乳を飲み終えると、金ダライを脇に抱え、玄関へと歩いていった。ここからが尾行だ。忠は濡《ぬ》れたタオルを額に巻いた。心の中で十秒数え、時間を置いてあとに続いた。

島崎はすでに通りに出ている。

三和土《たたき》で下駄をつっかけ、しまったなと舌打ちした。下駄は音を立ててしまう。この時間、人通りはほとんどない。できるだけ距離を保つ必要がある。

銭湯を出た。左右に首を振る。右方向に島崎のうしろ姿があった。急ぐでもなく、悠然と本郷通りに向かって歩いている。

忠もあとをつけた。ただ、どうしても下駄が鳴った。車も走っていないので、通り全体に響いている。つま先立ちをすると少しは緩和《かんわ》されたが、二十メートルその姿勢で歩いたら、今度はふくらはぎがつりそうになった。

仕方なく、忠は下駄を脱ぐことにした。こうなると誰が見ても不審者だが、幸いなことに人通りはない。これは二度とない重大局面なのだと自分に言い聞かせ、脱いだ下駄を両方の手に持ち、そろそろと歩道を進んだ。

島崎は本郷通りに出ると、一度うしろを振り返った。忠があわてて電柱の陰に隠れる。尾行を警戒しているのだろうか。心臓がドクドクと波打った。

しばらく歩き、島崎は農学部前の本郷弥生《やよい》交差点を渡った。そのまま言問《こととい》通りに入っていく。忠は電柱の陰に身を隠し、信号を一本見送ることにした。この先に路地はない。右手は本郷キャンパス、左手は弥生キャンパス。東大だらけの地区だ。

焦《じ》れる気持ちで青信号に変わるのを待ち、走って横断歩道を渡った。五十メートルほど先を、島崎が歩いている。両方を高い壁にはさまれた、東大生がドーバー海峡と呼ぶ坂道だ。

島崎は、言問通りを根津《ねづ》方面には向かわず、三叉路《さんさろ》で右に折れた。真っ直ぐ行けば不忍池だ。ひょっとして上野まで行くのだろうか。そうなるとわざわざ西片の銭湯を利用した意味がわからない。

島崎は下り坂を急ぐでもなく普通の足取りで歩いていた。誰が見ても銭湯帰りの下宿生だった。警官が擦れ違っても興味は示さないだろう。

そんなことを思ったせいなのか、神様の意地悪なのか、そのとき通りの反対の歩道を、自転車に乗った警官が走ってきた。目が合った。堂々としていればいいのに、下駄を手に裸足《はだし》という負い目から視線をそらしてしまう。

「キキキ」ブレーキをかける音が響いた。忠に向かって声を上げる。「おい、おまえ。そんなところで何をしてる」威圧的な物言いだった。

「なんでもないです」忠はささやき声で返した。

「なんでもないわけがないだろう」警官が自転車を降り、道を渡ってきた。

くそったれが。どうしてこんなときに――。忠は顔をゆがめ、島崎の背中を目で追った。

島崎は、後方で起きたことには気づかない様子で歩き続け、東大の弥生門のところですっと通用口に姿を消した。

ああ、そうか。彼は本郷キャンパス内に身を隠しているのか——。忠は虚を衝《つ》かれた思いがした。

東大は「自主自治」を楯《たて》にして、警察の立ち入りを徹底して拒む大学として知られていた。昭和二十七年には「東大ポポロ事件」という、左翼演劇の発表会に潜り込んだ私服刑事を吊《つ》るし上げ、警察に謝罪文まで書かせる事件が発生した。多くの警察官僚を輩出しながら、一方ではパルチザンを気取るのが東大生の気質《きしつ》なのだ。すぐ隣には本富士署があるものの、制服警官のパトロールを一切認めていない。

「おい、ここで何をしてる」若い警官が怖い顔で言った。

「ちょっと夕涼みを」忠が腰を低くして答える。

「ふざけるな。どうして裸足なんだ」

「いや、その、鼻緒《はなお》ずれしちゃいまして」

「じゃあ見せてみろ」警官が懐中電灯で足元を照らす。「なんでもないじゃないか」忠の腕をつかみ、厳しい口調で詰め寄った。

通りの先にもう島崎国男の姿はない。彼は、広大なキャンパスのどこをねぐらにしているのか。

大学に泊まり込む学生はいくらでもいる。彼が目立つことはないだろう。運動部や文化部の部室、学士会分館、安田講堂。宿直室は選《よ》り取り見取りだ。教室で横になっても、毛布一枚あればこの時期ならしのげる。

考えやがったな。忠は無性《むしょう》に島崎が憎くなった。

警官に職業を聞かれ、つい「学生」と答えた。

「もしかして東大生か」

「そうだけど」

「学生証は？」

「あ、ごめん。一昨年《おととし》卒業してた」

「きさま、警察をおちょくってるのか」

警官が顔を真っ赤にして、声を荒らげた。

「おまえ、署まで来てもらうからな」警官が鼻の穴を広げて言った。

「え、うそ。どうしてよ。ただの銭湯からの帰りでしょう」忠は目を剝《む》いた。

「どこへ帰るんだ」

「……西片の下宿だけど」

「道がちがうだろう！」

警官のつばきが顔にかかった。

「あのさ、おれ、警視庁警務部長の息子なんだけどね。階級は警視監」

「貴様、ますます怪しいな。警察の階級など、一般市民がどうして知っている」

「だからさ、おれの親父が――」

「もういい。おとなしくついて来い」シャツを引っ張られた。

忠は深くため息をつき、夜空を見上げた。天気予報通り、雨がまたぽつりぽつりと降り出した。滴《しずく》が額に当たる。

さてどうするか。今日のことを、誰かに打ち明けるべきだろうか。

父にせよ、兄にせよ、ここに至る事情を説明するのは相当に大変そうだ。笠原はやめておこうと思った。スクープ欲しさの事件記者は話をややこしくしてしまいそうだ。

忠は拒むこともできたが、おとなしく署まで連行されることにした。雨が本降りになってきたからだ。


本富士署で、忠は父親の名前を出さなかった。下宿の住所と氏名と勤務先を書き、中央テレビに電話で問い合わせてもらい、身元を証明できた。たまたまデスクにいた上司が、「一晩泊めてやってください」と警官に冗談を言い、危うく現実となるところだった。

翌朝、局で笠原をつかまえ、あの件はどうなったと聞くと、明らかに二日酔いで酒の臭いをぷんぷんさせた笠原は、痴漢に間違えられた男のような表情で、「おれは外された」と言葉を吐き出した。

「デスクと部長は生え抜きでも、局長以上は親会社からの出向組だ。社長もそうだ。連中、本心は新聞に戻りたいんだよ。あいつら、絶対にどこかに伺いを立てやがった。取引しやがった。国は、オリンピック前に爆弾事件なんて表に出したくないんだ」

気持ちが収まらない様子でまくしたて、何度もため息をついた。笠原は地域ニュースに回され、「今日はこれから千住《せんじゅ》の〝おばけ煙突〟解体の取材だ」と赤い目をして自嘲《じちょう》的な笑いを浮かべた。

忠は形だけの慰めを言い、深くは立ち入らなかった。昨夜のことはもちろん内緒にした。そして一時間ほど自分の机で考えに耽《ふけ》ったあと、会社を出て、雨の中たばこ屋の公衆電話へと行った。受話器を取り上げ、ダイヤルを回す。かけた先は警視庁警務部だ。

「どの部署に通報していいのかわからないのでそちらにかけました。オリンピック最高警備本部に伝えてください。匿名の情報提供です。あなた方が捜している東大生の島崎国男は、東大の本郷キャンパス内に潜《ひそ》んでいます。昨夜見かけました」

それだけ言い、電話を切った。電話の向こうで、「君、君」と叫んでいたが、取り合わなかった。心臓が口から飛び出るほど高鳴った。

こうするのがいちばんいいと思った。須賀家にとっても、日本にとっても、自分にとっても——。

東京の街は、秋雨がしとしとと降り注いでいる。いきなり秋が深まったという感じで、セーターが欲しいほど空気が冷たかった。それなのに、背中にはびっしょりと汗をかいていた。

23

昭和39年8月20日　木曜日

この日は朝から雨が降り、選手村の屋外建設現場はすべての作業が休止となった。島崎国男が七月二十二日に飯場に入ってから、実に一月ぶりの雨だった。ラジオによると、関東の水源地である小河内《おごうち》ダム付近では激しい豪雨になっているらしい。いつもは抑揚のないアナウンサーが、「東京には待望の雨です」と声を弾ませていた。四十五パーセント節水という前代未聞の給水制限も、この雨により少しは緩和されそうだ。

「みんな今日はゆっくり休んでけれ」

山田社長も珍しくやさしい言葉を吐いた。表情も柔和で、肩の力が抜けた感じだった。誰もが、このまま東京には雨が降らず、オリンピックも開けないのではないかと思い始めていた。その矢先の、恵みの雨だ。

「おい、映画でも観に行がねえか。冷房完備で涼しいべ」

米村に誘われたが、国男は「下宿に用事があるので」と断った。

「おめ、ほんとはコレさいるんでねえべか」

米村が小指を立ててからかうと、ほかの人夫たちも「悪いオナゴさ引っかかるな」「男にも気いつけ」と口々に囃《はや》し立てた。仕事が休みになり、飯場全体に和《なご》やかな空気が流れていた。

飯場で番傘《ばんがさ》を借り、横殴りの雨の中、都電を乗り継ぎ、西片の下宿へと向かった。京浜線を使って上野まで行くほうが早かったが、なんとなくゆっくりと時間を過ごしたくて都電にした。午前中は、出勤時間が過ぎればたいてい空《す》いている。

電車の座席に着いたとき、隣に座るサラリーマンの半袖《はんそで》シャツからのぞく腕が、自分とあまりに色がちがうので驚いた。国男は、真っ黒に日焼けした我が肌に唖然《あぜん》とし、少し愉快になった。肉体の変化は、どこか快感めいたものがある。

車窓から眺める東京の街は、雨のおかげで全体が艶《つや》やかだった。気温も三十度を大きく下回り、ビルや道路までが一息入れている感じがした。なにより雨音が新鮮だった。昨日までの東京は建設工事の音に支配されていた。耳に入る音がやさしいと、自然と気持ちがやわらぐ。国男は無意識に深く息を吸っていた。

一時間ほどかけて西片の下宿に到着した。下宿生の多くはまだ帰省中なのか、半分近い窓のカーテンが閉まったままだ。首を伸ばして母屋の様子をうかがうと、縁側の戸が開き、簾《すだれ》が吊《つ》り下げられていた。大家夫人は在宅のようだ。テレビを見ながら裁縫《さいほう》でもしているのだろう。

玄関には入らず、裏手に回った。樋《とい》から吐き出された雨水が、軒下を水溜《みずた》まりにしている。どこから出てきたのか、蛙が石の上で置物のようにじっとしていた。

裏庭に立つ。地面は草で覆われているが、一角に、一メートル四方ほどの面積で木の板が並べられていた。上にはブロックの重石《おもし》が載っている。板の下は防空壕《ぼうくうごう》への入り口だった。この下宿屋の裏庭には、防空壕が戦後埋められないまま残っているのである。

国男は周りを見渡し、人目がないことを確認してブロックを脇によけた。板を二枚だけ持ち上げ、塀に立てかける。地下に続く石の階段が現れた。いつか大家夫人に「うちは疎開先がなくてね、それで主人が仕方なしに掘ったの」と聞かされたことがあった。思い出深くて埋める気になれないのだそうだ。

番傘を開いたまま置き、腰をかがめ、短い階段を下った。内部は天井の高さが一メートルほどで、人が五、六人入れる広さがあった。天井と壁がコンクリートで固められているので、防空壕としてはかなり本格的だ。中はガラクタに占拠されていた。錆《さ》びた子供の三輪車や年代物の臼《うす》が積み上げられている。国男は目を凝らした。入り口から射し込む外光だけが頼りだ。

いちばん奥に置いてある柳行李《やなぎごうり》の蓋《ふた》をとった。中には、先週自分が隠したリュックサックがあった。思わず安堵《あんど》の吐息が漏れる。誰にも見つからなかった。事故もなかった。大家が防空壕に入ることはほとんどない。そうと知っていても、安心はできなかった。

念のためにリュックを手に取り、中身を確認した。パラフィン紙で包んだ十二本のダイナマイトは、湿気を含むことなく、入手したときと同じ状態のままだった。

そっと元に戻した。ここに保管するのが、今のところもっとも安全な方法と思われる。顔の汗をハンカチで拭《ぬぐ》った。腋《わき》の下にもびっしょり汗をかいていた。

忍び足で外に出た。再び周囲を見回し、木の板を元に戻して入り口をふさいだ。雨粒があちこちで跳ねている。国男は首をすくめ、走って勝手口に入った。流しに人が立っていてぎょっとする。

「うわっ、島崎先輩ですか。いきなり現れないでくださいよ」

向こうも驚いていた。同じ経済学部の後輩が、共同の炊事場でインスタントラーメンを作っていた。

「なんだ、山下君か。田舎へは帰らなかったのか」国男が番傘をたたんで言った。

「ゆうべ戻ってきました。家庭教師のバイトがあって……。先輩こそ、秋田には帰らなかったんですか」

「おれは兄貴の葬式で帰ったばかりだろう」

「ああ、そうでしたね……」後輩がまじまじと国男の顔を見つめた。「先輩、ハワイにでも行ったんですか」

真顔で言うのがおかしくて、国男は思わず苦笑した。「労働だよ。マルクス経済学の実《じっ》践《せん》だ」

「なんか、変わりましたね。野球選手みたいです」

「こんなぼさぼさ頭の野球選手がいるか」国男は濡《ぬ》れた髪をかき上げ、階段を上がろうとした。「ああ、そうだ」思いついて立ち止まる。

「山下君、一億円って何キロになるか知ってる？」

国男の質問に、後輩が体をのけぞらせた。「なんですか、いきなり」

「知らなければいい。聞いてみただけ」

「一億円なら十キロですよ」童顔の後輩が事も無げに答えた。

「そうなの？」

「聖徳太子一枚で一グラム。百万円なら百グラム。一千万円なら一キロ。だから一億円なら十キロ」

「物知りだな」

「銀行に就職した先輩から聞きました」

「ふうん」

国男は納得して、自分の部屋に向かった。そうか、十キロか。口の中でつぶやく。と言って、実感はないのだが。

体積は計算で割り出すことができる。頭の中でイメージしてみた。早速擬似《ぎじ》の札束を作ってみる必要がある。することはいっぱいありそうだ。

国男は爪先《つまさき》立ちでトントンと階段を上った。

昼近くになって、国男は古本屋に行くことにした。ダイナマイトにはどうしても時限発火装置が必要で、そのためのテキストを手に入れたかったのだ。工学部の下宿生をつかまえて聞けば指導を得られるかもしれないが、怪しまれるに決まっているので独学で行くことにした。それに子供の頃は機械いじりが好きで、ラジオぐらいなら自分で作っていた。

雨の中、誰かの高下駄を拝借して本郷へと歩いた。屋敷町の塀からのぞく樹木が、どれも色濃く光っている。道で擦れ違った見知らぬ老婦人が軽く会釈して、「ようやく降りましたねえ」と品よく言った。「これで蕎麦《そば》が食べられます」国男が思いつきで返事をすると老婦人は立ち止まり、「そうね、ふふふ」と娘のように笑った。

行きつけの古本屋を何軒か回り、『無線と科学』という雑誌の既刊号を探した。電気と機械好きのマニアがよく読んでいる雑誌で、何度か国男も買ったことがあった。図解入りの記事がわかりやすく、初心者にも重宝がられている。

久し振りに嗅《か》いだ本の匂いは、国男の気持ちを落ち着かせた。思えばもう一月以上、書物には触れていなかった。自分の人生では画期的なことだ。

赤門近くの小林書店という古本屋の平台で、『無線と科学』が数年分積んであるのに出《で》くわした。定期購読者が置き場所に困って処分したようだ。この幸運に心がはやった。伊達《だ》に長年本探しをしてきたわけではない。神は求めるところを与えるのだ。早速一冊ずつ目次をめくっていく。人の視線を感じ、番台のほうを振り向くと、馴染《なじ》みの店主が「なんだ、島崎君か」と声を発した。

「どうも。ご無沙汰《ぶさた》してます」国男が軽くお辞儀をする。

「どうしたの、真っ黒に日焼けして。海にでも行ったの？」

「いえ。肉体労働のアルバイトです」

「そう。なんか逞《たくま》しくなったね。いいよ、いいよ」

店主が見直したという感じで、うんうんとうなずく。この店は三年前から通っていて、家族全員と顔見知りだった。年頃の娘はいつも照れて挨拶《あいさつ》をしてくる。

「あ、そうだ。すいません。ゲーテ全集のお金、まだ払ってないや」

思い出して国男が言った。この界隈《かいわい》は東大生だとツケが利いた。

「いいさ、いいさ。あるときにまとめて払ってくれれば。おたくの下宿にいた斉藤君なんか、就職して最初の給料でこれまでのツケを払いに来たさ」

この店主は偏屈なところがないやさしい人物だった。

「すいません。お言葉に甘えます」

国男は再び雑誌各号の目次に目を走らせた。大半の記事は無線機や真空管アンプの作り方だ。十五分ほど調べたところで、ひとつの見出しを発見した。「市販の時計で作れる簡単タイマー」とある。そうか、タイマーか。国男は膝《ひざ》を打った。時限発火装置というから大袈裟《おおげさ》なものを考えてしまう。タイマーで電源が入る装置があれば、電池と熱線で簡単に発火できる。

その記事の載っている号を買うことにした。四十円だったのでその場で払った。いつもは堅い本を求める国男が妙なものを買うので、店主が訝《いぶか》しげに表紙を見つめる。

「雨が降って一安心ですね」国男が天気の話を振った。

「ああ、そうだね。どうなることかと思ったよ」店主は表情を緩め、これで行水《ぎょうずい》ができると目を細めた。

「お家は、夏場は行水なんですか」

「あたしとせがれはね。娘はもういやがるよ」

　この店の良子という名前の娘を思い出した。ずっと子供扱いしていたが、今年の春、高校を卒業してBGになっていた。お下げ髪はもうやめたのだろうか。

「それじゃあまた今度」挨拶をして店を出た。収穫があったことに心が弾む。あとは古道具屋に行って時計と電熱器を買えばいい。

　正午を回っていたので、その前に腹ごしらえをすることにした。赤門前の東大生御用達の食堂に入る。店内は閑散としていて、四人がけのテーブルを独り占めすることができた。壁のメニューを眺める。毎日のドカベンに慣れてしまったせいか、ここでも量を求めたくなった。国男はカレーライスと支那《しな》そばを注文した。「お兄さん、一人？」女将《おかみ》が国男を見つめて言う。

「そう。食べ過ぎ？」愉快な気持ちになり、聞き返した。

「ううん。若いんだからたくさん食べて」女将は白い歯を見せ、厨房《ちゅうぼう》に向かって注文の品を告げた。そして店内のテレビの前に陣取り、『うず潮』というNHKの連続ドラマを熱心に観始めた。

　国男は壁の棚に新聞を見つけ手に取った。飯場には新聞がないので、読むのは久し振りだ。一面は、アメリカが東京五輪国際中継に使用する通信衛星の打ち上げに成功したという記事だった。アメリカの力なくして、アジアでオリンピックは開催できないようだ。

ページをめくると、五輪コンパニオンが初顔合わせをしたという記事が写真入りで載っていた。選ばれたのは全員外国生活の経験者で、池田首相の次女や、旧宮家、旧財閥の子女が大半を占めていた。国男には一生口を利くことのない上流階級の娘たちだ。

社会面に《時の人》という囲み記事があった。厳格そうな顔をした一人の中年男が写っている。見出しには、「国の威信背負う――オリンピック最高警備本部幕僚長・須賀修二郎警務部長」とある。思わず目が吸い込まれた。なるほど、この人物がオリンピックの警備の実質的責任者なのか。警察官僚なのだから東大ＯＢにちがいない。

須賀――。見覚えのある苗字《みょうじ》だった。

「はい、先にカレーね」

女将がカレーライスを運んできた。いい匂いが鼻をくすぐる。新聞を開いたまま脇によけ、スプーンをコップの水でゆすぎ、一口ぱくついた。

思い出した。駒場時代の同じクラスに須賀忠という学生がいた。東大生らしからぬ軟派な男で、千駄ヶ谷のお屋敷に住んでいた。彼の父親が警察幹部だった。スピード違反ぐらいなら勘弁してもらえるぜ、と自慢しているのを聞いたことがある。

カレーを食べながら記事を読んだ。須賀修二郎は警察のエリートコースを歩んできた人物で、緻密《ちみつ》な仕事ぶりと有事の管理能力で五輪警備を任せられたということだった。過去には外務省への出向経験もあり、国際性も豊かとのこと。入り婿《むこ》で、須賀家は旧華族、自身の実家は軍人の家系と血筋も申し分ない。「警備力は国力。日本の国力を世界に示したい」――。それが須賀修二郎のコメントだった。

国力か――。国男は反発する思いを抱き、小さく憤った。それを言うなら、国民の生活こそが国力なのではないか。この官僚が、地方の僻地《へきち》の実態を知らないはずはない。東京だけをにわか近代都市に取り繕って、何が〝世界に示したい〟だ。

支那そばが運ばれた。胡椒《こしょう》を山ほどふりかけ、割り箸《ばし》で勢いよくすする。鼻につんときて、あわてて水を流し込んだ。

記事は、今週の土曜日に神宮外苑で開催される花火大会について触れてあった。十万人を超える人出が予想されることから、五輪警備のリハーサルのための催しと目されていて、税金の無駄遣いという声も上がっているのだそうだ。

ふと顔を上げると、食堂の壁に、その花火大会のポスターが貼ってあった。東京オリンピック記念花火大会、会場は神宮外苑、八月二十二日土曜日、午後七時開始。もう明後日だ。

支那そばは三分で食べ終えた。手の甲で口を拭《ぬぐ》い、大きく息をつく。神宮外苑ということは、須賀修二郎の自宅がある千駄ヶ谷とは目と鼻の先だ。息子とは元同級生だから、住所は卒業生名簿を見ればすぐにわかる。

国男の胸の中で、得体の知れない空気が膨らんだ。これまで経験したことがない、あばら骨を内側から押し上げるようなエネルギーだった。自然と鼻の穴が開き、荒い息を吐いていた。

手始めに明後日、オリンピック警備責任者の自宅を狙ってみるか。爆弾と花火大会との対比も皮肉めいていていい。

国男はもう決意していた。決行しよう。警察官僚は国家そのものだ。それに上流階級の家だというから遠慮はいらない。

「ごちそうさま」立ち上がり、百円札をテーブルに置いた。「丁度ですから」じっとしていられなくなり、急いで店を出た。

「ありがとうございまーす」女将の呑気《のんき》な声が背中に降りかかる。

国男は本郷の町を歩いた。行く先は古道具屋と金物屋だ。時計と、リード線と、電池と……。必要な物を頭に思い浮かべた。

犯行予告声明文も作ろう。ダイナマイトが爆発すると同時に、警察にこの行為が本気であることを知らしめるのだ。

自分の行動力が意外だった。手《て》枷《かせ》足《あし》枷《かせ》がすべて取れたような、身の軽さがある。

雨脚は弱まる気配がなく、坂の多い本郷は路地が川のようになっていた。民家の軒下では、野良猫が数匹身を寄せ合い、丸くなっている。遠くで雷が鳴った。東京砂漠と言われた水不足は、これで解消しそうだった。

24

昭和39年8月22日　土曜日

土曜日なので仕事は半ドンで終えた。山田社長からは当然のように〝通し〟を求められたが、「明日出ますから」と交換条件を持ち出し、なんとか自由になることができた。

島崎国男はいたって平常心だった。国家権力に一撃を加えるのだという気負いもなければ、これからテロリズムに身を投じようとする悲壮感もなかった。静かな気持ちで、帰り支度をしている。

飯場で水を浴び、汗を流し、いつもの半袖《はんそで》シャツと学生ズボンに着替えた。蒲田駅前でカツ丼を食べ、精をつけた。そして路地裏に入り、ヒロポンの売人を探した。簡易宿の前に立つ怪しげな男に声をかけると、最初はとぼけられたが、羽田の飯場の者だと言うと、急に態度が変わり、いとも簡単に一本三百円の値でヒロポンを分けてくれた。

「盆休みがあったからブツが捌《さば》けなくてな。こっちも困ってたんだ。あんちゃん、サービスするからたくさん買ってくれ」

アンプルの入った紙袋を押し付けられ、苦笑して五本買った。注射器も買った。

ヒロポンを手に入れたのは、快楽に味をしめたわけでも、万能感に頼りたかったわけでもなかった。ただなんとなく、世間の常識から外れていく今の自分に、違法物がふさわしい気がした。拳銃《けんじゅう》が目の前にあるなら、資金は別として、欲しいくらいだった。

この日は国電で上野まで行き、散歩がてら不忍池を経由し、言問通りを歩いて西片の下宿に帰った。下宿生はほとんど出払い、大家も留守だった。周囲に人の目がないことを確認し、防空壕《ぼうくうごう》跡からダイナマイト一本を運び出し、自分の部屋で装置の製作に入った。

ワイシャツとズボンを脱ぎ、ハンガーにかける。ランニングシャツとステテコ姿で窓の縁に腰を下ろし、団扇《うちわ》で扇《あお》ぎ、汗が引くのを待った。蟬があちこちで鳴いている。雨は一昨日の一日きりで、今日は再び太陽が照りつけていた。気温はきっと三十度を超えている。

文机《ふづくえ》を四畳半の真ん中に置き、古道具屋で買い揃えた道具類を並べた。ドライバーやハンダ鏝《ごて》、手動巻き目覚まし時計に電熱器などだ。タオルを頭に巻き、てのひらをこすり合わせる。『無線と科学』の目的のページを開いて脇に置き、早速工作に取り掛かった。

ドライバーで目覚まし時計の裏蓋《うらぶた》を外す。中が思ったよりスカスカだったので拍子抜けした。内蔵された真鍮《しんちゅう》のベルを取り外すと、さらに空間が広がり、ゼンマイのスプリング板だけが場所を取っていた。ベルを叩《たた》くハンマーを指で前後させ、動作確認をする。念のために機械油を注《さ》した。古い油で固まっていたりすると元も子もない。

次にハンマーの先に釣り糸を結びつけた。動きやすい麻糸も候補だったが、万が一のときを想定し、耐久性の高いアクリル製を選んだ。糸の一方には、絶縁材料としてギターのピックに穴を開けて取り付けた。滑りやすさからプラスチック素材がいちばんだと判断した。

表札ほどの大きさの板を机に置き、時計をガムテープで固定した。続いて糸の長さに合わせて電池ケースの位置を決め、こちらはネジで留めた。電池ケースは模型屋で売っている平凡な品だ。

最後は配線をした。リード線は最短の長さで板に貼り付け、回路の途中に電熱器から外したニクロム線のコイルを配し、丁寧にハンダ付けした。これで完成だ。

原理はいたって簡単だった。絶縁チップを配線の経路に設けた電気ケースの接触面に差し込み、時間が来るとピックが引っ張られて抜け、電気が流れるという仕組みだ。途中には電熱コイルがあり、発熱すると導火線に火が点《つ》く——。

手作りの機械式というのが、却《かえ》って警察を不気味がらせるのではないかと、国男は想像した。誰でもできるのだぞというアピールにもなる。

出来上がったところで試験をしてみた。導火線を切り分け、電熱コイルに巻きつける。これで発火するかどうかを確認できればいい。

時計の目覚まし針を三分後に合わせ、見守った。時間が来て、ベルを鳴らすはずのハンマーが動いた。釣り糸が引っ張られ、絶縁体チップが外れる。電熱コイルがじわじわと赤くなり、程なくして導火線に火が点いた。成功だ。

国男は安堵《あんど》の息を漏らし、畳に転がった。肩に力が入っていたのか、両腕を伸ばすと筋に痛みが走った。窓の外を見た。青空が広がっている。軒下の風鈴《ふうりん》はピクリとも動かず、湿気が住宅街全体に溜《た》まっていた。じっとしていても汗が噴き出てくる。

ああ、そうだ。今になって気づいた。この装置は自分の指紋だらけだ。不発だった場合、言い逃れのできない証拠を残すことになる……。

まあいいか。天井を見ながらひとりごちた。捕まえられるものなら、捕まえるがいい。自分はこれから始まる出来事で勝者になる。臍《ほぞ》を嚙《か》むのは権力者たちだ。

腕時計を見ると午後四時だった。余裕を見て五時に下宿を出るとして、それまで一時間ある。仮眠を取ろうかと思ったが、この暑さでは眠れる気がしないので、ヒロポンを打つことにした。なんとなくだった。目の前に餡《あん》ころ餅《もち》があって、とくに食欲がないのに手が伸びるのと同じだ。

起き上がり、紙袋を引き寄せた。中からアンプルと注射器を取り出す。自分で打つのは初めてなので、少し緊張した。薬液をポンプに吸い上げ、針を上に向け、空気を押し出す。左腕の肘《ひじ》の裏をこすり、静脈を浮き立たせた。針を突き立てる。うまくいった。薬が体に染みていく感覚にはすっかり慣れた。毛細血管の一本一本がざわざわと首をもたげる感じも。

万能感が湧いてくるのだから悪い選択ではなかった。そんな言い訳を自分にした。

全身の汗がすうっと引いた。聴覚がいきなり感度を増し、蟬の鳴き声が滝のように間断なく響き渡った。それでいてうるささは感じない。

目を閉じた。早朝の湖面のように心は落ち着いていた。国男は今日の成功を信じた。準備は万端だ。

午後五時になって下宿を出た。ダイナマイトと時限装置は小ぶりのリュックに入れて背負った。渋谷区千駄ヶ谷四八五番地。須賀修二郎の住所は暗記した。地図で確認したら、八幡神社のすぐ裏手だった。

白山通りまで歩いて都電に乗り、水道橋《すいどうばし》で国電に乗り換え、千駄ヶ谷で降りる。ものの三十分で着いてしまった。改札を出て国男は目を丸くした。駅前は人間の洪水で、東京体育館の先まで人の頭で埋まっている。こんな光景は見たことがない。

「立ち止まらないでください」制服警官がハンドマイクでがなりたてた。

「ここで待ち合わせしてるんです」若い女が抗弁する。

「だめです。進んでください。待ち合わせはできません」

まるでデモ隊を迎え撃つ機動隊のように、群集を会場へと押しやっていった。実際、機動隊の装甲車があちこちに停まっていた。五輪警備のリハーサルというのは本当のようだ。

「持ち物は胸に抱えてください。スリや置き引きに気をつけてください」

そんなアナウンスが流れる中、一人の若い警官と目が合った。「ちょっと、あなた」声をかけられた。「リュックは下ろしてください。スリに遭いますよ」ニキビ面の警官はあくまでも丁寧だ。「ご親切に、ありがとう」国男は微笑してうなずき、指示に従った。

リュックにダイナマイトがあるというのに、国男はまったく普通にしていられた。ヒロポンのおかげか、慌てるということがひとつもない。

群集が神宮外苑方面に進む中、国男だけ右に逸《そ》れ、千駄ヶ谷の住宅街に入った。この町に足を踏み入れるのは初めてで、国男は樹木の豊かさに驚いた。通りはまるで緑のトンネルだ。西片にも屋敷は多いが、千駄ヶ谷は格がちがうといった感じだった。だいいち大きな家は道からは中がのぞけない。戦災を免れたと思われるクラシックな瓦《かわら》屋根が塀の向こうに見えるだけだ。

目指す須賀邸はすぐに見つかった。高台の一ブロックがまるまる敷地という広大な屋敷だ。いったい何坪あるのか見当もつかない。知らない人間なら寺かと思うだろう。国男はとりあえず屋敷の周りを一周した。塗り壁の塀は瓦屋根つきの立派なものだった。ただしそれは外周の半分だけで、残りはブロック塀だった。一部が空襲で燃えたにちがいない。人通りはまったくなかった。ここが東京の真ん中なのかと不思議な気分になる。

途中、裏手に勝手口があった。そっとドアノブを回してみる。当然のように鍵《かぎ》がかかっていた。ただ、脇にはゴミ捨て用の間仕切り枠があり、その上に乗れば容易に塀を越えられる。気になるのはこの家には番犬がいるのかどうかだ。

国男は用意した魚肉ソーセージの包みを剝《む》き、一切れちぎって中に放り投げた。耳を澄ませる。五秒、十秒。まったく音はしない。もう一度同じことをした。やはり音は聞こえてこない。ヒロポンのおかげで耳には絶対の自信があった。木の枝を踏む音だって聞き逃すはずがない。

再び正面に戻った。築百年は数えるであろう大門は閉じていたが、横の通用扉は開いたままで、そこから中の様子がうかがえた。水がまかれた玉砂利の道。うっそうと茂る庭の木々。中に人がいるかどうかもわからない。

豪勢な屋敷にしては無用心と言えた。昔からの金持ちの家というのは、案外そんなものかもしれない。おまけに主《あるじ》は警察幹部だ。泥棒が狙うわけがない。

自転車に乗った豆腐屋がラッパを吹いて屋敷の前の道を通っていった。静かな屋敷町に独特のメロディがこだまする。豆腐売りの男が国男を一瞥《いちべつ》した。目を逸らすと逆に怪しまれると冷静に判断し、背筋を伸ばし、鷹揚《おうよう》に会釈した。この屋敷の書生か何かと思ったのか、向こうが慌ててお辞儀をした。

うろうろしてこれ以上目撃されるとまずいので、国男は行動に移すことにした。躊躇《ちゅうちょ》はない。目的を遂行《すいこう》するのみだ。腕時計を見た。午後六時半になっていた。

先ほどの勝手口に行き、周囲を見渡した。人影はどこにもない。軍手をはめた。ゴミ捨て場の蓋《ふた》に上がり、塀の瓦屋根に手をかけた。ジャンプし一気に体を載せる。右足を上げてまたぎ、頭を低くしたまま屋敷側に体を移動した。トカゲのような姿勢で塀の屋根に張り付いたまま、中の様子をうかがう。改めてその広さに啞然《あぜん》とした。大きな母屋、竹林《ちくりん》に囲まれた離れ、水をたたえた池、見事な日本庭園、その向こうにはテニスコートまである。なんという贅沢《ぜいたく》な屋敷だ。郷里の村人たちに見せたら、驚きで口も利けないだろう。

庭には誰もいなかった。母屋には電気がついている。時間からして夕飯の支度をしているのかもしれない。いや、この家ならきっと女中がいる。

音を立てないよう、そっと塀から降りた。腰をかがめ、周囲に注意を払い、塀に沿って歩く。離れまで行き、建物の陰に身を隠した。母屋との間には竹林があるのでうまい具合に死角になる。いちばん心配していた番犬はいない。

離れは雨戸が閉まっていた。普段は使っていないようだ。国男はここに仕掛けることに決めた。怪我人は出したくない。

国男はリュックを下ろし、中からダイナマイトと時限発火装置を取り出した。爆破時刻はもう合わせてある。午後七時半、花火大会が始まって三十分後だ。装置に電池をセットした。ピックをはさみ、釣り糸の張り具合の最後の確認をする。離れの縁の下に押し込んだ。これで後戻りはできない。さて、ダイナマイト一本とはどれくらいの破壊力なのか。それがこれからわかる。

長居は禁物なので、急いで勝手口へと戻った。内側からドアの鍵を解除する。何食わぬ顔で堂々と外に出た。軍手を外し、リュックにしまう。髪を直し、ひとつ咳払《せきばら》いして歩き出した。驚いたことに一滴の汗もかいていなかった。脈拍も変わっていない。ヒロポンの力に感謝した。

どちらに行こうかと考え、せっかくだから少し花火を見ることにした。喉《のど》が渇いたので冷えたラムネでも飲みたい。そういえば腹も減った。屋台が出ているだろうから、焼きそばを買って食べよう。

神宮外苑に向かって坂道を下った。すぐ先は人でごった返しているというのに、千駄ヶ谷の屋敷町は避暑地のような静けさだった。日はとっぷりと暮れていた。八月も下旬になると、日没時間はもう秋を感じさせる。

しばらく歩いていると、坂の下からエンジン音を響かせ、小型のスポーツカーが駆け上がってきた。オープンカーで車体は赤色だ。助手席には若い女の影が見える。気障《きざ》な奴がいたものだと思い、何気なく目をやると、車が国男の横で急停車した。「おい、島崎」いきなり声をかけられた。

「島崎だよな。駒場で同じクラスだった。おれだよ、おれ。須賀忠。一度パー券買ってもらったことあったよな」

目の前にいるのは、たった今ダイナマイトを仕掛けてきた警察幹部の家の息子だった。何という不運か。卒業以来一度も会っていない元同級生と、ここで出くわしてしまうとは。

「ああ、ジャズをやってた須賀君か」国男は微笑んで言った。まるで焦らないでいられるのがせめてもの救いだ。

「偶然だな。こんなところで何してる」

「これから花火に行くんだ。代々木駅で降りたら少し道に迷ってね」うそもすらすらと出た。

須賀は偶然の再会に驚き、よろこんでいる様子だった。国男の近況を聞いてきたので、大学院でマルクス経済学を研究していることを話した。須賀は卒業以来一度も大学には顔を出していないと苦笑していた。ポマードで固めた髪と派手な服装は昔のままだ。

「須賀君は中央テレビだったよね」国男も近況を聞いた。この男は経済学部でただ一人、テレビ局に就職していた。将来性を持ち上げると、須賀は肩をすくめ、微苦笑していた。

そのとき、ドーンという音が鳴り響いた。一瞬、方角がわからなくなり、自分の仕掛けた爆弾かと体が凍りつく。しかしすぐに目の前の上空に花火が広がったので、国男は胸を撫《な》で下ろした。

「おっと、こうしちゃいられねえ。急がなくっちゃ」須賀が車のギアを入れ、サイドブレーキをたたんだ。「じゃあな。暇があったら局にでも遊びに来てくれ」

「うん、そうだね」国男は手を挙げて挨拶《あいさつ》し、再び坂を下った。ここでも心臓は高鳴らなかった。まったく向精神薬の威力はたいしたものだ。

さて、この事態はどう考えるべきなのか。須賀はこれから家に帰る。そして三十分後に、離れが爆発することになる。彼は爆発の直前、大学の同級生と家の近くで出会ったことをどうとらえるのだろうか。

花火が次々と夜空に舞い上がった。ドーン、ドーン。鼓膜《こまく》を震わせる。風圧さえ感じた。こんなに近くで見るのは初めてだった。発展する東京を祝福するかのように、大輪の花を咲かせている。歓声も聞こえた。大人はどよめき、子供は奇声を発している。

国男に後悔はなかった。物事はなるようにしかならない。捕まる気はさらさらないが、挑戦的気分はどこかある。

日本青年館横の広場でラムネと焼きそばを買い、新設なった隣の国立競技場の敷地へ行った。階段の上のほうへ行けば、眺めがよさそうだ。

観客に混じって焼きそばを食べた。誰も国男を知らない。自分も周囲の人を知らない。東京には一千万の人間が暮らしている。

腕時計を見た。そろそろ七時半だ。この場所からは千駄ヶ谷の高台も望めた。一人だけ首をひねってうしろを見ているので、訝《いぶか》る観客もいる。国男はできるだけ後列に移動し、時間が来るのを待った。

そして七時半になった。息を呑《の》み、千駄ヶ谷の方角を見守る。パーンという、花火とは異質の甲高い音がした。赤い火花が真っ黒な森の中に立ち上がった。

成功だ。国男は拳《こぶし》をぎゅっと握り締めた。少し興奮したが、飛び跳ねるほどではなかった。

さて、周囲の人間は前方の花火を見るのに夢中でまるで気がつかない。

さて、明日の新聞が楽しみだ。国男はゆっくりと歩き出した。千駄ヶ谷の駅も今なら空《す》いているだろう。

下宿に帰ってこれからの作戦を練ることにした。目撃されたので、案外早く警察の手が伸びてくるかもしれない。

須賀邸からは火の粉が舞い上がっていた。


（下巻に続く）

本書は、二〇〇八年十一月小社刊の単行本を上下巻に分冊して文庫化したものです。

本作品中には、今日では不適切とされる語句や表現がありますが、舞台となる時代背景を鑑み、あえて使用しています。尚、本作はフィクションで、実在のいかなる組織・個人とも一切関わりないことをここに付記します。

（編集部）

オリンピックの身代金《みのしろきん》　上

奥田英朗《おくだひでお》

角川文庫 17016

平成二十三年九月二十五日　初版発行

発行者—井上伸一郎
発行所—株式会社角川書店
東京都千代田区富士見二—十三—三
電話・編集　(〇三)三二三八—八五五五
〒一〇二—八〇七八
発売元—株式会社角川グループパブリッシング
東京都千代田区富士見二—十三—三
電話・営業　(〇三)三二三八—八五二一
〒一〇二—八一七七
http://www.kadokawa.co.jp

印刷所—暁印刷　製本所—BBC
装幀者—杉浦康平

お 56-3　ISBN978-4-04-386004-3　C0193

角川文庫発刊に際して

角川源義

第二次世界大戦の敗北は、軍事力の敗北であった以上に、私たちの若い文化力の敗退であった。私たちの文化が戦争に対して如何に無力であり、単なるあだ花に過ぎなかったかを、私たちは身を以て体験し痛感した。西洋近代文化の摂取にとって、明治以後八十年の歳月は決して短かすぎたとは言えない。にもかかわらず、近代文化の伝統を確立し、自由な批判と柔軟な良識に富む文化層として自らを形成することに私たちは失敗して来た。そしてこれは、各層への文化の普及滲透を任務とする出版人の責任でもあった。

一九四五年以来、私たちは再び振出しに戻り、第一歩から踏み出すことを余儀なくされた。これは大きな不幸ではあるが、反面、これまでの混沌・未熟・歪曲の中にあった我が国の文化に秩序と確たる基礎を齎らすためには絶好の機会でもある。角川書店は、このような祖国の文化的危機にあたり、微力をも顧みず再建の礎石たるべき抱負と決意とをもって出発したが、ここに創立以来の念願を果すべく角川文庫を発刊する。これまで刊行されたあらゆる全集叢書文庫類の長所と短所とを検討し、古今東西の不朽の典籍を、良心的編集のもとに、廉価に、そして書架にふさわしい美本として、多くのひとびとに提供しようとする。しかし私たちは徒らに百科全書的な知識のジレッタントを作ることを目的とせず、あくまで祖国の文化に秩序と再建への道を示し、この文庫を角川書店の栄ある事業として、今後永久に継続発展せしめ、学芸と教養との殿堂として大成せんことを期したい。多くの読書子の愛情ある忠言と支持とによって、この希望と抱負とを完遂せしめられんことを願う。

一九四九年五月三日

角川文庫ベストセラー

サウスバウンド（上）（下）　奥田英朗

僕たち家族は東京の家を捨てて、南の島に移住することになってしまった——。型破りな父に翻弄される家族を少年の視点から描いた傑作小説。

熊野古道殺人事件　内田康夫

生身の人間を小船で沖合に流す「補陀落渡海」がよみがえった。不吉な予感を覚え紀伊半島へとソアラを走らせる浅見に恐ろしい罠が襲いかかる！

幻香　内田康夫

新進気鋭の調香師殺人事件に巻き込まれた浅見。そこに現れた3人の美女が、名探偵の嗅覚を狂わせてゆく。奥日光の隠れ里に漂う死の香りとは？

「紫の女《ひと》」殺人事件　内田康夫

一家心中と思われる事件より生還した女性が訴える奇妙な謎。臨死時に幽体離脱で犯人を見たのだという。熱海と宇治を舞台に浅見が真相に迫る。

天使の爪（上）（下）　大沢在昌

マフィアの愛人の体に脳を移植された女刑事アスカ。過去を捨て麻薬取締官として活躍するアスカの前に、もう一人の脳移植者が立ちはだかる。

ウォームハート　コールドボディ　大沢在昌

ひき逃げされた長生太郎は死の淵から帰還した。新薬を注入され「生きている死体」として。愛する女性を思う気持ちがさらなる危険に向かわせる。

魔物（上）（下）　大沢在昌

麻薬取締官・大塚は麻薬取引の現場を押さえるが、運び屋は重傷を負いながらも逃走する。その超人的な力にはどんな秘密が？　超絶アクション！

角川文庫ベストセラー

鷲と虎　佐々木譲
日中両国は全面戦争に突入した。帝国海軍航空隊の麻生と中国義勇航空隊のデニス。二人の戦闘機乗りの熱き戦いを描いた航空冒険小説！

くろふね　佐々木譲
激動の幕末。黒船に最初に乗り込み、古い体制を打ち破るために闘った真のラスト・サムライ中島三郎助の凄絶な生涯を描破した感動の歴史小説！

警視庁公安部　佐竹一彦
スイスに本社があり「死の商社」と疑惑のリンツグループ。そこには警視庁公安部から特務捜査員がスパイとして送り込まれた。国際ミステリ！

ショカツ　佐竹一彦
頭にボウガンが刺さった五歳の少女。無残な標的は、ある巨悪の陰謀のスタートだった。迫真のリアル・ポリス・ストーリー。

ちゃれんじ？　東野圭吾
自称「おっさんスノーボーダー」として、奮闘、転倒、歓喜など、その珍道中を自虐的に綴った爆笑エッセイ集。オリジナル短編小説も収録。

さまよう刃　東野圭吾
密告電話によって犯人を知ってしまった父親は、殺された娘の復讐を誓う。正義とは何か。誰が犯人を裁くのか。心揺さぶる傑作長編サスペンス。

使命と魂のリミット　東野圭吾
心臓外科医を目指す氷室夕紀は、誰にも言えないある目的を胸に秘めていた。それをついに果たす日が来たとき、手術室を前代未聞の危機が襲う。